徐风 著

包浆

译林出版社

图书在版编目（CIP）数据

包浆 ／ 徐风著. — 南京：译林出版社，2023.9
ISBN 978-7-5447-9846-4

Ⅰ.①包… Ⅱ.①徐… Ⅲ.①长篇小说－中国－当代 Ⅳ.①I247.5

中国国家版本馆 CIP 数据核字（2023）第 134035 号

包浆　徐　风／著

责任编辑	魏　玮
装帧设计	周伟伟
校　　对	王　敏　蒋　燕
责任印制	闻媛媛

出版发行	译林出版社
地　　址	南京市湖南路 1 号 A 楼
邮　　箱	yilin@yilin.com
网　　址	www.yilin.com
市场热线	025-86633278
排　　版	南京展望文化发展有限公司
印　　刷	南京新世纪联盟印务有限公司
开　　本	890 毫米 ×1240 毫米　1/32
印　　张	13.625
插　　页	4
版　　次	2023 年 9 月第 1 版
印　　次	2023 年 9 月第 1 次印刷
书　　号	ISBN 978-7-5447-9846-4
定　　价	78.00 元

版权所有 · 侵权必究

译林版图书若有印装错误可向出版社调换。质量热线：025-83658316

目 录

第一章　东边日出　西边下雨　　001
第二章　女婿不耕丈人田　　013
第三章　耳光响亮　　030
第四章　壶漂江湖　　042
第五章　黄梅有霉　　066
第六章　漏船搁浅　　082
第七章　苏醒　　100
第八章　密码　　117
第九章　壶外沧桑　　135
第十章　云遮月　　157

第十一章	弥留	179
第十二章	假作真时	194
第十三章	往昔恒在　却又不然	223
第十四章	心有猿　意非马	243
第十五章	深巷明朝卖杏花	266
第十六章	脑洞大开	284
第十七章	一道坎	308
第十八章	春寒	328
第十九章	洁癖	352
第二十章	山中论道	379
第二十一章	出山也难	401
第二十二章	尾声	425

第一章

东边日出 西边下雨

这一年,我决意换一种活法。与过去的生活告别,就像要扔掉一件穿了太久的衣服。

说到底我就是想换一个地方待着,做一个局外人,过一种逍遥自在的生活。

时年四十八岁,不老不少,职场上的蝇头功利,或还可争半杯羹。但我原本就是一懒散之人,这怨不得别人。在人海茫茫的省城,一个无关紧要的事业单位,天天对着一台慢条斯理爱瞌睡的老式电脑,炮制一些写过就忘了的文字,有一搭没一搭的,都是"无所谓"在垫底。多半的原因,中年之后我身体老是出些小毛病。所谓心情不好,其实是某些零部件在磨洋工。药吃得多,于身却又无补,无名隐痛说来即来且挥之不去。这一年底,我被告知,必须接受一次大的手术,并且在心脏上装一个支架。此物加持,心态陡变。常人说的不思进取,乃至颓废堕落之类,皆可安在我那不争气的躯干之上。

于是，我在给单位的"留职停薪"报告上夸大了病情，让人有一种我可能随时赴难的感觉。

如此折腾，单位里反响定然不小。同事们起先是怀疑我吃错了药。他们知道家父早年为官，在省城有些虚名，但是，与显达终无缘分。吾等凡夫俗子，劳碌皆为稻粱谋。一份还算说得过去的薪水，到了每个月月底，总是要用大眼瞪着的。

还有一种揣测，说在我岳父家老宅的某堵夹墙里，找到了一口袋金元宝，它们已然在冥冥之中潜伏了一个世纪以上。这年头，穿越剧看多了，想象力都不贫乏，同事们相信，在某个黄道吉日，金元宝突然集体破墙而出，准确地飞入了鄙人囊中。

反正，说到鄙人，不是岳父就是家父，明摆着数落我自己没什么能耐。也有知道底细的人，私下里不无恻隐之心：我那老革命的父亲参加过抗美援朝，爱给红色老区捐款，而且还老是匿名。说是匿名，其实是跟受赠群体、个人以及媒体玩躲猫猫，然后还是被媒体追踪到了。由于他捐钱数量很是不少，小报头条乃至大报屁股，都乐此不疲地刊登他的光荣事迹，不过他似乎并不享受这些虚名，提起来肝火就旺，说给自家人捐点小钱何必大惊小怪，还占用那么多宝贵的版面。

只要提到红色老区，就都是他的自家人。妻子私下问，那我们算是他的什么人呢？

没敢提，他一发火，血压容易高。

如今老人家住在老家扬州的一座部队干休所里，天天口述他的战争生涯故事,据说要出一本革命回忆录。他的妻子,也就是我童年印象模糊的母亲,早年是个资深的外科医生,二十世纪七十年代参加中国医疗队奔赴非洲建设坦赞铁路,最终回国的却是她的一钵骨灰。一场大面积的瘟疫夺走了她年轻的生命。

父亲对母亲有深情。他没有续弦。

碰巧的是,我岳父的妻子也早殁。他也没有再找个女人。

说到岳父,不能不先说说我的妻子。她是江苏宜兴人,我大学低一级的校友。我发现宜兴人有一德行,即便到了天堂,也会说如何如何不如宜兴。凭良心讲,地方确实不错。我们结婚后不久,她就念叨着要调回老家——在古蜀镇蠡河边的古南街上,她父亲名下有一座"前店后屋"的古宅,这听起来有点奢侈。不过,我原来一直没有意识到那种老房子的好。靠河边的宅子,很潮湿,隔音差。冬天特别冷,像漏气的风箱。场面上我当然没资格评论它的好坏,因为我那老革命的父亲只给我在省城留下一套老式的公寓房。一直到生了女儿小小,我们一家三口还挤在那套不到一百平方米的老式筒子楼里。我妻子算是个有涵养的人,她从不嫌我没能耐,只是得空就唠叨她老家的好。

我大病初愈的头两个月里,就在古南街那座老宅子里静养。

那是一座典型的江南古宅院。江浙一带春天多雨,夏季炎热,冬季阴寒,因而这里带天井的院子,三面或四面的房屋都是两层。从平面到结构都互相连成一体,中央围出一个小天井。正房有三开间,与天井连接。堂屋的后板壁称为太师壁,壁两边有门,可以通到后堂。堂屋的两边,分别是卧室和书房,像我们这一家,人虽然不多,但也是三代同堂,还有住家的保姆,两侧的小厢房也用来住人。老爷子招待重要的客人,并不在客堂,而是请到厢房里茶叙。

因为宅子就靠近蠡河边,葛家的祖先在后墙上动了一点脑筋,开了一扇小门,架出一截,搭出一个类似吊脚楼一样的建筑,他们称之为露台,这颇有些不伦不类。但是,舒服。人站在上面,可以观赏河景,在这里安一把躺椅,颇有枕河安眠之妙。

起先我还不太习惯住这样的老宅,就像一个穿惯了西装的人,突然套上了一身樟脑味很浓的长袍马褂。但是,时间久了,我的身体好像是一株沉睡的植物,突然获得一种脱胎换骨般的清醒。仿佛这老宅是一个能让人的身心静下来的巨大容器。它的潮湿和冷,不怎么隔音带来的不够安静,都不是让人待不下去的原因。恰恰相反,它能把世间的喧嚣挡在外面,而难耐的沉寂是没有的。即便不把门窗打开,它也能谛听、吐纳,保持着流动的活气。这种老房子,住久了,会改变人的容颜,戾气和火气之类,断然会如抽丝一般游离而去。我从那里回到省城自己的家,反而感觉不太舒服,到了夜晚,竟会有一种身处异乡的感觉。我妻子居然很开心,好像她一直在等待我出现这种感觉。

我妻子家算不上是当地的望族,但名声很大。她父亲葛家印已然七十二岁,老迈的身体时不时闹出些惊乍,却还像一座不肯停歇的老式挂钟,让你不能忽略他的存在。说起来,他才是我从那家领饷的事业单位撤退到他大本营的始作俑者。平时闲谈,他总是不在乎我那份工资,说：我们家，光是祖宗留下的瓶瓶罐罐，几辈子都消受不完。况且，你还可以做点自己喜欢的事。

我有自己喜欢的事情吗？除了吃喝玩乐，翻翻闲书，弄弄文字，别的，我一时还真想不起来。

倒是知道岳父家有些古董，好像老壶特别多。它们蓬头垢面的样子，从来没有引起我的注意。可不是嘛，就算它们值点钱，靠卖它们来维持一份有尊严的生活，从我的价值观看来还是不太能接受的。妻子安慰道：我爸这个人说话总是留有余地的，他那样说，未必就是卖古董吧。

不过老爷子到底有多少钱，她也不知道。

无论走到哪儿，葛老爷子都是中气十足。平时也爱接济点沾亲带故的乡下亲戚，跟我父亲不同，他是爱咋呼的，声音山响。那应该是他华丽身段的一种延伸吧。

可是，我总不能靠妻子和岳父来养活吧。"留职停薪"前的某次家庭会议，照例是岳父大人主持，等他不急不忙说出一个主意来，我才知道什么叫老谋深算。

居然是让我在自家临街的门面开一家茶坊。

他太知道我这个女婿的臭毛病了，话痨子，海阔天空，烟茶酒全打通。后来心脏有病，烟才勉强戒掉。性情闲散，喜欢较真却又担不起什么责任。

只有一口茶，才能管住我的一张嘴。

可是，这个时候，我脑子里突然蹦出一句老话来：女婿不耕丈人田。

这话是谁说的？似乎是我那老革命的父亲说的，并不是针对我，而是说他熟悉的某个人。但我显然是听进去了。

女婿是半子，但毕竟不是儿子。这也是一句老话。可我妻子说，我爹又没有儿子，他什么地方不当你是他自己的孩子呀。

再说了，又没让你干别的，你不就是好口茶吗？

是茶坊，不是茶馆。记得，葛老爷子强调这句话时，额头油亮，呈古铜色，像一把老壶的包浆。他说茶坊嘛，就是大家在一起喝喝茶聊聊天的，可以三天打鱼两天晒网，也不怎么在乎买卖；三年不开张，开张吃三年。

我问，那茶馆呢？

茶馆就是一个江湖。葛老爷子轻轻拍了一下茶案说。客人少了没面子，客人多了太混杂。那不是我们想要的。

连名字都起好了："聊壶茶坊"。

对，就是聊壶，老壶新壶，真壶假壶，大壶小壶，光壶花壶，都可以聊。聊得开心、对路，就是朋友；聊得无趣，客走不送。一边喝茶一边聊壶，是这里的男人最大的乐子，除了在古南街，你到哪里找去？

也是告诉别人，我们这里只聊茶壶，不谈国事。

这句话，跟老爷子几十年的经历有关。

说实话，当时我心里并没有一种下岗工人喜获上岗的感觉。

门面，就是老宅的堂屋，很开阔，通着天井，光线也敞亮。横七竖八，可以坐一圈人，十来个吧，老爷子给我面子，说茶坊的招牌让我来写。他知道这个百无一用的女婿，唯一拿得出手的，也就是一笔还算说得过去的板桥体。

把压箱底的老壶也拿出来了一些,居然有几十把,给我做开茶坊的资本。

随便拿起一把壶,在我面前晃晃,压低了声音对我说,一个壶嘴,就够你们吃半年的。

还想说什么,嘴动了动,咽回去了。那表情,好像把一座江山都交给我了。

如此,我还有什么可说的呢?

好在停了薪,还留着职呢,我不能不给自己留条退路。

就这样,我们从省城卷铺盖了。恍惚间我有一种做"上门女婿"的感觉。虽然我跟妻子感情很好,但是这种感觉还是挥之不去。命运的惯性,常常让人刹不了车。婚姻这件事,哪怕是最美满的,也断然少不了有妥协的章节。而我这样一匹病马,还能去哪里随意溜达呢。

妻子葛少求,四十六岁,凭良心说,她真的还很年轻。我没见她怎么保养,素面朝天惯了,反而有一份笃定的天真与爽丽。一头青丝,不见半根白发。我也就这点可以让同事们羡慕一阵的。她在老家待着的时候,特别是在古南街狭窄的石板路上溜达的时候,总是显得比在省城滋润而漂亮,这可不是我一个人的感觉。当下,她在离家不远的一所中学当图书管理员,也是一份闲差。原先她在省城的一座重点中学教语文。也是因为太累,调动的时候,就选择了学校图书馆这样相对安逸的地方。你也知道,工作调动绝非易事,为了照顾丧妻多年的老爹,我家葛老师可是在所不惜。当爹的都疼爱女儿，不过，像我岳父这样的人还真不多，据说他当年有一相好的，来来往往好多年，末了就是不想让女儿有个后妈，自己就没有续那根弦。打小他就把女儿含在嘴里养，不能让她受半点委屈。他喜欢我这个没脾气的女婿，多半也是为了千金不受欺负吧。少求的名字是他起的，内中的清高不言而喻。

放不下千金，却又不肯去省城跟我们一起住。一到省城他就病恹恹的，像漏了气的皮球。用他自己的话讲，这辈子没有离开过古南街，那座老宅就是他提在手上的一盏灯笼，风吹不得，雨淋不得。然后，我在这里养好了病，等于给老房子做了一个活广告。这便是葛老爷子最夸耀的一个桥段。

前世的家，就是这座老宅。这是我病愈后的一个结论。它当然会把我越住越老，但是，日子已然是日子，不是单纯的时间了。

只是惭愧得紧，我对紫砂茶壶的了解，长期停留在扫盲班的水平上。葛老爷子反复唠叨的那些话，什么用紫砂壶泡茶，茶水特别香（我怎么没有"特别"的感觉呢），而且隔夜茶不会馊（天哪，我何必要喝隔夜茶，难道稀罕茶叶吗），我听得耳根都起茧子了。我爱喝茶是真的，可是，用什么器皿泡茶，从来就不重要。紫砂壶到底有什么好，在我，一直是个概念上的东西。

葛老爷子很起劲地给我进行了岗前培训。我从他激情飞扬的神采里，找到了他年轻时的一些元素：断章取义地知道一些正史野史，一张嘴很厉害，可以对着一千人讲话不哆嗦。可是他这辈子就是个划货员，鉴定紫砂成品的。连组长级别的干部也没做过，估计跟这张嘴说话太多也脱不了干系。他反复跟我说，一把紫砂壶走到今天，是多么的不易。我听也就听了，世上不容易的东西多了去了，壶不就是用来喝茶的吗，幸亏我还喜欢喝点茶，若是爱喝咖啡，早就把壶扔到爪哇国了。

早先的我是这样的，如果有人跟我喋喋不休地说眼前的一把壶很贵，很牛，是某大师做的，值多少多少钱，我便想，不就是一把泥，让一个牛人捏来捏去，捏成了一把壶吗？故意装着不小心，差点把壶摔碎，我很享受大家惊吓到差点休克过去的样子。

"聊壶茶坊"开张前的那些日子，吾妻葛少求老师已经提前挂上了老板娘的表情。她穿上唐装的样子蛮好看的，只是站在我这个一件灯芯绒外套可以穿两个季节的老公面前，有那么一点不搭。她倒是给我捣鼓了一件茶服之类的行头，我穿了感觉很古怪，就扔到一边了。我发现本地的男人，衣着很光鲜，一点不比省城的男人寒碜。古南街上经常可以看到时髦衣衫的本地男人晃来晃去，我可不会去凑这个趣。我家葛老师，原本一散淡人，可是眼见她老公要做老板了，无端地忙进忙出到处打旋，她懂点茶道，但平时没有表现的机会，生疏是肯定的。对家里那些多得看不过来的茶壶，她有点熟视无睹。有时是故意避开，不想沾染壶上的江湖气息。单看她拿捏一把茶壶，也笨手笨脚，不太着调。彼时岳父才是真正的总导演兼勤杂工。他这段时间的心情特别好，苏东坡说老夫聊发少年狂,那都不是平白无故的。

弄得我真像个老板似的。这原本寡淡的心,也就跟着乐呵起来。

不过,茶坊开张前一夜的一件事,多少影响了我的心情。

我大学同学桂一诺,摄影记者,应我之邀专程赶来捧场。桂一诺在我们同学里是最厉害的鬼才,他诗写得好,小学四年级就在省报上发表作品了。不过摄影才是他的第一专业,其作品得过中国摄影大奖。那天晚上大家喝得尽兴,他对那些老壶特别有感觉,举着相机跳来跳去,对着柜子里的老壶不住地拍照,后来嫌不过瘾,就把那些壶一个个拿出来拍。桂一诺那晚喝得有点高,没留神,一失手将一把壶摔在了地上,瞬间就变成了一堆碎片。

顿时我们都吓坏了,大气不敢出。

这时候葛老爷子走过来,嘴里说着没事没事,脸色有一点难看。他蹲下身子,把那摔碎的壶底拿起来,端详了一下,舒了一口气,站起来说:碎碎平安,碎碎平安!

这壶值多少钱,除了老爷子,谁也不知道。不过,玻璃橱柜里的说明书上是这么写的:

壶名:天鸡壶。年代:清嘉庆年间。作者:杨宝年。定价:8.6万。

我的天哪,8.6万。

我赶紧向老爷子赔罪:都怪我,是我让一诺同学把壶拿出来拍照的。

一诺这个家伙太不会说话,居然挠着头皮冒出一句:这壶怎么一点也不经摔啊。

老爷子大度,手一挥,说不提了不提了,就当是放了个大炮仗吧。

场面上多少有些尴尬,这且不提。

那天是周末,又是好日子,按理我们夫妻在临睡前是要做点功课的。可是,那把意外摔碎的壶让我的情绪大打折扣。虽然葛老爷子宽容,我心里不免多了一个疙瘩。以前做爱总是我主动,那晚少求却难得地示好,早早把准备工作做得妥帖细致,但我却意兴阑珊,提不起劲来。她一把搂住我,说了一句悄悄话:那把壶是假的,别太当回事。

我差点从床上蹦起来:假的?

那一柜子壶,都是假的吗?

还没开张就卖假壶,你爹打的是什么主意啊?

我的过度反应让少求也没了兴致。她解释说,我爹的意思是,试营业的时候,怕闲杂人多,好壶呢,要等正式开张的时候再拿出来。

好像老爷子早就料到壶会被摔碎的事。

那我怎么知道哪个是真壶,哪个是假壶呢?你爹不是拿我寻开心吧。

还有,为什么你知道的事,我却不知道。还让我当老板呢,明摆着就是个傀儡。

原先的歉疚,变成了一肚子的委屈。

少求假装不满地说:可别太小心眼啊!爹既然让你开这个茶坊,

就会有通盘的考量,这才几天啊,你急什么急!

说罢,她故意冷冷地背过身去。

若是以往,几秒钟后我会把她扳过来。可是我努力了一会,却做不到。

第二章

女婿不耕丈人田

开张第一天,颇有意思。

原本以为,老爷子会安排一个热闹喜庆的场面,他平时喜欢别人给他捧场,人多了他才开心。可是,开张这天很冷清,没什么气氛,连吉庆的炮仗也没有放一个。

老爷子好像无所谓,或者说,他要的就是这个效果。礼物他倒是准备了一些,二十个紫砂茶杯,装在锦盒里,是送给那些最早进店的重要客人的,当然都是他邀请的老友,什么"十三太保""六兄弟"之类,据我所知,跟老爷子最知己的"太保"和"兄弟",大多去了另一个世界,能来走动的,大多已风烛残年,有一个还坐着轮椅。他们大声咳嗽,吆喝起来有一种特别的劲道,挥之不去的复杂气味直冲鼻子。恍然间,让人有一种错觉,正在开张的,不是什么茶坊,而是一家老年活动中心。

住在街对面的老钱,也来捧场。他是个老窑工。老爷子很尊敬他,叫他钱师傅。说他看窑火的一双眼睛很厉害。

来的来,走的走。穿堂风里的茶水是很容易凉的,老爷子应该有感觉。不过他没说什么,借故进了后屋。

我家葛老师也有点意外。她不喜欢热闹,但是开张这件事,她也感觉冷冷清清并不好。至少有那么一刻,她脸上挂着跟我同病相怜的表情。然后她无奈地教了我一句本地人形容低调的俗话:闷声发大财。

还有一句话,是一位陌生朋友说的,他环顾四周,笑笑,悠悠地说出七个字:冷水泡茶慢慢浓。

此人五十多岁,个子不高,但看上去很壮实。一双精明的细眼睛中间,安着一个隆重的阔鼻。他穿一身中式裉裤,休闲鞋却是"耐克",黑面白帮,八成新。他在店里转了一圈,这边看看,那边瞅瞅,并不像别人那样拿个手机到处拍照。然后,安静地在茶桌旁坐下来,朝我善意地笑着,自我介绍说他的名字叫叶朝贵,本地人,平时在山里待着,在城里有家小店,是做紫砂壶和茶叶买卖的,平时自己也收点紫砂壶玩玩,不过,还真不太懂。

说话间他顺便问了一句,柜子里的那把僧帽壶,有些年代了吧。

话外有音,分明是在试探我的深浅。

按老爷子事先交代的话,我便依葫芦画瓢地说了一遍。

在我看来,那就是一个很稀松平常的故事:宜兴城南有个南岳古寺,早年,一些血气方刚的年轻人想拆庙,刚扒掉一处老墙,就被赶来的当地群众阻止了。就在那处被扒掉的残壁里,人们发现了一把壶,脏兮兮的,当时并没有人稀罕这个浑身淤泥的东西。一个吃素念佛的老太太把它捡回去,洗干净了用来装酱油,它就在一个平头百姓家的灶台上度过了很多年。

后来它重出江湖,是因为被一个收古董的人看上了,此人是去乡下走访亲戚时偶尔发现的,不动声色地用一只崭新的搪瓷罐跟老太太换。老太太别提有多高兴了,她叫王玉兰,那搪瓷罐上,粉嘟嘟地描着几朵怒放的玉兰花呢。

收古董的人把壶拿到上海一个古董店里,让行家鉴定,给出的结论是清代中期作品,作者是杨彭年。

最关键的细节我当然不会说,那个收古董的,就是鄙人的岳父大人。

叶朝贵听得认真。其间有几次,他眉头微皱,眼神里偶尔飘过一丝疑惑,也有一闪而过的恍惚。想说什么,终于还是忍住了,只是喝茶的声响略重了些。

我们就这样不咸不淡地聊着,也说到这把壶的价格,六万元。跟别的壶不同,这壶的价格旁边还有个括号,写着"不打折"三个字。

这当然是老爷子的手笔。

很久,叶朝贵说了一句:好壶不怕贵。但接下去没词了,好像在等待某个人松口,或者,根本他就是来看热闹的,所以他不在乎这壶有多贵。

好在茶气氤氲的感觉还算不错,好像我们端起茶杯的人彼此很和谐。不过,不断地给他沏茶的时候,我在想,此人如果是蹭口茶喝,也该站起来了。平生最怕那种"烂屁股",坐下了,就站不起来。

不一会儿,茶桌四周已然坐满了人。沸水在壶里滚着,热气弥漫,不动声色地轻拂着每一个茶客,他们的额头都有一种细润的微亮。我想起少求说过的一句话:一拨人能把一壶茶喝到第三开,所谓茶过三巡,彼此心跳的频率也会变得差不太多。

此时,隔着一道帘幕,在后屋的暗影里,老爷子正在关注着我们的一举一动。他在里面一点动静没有,表明前厅的茶叙一切正常。

叶朝贵终于站了起来。天哪,他一定是尿急了。没承想,他走到那个安放僧帽壶的柜子前,问,这壶他可以上上手吗?

后屋传来一声低沉的假咳。

我明白老爷子传递的意思,壶,尽管让客人看。

于是,柜子被打开了,隔着玻璃看壶,缺少气场交流,就像雾里看花。古壶上了手,感觉立马迥异。叶朝贵看着壶,眼睛顿时瞪大,样子有点古怪,呼吸的声音,隔着几步都能听到。

就是我这样不懂茶壶的人,也能感受到此壶扑面而来的古气。说不上它有多么好,就像你突然见到一个百岁寿星,再丑的脸也是好看的,而且你会想,他怎么这么能活啊,居然活了一百岁,眼睛还这么亮,气色还这么好。

是老东西。半晌,叶朝贵肯定地说。不过,已经不是原作了,是清代的高仿不假,这壶的原作者不是杨彭年,而是明代的一个和尚,世人都称他涵空法师。

老爷子突然在后屋一阵猛咳。

这一阵猛咳是何含意?我估计老爷子不高兴了。关于这把壶的故事,他讲过多遍。每一次讲,都能把一个乏善可陈的老故事,让听众听得如痴如醉。

可是,人家只几句话,就想把它从佛龛上掀下来。他那种肯定的语气,没有一点商榷的余地。一时间,我想不出该怎么回答。这时,老爷子出来了。

彼此寒暄了几句。老爷子有些倨傲,叶朝贵的言辞里则有点谦卑。老爷子坐到我泡茶的位置上,拎起茶壶泡茶,似乎有点居高临下的感觉,也顺便把我晾在了一边。转身时朝我看了一眼,像是在打一个招呼。然后,他与叶朝贵进行了一番对话。

只觉得他们在过招,你一拳来,我一脚去,言语上却都是平和。老爷子说,江湖上的壶,跟人一样,也会受冤枉,有时沉冤昭雪,要等几个朝代。叶朝贵说,千变万变,不离其宗,人说话,有时还不如壶自己说话。

这话有点咄咄逼人,老爷子看了叶朝贵一眼,说:你能听到壶自己说话吗?

叶朝贵说:小辈愚钝,无此能耐。

老爷子说:那你倒说说,谁能听到茶壶自己说话?

叶朝贵说:当然是您这样的前辈高手啊。

老爷子说:抬举了,我耳朵聋,只听得进好话,说此壶不是原作,可要有依据。

老爷子把双手一摊。

在我看来,老爷子此举略失风雅。

叶朝贵应该是个见过世面的人。他不慌不忙,从对襟的贴身口袋里拿出一张折皱的名片,说,葛老前辈,朝贵冒犯了。我干爹让我跟您带个好!

老爷子接过名片,一怔,脱口道:是陈药师啊!

叶朝贵说:干爹大病刚刚痊愈,不能亲自来祝贺,还望见谅。

老爷子语气变得和缓,说:客气客气,他命贵,应该长命百岁。又问:他还去南山坞那个地方小住吗?

叶朝贵答:这几年不去了。山里空气是好,可是也湿冷,老人家这几年在上海家里待着。

老爷子嗯了一声。

叶朝贵说:今天是个吉祥的好日子,干爹特让我来道个贺。这把僧帽壶,我想请回去,干爹家里,一直缺个镇宅之宝。

说着,从衣兜里取出一张信用卡。

老爷子一时有些踌躇,说:小店开张,怎么敢惊动他老人家呢?

叶朝贵说:也跟着沾点喜气啊!

老爷子习惯地捋一捋粗长而稀少的寿眉,说:既然陈药师看得起在下,此壶就送给他老人家玩玩吧!

老爷子面色坦然,呵呵呵笑着。但我能感觉到,这笑声少了点厚度,有隐约的勉强,他是在为难自己,好像是对方给他挖了一个坑,他没退路,必须费劲地跨过去。

叶朝贵的反应当然是诚惶诚恐,不迭声地说:葛老前辈,这可使不得!干爹会骂死我的。

老爷子看我一眼,说:子厚,把壶包起来啊。

还真把我当成了伙计。

老爷子话锋一转：不过，叶老板，你得把故事留下。

老爷子口气有点拧：既然你说此壶不是原作，那么，原作在哪里，作者是何方神仙？愿闻其详，也给我这老朽补点知识。

那潜台词是，如果讲得不对，壶是休想拿走的。

叶朝贵一脸惶然。显然他没料到老爷子会来这一手。

不过，很快他就恢复了常态。

他从容端过茶杯，喝了一口，说：葛老前辈，那我就献丑了！

显然叶朝贵是能讲故事的。他说的第一句是：这壶其实不是一把壶，而是几条命。

这句话并没有让老爷子一愣。此刻他的表情就是没有表情。如果让我当裁判，短兵相接的第一个回合，打了个平手。

然后，叶朝贵沉吟，似乎在寻找一种语境。他目光低垂，语音迟缓。他自己在往故事里走，估计找着感觉了，字字句句，如冷雨敲窗，都从心头淌过。他倒不卖什么噱头，没有专业说书人的那些切口和关子。当他慢吞吞说出了几个关键词，比如明成祖、燕王、哈立麻，老爷子咄咄逼人的目光，便渐渐变得温煦起来。

一种不知不觉的语感，把人带进明代永乐年间。

朱元璋的四儿子，明成祖朱棣，当他还是燕王的时候，便暗中留意西域的一位藏僧哈立麻。朱棣登基后，哈立麻被邀请到南京，给予很高待遇。哈立麻在宫中可以随便行走，别看他是个其貌不扬的外来和尚，王公大臣都敬他三分。

永乐五年(一说四年冬),朱棣决定为他母亲孝慈高皇后做法会,并下令建普度大斋于灵谷寺。用场面上的话说,这叫"荐福"。此事他是做给天下人看的,中国人无论皇帝还是平民,尽孝道总会得到表扬。按孝慈高皇后这样的地位,哈立麻提出要做六六三十六天法事,白天黑夜连着诵经,僧人是不能停歇的。时逢寒冬,从西域过来的和尚们,冷倒是不怕。但和尚也是凡胎肉身,你让他三天三夜不睡,还能凑合;连续三十六天不合眼,都熬不住。永乐帝自己是个茶客,知道喝红茶能够熬夜。而茶器之中,能发茶之真香者,当以紫砂壶为首。他拟了一道圣旨,着常州府宜兴窑厂,以高僧之帽为造型,火速造出六十把紫砂大壶送进宫来。

喝茶提神。和尚们一边念经一边喝茶,困乏就会减轻。

所谓僧帽壶,最早就是这么来的。

阳羡知县王文赐接了圣旨,半刻不敢怠慢。他亲自跑到蜀山脚下的窑厂督察,让当地的里长和甲长们,从做壶、烧窑的手艺人里,筛选出一批高手。以县府的名义,让他们在十日内赶制出一批僧帽壶来。

可是,壶手们没有一个愿意接这活儿,说僧帽壶什么样子,他们都没见过。王文赐进士出身,书读得很多,办事却少点路数。如何把和尚戴的僧帽变成一把壶,确实有点为难他。好在,他手下有个说不上品级却非常精干的吏员马小山,专门掌管缉捕、监狱之类,人称马典史。王文赐命令马小山带着手下的捕快们,把铺盖搬到窑厂去,一对一监工,必须按时交壶。马典史老家就在蜀山脚下,其父亲也是个做壶佬,五服之内的亲戚,都靠这一团紫砂泥吃饭。这一单千载难逢的朝廷派下的活儿，无论如何不能落到别人手里。于是召集所有会做壶的亲戚，仿照着蜀山显圣寺志修和尚戴的僧帽样式，连夜开工，晨昏不歇。不几日，便做出几十把样壶送到县上。王文赐不懂壶，只觉得很圆整，跟和尚戴的僧帽无异，赶紧派快船直送金陵。没承想，哈立麻对这僧帽壶很不待见，原因是，藏传佛教与汉传佛教在衣帽上有所不同。他在永乐帝面前颇说了一些难听的话。可怜王文赐立马被撤职遣回原籍，马典史被抓入狱，他那一门做壶的亲戚，全部被下了狱。

此事惊动江南。宜兴窑厂的壶手们纷纷逃命，几十条龙窑全部歇火。不久，朝廷派来一个新知县，名叫董汝霖，松江府人。此人嗜好书画古玩，身边的人说，紫砂壶在他眼里，不过是个小小的杂件而已。他上任之初，先是去了景德镇，在官窑上拜访了一些重要人物，又私访于宜兴窑厂一带。一圈走下来，董知县的白脸变青了。场面上的壶手们都逃命了，这如何是好？

一日，董汝霖的官轿停在了县城城南铜官山麓的南岳寺旁。他来此地，是要拜访一位隐修于此的蕴璞师父。

开门见山。董知县连句客套话也没有，只说了一句话，要蕴璞师父赶紧跟他下山做壶。

这蕴璞师父看上去气度清古，颇有几分仙风道骨。据说他诗文笔墨都还不坏，一手褚遂良体写得老到苍劲。江南的出家和尚，厉害角色很多，董汝霖却不以为然。他打量蕴璞师父的眼神，颇为不屑。

不过，蕴璞师父的表情，却是云一半，雾一半。对着董知县的冷脸，他口中缓缓念出四句偈语：

水落天高鹤梦惊,远山层碧晓霜清。

还乡一曲归来晚,云在青天月在庭。

董知县闻罢,只是呵呵一笑。

看样子,他没兴致与这秃和尚纠缠。

蕴璞师父推托的言辞,更有些乏善可陈,无非是贫僧愚钝、手无寸术,与世隔绝、不闻凡俗之类。

董知县有耐心,等他说完了,便从官服的衣袖里抽出一张折皱的文书告示来,轻轻展开,放到蕴璞师父面前。

蕴璞师父朝它扫了一眼,脸颊的肌肉颤动了一下,双手合十:阿弥陀佛!

这是一张洪武某年的溧阳县府缉拿文书通告,上面写明是"缉拿杀人凶犯范通义"。罪名是范某杀害民妇殷兰珍。云云。

通告上还画有一张人像,疏眉隆鼻,与剃了光头的蕴璞师父无异,特别是左脸下方有一颗痣。

董知县说:跟我走吧,蕴璞师父,壶做完了,待本官奏报朝廷,若是皇上开恩,还能让你再回来。

蕴璞师父长叹一声:贫僧罪孽深重,肉身早已腐朽。大人若取贫僧贱命,拿去便是。

董知县冷笑:不就是做几把壶吗,卖什么关子?你禅房里那些壶坯,难道是从石头缝里长出来的?

话音刚落,两个捕快疾步进来,各自手里都捧着一把紫砂壶坯。细细一看,正是僧帽壶的泥坯。

蕴璞师父脸上顿时冒出虚汗:贫僧知罪,贫僧知罪。

原来这蕴璞师父,真名范通义,年轻时中过秀才,原是与阳羡毗邻的溧阳县城里一名塾师,平时教几所塾馆,闲来起个词社,聚些个文人热闹热闹;也为街坊邻里代写些文书契约之类,并无酸文假醋架子。都说他为人还好,就是喜欢女色。因他长得白净标致,手段又厉害,大凡他瞧上的曼妙女子,十有八九愿意与他私下交好。有一回,居然将县丞程光义娘子的肚子睡大了。县丞大怒,扔给娘子一包毒药。羞辱之下,娘子当即服毒而死。程县丞便将谋杀之罪移于范某名下,正要着手下捕快前来捉拿,不料消息走漏,范某连夜逃跑,往阳羡西南山里投南岳寺,削发做了一个和尚。

南岳寺周围林木葳蕤,野山茶树遍布。住持和尚印光,常常夜诵佛经,三更不眠,全靠酽茶支撑。闲时他还喜欢捏弄些陶土,做几把壶。自古茶不离壶,其时南岳寺香火旺盛,不少蜀山窑厂的制壶艺人,喜欢来庙里烧香吃茶。做壶佬心气旺盛,一如壶上土气火气。印光师父以浓酽茶汤养壶,也将心比心讲经论道,"求包浆,找印光"成为江南一带藏壶家们的口头禅。

范某投到印光门下,得法号蕴璞。自此掐灭凡心,一心皈依。印光师父念其勤勉灵巧,不但传授经法,还将茶艺壶艺悉数授予。蕴璞心细,记性好,各类经卷,倒背如流,颇得印光赞赏。他还常在印光师父新制壶时,帮着打打下手。在壶上画些兰草飞鸟,或是浮云山影,有时是唐人绝句，点缀壶上，自是雅光奕奕，这让印光师父特别开心。后来印光师父圆寂，临终前，便将这寺庙住持的袈裟托付与他。

断气前几日，印光取出一把壶，是按和尚戴的僧帽形制所做，谓僧帽壶。说，平生之愿，无非骨灰与壶合葬，望能成全。

蕴璞见到此壶，眼前一亮，心下一阵扑通翻腾。印光师父虽然授他以壶艺，但从未将此壶予他看过。以他的眼力判断，此壶高古奇拙，有若仙气附体，乃印光之命宝，所以才要携它共赴泉台。

侵吞此壶之心，他断然没有。但是，如此神奇的一把壶，跟着印光师父入土，实在可惜。南岳寺在，这把壶就应该在。一代一代相传，才是正道。

他知道印光师父心意已决，便不动声色，一口称是，连夜依葫芦画瓢复制一件，虽貌样、气息迥异，但粗看，也大差不差。翌日暗自下山，到蜀山窑厂，找到窑户鲍老板，使些碎银，悄悄烧制壶坯并做旧，将壶调包。

不料印光圆寂之日，突然回光返照，于禅床上霍然跃起，指着枕边那把假壶大口喘气，只是再也说不出一句话来，一口鲜血喷到对面墙上，便一命呜呼，其遗容双目圆睁，口鼻开张，惨不忍睹。

好在当时，印光身边除了蕴璞，只有一个贴身的小和尚光璞在。这个光璞才十一岁，是个哑巴，倒是机敏过人，可惜一不能开口，二不识半个大字。蕴璞做了寺庙住持，自是内敛温厚，与众僧和睦相处。寺庙香火旺盛，一如既往。

每每夜半更深，蕴璞诵经完毕，便关紧门窗，将调包的印光僧帽壶展开，一烛荧荧，细细观赏之下，不免长吁短叹。从壶底留款看，此壶并非印光所做，而是印光师父涵空的遗世作品。此壶地位，在印光看来，肯定超过了袈裟。

说到底，印光师父还是不信任他啊。

之后数年，对照此壶，蕴璞不知仿制了多少把壶，但总是不得壶之真韵。用蜀山窑厂上的话说，就差那么一口气。

此乃天意乎？他深知自己道行还浅，却又总不甘心。

一日下山，忽闻朝廷在蜀山窑厂大开杀戒，一些制壶好手命丧窑厂，血流蠡河，心下不免为此鸣冤叫屈。

回到寺庙，冷汗周身。他感觉一种机缘，凶吉难料，如山门前的狂风，已然来临，便躲进禅房，称病不出，日夜赶制僧帽壶，连晨钟晚课也废弃一边。

他知道，该来的，终究要来。

那把印光僧帽壶，被他藏进了禅房的夹墙里。

做完这件事，他便无所挂碍了。

面对董知县的软硬兼施，他脸上惶恐，心里却并不慌张。几番言语来回，便评估出了对方其实本钱不多，他应该比自己急。说白了，董某人的身家性命，都系在他的一把壶上。

是的，壶在我手，技亦在我手，你要取我性命，恐怕连你的命也保不住。壶，我可以帮你做，但并不那么容易。

这是一场不对等的谈判。在经过了几个相互试探的回合之后，所有的条件最后变得非常具体。

蕴璞的诉求很明了。当年程娘子暴死,是服了县丞丈夫给的毒药,绝非被他所杀。他手头有一张溧阳城北济世药堂王老板当日开给程县丞家的砒霜药单。王老板的儿子王小勋,是他塾馆的得意门生,事发之后,是冒着风险把药单偷给他的。

蕴璞要求董大人上禀朝廷,撤销当年冤案,为他申冤昭雪。

董知县起先很恼怒。一个犯下命案的秃和尚,摆弄几把破壶,居然跟他谈条件。但是,蕴璞慢慢道来的言语里,隐约点破了他的危机。如果蕴璞不配合,丢掉的只是一条命,而他董汝霖可是一家老小三十多口啊,更不要说十数年寒窗换得的功名了。

可是,要答应他的条件,也并不容易。当年的程县丞,因为上边有人,如今官运亨通,已然是南直隶应天府的知府了。如果为蕴璞翻案,动静太大,他自己岂不成了程知府的敌人?凭什么他要为此付出这么大的代价!

董知县心下嘀咕,脸上还是一片祥光。他提出,先做壶,其他事都好说。如果壶做得让皇上满意,翻案算什么呢,龙恩浩荡,还会有赏赐呢!

董知县的这个空心汤团,画得太假。蕴璞提出,空口无凭,要写下文书,他才肯动手制壶。

董知县很想发作。但是,他呵呵笑了。

口气变得特别温和。所有的条件全部答应。

因为,董知县还从眼线口中得悉,寺中有一件镇寺之宝,涵空师父的遗世之作,也是僧帽壶的祖宗,就在蕴璞手上。

此壶若到了他董某人手里,那是什么造化?

河水静寂时,鱼儿才会咬钩。董知县懂的。此时他鼻子里呼出的气非常平稳。

蕴璞亦如是。他说话声音清儒,双目低垂。

甫一开始,董知县态度咄咄逼人、寸步不让,其后态度陡转,如同堤坝放水。蕴璞就知道,对方想要加害于他。

他不动声色。此时装傻何用?必须让人感觉天生就傻,或许还能逃命。

壶,还是在日夜赶制。能为他打下手的,只有小和尚光璞。

他提出,不用下山了。这寺庙里,有的是紫砂老泥,做几百把壶的泥都管够。

起先董知县不允。但是,蕴璞说若是下了山,心志乱了,做出的壶不合规格,他可担不起责任。

无非,贫僧一条贱命就是。

董知县动摇了。

只要不下山,蕴璞一口应允,在指定的日子将壶悉数奉上。

但就在一个月黑风高的夜晚,蕴璞不见了。

壶,齐齐整整,六十把,都码在禅房的廊檐下。

董知县早就料到蕴璞会来这一着。在下山的几个路口,他都设了暗伏。不过他疏漏了一点,蕴璞偏偏不走小道,而是直奔下山的大路。大路拐弯通向山脚下的一处暗哨卡口,有个名叫李三的捕头,其母亲吃素念佛,是蕴璞的信徒。前不久李父亡故,蕴璞还亲自给他做了道场。

李三是个孝子,他多次陪母亲来南岳寺烧香,对蕴璞师父敬重有加。

很简单,他放走了蕴璞,还给了他几个烧饼。

从此,一个叫蕴璞的僧人,就在江湖上消失了。

他后来去了哪里,逃走的时候有否把涵空的僧帽壶带上,都是谜。

故事很好听。可是,听故事的我们,依然一头雾水。

问题一,你讲这个故事,演绎的成分有多少?历史上有蕴璞和尚这个人吗?涵空和尚的那把僧帽壶,究竟去了哪里?

问题二,你不是说,僧帽壶的原作者是时大彬吗,怎么又冒出来一个涵空和尚?若真是有,他们两个,时大彬在先,还是涵空在先?

叶朝贵没有立刻回答。估计他入戏有点深,此刻还沉浸在情节里。

问题当然是老爷子提的。他的态度,让我想起有部想不起名字的老电影,其中有一句台词是:"那时候还没有你呢,你妈知道!"

老爷子较真了,表明他很在乎。

这个故事传出去,对老爷子手上这把僧帽壶是不利的。因为该壶的底部落款明明是杨彭年,却突然冒出一个涵空和尚来。

叶朝贵以退为进:老前辈啊,我今天在您这儿班门弄斧,已是大为失敬了,我就是一个替师父来给您捧场的小角色,您千万担待!

一番话说得老爷子反而有点尴尬。

他朝我看了一眼。我一时没明白。一旁的少求上前圆场,说:叶老板呀,我爹就是这么个人,心直口快,您千万别计较,喝茶,喝茶。

那天的刷卡机,就刷了一笔交易。六万。一分不少。

怪不得老爷子这么自信。

挣了钱,脑子里就不免多想了。这六万块跟我有多少关系?这个家,什么都是老爷子说了算。如果我放低身段,就是老爷子麾下的一个伙计,那他也应该给我开工资吧。

呵呵,搞笑。我发现自己已经沦落了。

卖了一把壶就入账六万,老爷子似乎并没怎么激动。不过那天的晚饭很丰盛,他亲自去古南街老正兴菜馆叫了几个菜:老鸭煨萝卜、响油鳝丝、红烧划水、狮子头。

晚饭前,叶朝贵告辞了。他不肯留下来吃饭。老爷子送他,一直送到蜀山大桥旁,站在晚风里,他们挨得很近,又说了一会儿话。

在我看来,叶朝贵讲了一个和稀泥的故事。故事最后的结局是开放式的,它可以让老爷子家传的僧帽壶一文不值,也可以让它价值连城。

晚上少求主动要跟我亲热。没进入前戏时,她得意地跟我说:怎么样,我没骗你吧,六万块,是你半年的工资奖金吧。

我头一扭,懒懒地说:那钱,跟咱有关系吗?

少求贴着我的腮帮子说:爸爸已经给我了。

我不太相信:全部给了?

少求说:当然。爸爸说了,只要是卖茶壶的钱,全部归我们。

我心头一热:嗯,这还差不多。

少求说:我爸这人,待我们,就差没把心掏出来了。

第三章

耳光响亮

在古南街过日子,也并非天天都有故事。

不过,没有故事,也有故事的零件。因为古南街活色生香,天天都是新鲜的。

此地风俗,家家都有茶案,户户都用茶壶。走错门的陌生人,坐下来喝杯茶再走,都是常情。

茶润口舌。人喝了茶,哪有不唠的。天上飞的,地上走的,水里游的,都是人间的事,传来传去,便都成了故事。

养病的那些日子,闲着无聊,我就把古南街上老店铺的旧招牌,用一支狼毫小楷笔,一家一家抄下来,从南到北,分别是:高金生德义楼茶书场、冯三华京剧票友社、郭杏林品心茶馆、许博南百隆杂货店、葛八泰陶器店、吴汉大钟表店、黄阿鑫老正兴菜馆、芦祥生鸭饺面馆、束阳生豆花馄饨店、欧岳林陶器店、戚三大生猪宰坊、顾小林银匠店、潘兰初豆腐店、徐三隆烟酒店、许义大陶器店、郑小来米行、杨坤盛裁缝店、马小麒银匠店、祝德宝洋货店、毛顺生陶器店、蒋中杰孔子书局、周茂和三春堂药店、许金坤鸿运酒楼、吴汝根康乐混堂（浴室）、温仝得理发店、黄龙生糕饼店、马良生典当行、徐志南陶器店、温建生竹器店、李伯庸牙医馆、马和生陶器店、恽阿来寿衣店。

郭麻子一壶茶嘛皮包水，
吴汝根混堂里嘛水包皮，
王全根菜饭要搭白斩鸡，
芦祥生鸭饺面嘛鲜咪咪，
黄龙生的烘麻糕香来兮，
潘兰初的豆腐花飞飞跷，
束阳生的开洋馄饨馋煞你。

"飞飞跷""香来兮"都是本地方言。大拇指翘得可以飞起来，那还了得！"香——来——兮"吴语。如果让我家少求用本地方言拉长了声音读这三字，应该是手舞足蹈的样子了。

据说，这段顺口溜，是一位古南街的原住民、九十一岁的鲍小林老人，从他那只剩下三颗残牙的瘪嘴里唱出来的。估计这张嘴很能吃，很够本，怪不得活这么久。在我看来，它还是一份被压缩的古南街美食标配，以我的胃口延伸开去，还可以给出一份"扩充版"。是的，如果当年我生活在这条古街上，每天早晨五点半就醒了，又不想赖床，郭麻子品心茶馆那一壶鲜活的酽茶，还有黄龙生糕饼店里那香喷喷刚出炉的推酥麻糕，早就在吊我的心火了。人活着，吃是真功，哪怕明天的饭碗还荡在空里，今天的口福却不能打半点折扣。品心茶馆靠河窗的那个绝佳位置，肯定早就被我占到了。伙计将一条热手巾递上来，把我一张黄酱酱的隔夜面孔，熨擦得光亮十足。然后，一壶酽酽的香茗，或大红袍，或碧螺春，仿佛天籁般的甘霖，先用鼻子吸气，吮其清香，热热的一注，从口中润滑到心坎，通透，熨帖，又慢慢扩散，浑身的每一个毛孔都舒展开来。此时，摊开一块热腾腾、黄灿灿、麻酥酥的黄龙生麻糕，是萝卜丝、猪油渣馅的，特别香；这个麻糕好吃到什么程度呢，就是糕皮上的每一颗芝麻，都像妖冶的美女一样诱人，都在催生你的每一滴馋涎。

至于鸭饺面，我可是个常吃的户头。在古南街养病的时候，几乎每天下午两三点钟的样子，午觉睡得有点过头，就想到蠡河边吹吹风，站在那里，河风像一只温柔的手，揉着我昏沉的脑颅，有一阵阵轻松舒适之感。突然一阵异香，从河岸上飘过来，没有人可以挡得住的。我在南京生活时，喜欢吃盐水鸭。最爱的是鸭翅鸭爪。天生啃骨头的命。古南街的鸭饺面，是把上好的鸭脯切成饺子的块状，除了嫩，肉还筋道，入味，有嚼头，却又不塞牙，味道不似盐水鸭那么咸，淡中有那么一点咸鲜的回味，香是一口一口来的。手擀的面条，力道没有兰州拉面那么强势，却是切得细细匀匀，齐整如美人发丝，入口滑爽，嚼有弹性。面汤是鸭汤，像蛇汤一样清。没有一点点膻味，也不那么油腻，是一种淡定的正宗的鲜味，直入脑门的鲜味。我一度怀疑，那原汤里是否加了罂粟壳？这碗面不吃也罢，吃过了就放不下。

豆腐花天下到处都有。南京夫子庙乌衣巷口，有一家"李香香豆花"，嫩且爽口，滑而不腻。古南街上的豆腐花呢，肯定不算特别好，但它的场面蛮好看。先是碗好看,仿古瓷,大模大样,手感好,是自家的饭碗。再是红汤地道,白豆腐花是用小石磨手工磨出来的,这很了得,所以味道很纯正。三是调料里的野葱,是从山旮旯里用手抠拔的,有一种撒泼撩人的香味直冲鼻子。这个野葱,厉害在一个"野"字,香得扎鼻子,赖着不走。葱头圆鼓鼓的,腰肢细长,称不上性感,它就被遮蔽在草丛中,很少有人暇顾。主人居然能在一个季节采集、储存几十斤,放进那种大肚细口的陶瓮里保鲜,一年四季不减其香。

本地人真会吃啊。

想想,今生做了宜兴人的女婿,还真不赖。要是早几十年来这里,我肯定是古南街第一吃货。只是当下,这古南街的美食,除了一碗鸭饺面,也似美人迟暮,意兴阑珊了。

只有鸭饺面馆、品心茶馆、牙医馆、豆腐店门面还在,生意还在。但是,你最好别问他们是不是谁谁谁的后人。

有一碗鸭饺面,我就愿意在这里待着。

私下问过街上的老人,这古南街上三百六十行,早前怎么就没有一家烟馆和妓院?

老人朝我笑笑,说,去问你家老丈人吧。

我还真的问起过老爷子。他说,烟馆嘛,其实浴堂就有这样的功能。一个男人,一角钱买根浴筹,可以在一张铺了长毛巾的躺椅上,舒舒服服待半天。茶水是一直有伺候的。你若还肯花钱,雅座的包厢里,有大烟膏子,云南货、暹罗货都有。烟枪还是英国货,不过一般人哪抽得起?那东西抽上了,就戒不了,比火烧还厉害。

至于挂牌的妓院,古南街上倒真还没有。老爷子回忆说。不过,北街那些冷清的巷子深处,暗娼是有的。大都是安徽、河南逃灾过来的女子,什么小白菜啊,黑玫瑰啊。做壶的艺人、烧窑的汉子里,很多是外地人,光棍不少,荷包里有钱的时候,都会找到自己的快活。

老爷子说这话时,倒也坦荡。可不是嘛,人世间,有了来路,就要有出处。《金瓶梅》里说,男人无性,寸铁无钢;女人无性,烂如麻糖。

乖乖,老爷子还知道《金瓶梅》。

都是人嘛!他还补充了一句。

有一天下午,三点钟过后的样子,来了一位不速之客。

原本这样的时光,我会懒懒地踱步蠡河边,吹吹河风,看看光景。这样的时候,喉咙口有点痒,嘴里有点馋。每天午饭吃得少,就是为了留下"食仓"(本地人对胃口的别称),去"芦记"夯一碗鸭饺面。是的,夯一碗鸭饺面,是我生活惬意的一个指标。本地人,说狠狠地吃东西,就叫"夯"。

但是这天,突然来了一位客人,五十多岁,高而瘦,白脸上的肉却肥嘟嘟的,衣着随意。我注意到,他左边的一只袖管空荡荡的,身子便愈发显得单薄。

来人自报家门,说自己就是古南街上芦祥生鸭饺面馆的后人,名叫芦小堂。

哈哈!你家的鸭饺面,我天天要去吃的。我说。

亲近感油然而生。

一番寒暄。似乎脸熟。但肯定之前没见过面。让我颇感诧异的是，此人没怎么在古南街上露过面。我这个人眼紧，但凡打过照面的人，就不会忘记。

他倒是轻松随意，跷着琵琶腿，磕着葵花子。那只空袖管晃晃悠悠，仿佛在炫耀着某个故事。有一搭没一搭地，他跟我唠起这古南街的历史。什么苏东坡在这里搭过草棚，陈曼生在这里刻过茶壶，唾沫星子像苍蝇一样飞撞着。不知怎的，我开始有点烦，感觉他再说下去，就是一碗刚起锅的鸭饺面放在我面前，也没胃口了。

我问：芦先生有什么指教吗？

他说：倒也没什么正经事。您要是方便，我想让您见识一样古董。

他随手从上衣插袋里摸出一个小匣子，一看，就知道是假鱼皮纹饰的硬塑料。不过外行看起来还有点古色古香。

轻轻打开，是一张对折的发黄旧纸。

倒也没什么不好的预感。不过，突发奇想，这张旧纸，或许跟老爷子有什么牵扯。

他在等我拿它，两只骨碌碌的眼睛望着我。

我给他沏茶，只当没有看见。

呵呵。他笑起来的时候，脸上那肥嘟嘟的肉都跟着颤动。

想起了老爷子的叮嘱，但凡来客，无论是谁，都不可以怠慢，更不能伤了和气。

于是，我也勉强地跟着"呵呵"起来，就是人们常见的那种无聊的、应景的咧嘴而已。

他迟疑了一下，终于把那张躺在匣子里的旧纸打开，放在了我的面前。

居然是一张竖式的借据：

兹有葛龙章借芦鸿济家藏名壶一把，乃明代天启年间赵元祥官灯提梁壶。该壶红泥铺砂，全手工制作。壶底及盖内有印谓"荆溪""赵元祥制""元祥"。经双方协定，该壶借期两年。借期第一年月息五元，第二年月息八元。逾期不还，葛龙章愿意将品胜窑股份作为赔偿。此据须甲乙双方签字并手印生效，青天在上，半字无虚。

具保人　裘本初（签字并手指印）

××年腊月廿三日

葛龙章？芦鸿济？都是我闻所未闻的名字。这张脆薄的旧纸，似乎正散发着做旧的某种药水气息。按我的判断，它只是江湖骗子讹诈术的一种。

我冷冷地看他一眼，说：它跟我有关系吗？

芦小堂说没关系，他也不是来讨债的，他只是想借此表明，葛家和芦家是世交，渊源很深。葛龙章嘛，就是你丈人的爷爷，芦鸿济，当然是我家老太爷了。

那你把它收起来吧，小心别弄破了。

我努力让自己客气一点。站起来，有送客的意思。

他赖着不走,说:你丈人呢,我想见他。

既然你跟他熟悉,就自己找他吧。

我突然觉得自己的声音很陌生。显然它是受到了太大的压抑。

我这是小肚鸡肠吗?天地良心,你若见到这张脸、这张做旧的借据,也会恶心的。

此时,并非我把老爷子叮嘱的话全部忘了,而是我管不住自己的嘴了。

还加上一句:恕不奉陪。

说白了,就是要撵他走。

他叹口气,突然不软不硬说了一句:灵珠怎么找了你这么个东西!

我脸上仿佛挨了一记耳光。

不经意间,对方切换到了居高临下的长者姿态,而且还随便地说出葛少求儿时的名字灵珠。这个名字,连老爷子都不怎么叫。据说少求小时候生过一场病,连续高烧不退。遍访名医而终无疗效。一日,从古南街外来了一个癞痢和尚,在葛家门前讨了一杯茶吃。吃完茶,诡异地说了一句话:天克灵珠,地佑少求。

葛老爷子恍然大悟,遂将灵珠的名字改为少求。

据说名字一改,少求的病就好了。

这个典故,当年我跟少求热恋的时候就知道了。她说,除了特别老的街坊,知道的人很少。

而此刻,对方语气里的那种轻蔑,带着长辈的痛惜,还有一朵鲜花插在牛粪上的被糟蹋感。

灵珠是你这样的人配叫的吗？

由于气愤,我无比愚蠢地回应了这样一句话。

他哈哈笑起来：我叫她灵珠的时候,你还不知道在哪里打滚呢！

估计他感觉赢了,脸上的嘟嘟肉都在跳舞呢。

而且还乘胜追击：可惜了,老法师也有看走眼的时候。

明摆着,是来挑事的。

此时我倒冷静下来了。既然对方是一个无赖混混,又何必跟他一般见识？

不理他。站起来,我决绝地做了一个下逐客令的动作,说：不好意思,我还有事。

他用一种不屑的表情看着我。又来了一句：唉,老爷子怎么可以把这么多的宝贝交给你哦？

似乎他什么都知道。

这不是在挑战一个男人的尊严,而是击中了钦某人的软肋——内心深处那点不自信,顿时被这句话放大了数倍。

原本我是个没脾气的人,但此时我相信,但凡有点血性的男人,都会上前揪一把胸脯的。

不过,说话的时候,此人的那只空袖管,一直在我眼前晃来晃去,好像在明白无误地示威：你他妈敢惹我吗？

要说此时有点进退两难,倒是真的。

怎么办呢？最终我还是选择了后退。行,你不走,那咱俩就耗着,继续喝茶。

我重新坐下来的时候,脸上已然挂着诡异的笑容。这一下,该轮到他心里打鼓了吧。

倒掉残茶,换了茶叶。茶壶里的香气还在直冒。电磁炉上沸水翻滚,等待着主人的成全。茶这东西,特定时刻就是一帖药,虽不能包治百病,但却可以摆平是非曲直。

他还在寻衅挑事:这种茶叶也拿出来招待客人啊。

茶叶有问题吗?老爷子特别喜欢的雨前茶啊,叫梅占。兄弟啊,将就吧。我赔着笑脸,给他斟茶。

他从口袋里拿出一小包真空包装的铁观音茶,说,一边去歇着吧,看老子来泡一壶茶给你喝喝,也好让你见识一下什么是好茶。

他还真的冲我走过来了,神情里带着不屑。仿佛他才是这里的一个久违的主人,我却是一个冒失的陌生客。

强忍着窝火,我坐着不动:兄弟,您这不是夺我饭碗吗?

他头一歪,坏笑着说:你还有自己的饭碗啊?

言外之意,我就是个吃软饭的小白脸。

如果再忍下去,他一定会骑到我脖子上拉屎的。

怒火从胆边冲决而出。一记惩罚的耳光,即将在一秒钟后,发出与那张肉脸撞击的脆响。

可是,这记耳光在空中僵住了。

因为他不失时机地用那只空袖管擦了一下嘴边的唾沫。

这个恶心的动作消解了我攻击的动力。我这辈子,对什么人都可以出手,就是不能打残疾人,哪怕他犯了天条。

他用方言骂了一句脏话,还高声嚷嚷:啊,你想打我?你打啊,打啊,来人啊,要出人命啦!

啪!不是那种脆响,而是被云层压抑的沉闷的雷响。

这记耳光真的飞出去了!什么残疾人,你就是个坏人!你突破了我承受的底线,已经发生了什么事,接下来还会发生什么事,我不知道!这记耳光不是我打的,是老天替我打的。因为,僵在空中的那只手,接受的是天意!是老天让它突然变成了一根愤怒的鞭子。

暗红的血,从他抽搐的嘴角流下来,像一条扭动的蚯蚓。他肯定会冲上来跟我拼命,因为我看到一张扭曲的脸上,两只眼睛像烧红的煤球。

奇怪的是,他一屁股坐在我泡茶的主人位置上,哈哈哈狂笑起来。

是老爷子来了。

老爷子一定会像一头暴怒的老公牛一样,我以为。可是,没有。老爷子很冷静,他连看都没看我一眼,好像我根本就不存在。

他好言安抚芦小堂的样子,就像对待自己的一个孩子。他找来一块毛巾,擦掉了芦小堂嘴角的血。然后,赔不是,反复说对不起。最后,他终于朝我看了一眼,那眼神,有如芒刺,比打我一记耳光还难受。

给小堂哥哥道歉!他瞪着我,艰难地说出这句话来。

我看到他嘴唇在哆嗦。

从哪条地缝里冒出来一个"小堂哥哥"啊!还道歉!怎么可能?我做不到。别说你是我岳父,就是亲娘活老子,也不可能强迫我对一个侮辱我的人道歉。

我冷冷地说：该道歉的不是我。

你打人还有理了？单凭这一点，我就可以报警。

老爷子憋出这句话的时候，身体摇晃了一下，用双手抓住了自己的胸脯。

醍醐灌顶。就是在这一刹那，我猛然清醒了。

因为对方赖皮，讲了一些难听的话，就出手打人。我的几十年教养哪去了？我读过的那些书，你们去了哪里啊，怎么不出来帮我挡一把？一个满口斯文的人，一个好歹在省级机关工作了多年的"公家人"，怎么连起码的法制观念都没有？

钦某人啊！

我赶紧上去扶住老爷子，说：爹，我错了！你没事吧！

老爷子痛苦地皱着眉头，一字一句地说：别管我，赶紧向小堂哥哥道歉！

憋屈！此生从未有过的憋屈充斥着我的全身。而此时的芦小堂，正在老爷子的帮助下，用纸巾擦完他那挨打的半边脸庞。他的表情很复杂。惊恐，追悔莫及，甚至还有点恍惚。

好像刚才那个挨打的人，是他的一个躯壳。

一个压抑而变形的声音从我的喉咙里冒出来：对不起，我不该打您，我错了，我向您道歉！

第四章

壶漂江湖

老爷子和我都病了。

心悸,浑身上下不自在。我的身体仿佛又回到了从前。正常的生活被打乱,连每天送小小上学,我都难以为继。少求只能跟学校请假,服侍家里的两个男人。如此一来,"聊壶茶坊"也只能"内部整修,暂停营业"了。

我发现,"耳光事件"之后,连街坊们看我的眼光,也都似乎有些异样。

家里,那就更惨不忍提了。老爷子那天差点中风休克,血压高得吓人。他倒是在贴身口袋里备了救心丸,关键时刻,他朝芦小堂而不是我示意了一下,芦迅速帮他倒水服用,躲过了致命一劫。但他还是倒下了,被我们七手八脚送到二十里外的县城医院,做CT、心电图、磁共振,然后不停地输液,吃各种药丸,住院观察三天后才被放了回来。总算是虚惊一场。

从老爷子倒下那一刻起,我感觉自己就是一个罪人。

芦小堂很快就撤退了。他像一个临时客串的演员,很快就消失了。他挨耳光的那张脸,按照私了的方式,接受了某种补偿。少求不肯说出一个具体的数字,按我的估计,应该在四位数以上。对于打人这件事,少求场面上的说辞当然必须跟老爷子保持一致,比如,当着老爷子的面,也骂了我几句。但私下里,她竟然说打得好,这记耳光等于是替葛氏家族打的,真是扬眉吐气。

我很诧异,葛家和芦家,到底是什么关系?这个芦小堂的突然出现和消失,到底是怎么回事?

少求说:急什么,慢慢你自然会知道。

我知道她并不是有什么事要刻意瞒着我,而是顾忌我那有些反复的身体。自从"耳光事件"之后,我浑身不舒服,睡眠明显变差,半夜里盗汗,身体发冷。还有一个生活质量下降的指标是,对那碗每天下午想吃的鸭饺面,突然就没有胃口了。

心脏早搏,是我原先那一摞慢性病里的一种。具体的感觉就是心悸,心前区不适,心律不规则,好像心跳突然停顿的感觉。我身边有些常备药,诸如安定、珍合灵、利眠宁等。可是,病真的来了,这些药物基本没有什么疗效。这样的时候我突然怀念省城了,由于从小的娇生惯养,我还真不习惯到陌生而简陋的小医院去就诊。葛老师倒是在本地的医院有熟人,但我对她说,我的心脏不能随便交给一个陌生人看。我同学桂一诺的父亲,是省人民医院的心脏病专家,之前看病,一个电话招呼过去,也能行个方便。

我对葛老师说:我想回去,检查一下身体。

少求有些犹豫,说:这个时候你一走,我爸会怎么想?

可是,天天待在一起,又会怎么样呢?我说。

我其实就是想回避一下现实。这段时间,我跟老爷子的关系处得有点尴尬。表面上我们还是客客气气,但彼此都病了,"聊壶茶坊"就只能打烊。这扇门关上了,等于把我和老爷子之间的一道门也关上了。

比如,在一张饭桌上吃饭,我们不再像以前那样天南地北地聊。原先他喜欢说一些来自老年群体里的八卦。可是,如今,他寡言少语,脸色晦暗,饭量也减了很多,有时还没吃完,就撤离饭桌。我们家的保姆阿青,烧得一手家常好菜,老爷子最爱吃的梅菜扣肉,她做得非常地道。但是,阿青私下告诉我,他现在一看到鱼啊肉的就恶心。

女儿小小,鬼精灵一个。谁也没有告诉她什么,可她什么都知道。

爸爸,姥爷昨天晚上在自己房间里给一个人打电话,打了好长好长时间哦,我想进去听听,可一进房门就被他赶出来了。姥爷的脸色很奇怪,一会儿白,一会儿红,我感觉他是给一个女人打电话。

小小表情诡异。她有一种与生俱来的语言天赋。一件稀松平常的事,能被她说得惊心动魄;同时,她也会把一件火烧眉毛的事,说得云淡风轻。

我知道最近小小迷上了一款小巧的iPad,可是我和少求都不同意给她买,因为我们相信,一旦迷上了这个东西,她本来就不算稳定的学习成绩会直线下降。

小小的情报似乎在提醒我,老爷子有情况。他的病,有可能是装出来的。

他要演戏给谁看,给我吗?我知道自己最近一直在为那一记愚蠢的耳光买单,他还要怎么样?俗话说,眼不见心不烦。既然不喜欢也不放心我,那我何必继续待在这里呢?

突然思量起南京的一切。梅花山的路,鸡鸣寺的钟,莫愁湖的树荫,夫子庙的鸭血粉丝汤,秦淮河的桨声灯影,都跑出来拽我的衣衫。

某个周日的下午,少求和老爷子出了门。他们说是要出去散散心。我也没问他们要去哪里。这个百无聊赖的下午我感觉时光特别漫长。我给桂一诺打了个电话,跟他聊了聊近况。桂一诺说,你就暂时撤吧,回来过段时间,让老爷子来求你回去。正好我们最近想搞个同学聚会,你来以后让我父亲帮你检查一下身体,然后夸大一下你的病情,就说需要留城观察。

按照我俩的计划,我先到县城医院做了一个心电图,然后把检查报告寄回南京,让桂老爷子评判。

然后,有一天吃晚饭,当着全家人的面,我接了一个桂一诺的电话。我打开了手机的免提键,桂一诺略带沉闷的南京白话腔就在客厅的上空盘旋。

你还是回南京一趟吧。我家老爷子说,你得全面检查一次才行。他们最近又进了一套德国最先进的设备!

老爷子闷着头喝汤,似乎对这个免提电话充耳不闻。

少求故意把汤勺弄出很大的声响,似乎在提醒老爷子做出应有的反应。

老爷子终于把碗一搁,给了我一张疲惫而宽容的脸,说:去吧,好好检查一下身体,早点回来。

他还朝我看了一眼。眼神里,倒是实笃笃的诚恳。

从声音的质感上判断,老爷子的气是消了一些了。

晚上躺在床上,少求对我说:爸爸有心事,但是跟你没有关系。

我故意激将:反正我是个局外人。

她推了我一把,不满地说:你就是个阿木林。我爹那点事,不早就告诉你了吗?

我终于明白,前几天少求陪老爷子出去,是会他的旧情人去了。

我顿时来了兴趣,问:他去会旧情人,你去当什么电灯泡啊?

少求叹口气。

原来老爷子的旧情人患了重病,食道癌。少求说:医生说没多少日子了,她也不想死在医院里。

那怎么办?莫非,老爷子想把她接到家里来?

那倒不至于。少求说。爹的意思,是想陪她到山里住些日子。

我知道老爷子在西渚山里有个朋友,开了一家民宿兼农家乐。那地方倒是不错,我们还去吃过一顿美妙的饭。可是,那怎么成呢,万一老太太死在人家那里,人家还怎么做生意啊。

少求说不是。

少求吞吞吐吐地,终于说出了一个秘密。

老爷子居然在靠近浙江的廿三湾附近,一个叫南山坞的地方,有一间简易装修的房子。

金屋藏娇啊!我差点笑出声来。

少求的眼泪突然夺眶而出，说：当年爹是为了我，最终没有娶她。她人很好，但是脾气有点暴，当然也有其他的牵扯。爹怕我受委屈，因为他答应过我娘。他也怕别人风言风语，从来不让她到我们家来，所以就在山里找了一间旧房子。

少求的故事说得掐头去尾，显然她不愿意多说。我也懒得追问，只记住了一个女人的名字，叶云芝。

这个家里的两个男人，一个要去山里给旧情人做临终陪护，一个要以去南京看病的名义逃避现实。葛少求老师倒也不是没辙，她是觉得，我在这个时候离开，至于吗？

是的。既然老爷子要走，那我何必要走呢？

不走了。我可以把心电图检查报告寄给桂一诺的父亲，让他远程诊疗、隔空施药。其实，说不定，老爷子一走，我的病就好了。

老爷子听说我暂时不回南京了，松了一口气，又叹了一口气。

这也是小小告诉我的。老爷子喜欢小小，在她面前什么都不掩饰。小小的情报一般来说比较准确。但是，就在老爷子去山里的前一天，小小手里突然有了一个崭新的iPad。是姥爷给我买的！小小神气地宣布。我和少求相互看了一眼。前不久我和少求反对给小小买iPad的时候，老爷子还附和呢。也不跟我们商量，突然就给孩子买了这么贵重的东西。说不定还是小小用许多情报换来的呢！

咱们的女儿啊，就是个双面间谍。我对少求说。

胡说八道！少求撑了我一句。小小很懂事的，她太像我，智商一般但情商高。她害怕家里人吵架,所以就传递一些无关紧要的情报,让大家的心放回到原处。

这倒是的。少求开车送老爷子去山里的时候,小小还扑到姥爷的怀里,在他的耳根处亲了一口。

这一口,把老爷子的眼泪都亲出来了。

老爷子一走,我感觉家里顿时天光明朗,山清水秀了,也不心悸了,睡眠也好了。只是面对那碗鸭饺面,一点胃口都没有。心情慢慢好起来,嘴馋是必定的。最近我比较迷恋古南街西头"郭记食坊"的百合银耳羹,微苦甘甜,爽而不腻。百合是宜兴太湖边的特产,据说有清心养神的功效。老板娘是少求儿时的同学,叫郭小蕊。花腔,人很会来事,开口闭口叫我姐夫。那调调,比百合银耳羹甜糯多了。

当前首要的是,"聊壶茶坊"必须开门。这本来就不是个事,一把钥匙把锁打开,不就开门了吗?不是的。"耳光事件"在古南街上的影响太大,重新开门,得有点响头才是。

我策划了几个方案,都被葛老师否定了。

比如,去省城请几位文博专家来坐堂,再找一些街坊围观,让专家当场鉴定"聊壶茶坊"的藏品。然后,找几个可靠的"托儿",现场买壶,引那些跃跃欲试的人上钩。

再比如,推出一个"老壶优惠周",在古南街一带张贴小广告,凡是在一周内前来光顾的壶客,均可享受八折优惠。

葛老师说:古南街上的生意,都是顺其自然。你找几个文博专家来,人家一看就知道你在炒作,紫砂壶这一行,高人在民间。只要壶是真的,自然会有人来。而且,真正的文博专家,咱们请得动吗,出场费给多少?做生意不能小气,但成本意识也得有。至于小广告,太恶心了!平时咱们最讨厌的江湖膏药,怎么自己想用就用上了?还什么八折优惠,人家会说,看看,老祖宗们都在跳水了,只怕这家铺子活不下去了。打折这件事,只可以做,不可以说,懂吗?葛老师特意强调。

但凡我踩油门的时候,少求总是要踩刹车的。这几乎是我们过去生活的一份默契。所以,对于她的否定,我倒也没怎么生气。

她太懂我了。话说到这个份上,她就不往下说了。

她的意思是,悄声默响地开门,只当什么都没有发生。

若是有人问起来呢?我说。

你就是爱面子,也有点心虚。她尖锐地点戳我。你以为古南街上的人都这么蠢吗?说白了,并没有多少人爱管你的闲事。肯走进你这里喝一杯茶的,都是有善意的人。

我的信心,就这样被少求鼓动起来了。

为了支持我,少求跟学校请了一天假,亲自来茶坊为我站台。这段时间,她一直在悄悄地跟一位朋友学习茶道,虽然还未得法,但坐在泡茶桌前,那一招一式,跟我们这些胡乱泡茶的人,完全是不一样的了。

选择在一个有阳光的中午而不是早晨打开关闭了多日的"聊壶茶坊"大门,是因为葛老师的坚持。她认为,中午是古南街上比较安静的一个时段,街坊们都在家里吃饭,走动的人少,但外地人还是会在街上溜达。这个时候开门,有一种不经意的味道。而且,朝南向阳的位置,会让大门一打开,就有黄金般的阳光照射进来,在带有凉意的深秋,这种阳光非常高贵而又平易。它最大的好处,就是默默地吸引一切向往它的人们,不管男女老少。

果然,开门不到半个时辰,店里就挤满了人。没有一张熟悉的面孔,都是外地来这里游玩的。他们东看看、西瞅瞅,顺便坐下来讨杯茶喝。所谓休闲时光,就要这样不带目的,而茶香气是要靠人气来捧场的。古南街当然还不是政府圈定的旅游胜地,但它古朴且散淡随意的格局,又不收门票,反而引来了不少外地的背包客。外地人来到这里,小吃要尝一尝的,紫砂壶也是要买几把的,便宜的壶,几十块钱、几百块钱一把,贵些的,几千块钱、上万块钱一把,都有。但是,更贵的壶,就要到"聊壶茶坊"来看了。也不是说,只有"聊壶茶坊"的壶才高贵,而是那些身价不低的大师级茶壶,主人都已经不在古南街住了。他们大多有自己异地而建的"艺术馆",占地会在五到十亩以上,内部结构恢宏且豪华。他们在古南街住过的老房子,被政府修旧如旧,挂上一块"某某某旧居"的牌子,立刻具有了历史气息。一把茶壶的造化,就这样把人捧到了天上。

我这样说,并不带妒意或贬意。我是说,大师们都走了,在古南街上,只留下了他们的躯壳。你想看历代大师的壶,就得到"聊壶茶坊"来。你可以用虔诚的目光随意抚摸它们,欣赏它们。当然你如果想买它们,说心里话我有点不忍,但也不是完全不能割爱。我相信,从我口中报出的价格,一定会让你惊喜。机缘就是这样,它来了,并不是待着一直不走,我们得共同把它抓住。

以上这番话,有点像广告词。的确,这番话,是我在茶气氤氲的时候,用我那听起来圆润而浑厚、余音还有点金属般铿锵的南京白话,对着那些围坐的游客,悠悠笃笃地说出来的。有一点我必须承认,老爷子不在,我说话的声音也敞亮多了。我从游客们的眼神里看出,他们很爱听我说话。当然,他们手中免费享受的一杯香茗,也起了极大作用。

如此,开头三天,没有成交一笔生意,但我心里还是很有成就感。

少求的分析很有道理。这里的街坊,没有来探头探脑的,也没有什么闲言碎语刮进耳朵里。其实,我们家那点事,谁心里都清楚。翁婿之间有点摩擦,老爷子借故出去了,女婿在"主持工作"。大家看我的眼光,果然有些不同。之前有人来说事,即便我在眼前,也要绕过去跟老爷子说。现在不一样了,哪怕是街道居委会的大妈来发"灭鼠灵",也不会问葛老先生在家吗,而是直接跟我搭讪,一口一个"钦老板",走的时候还不忘塞张名片在我口袋里。是的,可别小看居委会大妈,她们的一张嘴,就是一辆宣传车。我从古南街上走过去,很多熟人客气地跟我打招呼,他们无一例外地叫我"钦老板"。在第一秒钟里我很受用,但很快我就自嘲:"聊壶茶坊"的老板真的是我吗?天晓得。

的确,我想做点事。让老爷子看看,我钦子厚不是吃白饭的。不过,我又为自己的这个想法纠结。我那么想做事干吗?老爷子说回来就回来了。在这个家里,他放个屁,都能吹倒一根柱子。说白了,我就是一个替他看店门的伙计,还真把自己当成钦老板啊。

这一天是个下雨天,非周末,古南街上有些冷清。下午三点钟的时候,"聊壶茶坊"里一个客人也没有。茶,还在炉子上煮着。我随手拿起一本文震亨的《长物志》,有一搭没一搭地翻着,时光在这样的时候,落寞又安静,这种质感让我很是喜欢。

悄无声响地进来一个人,打着一把很大的黑伞。这种伞很面熟,电视里领导干部冒雨视察某灾区,就撑这种宽敞结实的黑伞。似乎老爷子也有一把。是的,第一时间,来人的这把伞,就成了他的一种身份。

但他肯定不是一个领导干部,因为他手里还提着一个装了锦盒的礼袋。当然,说他不是领导干部,还因为他的举止和谈吐。一开始,他其实只说了一两句话,我就知道他是哪一路的人了。

半秃的脑袋,圆乎乎的脸上倒是泛着些善光。来人说自己姓潘,名叫潘阿明,在离此不远的湖汊镇做点茶叶生意。

您就叫我老潘吧。

掏出来的烟,是硬壳"中华"。自从生病,我就彻底戒烟了,于是婉谢。这种烟,本地领导干部或老板是不抽的。本地人很牛,稍有头脸的人抽的多半是"黄金叶",一千元一条。生意有点规模的老板,更是不屑将硬壳子"中华"烟拿在手上的。

聊了聊天气、茶叶的行情。老潘说我的茶叶不错,只是炒茶的时候,闷锅的时间略长了。他拿出一小纸袋茶叶,让我泡一壶试试。

我想,此人是否来推销茶叶的?

我本来想说,本店不用外茶。可是,看着他善意且热情的目光,我把一句容易得罪人的话咽回去了。

我用他的茶叶泡了一壶茶,抿了几口。香是浓香,但喝下去之后,少了那么一点回味。见我不置可否的样子,老潘说:回味要等一等。

果然,扯了几句闲篇,喉咙下似乎有一小股气息在集合,悠悠地往上游走。一股醇厚的香气挡也挡不住,似乎顶到了我的下颌。我脱口说了一句:好茶!

他得意地呵呵笑了,很快就收住,说:哪天我送几斤好茶来,难得钦老板这样喜欢。茶贵逢知音哪。

"钦老板"!这三个字从他嘴里说出来,一点都不做作,非常流畅、自然。

尽管我认定他是个茶叶推销员,但我一点也不反感他。

我告诉他,我们家有山里的亲戚,一年四季的茶叶,都是他们免费送来的。我特意强调了"免费"二字。他似乎没听进去,说:那没事。茶叶嘛,各有各好。您这儿人气旺,各种好茶,到了您这儿,就是它们的造化了。

每一句话,都听着舒服、熨帖。这个人坐在你对面,那种清清爽爽的感觉,跟茶坊的气息倒是很搭。

既然不是来推销茶叶的,那么,不会光是来蹭茶喝的聊天党吧。

他说,自己是来讲故事的。

说着,随手拿出锦盒,解开缎子包袱,露出一把壶。

此壶黧黑色,圆形,暗呈包浆,通体饱满,古气扑面,天相浑厚拙朴。

我心里暗暗叫了一声:好壶!

尽管我不怎么懂壶。但是,就像老爷子说的,看壶如看人,气质、容貌,都是一眼就能看得出的。

他不急不慢,步步推进说:您还有一处没看呢。说着把壶底翻过来,拿到光亮处,让我看。

"希伯制壶"。竟然是古希伯的底款。

这个名字,无论在紫砂界,还是在玩壶的人那里,都是五雷轰顶的级别。不过,古希伯只有一个,"古希伯"却满大街都是。

泰斗的壶,跟一般壶手的壶,差别太大了。他自言自语,顺便看了我一眼。

那是那是。我支应着,心里琢磨,此人到底想干什么呢?

您不妨上上手。他善意地笑着说。

我知道,这是壶家对客人的最高礼遇了。

此壶体量很大,但极轻。其饱满的程度,就像一个吹足了气的气球,特别光洁,像婴儿的皮肤,手感特好,有一种举轻若重的感觉。

我知道,全手工制作和用模型制作的壶,最大的区别之一,就是前者轻空,后者笨重,因为成型的方法不一样。

您知道这把壶的名字和来历吗?

他问话的语气很温和,但在我听来,无异是在端我的吃量。

"端吃量",这也是一句本地方言。端,就是端详、考察;吃量,就是深浅、大小、真伪。

"聊壶茶坊"的柜子里,老壶多,尤其是晚清和民国时期的壶,占了不少。但古希伯的壶,却是一把也没有。

此壶似乎在哪见过,叫什么名,我还真说不上来。至于来历,就更是一无所知了。

我不好意思地笑笑,说:愿闻其详。

他说:您太谦虚了。好的好的,既然我今天冒昧拜访,就在您关公面前耍个小刀,要是说得不对,您尽管批评指正。

此壶名叫"龅瓜壶"。是的,形状就像一个龅瓜。最早是清代陈曼生设计、杨彭年制作的。

他进入故事极快,拉家常一般,几句话就把我带到一个年代久远的语境里。

说的是二十世纪九十年代初,古希伯给一个当地的领导干部送壶的故事。

坊间的传说里,古希伯清高,壶做得少,别人做十把,他只做一把,甚至,有时一把也不做。市面上基本看不到古希伯的壶,更不用说,他能把自己的壶送人了。

不过,人总有朋友。古希伯骨子里是个老派文人,他非常看重情谊。其一生颠沛流离,到晚年,终于买得一块宅基地,千辛万苦地造了一座属于自己的宅邸。

这块宅基地,紧靠镇郊的一个小湖泊,环境幽静。领导能批给他,极不容易。

古希伯很感恩。他这一辈子,前前后后搬过二十次家。到晚年,一家三代还挤在几十平方米的工厂宿舍里,隐忍的日子,就这样度过几十年。

终于有了属于自己的安身之所。古希伯的感激之情,难以言表。

出了名的大师,能给朋友送一把壶,这是最高的礼遇了。

古希伯之前偶尔赠壶,总是缘于友人上门拜访。这一次,他竟然决定,要亲自上那位领导家,郑重其事地送壶,表达心意。

其时，在紫砂收藏界，古希伯茶壶已然成为财富的象征，但名满天下的古希伯，似乎从没有把自己的作品与金钱画上等号。当他决定赠对方一把壶时，心里想到的只是表达情谊。

但是，无论如何，这个动静有点大。古希伯平时不太出门，他身子弱，当时紫砂工艺厂为他专备了一辆上海牌轿车。这在古镇上，也是绝无仅有的。

一日傍晚，那辆轿车悄然拐进领导家所在的巷子，虽然不声不响，却像一个平地响雷，惊到了很多人。

二十世纪九十年代初，古希伯一把壶的价格，与当地一套商品房的价格相当。他送你一把壶，等于送了你一套房子。

房价蹭蹭往上涨，希伯壶亦不甘示弱，颇有水涨船高之势。

凭良心说，那个受赠的领导，并不是一个贪官。从一开始，他就坚辞不受。你可以说他清廉，其实是胆子小。他当然知道，自从古希伯踏进他的家门，一件新闻就已经传开了。

除非是个傻瓜，才会往这个坑里跳。

但态度如此决绝，等于不给古希伯面子。

坊间做壶人售壶时，难免口吐莲花，说自己的壶寸土寸金。一旦送壶给朋友，态度便陡转千丈，身段放得极低，一般的说辞是这样的：

"自家奈泥做做的，一点点心意而已。"

"奈泥"，就是泥巴，本地方言。

古希伯当然不会说得那么俗。他话倒是不多，但一句是一句，非常诚恳。

他说：古某之壶无非俗物，但心意是真切的，领导若能用它泡茶，等于是替我养壶了。

古希伯一直有个观点，即便是一个伟大的壶手，当他的茶壶经过窑烧出品，也不过才完成一半。壶上的火气、土气，要靠一个忠实的饮茶者，用不消停的茶水来消弭。也就是说，茶壶的另一半，即壶中内蕴的气质、品位、格趣，壶上的包浆，都要靠茶水来养。一把壶若能被一个饮茶者泡养多年，那么，晶莹华贵的包浆，便是对饮茶者最好的回报。

按照这样的说法，本来是送壶，变成了请对方养壶了。

一个坚持要送，一个绝不肯收。当时的场面，一度有点尴尬。

最后，人们看到古希伯高高兴兴地从领导家里出来。他是空着手的。大家心里咯噔一下。有人惊叫，某领导一套房子到手了。

这个领导政声不错，为人也还算厚道。当时，并没有人去恶意编派他。当然，也因为古希伯威望高，大家都要给壶艺泰斗面子。

不过，一周之后，领导家突然失窃。据说，这个小偷直奔古希伯的壶而去，领导家的现金、存折和细软，小偷将其归成一堆，却没有带走。

表面上风平浪静，但暗地里，这件事被传得沸沸扬扬。

领导倒是很镇定。他没有报案，但在第一时间里向自己的领导做了汇报。当地文博单位的一位负责人，还出来为他做证，几天前，他已经接到这位领导电话，说要捐赠一把古希伯的壶。因为彼此都忙，这件事被耽搁了几天，没想到，盗贼先下手了。

都说这个小偷是个熟贼。他选择在上午九点钟左右下手，因为这个时间段里，领导家里没有人。

警方当即介入了暗查,不过,多天过去,毫无收获。

一个月以后,此壶在台北一家古玩店露面。

台湾报纸做了报道,称此壶价格,与一辆当时最贵的豪车相当。

古希伯在台湾有不少粉丝朋友。那时的手机还不能拍照,也没有视频和微信功能。但是,很快,这把壶的照片,便以电子邮件方式,辗转出现在古希伯的眼前。

古希伯见之大惊。他原本的想法非常简单,就是送把茶壶给朋友喝茶而已。而现在看来,自己岂非害了这位领导?!

幸亏这位领导命大福大。情况说清,处置得当。

窃贼是谁?几十年过去了,仍是悬案。

这把壶在台湾漂泊了几十年,但它一直不敢在大陆登场。只要它在大陆现身,便是赃物无疑。

壶命总比人寿长。与此壶相关的当事人,走的走了,退的退了,但故事还绑在壶身上,在江湖上行走。茶壶,就是个容器,无论走到哪里,在谁手上,它本身是无辜的。种种不堪,唯有时光可以稀释。

终于,在一个特定的时刻,此壶以"回流壶"的名义,爬上了大陆的海岸,辗转回到它的老家宜兴,在一个殷实而不露富的收藏家的金丝楠木柜子里,安安静静待了几年。后来,这位收藏家家道中落,便将此壶卖给一个上海的收藏家。后来,这个收藏家要去美国定居,又把它转卖给宜兴的一个古董商人。在将近十年的时光里,它被几度易手,最后到了湖㳇山区的一个茶场老板手里。

这个茶场老板,就是您吧!我忍不住插话道。

在我听来,这个故事的后半截,就像一个跑了气的气球。

老潘不急,笑笑,说:故事还没有讲完呢。

我问:先说说,什么叫"回流壶"?

老潘抿了一口茶,颇有些不平地说:这些年茶壶佬都发了财,靠的是台湾当地人帮忙。此话怎讲?因为改革开放之初,紫砂茶壶的价格很低,茶壶佬都是穷光蛋。台湾当地人来了,紫砂壶才被炒起来。他们为什么对紫砂壶感兴趣?因为台湾出产高山茶,什么冻顶乌龙、铁观音,要靠紫砂壶来发茶的真香。玩壶,在当地,是一种上流社会的风气,大批顶级的茶壶,通过贩壶的商人,流到了台湾。价格都上去了,很多茶壶佬发了财。后来,受亚洲金融风暴冲击,台湾很多商人破了产,没心情玩壶了。再就是,很多假冒的紫砂壶,打击了他们收藏紫砂壶的信心,很多人发誓不玩壶了!当年流到台湾的壶,大部分又以较低的价格,回流到了大陆。那些当年的壶手,如今大都成了大师,哪一个都是盆满钵满。他们大把花钱,回收当年自己卖出去的壶,等于是买回自己的青春年华,所以称它们为"回流壶"。

哦——!我长长地感叹一声。

这老潘说得头头是道,还挺有文化呢。

我觉得这个段子,比刚才的故事还精彩。

回头再来打量这把匏瓜壶,虽然气宇轩昂,也是一代壶艺泰斗的得意之作,但我总觉得它有一段不光彩的经历。这样的壶,在江湖上会有一个好价钱吗?

老潘接下来的一番话,让我为之一惊:您知道这把壶最后的主人是谁吗？就是那个偷壶的窃贼。

啊？

故事到这里，确实有一种峰回路转的张力。

这个小偷当时也是穷途末路，父亲得了重病，没钱医治。他偷了壶，第二天就出手，卖给长住在古蜀镇的台湾壶贩子林先生，得了一笔钱。开始不敢有动静，等了两年，此事被大家慢慢淡忘了，他才在镇郊买了块地，造了两间楼房。新房子很漂亮，他父母一辈子没有住过这样的好房子。但就在全家搬进新居的那天半夜，他父母住的房间突然起火，据说是油漆刚干，天太热，由他父亲的烟头引起的。

结果，他父母竟死于这场莫名其妙的大火。

小偷身心受到沉重打击，却又不敢言声。几个月后，他悄然离开古蜀镇，一个人南下去了深圳。没有人知道他在那里做了什么。若干年后，他回来了，一直在查找那把壶的下落。最后，他从一个茶场老板手里买下了这把壶。其价格，已然是当年的三十倍。

其时，古希伯已然仙逝，但他的壶价还在涨。它笃笃定定，也不乱涨，当地房价涨多少，它就涨多少。不过，此时小偷想做的一件事，却是将此壶还给古家。

他自己不敢出面，托了人去古家打探。可是，古家人低调生活，深居简出，外人根本就跨不进古家大门。

又辗转托了熟人传话进去，久久没有回音。想必，此言也太天方夜谭了吧。

说来奇怪，自从小偷将壶买回，他的身体就不舒服，头疼欲裂，浑身都难受。壶移到别人手里,立刻便缓解。他不敢求医,不敢与人言。

再把壶转手卖掉,更是不敢。这江湖上,每一把壶都有来路出处。冤有头,债有主,很快,此壶就会成为紫砂江湖上的一个热点,大祸必随其后。

送人吧,也不合适。谁会相信,一个人突然要将一把价值一套房子的茶壶送人,又有哪个人会承受得起?

况且,此壶在公安局还留有案底。

私下有朋友建议,不如借个名义捐给博物馆,也算放下多年系在心上的一个包袱。

也不敢。因为这样一来,动静更大。惊动了媒体倒还好说,公安局知道了,必然会追根问底,如此岂非引火烧身。

挖地三尺,深埋地下,心又有不甘。

最周全的办法,就是找个合适的地方存放起来。

所谓合适的地方,首先要安全,不能太招摇,但完全打入冷宫,又于心不忍。市面上,古希伯的假壶太多,难得有这样的古氏妙品,应该有个好人家供养着,这样才是对古希伯最好的敬重。

再说了,此壶走到哪里,绝对自带光芒,你就是把它放在某个角落里,也是一壶压百壶,一花夺群芳。

呵呵,这后半截故事有点意思了。

旷世风华的一把壶,居然走投无路。

让我比较享受的,是其中的一个关键词:好人家。

凭老爷子在本地的名声,岂是一个"好人家"可以概括的?

我倒是忽视了最重要的一点,此壶有案底。它搁哪儿,都是危险的。

我看重的是,这个小偷的赎罪意识和忏悔感,和一壶沉浮、悲欣交集的人生况味。诡异的细节里,颇有《聊斋志异》的味道。

接下来,不知不觉我们的话题便进入实质性阶段。他可不是跟我来显摆一把壶、一个故事的。他看中的,是古南街的区位优势,是"聊壶茶坊"的人脉底蕴。说白了,他是要将一把沾上污点的传世名壶,通过"聊壶茶坊"来清洗干净。

老潘还特别强调,此壶属于非卖品,他只是代朋友替它找个好人家寄放一段时间。

而且,他可以出寄放费。

"寄放费"三字从他厚厚的嘴唇里说出来,特别清晰,语音也特别郑重。

以我一个半路出家的书生的有限阅历,我一时还真不知道怎么拿捏此事。而这个老潘,此时正用两只不大的眼睛,一眨不眨地看着我。

这个时候,多希望老爷子从帘子后面走出来,假咳一声,用四两拨千斤的口气,一句话就搞定此事。

如果老爷子在,他会怎么决定?

他肯定要问一句:你这么做,目的何在?

于是,我也有了这么一问。

我不是说过了吗,为一把传世名壶,找一个好人家存放起来。这不是一单生意,只是一个托付。老潘一字一句地说。

嗯嗯。说辞是很受用。

这时我的脑子里终于出现了"赃物"二字。我一口认定,这把壶的案底,会给存放它的人带来灾难。

老潘呵呵一笑,仿佛知道我会这么说。

他说:尽管放心,此壶并非古希伯绝品。当时他一口气做了五把,大小一致,款型相同。烧制,是由紫砂工艺厂的老窑工钱金坤经手,他还健在,就住在你家对门,他完全可以证明。这五把壶,古希伯当时分别送给了几位帮助他建房的朋友,如今,它们都身价不菲,各自在紫砂江湖上撑着台面。这把壶,和其他四位同胞兄弟并无差别,没有人可以指责它是赃物。

又补了一句:你不说,我不说,又有谁知。

我还是有疑问:若是别人问起,我该如何作答?

您不用回答,壶自己会讲话。

可是,总要交代一下它的来历吧!

不懂壶的人,您跟他说一千道一万,也没用。懂壶的方家,只消站在壶跟前,不上手,也能跟它对话交流。

那么,有人问价怎么办?

非卖品。您得写上字条。

呵呵,为什么这事轮到我?

古南街上,茶壶的买卖不要太多,但是,"聊壶茶坊"只有一家啊!谁让您是葛老爷子的东床快婿呢?您家老爷子什么出身您不知道?几代的藏壶世家啊,说你们是好人家,可不是虚言哪。您岳父虽然低调,但江湖上总是有耳闻的嘛!

一番话热热乎乎,说得我无法接口。

说起来还真是的,老爷子放茶壶的柜子里,就缺一把古希伯的壶。这壶来了,虽然是存放,可也是本店的威仪啊,况且,每个月还有一千元寄存费。这个买卖不做,神经病啊。

我不假思索,痛痛快快按老潘的要求,写了一个收条。他也痛快,先付了五百元存放费的定金。

他还帮我在放茶壶的柜子里,腾出一个适当的位置,把壶放了进去。

顿时,柜子里的气场不一样了,就像群英会上,突然来了一位舌战群儒的诸葛亮。

此事让我很有成就感。葛老师下班回来,我赶紧把她拉到放壶的柜子前,让她先一饱眼福。

在我看来,少求跟我一样,对壶是不怎么懂的。在我口吐莲花般的讲述里,她的表情却没有我预计的那么跌宕起伏。等我把故事添油加醋地讲完,她居然呈现出一个紧张甚至恐惧的表情。

我怎么感觉这个故事本身,就像一个陷阱呢!她说。

怎么可能呢!老婆大人,你也太多虑了吧。

他给你留了电话吗?

有啊!

少求让我立即给这个老潘打个电话,看看是不是空号。

电话打过去,立马有人接听。明明白白,是老潘的声音。他问有什么事。

我只好临时编句谎话,说天下雨了,您回去路上安全吧。

他呵呵一笑,说没事,一切正常。

我对少求说,你看看,没事吧。

少求却还不放心。问我收条是怎么写的,当时旁边有没有人。

好好的一件事,被她问得一点成就感都没有了。

杞人忧天。

第五章

黄梅有霉

转眼就进入了黄梅雨季。

这个季节让人有点闷。原本清纯的空气,变得黏黏糊糊,伸手一抓,可以挤出水来。太多的豪雨,如同毫无节制的泄欲,晨昏颠倒的日子让人没了兴致。古南街上的积水退得很慢。在戏水的小孩们眼里,它俨然成了宽阔的河床。平时如同一个安静少女的蠡河,连日来激流汹涌,变成了一个酗酒撒泼的荡妇。

我家天井里有两只陶缸,据说是明代的,雕刻着游龙戏凤,很古气。少求在陶缸里种了莲荷,已绽放出几片荷叶。往年,暑气重的时候,荷花开着,还探出几个莲蓬,在檐下的雨声里,优雅地摇曳。

日常的平淡生活,就像荷花缸里的雨水,满了,溢了,都在不经意间流淌。

老爷子在山里一点动静都没有,看来他很享受那里的一切。"聊壶茶坊"在我的精心打理下,人气一点一点在增加。我得承认,其中的一个因素,就是那把古希伯鲍瓜壶的到来。

每天都有人来看壶。有的人进了门,并不坐下喝茶,也省略了无关的闲聊,直接就奔那把古希伯壶而去。我在壶柜的上方装了两只射灯,灯光一亮,所有的壶变得眉眼鲜亮,光彩照人,特别是这把匏瓜壶,愈显得沉雄大气,浑厚精到。那些看壶的人,有的默默端详,屏声敛气;有的交头接耳,细语悄声。最后,人们的目光自然会落到"非卖品"三个字上。由此引发的话题不一而足。

为什么是非卖品?它的身价值多少?之前怎么从来没有听葛老伯说起过它,这把壶一定有来历吧,可以分享一下吗?等等。

按照我和老潘的约定,我只是笑笑,不做具体答复。

有一天,来了一位似曾相识的客人。个子不高,瘦脸无须,寸头,脸上的法令纹很深,目光锐利,说话也有点咄咄逼人。说自己姓裘,裘至修,在紫砂博物馆工作。

这个名字好熟悉。老爷子过去常常挂在嘴上的,说他是什么紫砂壶鉴定的高手。老爷子在的时候,他应该是经常来喝茶的。

我客气地叫了一声:裘老师好!

他不客气地点点头。

或许他跟我有一样的臭毛病,在等着我站起来迎候他。

你就是钦子厚吧。他打量着我,像是查户口的口气。

在下正是。您坐!我勉强支应着,沏了一壶新茶。

他没兴致寒暄,也不喝茶,直接走到壶柜前,指明想看看匏瓜壶。

毕竟是老爷子的朋友。我打起精神说:您看呗。

他的意思是,他想上手看看。

我迟疑了一下,还是依他了。打开柜子的时候,我忍住了一个意念强烈的哈欠。

他随身带了一把小手电,光亮很足。他看壶的时候,不但眼珠凸出来,鼻子还凑上去,好像在闻什么味道,样子不怎么优雅。

这把茶壶有问题。他的喉结耸动了一下,语音干脆。

我请你鉴定了吗?这话到了嘴边,咽回去了。这种人,我见得多了,总是危言耸听,一副道貌岸然的样子。钦某人是不吃这一套的,顺便把手中的半杯残茶,泼到茶水桶里。

这把茶壶的问题,就是太完美。太没有问题本身,就是问题。

他也不看我,像是在自言自语。

我把他手中的茶壶接过来,放进柜子里。然后,给他换了一杯热茶。口吻还是客客气气:裘老师,请喝茶。

我态度平和,但目光冷淡。我的意思是,喝完这杯茶,该干吗您干吗去。不想跟你讨论,免得彼此伤了和气。这总可以了吧。

他反而一屁股坐下了。显然,看过了茶壶,他有话要说。

可是,我没兴趣听。既不是心虚,也不是心烦。我只是在守住跟老潘的一个约定。因为话多必失,这把壶的故事,还必须待在一只瓶子里,气候不到,它还不能在江湖上流传。

他似乎不在意我的态度。话匣子一下子就打开了。

絮絮叨叨,有些啰唆。大概的意思是,古希伯做壶,精确和对称、圆满是其最大特点。但他不是机器,是个有性情的人。人总会有弱点,这种弱点也会体现在壶上。比如茶壶的口盖,古希伯并不像别的艺人那样,单纯为了严丝合缝,做到一丝不苟。他认为,做壶不单是为了好看,更要为饮茶者着想。大凡泡茶的人,总是希望口盖不要太紧,否则,容易碰坏。古希伯茶壶的口盖,并不是特别严紧。他总是留有一点余地。有的时候,壶的口盖就会略显宽松。但是,这把壶的口盖,过于追求严丝合缝,太紧了,这不是古希伯的风格。

他态度是虔诚、认真的,讲得也有道理。凭良心说,我那点有限的紫砂知识,还难以跟他对话。这时我已经收起那种轻慢与不屑,呈现出一种耐心倾听的表情,至少,我不想让他觉得我既不懂紫砂,又缺乏修养与风度。

我一个劲地给他沏茶。

我不是来喝茶的。他把茶杯一推,说:请你说说这把壶的来历,可以吗?

我索性装傻,把身段放到最低:这个,呵呵,都是我老丈人经手的,我不过替他守店看门而已。

不会吧!他掏出一支烟,但我这里没打火机。他把烟闻了闻,放回去了。

真是一个迂腐的小老头,口气一本正经,跟茶坊里悠闲的气氛一点也不搭。那种不太信任的目光,有点咄咄逼人。

这个时候,门外进来一个人。居然是老潘。

他的出现,像一个幽灵的游入。是的,几乎没有脚步声,好像有个影子在晃动,我刚抬起头,他就站在面前了。

彼此点点头,算是招呼,也是默契。因为有外人在。

显然老潘跟所谓的裘老师并不认识。他们的寒暄比较勉强,仿佛各怀心思。

很快,他们就进入了一番不失友好的交锋。

首先是他们对这把匏瓜壶的判断,观点迥异,完全是南辕北辙。

也说到古壶的口盖问题,但这个仅仅局限在技术层面,并不是他们交锋的核心。他们讨论的话题,在我看来有点深奥。诸如古壶的手法、手感,做壶时的心情,以及留在一把壶上的精神状态。

有那么玄乎吗?

基本上是裘某人出招,咄咄逼人。老潘看上去有些被动,但还算沉得住气。

裘某人认为,古希伯制作此壶时,年近七十,已然到达人生的鼎盛时期。此时他的壶艺泰斗地位已经确立,在紫砂界,他就是类似教父的角色,彼时壶做得更少,完全是随心所欲,兴之所至。而这把壶,虽然在手法、气度上对古希伯壶艺有所续接,但其精神状态,却是中规中矩、亦步亦趋。所以,他给出的结论是,充其量高仿而已。

听到这里,我心里突然一紧。

这句话若是真的,一套房子立时崩塌了。

老潘不急,慢条斯理:单凭对古壶的常识性判断,无法确认一件原创作品的真伪。这把壶背后的传奇故事,才是它的最好佐证。跟壶有关的当事人,才是活着的证书。不过,这个故事还没有到公布的时候。你说它是山,它就是山。你说它是个土丘,它就是个土丘。无所谓。

他拱拱手,并不想把战火引向深入。其语气倒像个文人,而不是茶叶商人。

可是,裘某人却不依不饶,坚持认定,这是一把高仿之作。

这个人,像块牛皮糖。

到底还是老潘沉得住气。他用一句话,就把对方的气焰压了下去:壶有真假,清者自清;学问也有真假,明者自明。

哈哈,分明是个学者嘛。

裘某人涨红了脸,拂袖而去。

老潘脸上还是山水不露,看着裘某人离去,只是将一杯已然冷却的茶,一饮而尽。

此人是个混混吧?我说。

倒也不是。老潘说。你家丈人对他很尊敬。

嗯嗯。倒是耳边经常听到这个名字。

这紫砂江湖上,各种人都有。没有什么好人坏人,都是讨生活的人。老潘说完这句话,呵呵一笑。

长见识了。今天这一场论战,千金难买。

我对老潘的好感陡涨。随口问他,怎么也不打招呼,突然就来了呢。

我以为他会说,是路过这里。

他呵呵一笑。

我看了一下表。这个时候,说晚不晚,我想请老潘出去吃一碗面。

老潘慢慢吞吞地,说了一句让我意想不到的话:这把壶的主人改主意了,他想把壶送到一个寺庙里供着,这样他才安心。

他是来取壶的。

不是开玩笑吧。我一时愕然。

当然不是。老潘说这话的时候,有点无奈。他表示,自己只是一个传递者。

说难听点,就是个跑腿的。

我一下子很失落。这前前后后不过才十几天。

你就当是接待了一个过路的贵客吧。壶跟人一样,讲究缘分。江湖上这种事太多。佣金我会按一个月给你。

老潘拿出收条和五百元钱。

打开柜子,把壶放到老潘面前,找出原先的那个锦盒,我一点也不打算掩饰沮丧感。

老潘的眼神突然闪烁了一下,说:不对啊,这壶被人调包了!

怎么可能?我的头皮一炸。

老潘的脸色顿时大变:肯定是被人调包了。你看,壶不对了。

我把屋里所有的灯都打开,说:老潘,你再仔细看看呢!

我告诉他,自从这把壶进门,我就没有离开过半步。白天锁在柜子里,晚上还特地取出来,放进卧室的衣柜里。人在壶在,不离须臾。

老潘把壶举起来,对着光亮处,眯起一只眼看了看,说:原来的壶,壶内壁上,还有一个暗款,半粒米大小的一个"希"字。你看,这把壶上却没有了。

暗款?这个你可从来没有说过。

我跟你说了,你能懂吗?他脱口而出的话语里,带着明显的轻蔑。

一股热热的东西往我头上直涌。我提高了声音道:我不懂,你就可以欺负老实人吗?!

别冲动。他说着,把收条和钱放进自己的口袋里。

我倒吸了一口冷气。

他仿佛变了一个人,目光里,有一种彻骨的寒意,说:你再想想,这些天还来过什么人,哪些人上过手?

我大声说:没有,没有!

他的眼神里晃过一丝怯懦,但很快就消失了。看得出,他内心也很紧张,额头上一层汗。

我突然想起少求的话,灵光一闪,恍然大悟。陷阱!

或许,从一开始,这就是一个陷阱。

我一阵心悸,浑身虚汗,脚底也有点软。

看来,刚才裘某人的一席话,是对的。

可是,我和老潘合计着把他撵走了。

极有可能,老潘就是拿着一把假壶来骗我这个外行的。

头有点昏,心悸。我担心自己撑不住,看了一下手表,少求接了小小,也该回来了。

必须拖延时间。我强作镇定地请老潘坐下,并且,说了一句让他稍微安定的话:老潘,你先别急,我老婆就要回来了,说不定,是她怕有闪失,把壶藏起来了,换了一把高仿在这值班打卡。

他琢磨着我的意思,不吭声。

我故意叹口气,一屁股坐下来,说:我们家吧,别的没有,就是壶多。古希伯算什么,明清的、民国的老壶,碍手碍脚的,到处都是,可以用车拉。

又在臭显摆！话赶着话,少求走进来撑了我一句。她手里拎着一包水果,身后跟着小小。

在最短的时间里,她弄明白了发生了什么事。

她一点也不急,吩咐小小回自己房间写作业,掏出手机,看着老潘,说:我先报警怎么样？

老潘脸上山水不露,慢吞吞地说:报警,就不必了吧。你们再找找,万一真的是弄错了。

他想息事宁人,似乎要让我们相信,他愿意这是一个误会。

少求却不买账,说:从这把壶进门那天起,我就知道,来者不善,善者不来。

她坚持要报警。

老潘干笑了一声,说:你实在要报警,就报吧。我这里,可有实实在在的收条。

他还把收条在少求面前晃了一下,说:你先生的字,应该很熟悉吧。

少求哈哈一笑,说:我先生是个性情中人,可谁要是欺负他,先问问我答不答应。一张废纸,劝你早点扔了算了。她嘴上半点不饶人。

葛老师,谁欺负谁啊？你老公白纸黑字不作数,那天下还有公理吗？老潘翻来覆去说着这几句话,穷于招架,已然组织不起有效的反攻。

你慌什么呀,坐下喝茶。

此时的少求真让我意外,眉宇之间有一种少见的凛然。她一点也不急,从容掌握着局面,而且,话语里始终照顾着我的情绪,哪怕是无意的伤害,也不肯有,时时用眼色跟我交流,让我定心。

我变成了一个弱者,发悸的心在乱跳,浑身冒汗,喉咙干涩,甚至发不出声音。

手持收条的老潘,眼神里却有着稍纵即逝的恐慌。他的手机一直在响,却都被他按掉了。

少求说:这样吧潘先生,你既然不希望我报警,那我就暂时不报,但你可以开着手机录音,我对我所讲的每一句话负责。当然,你也一样。

你打算怎么样?老潘的问话里,隐隐有威胁的意思。

水不落,石不出。谅老天也不会答应,朗朗乾坤之下,可以这样欺诈人!少求言之凿凿:这条古南街上,几百年来,可以有苍蝇、蚊子、臭虫,还就是不能容忍骗子、强盗、流氓。

老潘似乎有些气短,嘿嘿的冷笑里,少了些强硬的支撑。

接着,少求提出,要请一个人来——裘至修,紫砂博物馆的鉴定专家。

我说:他刚走。他说过了,这把壶不对,是高仿。

少求大惊,说:既然他把话都说了,为什么不把他留下?

我无奈地叹口气,拍着脑袋说:这前前后后,阴差阳错。

少求提高了声音说:姓潘的,你用一把古希伯的仿作,来骗取我先生写一张古希伯真壶的收条,然后再来跟他讨要一把古希伯真壶。这种做法,传出去,不但很难听,也是要负法律责任的。

我听出来,少求在给他划底线,并不想把事情闹大。

老潘哼一声,道:茶壶被调包这样的事,紫砂江湖上不要太多!你先生写的收条,是赖不掉的。

那张该死的收条,成了他坚固的战壕。

少求说:你想把这个收条作为一个冤案的死结?岂不荒唐!我的丈夫是个忠厚人,他喜欢听江湖故事,也保不准会被故事迷惑。但是,故事毕竟是编的,用一个所谓的故事来敲竹杠,你这手法也太老套了吧。

又要反击,又要给我面子。

这辈子,我从来没有这样难受过。

这时老潘的手机疯狂地响起来。

他走到外面接听了一下,折回来的时候,脸色陡变,说:我有点急事先走了。明天还是这个时间,我会再来。

老潘走了。我与少求对视,一时无语。我的内心,被悔恨撑得透不过气来。这个时候,只希望少求骂我一顿。

可是,她一句也没责备我,给我削了一个梨,说:别担心,没什么大不了的。

束起围裙,到厨房里帮阿青打下手去了。

我心里,一阵阵的隐痛,慢慢渗透开来。

吃晚饭的时候,少求也没提这件事,而是跟我讨论了一下,要不要给小小报一个美术兴趣班。

临睡,她接了一个电话,说:爸爸明天要回来了。

我叹口气,说:我有预感,他肯定知道了这件事。

也许是吧,不过,他电话里没说什么。少求说。

光是臭骂我一顿,倒也罢了。

我的语气里,好像有一种没死的猪怕开水烫的意味。

别担心,事情会过去的。

这个湿漉漉的夜晚,少求变得特别温柔。

可我还是心悸得厉害,后脑勺一抽一抽地疼。

少求数着药片,看我一颗颗吃下去,让我早点睡。

最坏的结局会怎么样?我问。

没有最坏的结局。放心吧。少求帮我在后脑勺上按摩了一会,还在我额头上吻了一下,拍拍我的背,说:好好睡一觉。

是一种被怜悯的感觉。我,何以沦落到这种地步!在被窝里,我竟默默流泪,背过身子,不想让她知道。

第二天,少求跟学校请了假。不过,老潘并没有在预定的时间出现。

我的心一直悬在空中。快到晚饭的时候,老爷子回来了,说是坐朋友的便车回来的。他似乎比进山前黑了一些,精神还好,跟小小说话的时候,满脸的开心。他走路的时候,右脚有点儿跛,说是有一次爬山玩,不小心崴的,快好了。

一句也不提壶的事。

他从一个布袋里,拿出一大把晒干的党参,说闲着没事,上山玩的时候采的。党参能补气,也补心肺,坚持用它泡茶喝。他随随便便地,并不当一回事的样子,扔给了我。

我心里一阵热乎,也有点酸楚。想他走路一跛一跛,必是上山采药所致。

吃过了晚饭,老爷子把我和少求叫到他的书房里。

书房里,书不多,紫砂鉴赏方面的书籍占了一半,都被老爷子翻烂了,还有些通俗读物类的旧书,什么《十万个为什么》《上下五千年》《吴越春秋》《封神演义》,甚至还有《农村赤脚医生手册》之类。可以镇得住人的,是一套老红木家具,明式,通体有包浆,据说有些年代了。老爷子习惯坐在一把宽大的官帽椅上,有一种不怒自威的气度。

通常,家里讨论大事,都是在这里。

老爷子从口袋里拿出一张折叠的纸,放到我的面前。

是我写的收条复印件。

如同罪证。我恍然明白,为什么老潘不来了。

少求为我开脱道:也不能全怪子厚,那个姓潘的太可恶了。

我说:这件事,从头到脚,都是我的错。我太没经验了。

老爷子看了我一眼,并没有原谅的意思,好像在说:关键你还自以为是。

我跟老爷子表明,错在我。如果无法解围,那就只有赔偿。钱我没有,最坏的打算是,南京还有一套房子,卖了抵壶吧。

没想到,老爷子把责任揽过去了。

这件事,首先是我的错。他沉吟着说。

他的理由是,他没有把紫砂江湖上那些容易让人上当的圈套告诉我。

这个说法,有点牵强。就像小孩闯了祸,大人说自己管教不当一样。

在我听来,其实是更重的处罚。

紫砂壶的交易里,证书和收条都是性命攸关的东西。没有第三个人在场,绝不能给对方写一个字。现在的手机都能录音了,连说话都要小心。

这些,我都没有跟你交代。是我不好。

老爷子说着,咳嗽起来。

少求过去拍他的背,端着杯子,让他喝几口水,润润喉咙,说:爸爸,那个姓潘的,怎么会找到你的呀!

这话问得好,把问题的焦点引向了别处。

他不找我,还能找谁?老爷子白了少求一眼。

话语霸气,似乎还有其他意思。

那他原来就认识你吗?他怎么知道你隐居在一个手机信号比较差的山旮旯里呢?他是怎么找到你的?

这些问题,在我的脑子里绕来绕去,到了嘴边,却说不出口。

如今要找个人,还不容易吗?老爷子含糊其词,一句话就带过去了。

他倒是抓住了我说的一句话,就是关于南京的那套房子。

子厚这话我爱听,像个男人!大不了,把南京的房子卖掉抵壶,这才是男人的担当!

他还掰着手指，算了算南京那套房子的面积和市价，自言自语道：差不多，差不多，能值一把古希伯的壶，就算不错了。

好像那套房子，说话间已经归了别人。似乎我们一家三口，顿时就变成无家可归的人了。

少求噘着嘴说：爹，你还真让我们卖房子啊。

我憋着气，说：别怕少求，天不绝路。我不会让你和小小住在露天里的。

这话明显带着情绪。少求看了我一眼。

老爷子只当没听见，往我的水杯里续水。

就这么你一句来，我一句去，很明显的，形成了二对一的格局。少求在不伤及老爷子的前提下，总是来来回回地帮我说话，她基本上滴水不漏，但如果必须要在一个问题上表态，而这个表态没法折中，她就旗帜鲜明地站在我一边。

这让老爷子有点受伤。情绪里，明显带着不满。

他还在变着法儿敲打我。听起来，他什么事都往自己身上揽，但冷不丁就回马一枪，都是挑关键的穴位，刺得我哪里都疼。

最后亮出了底牌，这件事他可以摆平，但是，要依他几个条件：

第一，以后要虚心，多请教，不能自以为是。

第二，改掉文人习气，特别是懒散的毛病。

第三，拜裘至修为师，好好地学习紫砂鉴定知识。

前两条都是虚头巴脑的说辞，后一条，才是实笃笃的。说白了，就是给我头顶上再加一道紧箍咒。

如此看来,裘某人的突然造访,绝非偶然。

不过,让我最反感的,却是"文人习气"这四个字。

我这一生,从来不想委屈自己,或许我还称不上是个文人。但是,有尊严地、自由自在地选择自己生活的态度,却是内心的文人气在打底。我好歹算是个读书人,虽然没什么出息,但我喜欢自己这样活着,不仰人鼻息,不委屈自己。

最反感的,就是别人贬低文人。紫砂壶没有文人参与,不就是个喝水的器皿嘛。一把紫砂壶没有文人气息,不就是个俗物嘛!

文人也是人,也有某些习气。但是文人的贵重,除了才气,还有骨气。没有文人的千古文章,这个世界岂非一团漆黑!

过去老爷子最让我尊敬的,就是对文人的敬重。说到什么历史上的苏东坡、文天祥、陈曼生、陈维崧,总是毕恭毕敬。怎么突然就翻脸了呢?

什么都可以妥协,但这个,我不能改。

我能感受到自己脸上乌云重重。老爷子心里有数,但他没有选择妥协,而是加重了语气,说:文人为什么不能坐江山、成大事?就是想当然,三斤的鸭子两斤的嘴。

最后一句,我没听明白,但估计比较恶毒,或许是当地的什么歇后语吧。

少求在一旁着急,打圆场说:爸爸,你给点时间,让子厚考虑考虑。

我答非所问地回了一句:我想回一趟南京。

第六章

漏船搁浅

我也知道,滚回南京并非上策。但此时,我去心已决。

倒也不是撂挑子,只是想清静一下,把纷乱的心绪理一理,顺便修补一下我那漏了气的贱体。

回到自己的家,顿时有一种温馨的感觉。凌乱的阳台上,一些没有处理的旧衣物,一些没扔掉的包装盒、礼品袋,小小的旧玩具,都带着暖意,在向我诉说着过去的时光。

连客厅里沙发、茶几上的灰尘,也是亲切的。

躺在自己的床上,一下子没有那种心悸的感觉了。

想想也是,当初在古南街养好了病,以为那里才是自己的家。可是,转了一圈,像一个梦,才知道,真正的家还是在这里。

给桂一诺打电话,说有一只破船搁浅了,需要修理一下发动机。

他哈哈大笑,说:你就干脆换一艘"海洋圣歌号"邮轮吧,不就是几把壶的事吗。

我知道,桂一诺说的"海洋圣歌号"是最新排名的世界十大豪华邮轮之首。无论我怎么解释，他都会认为，我守着一堆价值连城的老壶，每天过的都是挥金如土的日子。

桂一诺的父亲、省人民医院心内科的桂祥祯主任为我检查了身体，结论是：疾病多半是情绪波动、睡眠不好导致的，跟之前比，倒没有实质性的病变。

按理我得松一口气。可是，我一点也高兴不起来，感觉进入了一种进退两难的境地。老爷子似乎在设一个局，让我往里面钻。他这是何必呢。

过去的印象里，老爷子还是好的，我常常拿他跟我那个老革命的父亲比较，感觉他是那么真切、慈祥且宽容，几乎跟身边的所有人都关系融洽，身上有一种温暖的烟火气息。

对文化人，他也发自内心地敬重。古南街这个地方，有一点不怎么好，壶太多，书太少。你拿着一个照相机，从街头走到巷尾，很难拍到一个安静读书的少女或老翁，如果一定要找一个，那一定是老爷子无疑，尽管他读的书是《三侠五义》之类。

但凡我拿起一本书，或者小小在写作业，他立马敛声，连走路都悄无声息的。

桂一诺懂点相术，也就是个八卦级别。凭他的印象，他说老爷子本心不坏，但生肖跟我犯冲，做翁婿两厢无碍，做主仆则两败俱伤。

此话让我不爽。我跟他怎么是主仆？他虽然垂帘听政，但基本不管具体事务，特别是不管钱。充其量，只是宏观掌控。而且，"聊壶茶坊"的工商营业执照上，法定代表人的名字，是钦某人啊。

可是,他操控全局啊。一旦你犯规,马上会被判罚。场面上你是老板,其实,你只是前台的一个伙计。

桂一诺的说法虽然有点刻毒,却道出了事实真相。

他还说到古南街的风水,说有一位风水大师去过那里,说风水如何如何好,但毛病是住宅靠河太近,富贵之气外泄。所以你看,大师都搬走了,留下的原住民,小富即安,充其量过过太平日子而已。

我要的,就是太平日子啊!

可是,你没有话语权,这日子能太平吗?

这句话,真让我提不起精神来。

桂一诺劝我,肚量要大,眼光要远。江山不是打下来的,是等、是熬出来的。

出于自尊心,我没有把"老潘事件"告诉他,连同与老爷子的矛盾。

但他看出我心里不痛快,还骂了我一句:有钱人就是毛病多!

少求每天跟我通电话。自从我回了南京,老爷子心情也不好,但嘴上并不说什么,在家住了一夜,第二天一早,就进山了。

如此,"聊壶茶坊"的大门又关起来了。

我能想象,古南街上那些探询、好奇以及讥诮的目光。

少求说:你就回来吧。这个家里,没个男人,你能安心吗?

我懒洋洋地说:我还怕别人拐走我老婆啊。

少求唾了我一口,说:不用别人拐,我可是有两条腿呢!

说到了小小,少求说:自从你去了南京,她就变着法儿赖学,还装病。

我说：你觉得我能就这么回去吗？

少求说：爸爸又没有说你什么，让你拜个师父，也是让你以后不再吃亏上当。裘至修跟我爸多年朋友，他看上去有点凶，人其实蛮好的。

很显然，少求对"龅瓜壶事件"也是心存质疑的。她的难处是，一边是她老公，一边是她老爸。

少求说：你在南京待的时间越长，爸爸心里就越不舒服，你到底想怎么样？她用一种威胁的口气说，若我再不回去，她和小小也回南京了。

你能养得活我们吗？她用一种刺激我的口气说。

我明确告诉她，回来就回来。一切可以重新开始。

少求骂我道：我真看错你了，一个小肚鸡肠的男人，一点都经不住挫折，动不动就打退堂鼓。

我知道她是在激我。

其实我内心迷茫，往后的路，真不知道该怎么走下去。

在桂一诺的张罗下，我参加了几次大学同学的聚会。他们一个个都很光鲜，在各自的舞台上有所成就，唯独我乏善可陈。但是，桂一诺给我做了很多虚假广告，把"聊壶茶坊"说成当地的一个大古玩店，还说我能鉴定紫砂壶真伪，已然是专家级别，收费都是按小时算的。

真壶假壶，好壶孬壶，老壶新壶，只要落到子厚眼里，定当一目了然！

其口气，很像夫子庙里耍杂艺的伙计。

壶,可不是随便看的。桂一诺说。子厚如今不轻易看壶,一般情况下,鉴定一把老壶要一千元。当然,如果桂某出面,可以打折的。

大家起哄。

任我怎么解释,大家深信不疑。

无非就是一个说法,我命好,前世修得好老婆、好岳父。言外之意,我是靠岳父家吃软饭的一个闲人。

那天同学聚会,酒喝到尽兴处,大家都要表演一个节目。有的唱歌,有的朗诵,有的说段子、讲故事,好不热闹。

一觉睡到自然醒,数钱数到手抽筋。
天仙老婆怀里搂,加持神童小千金。
老壶睁眼定乾坤,新茶穿肠眉目明。
古南街上一爷们,子厚何必回南京。

桂一诺临时编排的这几句拿我开涮的顺口溜,也太恶俗了吧,居然全体鼓掌。

轮到我了,想了想,站起来背了一首周作人的打油诗。

半是儒家半释家,光头更不着袈裟。
中年意趣窗前草,外道生涯洞里蛇。
徒羡低头咬大蒜,未妨拍桌拾芝麻。
谈狐说鬼寻常事,只欠功夫吃讲茶。

我的声线低沉,喉音重,容易给人一种故作深沉的感觉。

话音刚落,桂一诺就嚷嚷,子厚矫情!

大家附和,说受不了这种低调的奢华。

倒是还有一个人帮着我说话。她叫高小臻,大二的时候追过我。因为那时,我跟少求已经在暗自来往,我这辈子唯一婉言谢绝过的女孩子,就是高小臻。

高小臻大学时代很漂亮,她妈妈是新疆喀什人,她有那么一点维吾尔族血统,身材颀长,小鼻梁笔挺,一头天然的亚麻色鬈发,迷倒了一大片男生。她家里背景也不错,父亲曾是某副区长,后来犯了错误入狱几年,出狱后经商,做得倒还不错。她的母亲,不知什么原因,在她父亲最体面的时候,突然提出离婚,一时闹得沸沸扬扬。

如今高小臻在省里的一家妇女杂志社做副主编,蛮体面的一份活儿。她看上去有点发福,言谈举止却还保留着当年的风韵,显得年轻而活力四射。

当大家在变着法儿拿我寻开心的时候,她端着酒杯站起来,说:我倒是觉得,子厚身上有一种我们够不着的高贵的东西,我们无非就是在瞎折腾,忙来忙去,在原地转圈。子厚比我们明白,他从不说自己要做陶渊明,但他每天过的,都是自己想要的生活。而我们呢,至少我,只配叫忙碌地活着。

若是原先,这几句话或许会让我很受用。可是现在,每一句听起来都是对我的讽刺。尽管我知道,高小臻是出于善意。

桂一诺跟她调侃道:你去过子厚待的古南街吗?我保证,你要是去过了,你肯定会变成子厚的邻居,那里的老房子,据说还不算贵。

高小臻说:我去不去倒是无所谓。不像某些人,吃着碗里,瞟着锅里,小心噎死哦!

大家哄笑。当年桂一诺和高小臻谈过一阵子恋爱,那是大四快毕业的时候。有一次桂一诺突然高调宣布,他要和隔壁班上一个省报副总编的女儿订婚,把大家吓了一跳。高小臻一度得了抑郁症,很久才缓过来。

他们这一对老冤家,见面必掐。

过后高小臻请我喝过一次下午茶。在莫愁湖公园旁边的一个叫"简·爱"的茶餐厅,我们的叙旧,像费劲打开了一台久不使用的老旧唱机,却找不到相应的唱片。我并不想把自己的心事掏给她,但却又无法装出一副优哉游哉的样子。她大概看出我心里不怎么痛快,并没有追问究竟。我们的话题,开始就没有方向,像暗夜里走路,深一脚浅一脚的,后来总算扯到艺术品收藏上,彼此的兴致明显上来了。

高小臻的父亲经商,是做文化产业,先是投身影视传媒,跟人合伙做了一部很火的电视剧,净赚了一大笔。后来涉足艺术品收藏,因为他原来就看过一些老东西,眼光刁准,也赚了个盆满钵满。南京夫子庙有一家很有名的"臻艺斋",门面很大,就是她父亲名下的店号之一。这些年他转战苏州、上海、杭州,生意越做越大。

高小臻的意思是,近几年她父亲对紫砂壶特别有兴趣,只是对这一行不太懂,一直不敢涉足。如果机会合适,她很想陪父亲去宜兴走走,考察一下行情。

见我没有吱声,她说:若是我们能够合作,那该多好。

我叹口气说:我现在对做事没有兴趣,跟我合作,没有前途。

高小臻笑着说:那我们就去玩玩,听说古南街很不错呢!路过你家店门的时候,进去讨杯水喝,总可以吧。

我实言相告,自己身体不太好,那家所谓的店,已经关掉一阵子了。

她有点失望,但态度还保持着诚恳。

人总有低潮的时候。不要紧,你先把身体养好,我们来日方长。她说。

然后,她给我一张她父亲高振鹤的名片,说:老爷子很想去看看,他在宜兴倒是有旧交,但是,他不想惊动他们。

绝口不提她的丈夫。我隐约知道,她丈夫原是某区招商局的副局长,人很活络,早些年同学聚会,高小臻带他来跟我们玩过,人长得帅,话不多,酒量特别大。后来,人不见了。具体的情况高小臻从不肯说。之后再有同学聚会,她都是独来独往。

本以为,我们之间的扯闲篇,一壶茶喝淡了,也就该散了。高小臻起身上了一趟洗手间,我就叫服务员买单。不料,她已经提前把单子买了。等到她回到座位上,我提出还有点事,说下次再聚。她却从拎包里拿出一个小小的锦盒,说:耽误你几分钟,我父亲让我带了一把壶来,想请你看看。

是一把小巧的水平壶,朱泥,冰梨皮状;直流圆腹,口盖严实;壶口和内壁有深色茶垢。这把壶的款式,我从老爷子的一本旧画册上见过,叫"孟臣壶"。记得"聊壶茶坊"开张的当天,放茶壶的柜子里也有一把类似的壶。不过几天之后,就被老爷子收起来了。

只知道,此壶作者惠孟臣是明末清初宜兴乡间的一个制壶高手。早先,紫砂界有个说法,你做了一把很出名的壶,你的名字就变成了壶的名字。

就品相而言,此壶有点高古的味道,包浆的味道也很足。壶上有刻款:小楼一夜听春雨。陆放翁的句子。刻工老到、遒劲。

不过,让我来鉴定这么一把壶的真伪,我还真的无从下手。只能实言相告,我于紫砂,就是一个"菜鸟"而已。

高小臻却不计较我的推托,说:要不你把壶带回去,请个高手帮看看?

我心里咯噔了一下,眼前晃过老潘的脸。

又来了!井绳与蛇,有时是可以随时切换的。

我的一口推辞,让高小臻有点难堪。我知道,若是换了别人,她肯定会撂下一句冷话,拔腿而去。

可是,她脸上的尴尬一闪而过。她用一种温柔的语调说:我知道,哪一种生活都不容易,就是陶渊明也会有烦恼。作为老同学,我只是想告诉你,别太为难自己,听从内心的召唤,永远是对的。

这一番话放之四海而皆准,有一些她主编的妇女杂志的鸡汤味道,按理我是不会被打动的。可是,它无意踩到了我的软肋,我一时缺氧的心脏接到了一脉鲜活的氧气。

我抬起头,见高小臻正看着我,眼睛里盛满了善解人意的暖光。

这场本该结束的茶叙,不但没有潦草收场,反而自然切换到一顿精美的简餐。时间不早了,高小臻说她有点饿了,点了几道菜和点心,还开了一瓶啤酒。我们好像真的回到了大学时代,一些被封存的记忆自动地扑闪着翅膀,在眼前飞来飞去。

高小臻多次说到她的父亲,说男人有事做,就不会老。她发觉她父亲生意做得越大,钱挣得越多,人就越年轻。

我苦笑了一下,说:按你的说法,像我这样既不能做事挣钱,又没有名头和出息的男人,就活该快速地老去了。

高小臻咯咯一笑,解释道:我的意思是,人只要能做自己想做的事,大事小事无所谓,挣不挣钱更无所谓,只要开心,就不会老。

这些都是成功或准成功人士的说辞。隐隐地,我感觉到了矫情的意味。

说来说去,又说到了面前的这把壶。

壶,我当然不会收下。但我终于接受了壶的一组照片,答应回去找个人看看。

她很开心地朝我一笑,说:子厚,这么多年,你真的一点没变。

我仿佛听到嗡的一声,紧闭的一扇门,被悄然打开了一条缝。

桂一诺传递给我的一个重要信息是,最近即将出台一个文件,机关事业单位将要取消"留职停薪"政策,除身体条件不允许,要么回单位上班,要么辞职。

这倒是一个稍稍体面返宁的机会。

若是这样,我便成了一个逃兵,而且,样子有点难看,今后也再无脸面回古南街了。

内心里,有一个强烈的声音,震得我耳膜生疼:与老爷子再这样共事下去,三天两头受气,这条命终是活不长的。

我把信息告诉了少求。她的反应极灵敏,说:你想当叛徒,溜之大吉啊!

当然还是夫妻间常有的戏谑口吻。

我说:你也知道,你爹跟我,只能做翁婿,不能共事。

她叹口气说:我们都认真想一想吧。嫁鸡随鸡,嫁狗随狗。反正你到哪儿,我跟小小就到哪儿。

少求最大的好,就是有主意但不偏执。

这天晚上,我跟着桂一诺出去喝了一回酒。他介绍了一个省人事厅的张处长给我认识。据说,他就是取消"留职停薪"相关具体工作的参与者。此公酒量惊人,且面不改色。基本上都是他在做形势报告,从当下的机关单位令人忧虑的不良风气,说到取消"留职停薪"的决策意义,我溜出来上洗手间,桂一诺也应声虫一样出来了。我俩端着水枪一顿横扫的时候,我发狠地骂他,想吃一只鸡就吃呗,何必要带我去鸡窝里体验生活。

不是不是。桂一诺诡异地笑着说:他是想请你看一把壶。

你这不是给我埋地雷吗?!我没好气地说。

说不定是个金娃娃呢!桂一诺扮了个鬼脸道。

桂一诺这个老油条,我永远拿他没办法。

果然,一把壶,变戏法似的摆到了我的面前。老紫泥,体量硕大;

花器，造型是松鼠戏葡萄；壶嘴与壶把乃是遒曲的藤枝造型；壶底印款是"崔蕴娴"。

崔蕴娴是当代花器制壶大家。我曾经跟着老爷子去她府上拜访过。老太太壶艺独绝，为人又好，行事低调。她的名字在紫砂界和收藏界，理所当然是一块金字招牌。

张处长此时的脸突然就不是文件格式了。

眼睛还是那双眼睛，嘴巴还是那张嘴巴，但是，言辞与口吻却换了一个人，细碎，巴结，絮絮叨叨。估计胸膛里一颗万般期待的心，正狂跳着抽筋迪斯科。

天晓得，他把我当成紫砂江湖上的鉴定大佬了。

谁知道桂一诺在他面前是怎么吹我的。

说此壶是他父亲手上传给他的。当年他父亲在省里为官，给古蜀镇办了很多好事。当地领导多次上门感谢，却屡被拒绝。后来，老爷子要退休了，当地领导了解到他喜欢喝茶，就特意请崔大师做了一把壶，老爷子当然也不肯收，说这很贵。当地领导说，这仅仅是陶都的一把土而已，代表着当地人民的一片心。

老爷子这才收了。他什么都可以拒绝，但是拒绝人民的心太残忍了！

张处长说着说着，脸色涨红，显然他被自己的说辞感动了。

因此，不用怀疑，此壶绝对是真品。他肯定地说。

说名家壶就是一把土，那么，我可不可以说，人民币也不过就是一张纸。我心里好笑，说：既然壶是真的，那还让我看什么？

话一出口,我就后悔了,这样说,不间接承认自己是专家了吗,等于给自己挖了一个坑。

张处长细声细气地说:还是要让行家过过眼。

我接过壶,细细一看,心里咯噔了一下。

尽管我真的不怎么懂壶,但是,此壶名气太大,是崔大师的代表作之一,我多次在紫砂鉴赏书上见过。那次我跟老爷子拜访,曾经在崔家二楼的展品室里,见过此壶的真品。

记得那次,崔大师兴致特别高,还亲手打开柜子,把壶取出,让我和老爷子上手观赏。那种大气磅礴、珠圆玉润的感觉,记忆犹新。

可是,眼前的这把壶,看似蛮有气势,细部却有些粗糙,壶钮与壶把,线条欠缺些精到,壶嘴也少了点精神。拿捏在手,感觉生硬、别扭,不够舒服。

张处长说,据说崔壶在市场上价值一百多万,他女儿在英国留学,费用开销很大,他想把此壶出手,给女儿补贴留学费用。

忙乎了半天,不是让我给他鉴定茶壶,而是要我帮他卖壶。

也就是说,陶都人民的心意,必要时,也可以出售的。

我朝桂一诺瞪了一眼。

桂一诺也有点意外。他从我的眼神里悟到了什么。但是,在张处长逐渐发红的眼睛逼视下,平时口吐莲花的他,一下子变得无所适从。

我告诉张处长,此壶有问题。

不会吧不会吧!张处长惊讶地张大了嘴巴。

你看看,有崔大师亲手写的证书。他从锦盒里拿出证书递给我。

我朝证书瞄了一眼。

我不能确定证书是否作假,但是,壶不对,不可能是真的。

桂一诺朝我使眼色。意思我明白,不要把话说绝。

于是,我换了一种口气,说:或许是崔大师心情不太好的时候做这把壶的吧。

如果张某人有点廉耻感,就一定会听出我的弦外之音。

他居然松了一口气,如释重负地说:只要是真品就行。

我听懂了他的意思,人民币新的旧的甚至破的也无所谓,只要是真钱就行。

于是,我明确告诉他,我不能帮他经手卖壶。

他笑嘻嘻地看着我,说:佣金好商量。

我说:不是佣金的问题。我如今已然"金盆洗手",想遵照最新文件精神,回原单位上班,继续做一个每天撞钟念经的好和尚。

张处长脸上挂着明显的失望。他几次朝桂一诺看,似乎在埋怨他,说得好好的事,怎么突然掉链子了呢?

估计,桂一诺这张臭嘴对他有过什么承诺。他在尽力救场,翻出照相机,对着茶壶咔嗒咔嗒拍了一组照片,说让我把照片带回去,请个高人鉴定一下,最好是崔大师本人。如果有合适的买家,也帮着成全一下。

终于,我不再是"行家"了。

桂一诺一副叮嘱的口气。我成了他手下的伙计。

他对别人的事,很少这样上心。

果然,待张处长走后,他向我摊牌,他有事求这个张处长。具体什么事,他却不肯说。关于我与老爷子之间的疙瘩,我此前并没有向桂一诺和盘托出,事已至此,我也只能如实禀告了。

居然,居然!桂一诺双手一摊,仿佛一个熟谙战法的兵家突然丢失了一个重要的城池。他不同意我就此撤退。

江山不是打来的,而是等来的。他说。

你跟老爷子就这么耗着。等他翘辫子蹬腿了,还不都是你的吗?

我指指自己的心口,说:话不要说得这么难听好吗,关键我这里耗不起。而且,我重申,我从来就没有觊觎过老爷子的那些"破烂"。说实在话,感觉还是端一只自己的饭碗,柴米油盐,养家糊口,心里头踏实。

这不像是你的风格嘛,子厚!桂一诺认为,我太情绪化了。

我现在感觉,即便老爷子待我很好,我也不想在那条老街上待下去了,毕竟,那里没有我的根。

什么根不根的!那都是人在不如意时,给自己的一种说辞。虎毒不食子嘛!你是他唯一的女婿,他不可能不给女儿面子。

按桂一诺的分析,我和老爷子的矛盾,主要还是理念上的:他并不是一个小肚鸡肠的人。只是你的做派,让他不待见,他手里那么多宝贝,到头来,都要交给你,眼下还不太放心,所以,时不时要敲打一下你。桂一诺说完,做了一个笃定泰山的姿势。他还送了我一对鸡翅木的镇纸,上边刻着:革命尚未成功,同志仍须努力。

立刻给我滚回去!他煞有介事地做命令状。

就在这天夜里,我接到了一个至关重要的电话。

居然是老爷子打来的。

第一时间,我生怕自己耳朵听错了。

子厚啊!

他说出这三个字,就一阵咳嗽。

我的心紧了一下,咚咚咚跳得有点快。

声音的信号也不太稳定,听上去,有点断断续续。估计人还在山里。

老爷子先是问了问我的身体状况。

我想,这应该不是他打电话的目的。

然后,他艰难地说出一句话:子厚,我今天要向你道个歉,我太把你当成自己的儿子了!

这句话,听得我心头一震。

女婿就是女婿,怎么可能是儿子呢?这是我的错!老头子叹着气说,像是在忏悔。

爹!您别说了。是我的错,都是我的错!我心口很堵,五味杂陈。

子厚,你回来吧,我们重新开始。

感觉这句话从老爷子嘴里说出来,太艰难了。

眼泪从我的眼眶里流下来了。

临了,他补了一句:党参是个好东西,补气的,你要坚持熬汤喝。

这一刻,让我想起老爷子的种种好。

我把老爷子的话,告诉了少求。她在电话的那一头沉默了很久,带着一点泣声,说:我爹这辈子,可从来没有向别人道过歉。

我叹口气,说:原来我是心悸,现在呢,心痛。都吃不消。

老爷子爱说的一句话,就是"摆平"。他今天这样的态度,却不是为了摆平我,而是把自己摆平了。

你愿意和他重新开始吗?少求问。

我说:给我点时间,让我冷静想一想。

少求没好气地说:给了你台阶下,你也要识相点。你还想怎么样?

我说:这话我不爱听。什么叫识相点啊,我做错了什么吗?

这句话惹怒了少求。

那你做对了什么?就知道端着一个松香架子,一碰就散,有用吗?

松香架子!我知道,这是当地骂人的一句俗语。松香,容易变软、化成流质。在当地的语境里,"松香骨头"就是败家子,"松香架子"就是扛不起、端不住却又放不下的意思。

这几乎是我们结婚以来,葛少求骂我最重的话了。

她一直欣赏我的"无用",喜欢我的缺心眼儿;不喜欢很多男人那种急吼吼、牛哄哄的样子,还一直维护着我那点仅存的清高。

因为太意外,又气愤,我竟然想不出什么回撑的话来,狠狠地甩了手机,把自己像一只麻袋似的扔到床上,四仰八叉地躺着。我希望这个世界能够配合一下我的情绪,我希望天转地旋、山河陡变,至少是暴雨滂沱、狂风大作。我听到自己耳边不断地响起炸雷……我算什么?不就是一个被岳父和老婆都不待见的、手无缚鸡之力的男人吗?

我昏昏沉沉地一个人走,道路泥泞,穿过了一大片雨后的密林,却陷进厚且深的沼泽,口干舌燥、喉咙肿痛、四肢无力,怎么也迈不动腿,也发不出声音。我为什么会走进这片人迹罕至的密林?身下的这片沼泽,难道就是我的葬身之地吗?

不知过了多久,我汗水涔涔地坐了起来,摸摸自己的胸口,单薄得像一片纸。我在哪里?

我打开窗帘,才知道已经是晌午时分。所有的嘈杂声音,归位于寻常的市声。窗外的世界很平静,车流依然,人群依旧。

终于知道,这个世界不会刻意去配合谁,它日出,下雨,刮风,飘雪,都是由着自己性子,不是为了配合谁的心情而特意演出的节目。有时,偶尔与你的心情撞对了,你别来劲,这只不过是巧合而已。

住在顶楼的小姑娘还在弹琴。我的响彻世界的耳鸣,并没有惊动别人,一切的一切,只不过是自己的幻觉,如此而已。

手机在振动。我懒洋洋地抓起它,一看,是老爷子的手机号。再一看,至少有五个未接电话,分别是少求和老爷子的手机号。

是一个陌生女人的声音:您是子厚老师吗?我是叶云芝。您岳父他……出事了。

第七章

苏醒

我和少求在县医院度过了心惊胆战的一夜。

老爷子昨天下午上山采药回来，不小心摔了一跤，头着地，摔破的假牙割破了他的腮帮子，不停地出血。他是被一辆当地的农用车送到县医院的。幸好，他身边的那个叫叶云芝的女人，一点也没有耽误时间，老爷子摔倒后，她找出仅存的一点云南白药敷住伤口，并用药棉、胶布进行了包扎，避免了感染和更大面积的出血。然后她冲出门，拦住了一辆满载毛竹的农用车。这个原本走路都要别人搀扶的病女人，突然间变成了一个神力满满、奋勇救人的医者。她头脑清醒，动作利落，甚至还懂得基本的救护知识。当时那辆农用车司机急着要去山下送货，车厢满满当当，根本无法搭载一个生命垂危的病人。她先是承诺买下那辆农用车上的所有毛竹，然后雇用驾驶员把那些毛竹统统卸下，再把老爷子搬进车厢平躺下来，在这期间她不断给老爷子做人工呼吸，中途一度力不能支，跌倒在地，但她顽强爬起，继续她的使命。她有一段乡村赤脚医生的早期经历，在这千钧一发的时刻派上了用场。以至于在老爷子被送进县城医院后,她还能面对医生,准确说出患者发病第一时间的所有症状。

我在接到叶云芝的电话后立刻冲下楼,拦了一辆出租车直奔宜兴。这个时候再拨打少求的电话已无人接听。一个小时前她连续打了我三次电话,当时的情景可想而知。

万分的焦虑与内疚,攫住了我的心。

当我赶到县城医院,老爷子已经被送进了手术室。脑溢血触发大面积的心血管堵塞,老爷子的生命体征变得飘飘忽忽,他在死亡的边缘地带游走。

小小被眼前的情景吓坏了。她一句话也不说,只是紧紧攥着少求的手,眼睛死死盯着手术室紧闭的大门。

我攥着少求的另一只手,难过地说:对不起!

我从少求的眼光里看到了无助的哀怨。

我说:我再也不会离开你们了!

她看着我的眼睛说:回来就好。

这一夜特别漫长。小小不肯提前回家,她要等姥爷出来。她还说,要挽着姥爷一起回家。少求说:姥爷看到你在这里为他熬夜,会心痛的。

小小指着自己的心说:这里有姥爷的一个秘密。

问她什么秘密,她坚定地摇头,不肯说。

手术进行了几个小时,没有任何信息传出。我安慰少求说,没有消息就是好消息。这期间我给桂一诺打了电话,告知了老爷子的危情。

他迅速转告了他的父亲。桂医生说,就看手术做得如何了。

言外之意,他对县城医院做这样的大手术不太放心。

快到凌晨,一个疲惫的医生出现在手术室门口,向我们宣告,手术是成功了,但病人未来七天的危险期非常关键。

这一刻,我和少求、小小相拥而泣。

老爷子被手术车推出来的时候,小小吓得尖叫起来。她看到姥爷的脸浮肿着,明显地变形,还贴着横七竖八的膏药,头上身上插满了各种管子。

老爷子进了重症监护病房。我们被隔在了外面。

这之前,叶云芝在另一间抢救室里,度过了一段与死神擦肩而过的时光。

少求告诉我,叶云芝把老爷子送到医院,陈述完老爷子的病情,自己也随即昏迷过去。她的病情极不稳定,医生们发现她原本就是一个随时可能撒手人寰的绝症病人。对于她的镇定和极度配合,医生护士们私下里真心称赞。然后,他们给她下达了病危通知书,并且让少求在家属栏里签字。

特定时刻,少求有一点犹豫。她一直知道她的存在,却极少跟她见面。儿时的印象已然模糊,对她的了解都来自老爷子偶尔的透露与描述。现在她的第一身份是老爷子的救命者。少求还知道的情况是,叶云芝一生只有一个早夭的女儿,丈夫死得更早,她的近亲也跟她很少来往。

站在老爷子的角度,这个字她必须签。

但是，少求心里有疙瘩。签了字，她就要负全责。抛开别的不说，她如何向外人解释？这个其实还不是最重要的，关键是，她还没有说服自己接受这样一个女人。

无论如何，救命第一。当时我还在从南京赶往宜兴的途中，少求跟自己较了一会儿劲，终于在病危通知书上一笔一画签下自己的名字，然后她跑到医院走廊的尽头，抹了一会儿泪。

说实在话，我也被这个叶云芝感动了，紧急情况下她那种非凡的定力，常人并不具备。

就这样，我和少求开始了同时伺候两个老人的战时生活。家里的保姆阿青，除了照顾小小，每天还提着保温饭盒来给我们送饭。

有一天她突然面有难色地说，家里出了点事，她不能再在我们家干下去了。

这个阿青，自从我到古南街来养病，她就在了。平时看她很勤快，嘴也不碎。老头子待她不错，除了每月不菲的工资，还经常给她送点小礼物。

这个时候她提出要走，无异于釜底抽薪。也就是说，我们的后方沦陷了。

于是我和少求只能兵分两路。少求在家照顾小小，我在医院留守。

少求给了我一张信用卡，说里面有十五万元。老爷子动这样的大手术可以报销一大半费用，但这个叶云芝大部分费用必须自己承担。

记得我第一次去缴费，三万元就没了。少求说，就当是给爹用的。

真是个明白人。

老爷子进入重危病房后,我们虽然进不去,但作为陪护的家人,也不能走开,以便医生护士随时传唤。我的工作范围,就是在老爷子的病房和叶云芝的病房之间来回巡走。

几天过去,老爷子还没有醒。问出出进进的医生护士,他们的回答一律都是:等吧。

倒是叶云芝,经过一番折腾后,人缓过来了。

她很憔悴,脸色青黑,皱纹很深,花白的头发掉得厉害。但是,能看得出,她年轻时候很漂亮。

人很寡言,除了问问老爷子的情况,其他就不再说什么。她也不让我多待着,说她这里不需要陪护。但是护士告诉我,她吃流质食物都很困难,衰弱得连起来大小便的力气都没有,必须有人二十四小时看着她,而且,最好是一位女士,因为男人在这里不太方便。

我和少求商量,决定请一个全职护工,每天的工资是一百五十元。

于是,一个姓胡的护工来了,五十多岁,胖胖的,提着个饭盒,开口就说,她在这医院里干了十二年了,什么都见过。

叶云芝很恐慌,她显然不愿意接受这样一个事实,在她生命垂危的时刻,她不能安安静静地走,而是要牵累别人。

我私下里问医生:叶云芝还有多少时间?

医生警觉地看了我一眼,问:你这话什么意思?

我连忙解释:我们当然是要尽力给她医治啊。

医生说：从病理指标看，她随时有可能走。但是，她的生命力很顽强，这几天给她上了靶向药物，很多指标又回来了。

遗憾的是，她不太肯配合治疗，表现出一种狂躁的症状，不吃不喝，听到任何声音，都会抱头大叫。医生没办法，给她上了两个静脉泵和一个皮下泵，注入两组镇静和一组镇痛药物，她才稍微平静下来。

她又说睡不着，跟护士要安眠药。医生叹气说，昨天护士跟他汇报，从她的枕头下搜到了一包安眠药，那是她私下积攒的。

你们要跟她多沟通。医生皱着眉头说。

少求在电话里听我说了这事，有点受惊吓，说：这可万万不能啊，出了事我们怎么向爹交代！

有一天，护士把缴费的单子放到她的床头，恰巧我不在。她看了那张单子，立马变得烦躁起来，挣扎着就要出院。我赶到后，安慰了她一番，说给您看病用的都是老爷子的钱。

他有什么钱啊！她咕噜了一句。

他怎么会没有钱呢？我安慰她。

他的钱，都变成壶了。她像是在自言自语。

壶也是钱啊。我说。

她摇摇头，从嗓子眼里憋出一句话：他的壶不是钱，是命。

时间过去了一周，老爷子还没有醒来。第九天的时候，护士告诉我，病人的右手动了一下。我和少求难得地被破例允许进入病房，那张脸因为浮肿、青白，有点变形，变得跟原来不太像了。但是我们还是很高兴。少求摸着他的手,连声喊着,爹啊,你要是听到了,手就动一动。

可是,老爷子的手却没有动。

医生说,苏醒也要有一个过程,要有耐心才行。

我把消息告诉了叶云芝,她苍白的脸上,顿时出现了红晕,呼吸也变得急促起来。

常人说的化学反应,就是这个样子吧。

少求听了,有点不以为然,说:她当然希望爹走在她后头。

医生告诉我,从这一天起,叶云芝表现出一种从未有过的求生意识,她一反常态地想吃东西。百合汤、血糯米粥、豆腐花,都是她提出来想要吃的。

结果是一边吃,一边吐。一天下来,不但她自己被折腾得够呛,服侍她的胡阿姨也吃不消了。

她这是怎么啦?前世饿煞鬼投胎似的,吃又吃不下,吃不下还要吃,吐了多浪费啊。胡阿姨私下里跟我抱怨。

我说,这个你别管,她想吃什么,你就给她弄什么。

第十天早晨,医生又说,病人的眉头动了一下。

我们又一次被允许进入老爷子的病房。少求说:爹啊,我知道你放不下我们,你不会一走了之的!

老爷子依然没有反应。

出了病房,我说:恐怕最放不下的,还是另外一个人吧。

少求点头,说:不知怎的,见到她的时候,我就会想起我娘,心里突然对她就很排斥。

我说：我能理解，不过，长期以来，她并没有进入你的生活。这一点，老爷子和她，都做出了牺牲。

少求表情复杂地叹了一口气。

理论上的醒，是可能的；事实上的醒，特别是什么时候醒，要看病人的具体情况。

这是医生反复跟我们说的观点。

虽然有苏醒的迹象，但是，老爷子还是没有醒来。

日子一天天过去，我们有点耗不起了。

两个病人在医院，不单是钱的问题，我们的精力、体力都跟不上。无法进入真正意义上的睡眠，也不能有一刻安稳的休息，我和少求快扛不住了。

少求的失眠比我还严重。从来没有过的黑眼圈，在她清瘦的脸上，像宣纸上的墨晕，一天比一天大。

自从进入"战时生活"，我之前的病症就似乎消失了，我俨然像个健康人一样出出进进。但是，时常乱跳的心脏告诉我，悠着点，再这样下去，保不准也要像老爷子这样。

小小不肯去学校。她现在一个人不敢待在家里，必须寸步不离地跟着我们。她本来就是个敏感的孩子，这段时间，她跟着我们经受了太多的惊吓，人变得特别脆弱。

倒是叶云芝，采用了进口的靶向药物治疗后，疗效很明显。虽然，化疗的反应让她难受，但跟之前比，她现在一餐能喝半碗粥、半碗牛奶，能吃半个鸡蛋。伴随着身体的恢复,脸色也不那么晦暗,眼睛里的光,蓄了些暖意。

不过,日益明显的焦虑也在她脸上堆积。每天,她都会不止问一遍,他醒了吗?

似乎老爷子不醒来,她就失去了活下去的动力,甚至,失去了生存的根基。凭什么活着,在她,一定是个问题。

她的身世,在世间还有什么亲人,都不得而知。她也不肯讲。

与她交谈也有障碍。她始终不肯说什么,我只能从她的片言只语里,感受到她内心的自卑是多么深重。

特别是在少求面前,她几乎抬不起头,仿佛是她把老爷子夺过去,又把他弄病了。

这一点,让少求也看不下去。

叫她"叶阿姨"时,少求有发自内心的真切。这在她,并不容易。

叶云芝叫少求,却是恭恭敬敬的"葛老师",语音懦弱。

可是这女人衰弱的后面是一份骨子里的烈性。

护工胡阿姨是这医院护工里的老江湖,连估带猜,她约莫知道了叶云芝的身份并不高贵。服侍的过程中,她言语里不免带着些不恭。

她故意问叶云芝,那个在重症病房里的至今未醒的老头子,与她是什么关系?

起先,叶云芝不答。

有一次又问。叶云芝还是不答。

胡阿姨还称赞她好福气,明明是丫鬟的命,却还享着小姐的福。叶云芝像是没听到,突然将床头柜上一杯冷却的茶水泼在她脸上。

手术后第十五天的凌晨,我在病房外走廊里的临时陪护床上昏昏欲睡,突然被护士唤起。

醒了!护士说。

我一骨碌爬起来,脚底却似乎虚空,一脚一脚都踩在棉花上,任自己的身子飘飘忽忽游进病房。

老爷子的脸,依然青白发虚。双眼睁得很大,凹进了眼眶里去。眼神是直勾勾的。

我凑近他,轻轻叫了一声:爹!

他想抓住我的手,但却没有力气。

他瞪着我,慢慢地,老泪溢出眼眶,流向腮边。我用面巾纸擦去他的眼泪。他的手突然变得有力,紧紧攥住了我的手。

他的目光在四处搜寻。我知道他要找谁,说:爹,她在十二楼的肿瘤病房,目前还是稳定的。

他嘴角抽动了一下,却说不出话来,全身的力气似乎已经耗尽。

护士说,不要和他多说话。他不能激动。

他床边仪表的某些指针在晃动。

手还被紧紧攥着,他丝毫没有松开的意思。

我有某种不祥的预感。这个时候,少求正在家里陪小小睡觉,要不要打电话叫醒她,让她赶过来呢?

事实上,没有时间了。

我一直把你当儿子。这里,对不住你。他费力地说着,指指心口。

爹,你慢慢说。

子厚,我让你受了很多冤枉气。有些事,都是我……安排的。

我蒙住了,连同他接下来的每一句话。

我怕你今后接不住这个摊子。你不知道紫砂江湖上,有多凶险。

他气急,喉头哽咽,说出一个字来都很艰难。

爹,你别说了,缓口气吧。

子厚,我时间不多了。有几件事,我要交代一下。

我的心咚咚咚地跳,几乎要蹿出胸膛。

一直到离开这个世界,老爷子攥住我的手,都没有松开。

这样的生离死别,不是在父子而是在翁婿之间,恐也少有。

可是,他的诸般托付,我真的接不住。

锥心般的痛。似乎我那心脏支架快要散架了。生与死,就这样,隔着一张薄薄的纸。说走的时候,一秒钟也留不住。我生痛的手,终于从他渐渐冷却的手心里抽出,上面有瘀青发紫的斑痕。

老爷子把最后的力气,都给了这只手。

我哭了。肺腑牵心。对着他渐渐僵硬的身体,我的视线模糊,恍惚听到一阵声响,一个人从床上慢慢坐起,迈着他平常的碎步,拉开门,踽踽而去。

少求带着小小赶到时,老爷子身上的管子都拔掉了,像一个突然干瘪的气囊,他的身子缩小了很多。

少求惨然哀号：爹，为什么不等等我啊，爹！

小小很恐惧。她没有经历过这样的场面，一直哭不出来，一口气噎在喉咙口，突然哇的一声，吐了一地。

闹哄哄的葬礼。一些人来了，走马灯一样。裘至修、芦小堂、叶朝贵、潘阿明、钱师傅、郭小蕊……更多的人，我似曾相识，却又不知是谁。

骨灰落葬前，下了一场瓢泼大雨。老天似乎在与我们同悲。

裘至修一度哭得很伤心。这让我大感意外。

少求娘家一位仅存的长辈，在葬礼开始前几个小时突然发声：

香仪也该和她的夫君相聚了吧！

此话于我们，等于醍醐灌顶。从伦理上说，鲍香仪生前死后，都应该和葛家印在一起。她早殁，当时长辈强势，对葛家印也有不满，执意让香仪的骨灰葬在自家墓园。时过境迁，鲍家墓园土地被征用，早已不复存在，所有的亡灵，都安息在了蜀山背后的"归真园公墓"。

虽然，只是把鲍香仪的骨灰迁移到葛家印的墓里，但此事牵动了所有当事人的情感。特别是少求，落葬前，她捧着母亲的骨灰盒，一步一步走到父亲的墓穴前，三叩九拜，长泪双流。

办完老爷子的丧事，已经是三天之后。

黄昏的时刻，雨停了。我跟少求来跟叶云芝见面。临走时，小小突然说也要去，就一起去了。

到病房门口，胡阿姨把我们拉到一边，说：天晓得啊，前两天她就一直淌眼泪,汤水不进,也不搭理人……

怕我们误会,她还一顿解释:我可什么也没有跟她说啊!

少求说:她应该会知道,人是有感应的。

我们坐到她病床的对面。她抬起头,深凹的眼睛看着我们,不说话,任眼泪哗哗流下来。

少求哪里忍得住,哇的一声哭出来,转身就冲出门。

她在走廊里哭了一会儿,平静了些,走进来时,已经擦干了泪痕。

这是小小吧,长得真像妈妈。叶云芝见到小小,跌到谷底的情绪似有回升。

小小叫了她一声"姥姥"。我们事先并没有教她。

叶云芝被这一声叫得眼泪直流。

小小看她的表情也有些异样。

葛老师,你爹走了,我也该走了。让我出院吧,明天会有人来接我。她对少求说。

我说:老爷子走的时候有交代,一定要尽全力给你治病。

少求说:你就安心在这里治病吧,一切有我们在。

她决然地摇头:我明天一定要出院,小明子会来接我的。

说完,她闭口,头靠在枕垫上,歪向一边,不再说话。

这一场谈话,就这样不了了之。

第二天,接她的人来了,所谓的小明子,居然是老潘。

一打照面,老潘有短暂的尴尬。他跟我解释,叶云芝是他的表姨妈。

突然想起第一次见面时,他打的那把大黑伞那么似曾相识,原来是老爷子早先用过的。

我们是不打不相识啊。他解嘲道。

我机械地点点头,却笑不出来。

可不能怪我啊,都是老爷子安排的。他解释道。

没事没事。我说。老爷子都跟我说了。

想起来,在老爷子的葬礼上,那些曾经在"聊壶茶坊"以各种角色出现的熟人,都出现了,一个个如丧考妣。哭得很伤心的人里,还有那个独膀子芦小堂。

其实,若是我稍微聪明一点,我早就该明白。

关于叶云芝的出院问题,在老潘面前,我和少求再次表明了态度,希望她能留下继续治疗。

老潘叹口气说:老爷子走了,她的心也死了。住在这里,她心里难受,还是让她回到山里吧,人自由,空气也新鲜,说不定还能多活几天呢。

那谁来伺候她呢?我问。

老潘说这个没问题,他老婆在家闲着没事,可以照顾她。

少求想了想,从钱包里拿出一张信用卡,说:这里有五万元,先拿给她用吧。

老潘犹豫了一下,说:她有交代的,什么东西都不能收。

那她靠什么生活下去?

她在村里还有几间老房子,上个月托我卖了,还能抵挡一阵子。

我和少求默然。

不行。少求说。她这样一走了之,我爹会责怪的。

我和少求咨询叶云芝的床位医生陈医师,她说:靶向治疗目前对她还是有效的。她要回去也可以,坚持用药,定期来化疗就可以了。

我问:她还有多少时间?

陈医师双手一摊,说她给不了确切时间。肿瘤病人往往就是这样的,说走就走,说不走就不走。

这话等于没说。

少求的两全之策是,叶云芝可以出院回到山里,还是住在老爷子的那间房子里。由我们出钱聘一个保姆来伺候她。比如,护工胡阿姨。

叶云芝不同意住到老爷子的房子里去。这是一。

第二,她也不要胡阿姨伺候。

她的妥协是,让老潘的老婆伺候她,但她不同意我们每个月出一千元工资给老潘家。

她说:就从我卖房子的钱里面开支吧。

老潘把我们拉到一边,吞吞吐吐说了另外一层意思:叶云芝的房子已经卖掉了,她又不肯住到老爷子的房子里去。那她住哪儿呢?

事实上她已经无家可归。

而他自己家的房子不够宽敞,儿子等着要结婚,因为没有钱盖新房子,结婚也只能在家里凑合。

绕了半天,少求问:那你到底想说什么呢?

老潘说:你们每个月再出三百元钱,给她在村里租个房子住。

她既然有房子，为什么要卖掉，然后再租房呢？我忍不住插话。

老潘说：她卖房子，是为自己的后事考虑。她说自己已经是活一天算一天了，她不想拖累别人。

沿着这个话题往深里说，老潘像一个露了馅的包子，汁水都流出来了。我和少求发现了更多的问题。

叶云芝卖房子的钱，在老潘手里。这是肯定的。叶云芝希望她的后事，有小明子来操持，证明她对这个外甥是信任的。可是，这个当年的小明子，已然是今天的老潘，他心很大，这些年做生意亏了本，手头拮据，想跟别人合伙做买卖，就把叶云芝卖房子的钱给挪用了。

顶多三个月，钱就能回来。老潘拍着胸脯说。

他倒是老实，好像挪用这笔钱是天经地义的。

隐隐的还能品出一层意思，这是他跟他表姨妈之间的事，我们管不着。

也就是说，至少在三个月里，我们要替叶云芝付保姆费和房租。至于医药费，就更不用说了。

如果我们把实情告诉叶云芝，说不定她当场就要晕死过去。

怎么办呢？

少求说：就看在爹的面子上吧，反正就三个月。

我说：那如果三个月后，那笔钱没能回来呢？再就是，叶云芝的生命，三个月后是个什么状况，也很难说啊。

想来想去，还是保叶云芝的命要紧。我们准备放老潘一马，暂时不把事情告诉叶云芝。不料，老潘反过来，却想咬我们一口：老爷子的存款、财产,特别是他那些壶,应该给我姨妈留一些吧。

被少求一句话就挡回去了:你姨妈还活着,她有什么要求,让她自己来跟我们说吧。

第八章

密码

现在我可以告诉你们了,老爷子临终,到底说了哪些话。

人到了最后时刻,要说的,应该是最重要的事情,这是一定的。从这个意义上说,老爷子没有提到叶云芝,甚至也没有提到少求和小小,他只是反复对着我说一串数字。

开始我没听明白,后来我意识到,他说的,应该是保险箱的密码。

我说:我记住了,爹您放心。

一口气接不上来。他的身体在抽搐,费力地说:我的一生,都在里面。

哪些壶可以卖,什么壶必须守,都……有交代。可是,可是……就怕你看不明白。他费力地说。

就靠你了,子厚!他突然变得目光如炬,灼烫得我睁不开眼。

爹,爹!我怕我扛不住。

你能行。我的眼光……不会……错。

他要我答应他。

那眼光灼烫得我睁不开眼。

我点头,说:爹,我知道了。

拜托……了!

这是老爷子留给我的最后一句话。

办完丧事,我和少求在古南街老宅阁楼的杂物堆里,找到了一个装在固本牌肥皂旧木箱里的小保险箱。

密码很蹊跷,猜了半天,才知道是《东方红》乐曲的开头一句乐谱:55621162。

是少求琢磨出来的。看得出她有点失望。或许她原本以为,老爷子保险柜的密码,会是她或小小的生日。

"东方红,太阳升。"少求默念着这两句歌词,说:这是爹教我唱的第一首歌。

这首歌,在老爷子那个年代人人会唱。谁知道老爷子选这组乐谱数字做密码的时候,是怎么想的呢?

打开保险箱的那一刻,我和少求屏住了呼吸。

里面的空间本来就小,手伸进去,就摸到了两本笔记本和一本存折。

两本笔记本很厚,里面写得密密麻麻。

存折上的钱,总共是二十五万。

少求的眼泪下来了。

老爷子平时比较夸口,给人的感觉,他至少是不缺钱的。

这二十五万，难道是老爷子最后的积蓄吗？

再用手伸进保险柜摸了一会儿，在深处的角落里，摸出一张纸条，折得四四方方。打开一看，是一组数字，正是小小的生日！

我和少求几乎同时惊呼起来。

肯定还有一个保险箱。

少求有点兴奋，好像这张纸条为她扳回了一分。

她之前的失落是明显的。

那种感觉，有点像《基督山伯爵》里，爱德蒙·邓蒂斯就要得到法利亚长老的宝藏秘密一样。

那一天，我和少求几乎把阁楼翻了个遍，把老宅的地窖也打开，反反复复地找了，却没有找到第二个保险箱。

我私下里想，老爷子的这些紧要事，少求一点也不知道呢。夫妻之间，也不是什么都好说。我把话咽回去了。

或许，这不是什么保险箱的密码。如果不是，那又会是什么呢？

少求的揣测是，答案有可能在山里的那间房子里。可是，我们并没有那间房子的钥匙。

老爷子留下的两本笔记本上，字迹很潦草，也没有提到什么保险箱，好像都是在说壶，有很多标志和记号，我不怎么懂。少求看了半天，也一知半解的，说不出个囫囵来。

想起了叶云芝的一句话：壶，就是他的命。

少求说：我爹一直是这样，他希望我活得单纯、简单，不让我背上太重的负担。所以，很多事情他都不说。

我叹口气,说:他把女婿当儿子养,真应了你们宜兴人的一句俗话,"捉到黄狗当马骑"。

少求应了我一句:你这条黄狗,只怕是逃不掉了。

是的。前几天单位来电话,向我发出最后通牒,回来上班还是辞职,二选一。

我毫不犹豫地回了一句:拜拜了!

是的。既然我答应了老爷子,我不想辜负他。

去医院看望叶云芝,跟她说起房子钥匙的事。她不假思索,郑重地从脖子上取下一个钥匙挂件,交给少求,说:小明子跟我要过几次,我没给。

我和少求对视了一下。

叶云芝叹口气说:我改主意了,不想让小明子给我租房子,我也不要他老婆侍候。

看来,她对一向信任的小明子产生了疑虑。

她说很后悔,不该把自己那几间住屋给卖掉。言外之意,她当时也是受了小明子的蛊惑。

我为什么还要活着?她坦然看着我们。

这个话题太沉重,这就谈不下去了。

再次去看望她,是她出院的前夜。老潘没有露面,说是去外地接一笔什么生意。

想死,又死不成。怎么办呢?她自言自语。

语气从容,完全不像山间的老妪。

终于跟我们摊牌,她同意住进老爷子那间房子了。

但是,她说要付租金,还有住院的费用。

她说,她还有点钱。她以为,她卖房子的钱,可以为她不多的余生支付所有的费用。

叶云芝的这个主意,让我们颇感意外。

她是要向我们表明,她不会索要老爷子的任何东西。就是住进他的房子,也要干干净净、明明白白地付租金。

话到嘴边,我们还是忍住了。没把老潘挪用她卖房钱的事情告诉她。

少求的眼圈红了,说:阿姨,您这样做,我爹在九泉之下会责怪我们的。

拿着叶云芝给的钥匙,我们去了山里那间房子,一个叫"南山坞"的地方。

是个下雨天。少求开车。车子进入毗邻浙江天目山余脉的丘陵地带,山不高,但很清秀,也有开阔的茶叶地,一眼看不到尽头,像一列列绿皮车伸向远方。山区道路的两旁,青的青,绿的绿,间或有紫,让人爽心悦目。掩映在苍翠竹林间的农居,黑的瓦,白的墙,在山坡上高低错落,透现出世间的温煦景象。

那间房子,就在穿过一片竹林的山坡上。

有青石砌成的台阶,拾级而上,就到了门口。转身一看,脚下是一片苍翠的岚气,隐隐约约,如在梦里。

老爷子选了这么个地方,真有眼光啊。我说。

少求默不作声。

房子里有些潮气。家具是原木打的,特别结实,也显得笨重和粗糙。一看就知道,是山里的木匠手艺。

房子的结构,基本还是农居的格局。客厅不大,后厨简陋。朝南有个卧室。朝北的一个房间,用来堆放杂物,一个落满灰尘的竹橱里,放着一些瓶瓶罐罐,上面分别写着"茵陈草""半夏""车前子"之类。简易的楼梯通向二楼,也是一南一北两个房间。朝北的房间里,堆满了各种纸箱,上面落满了灰尘。

打开一个纸箱,里面是大大小小的壶盒。木盒上贴着字条,写着"甲";竹盒上的字条是"乙";纸盒上的字条,写着"丙"。都是老爷子的字迹。

为什么要把壶藏在这里?老爷子自有考量,只是我们无法解读他的内心。

叶云芝的话是对的,壶,就是他的命。

少求脸色哀楚。她要么在靠阳台老爷子坐的椅子上发呆,要么拿起一件老爷子的衣服,想起了什么往事,默默流泪。

我知道,她心绪纷乱。

说实话,我心里也有失落。

二楼朝南有个小小的阳台,抬头就是大山。山脚下有一个水库,波光粼粼,山峦的倒影在水纹里袅袅婷婷、变换队形,像一群人在舞蹈。

人站在这里,顿时感到开阔而疏朗,仿佛心胸都被打开了,慢慢地,周身变得通透起来。

阳台上挂着腊肉、咸鱼,一只竹匾里晒着笋干。阳台的角落里,整整齐齐扎堆着几捆晒干的党参。晾晒杆上,还挂着老爷子和叶云芝的衣服。

阳台的瓷砖地板上,铺晒着一些带有泥土的党参,估计是刚挖下来的,还没有来得及收拾。一把沾有泥土的鹤嘴锄,横在地上。

这里,曾经有一份暖煦的日子。人去楼空,但老爷子的气场还在。

突然间,我鼻子酸酸的。很有可能,老爷子就是为我挖党参太劳累而摔倒的。这种山上到处都有的野党参,他从哪里知道能治我的病呢!

少求抹着泪说:他这么执拗,就是一种心念。

想象中的保险箱,并没有找到。为什么要把小小的生日编成一组密码,而保险箱却只有一个。这恐怕永远是个谜。

突然觉得,这些天我们把注意力集中在寻找保险箱上有点荒唐,有点对不住老爷子。仿佛有一个声音在提醒我,老爷子的全部心血,是在那两本笔记本上。而我们,却本末倒置了。

那天,少求在屋子里转了一圈之后,精神仿佛受到了重创。她突然说:子厚,我们走吧!像跟谁赌气。

突然,情绪又拐弯,仿佛什么都回来了。我对不起爹。她幽幽地说。站在这里,我透不过气来。

反反复复。我明白了她的意思。老爷子的另一面,她知道得太少了。

固然老爷子有难言之隐,但又何尝不是被她长期忽略呢?一直到中年,她都是老爷子的一件小棉袄,却很少走进过老爷子的精神世界。老爷子宠她,尽一切可能安排好她的生活,希望她过一种单纯的、明亮的、心理上没有任何阴影的生活。可是,他不会想到,当他另一面鲜为人知的生活突然曝光,对他最心爱的女儿,何尝不是一种打击呢?

从此之后,少求再也没有走进这个屋子一步。

但是,见到叶云芝,少求的态度里添了一份真切的温煦。她本该有权利嫉妒。老爷子的最后时光,是叶云芝陪着度过的。从某种意义上讲,是叶云芝夺走了她的父亲。但她作为女儿,虽然天天跟父亲生活在一起,却无法填补父亲情感世界里的空白。是叶云芝给了老爷子心灵的慰藉。他们之间的故事,我们还无从知道。但至少可以证明,这么多年,老爷子是爱她的,却没有娶她。去山里为她做临终陪护,又何尝不是对自己心灵愧疚的一种补偿和救赎呢!

叶云芝心里肯定藏着巨大秘密。老爷子心里怎么想的,她都知道。

我突然感到叶云芝的分量之重。

现在的难题是,到底如何安置叶云芝。

老爷子走后,几乎每一个夜晚,我们都是睡不踏实的。少求根本就睡不好,常常在半夜里起来,靠在床垫上想心事。原本我的睡眠很差,自从在古南街定居，失眠的症状倒是不治而愈了。但是，半夜里少求醒来，一点点风吹草动，我就睡不着了。有关叶云芝的安置问题，我们反反复复，举棋难定。

少求的意见是，如果她身边确实没有信得过的人，那就不如让她在医院里继续住下去，大不了就是花钱呗。

是的，她住在医院里，就只是一个病人。如果真让她住进老爷子山里的房子，那她的身份就不一样了。

她宁愿叶云芝只是医院的一个晚期癌症病人。

可是，叶云芝不同意。她说，这个病房，她一分钟都不想待。几乎没有一刻是安静的。她希望死的时候，身边不要有什么人，就让她安安静静地走。有一次，她说，把她放到什么山上的看山小屋就行。护士认为，她脑子里出现了臆想梦幻的症状。她甚至拒绝用药，如果不让她出院的话。她还趁护士不注意，拔自己身上的管子。

这个衰弱的女人，其实很强势。她说什么就是什么。近几天，胡阿姨不知什么事得罪了她，被她说了几句，话倒是不多，但很重，胡阿姨气得撂挑子，不想伺候她了。

如果依她，住进老爷子的山间房子，生活上会有诸多不便。虽然附近的村上有小卖部，也有规模较小的集市，但非得有专人来照料她。

重新帮她物色一个佣工，也非难事，不过，要让她满意，却不容易。

有一句话，少求没有说，但我揣摩到了。假如叶云芝死在山里那间房子里，会很麻烦的。她虽然没有至亲，但不等于没有近亲，到时候人死了，我们怎么说得清楚？

不过,在叶云芝的问题上,我的想法恰恰与少求相反。我觉得,叶云芝眼下对我们,比什么都重要。

那好啊,你把她接到古南街来吧!少求赌气地说。

一句话提醒了我。

"聊壶茶坊"要开下去,叶云芝太重要了。

少求嗔了我一句:你脑筋没搭错吧!

我的理由是:老爷子的一生,如果用一句话来概括,那就是一个深不见底的民间收藏家。如果有一天我能完全读懂他留下的两本笔记本,那我才算是继承了他的衣钵。而这一点,太难了,等于是天书。能够帮助我解读这两本笔记本的,目前只有两个人,一个是裘至修,还有一个就是叶云芝。

而裘至修,最多只能解决茶壶鉴定上的问题,叶云芝不但是老爷子人生的见证人,她还应该知道老爷子很多鲜为人知的秘密。只有懂得了老爷子的人生,才能懂得他那些壶。"聊壶茶坊"开下去,才会有根基,我才能接得住老爷子的壶。

第一次去拜访裘至修,我是诚心的。

老爷子走后,我内心有一种前所未有的孤独感。这听起来很荒唐,按理,一个紧箍咒解除了,我应该感到轻松才是。

可是,每当深夜,翻开老爷子留下的两本笔记本,巨大的孤独感就会弥漫开来,我被团团围住,仿佛汪洋中的一条船在夜雾里迷了航。事实上,只要说到紫砂壶,老爷子之前的言行,就是我的一个强大参照。

可是,阴阳两隔。他在笔记本上天马行空地写了些什么,我怎么也看不明白。老宅的阁楼上、地窖里,以及山间房子的杂乱空间,到处都是壶。天知道,它们和笔记本上的文字,是否存在着某种联系。

从文字上看,还有一些隐匿的壶,估计特别重要,老爷子不放心,用一些只有他自己看懂的文字记录了下来,天知道它们在哪里。

突然觉得,裘至修特别重要。

见面,是在紫砂博物馆他的工作室。这里的人对他很尊敬,虽然他早已过了退休的年龄,可单位还是以返聘的方式,留下他这块金字招牌。

一个非常杂乱的空间,到处塞满了书籍资料。一张肮脏的办公桌上,堆放着一些肮脏的残杯破壶,连个水杯都搁不下。

他的态度还是热情的,不过,泡茶的时候围着屋子转了一圈,说找不到茶叶了,就喝白开水吧。结果,水壶也是空的。

这是一个不修边幅的人,我反而是喜欢的。

记得,在老爷子的葬礼上,最后告别的时候,他哭得如丧考妣,足见他与老爷子的关系非同一般。

我直截了当地问他,认不认识叶云芝?

他愣了一下,说:你是说佟小玉吧?

看我一脸疑惑,他说:这是她早年的名字。

她怎么会叫这个名字呢?

裘至修叹气说:她的命苦啊。

又说到了老爷子。他跷起大拇指,说:很有可能,我们馆里的藏品,都比不过他藏的壶。

不会吧!我很惊愕。

他突然板着脸,说:你对老爷子了解太少了!

他感叹一声,道:他家祖上几代人,为了收藏紫砂壶,命都可以豁出去。

他突然问了我一句:你知道叶云芝的爷爷是干什么的吗?

很惭愧,说到这些,鄙人无疑如一张白纸。

她爷爷佟贵生,是蜀山窑厂最有名的看火先生。

看我一脸疑惑,裘至修耐着性子向我解释,古时窑厂,烧窑、装窑、开窑、划货,最多只称"师傅",唯独看火这一行,可以叫"先生"。

在窑上干活的人,都是短衣帮,唯独看火先生,是穿长衫的。

一窑货要烧得好,全凭看火先生指挥。什么时候让你添柴,什么时候叫你熄火,都是一双肉眼在调度。

佟贵生在窑上,是金口。他一个字不肯多说,但半句话也不会少讲。别说窑工,就是窑户老板,对他也敬若神明。

接火。头火。脚火。添火。歇火。他反反复复讲的这几句话,在窑工们耳朵里,如同圣旨。但凡有佟先生看火的龙窑,成品率总是很高的。

鲍家窑、葛家窑,一眼开口铜钱到。

这是当年流传在蜀山窑厂的一段顺口溜。

"一眼",就是"窑厂第一眼",是窑厂人对佟贵生的敬称。

一窑陶器烧成,窑户要请看火先生和烧窑师傅吃一顿丰盛的"落山饭"。佟贵生不到场,是开不了席的。一般的小窑老板,哪里请得动佟先生。他太忙,身价自然也高。

古南街上,佟家的门脸很是光鲜。上了年纪的佟先生去茶馆喝茶,手里牵着一个小女孩,叫佟小玉,也就是后来的叶云芝。都知道,佟家的孙女,是佟先生的心肝宝贝。

有一天佟贵生在窑上看火,看着看着,突然就栽倒了,一口痰堵住喉咙,差点断了气。

他儿子佟得福,没有接得上他这一脉,自小不学好,长大了吃抽嫖赌。佟家也不是什么望族,老爷子凭一双眼睛吃饭,蜀山的几大窑厂,都给他干股。但是,佟先生在窑上摔的那一跤,把什么都摔没了。

佟得福这个败家子,光是抽与赌,就败光了佟家积攒的那点祖产,末了,还把女儿卖了——当时这是蜀山古南街的一大奇闻。

就这样,小玉被卖到了山里一个富户叶家。

从此,一个叫佟小玉的女孩,就从古南街上消失了。

她后来的命运据说并不好,不过那是题外的话了。

裘至修的讲述,向我打开了一扇窗。叶云芝原来是古南街上的老人啊。

裘至修记得,他小时候,还跟在佟家姐姐后头去窑厂上玩。在他的印象里,少年时代的佟小玉是个"假小子",她敢上树掏鸟窝,下河抓鱼虾。小小的年纪,就跟奶奶学做水平壶,还有模有样的。

人抗不过命哪!裘至修感慨道。

我把老爷子跟叶云芝的事,跟他摊牌了。

他一点也不惊讶。

老爷子生前跟我讲过一些。他太不容易了,为了少求,委屈了自己,也委屈了叶云芝。我也知道你们的难处。他说。

那我们该怎么办呢?

不经意间,他给支了一招,说得我眼前一亮。

裘至修的儿媳,在太湖边的一家疗养院当副院长。这个疗养院,早先是北方一个产粮省份农垦局在此建造的,主要的服务对象,是该农垦系统的干部职工,虽然条件一般,但是依山傍水,环境非常好,收费也低廉,老年人在那里休养,能得到基本的护理和照料。

当然,裘至修还要说服他的儿媳。如果院方知道叶云芝是个生命垂危的癌症病人,一定会拒绝的。

看上去他还是有把握的。他的底线是,如果有一天老太太不行了,必须赶紧撤离,送到医院去,反正不能死在疗养院。

我当然一口答应了。

回去跟少求一说,她觉得非常好。她说:这个裘叔叔,之前被我们忽略了,他跟我爹,是多年的至交啊。

少求立马和我去医院跟叶云芝摊牌。

见面谈的时候,她的情绪有一点烦躁。医生说,给她服了安定,也不怎么见效,她还是口口声声吵着要走。

可是,跟她说到裘至修的名字,她就渐渐安静下来。

黄豆芽!她一口就说出了裘至修儿时的绰号。她说,裘至修小时候特别瘦小,拖着长鼻涕,跟在她屁股后头,打也打不走。人呢,是个鬼精灵,一头稀稀拉拉的黄毛,所以大家叫他"黄豆芽"。

她甚至能说出,当年黄豆芽的哪颗门牙是在古南街哪块石板上磕碎的。

一切都变得没有问题。

就这样,叶云芝终于移驾到了太湖边的那个疗养院,等于进入了一个绿树和花草的世界。虽然楼房有点旧,设施也一般,但空气非常清新,还能听到太湖涨潮落潮的波涛声。裘至修的儿媳叫邢飞燕,三十多岁,高个儿,北方人,说话嘎嘣脆的,跑前跟后非常殷勤。

叶云芝很快就入住了东二楼的一间单独病房,推窗就能看到太湖。邢飞燕说,这间屋子住过很多大领导呢。

叶云芝先是不安,慢慢的有些受用,脸色渐渐明亮起来。裘至修还特意赶来跟她见面。

她嘴张一张,又闭上了。或许,她一时不知道该怎么称呼他。当裘至修叫她一声"小玉姐"的时候,她的眼泪下来了。我这是高兴。她抹着泪说。

他们开始随意地叙旧。说到古南街上的张三李四,王五赵六,感慨的情绪一浪一浪的。很显然,裘至修在叶云芝面前,自然而然地还原到一个洗耳恭听的小弟弟身份。叶云芝却精神焕发,仿佛变了一个人,古南街的青石板小道、拱廊、石桥、屋脚的沿河小路、河岸上用陶罐垒起的壶手旧屋、通向蜀山的逼仄小巷,全都在她光芒四射的脸上呈现开来。

那天,少求没有跟我去太湖疗养院。小小感冒了,她要带她上医院。我知道这是她的一种推托,我也理解她内心的某种纠结。有些隐秘的东西,还是尊重为好。

临走时,少求想起一件事,说阿青来找她了,想回来继续做保姆。前段时间阿青听了一个亲戚的话,辞工去了上海,说是给一个宜兴在上海开公司的老板做保姆,月薪很高,可是干了几个月,她实在受不了女主人的挑剔和刻薄,逃回来了。

我对这个阿青没什么好感,老爷子病重时她说走就走,完全不讲情义。可是少求说:当时人家也是突然遇到一个机会,不就是想多挣点钱吗,她家里负担重,还要养老娘。我看,就让她来吧。关键是,她做的一手家常菜,我和小小还是很爱吃的。少求说这话时,已然没有商量余地了。

我鼻子里哼了一声,算是保留意见。

隔了一日,我专门去见裘至修,跟他提出了拜师的请求。

拜什么师啊,有什么事,尽管来找我就是。

看上去,他还是蛮开心的。

老爷子身前就有交代,我这拜师,已然是亡羊补牢了。我郑重地说。

之前我了解了一下,从古到今,紫砂界拜师收徒有严格的规矩。徒弟对师父师母,要行三叩九拜礼,师徒要互赠礼品,交换拜师收徒帖。

最重要的是,一日为师,终身为父。徒弟待师父,要像自己的父亲一样。裘老师,我是真心的。

这件事,老爷子倒是跟我说过。不过我没答应。他说。你一个省城下来的大文人,怎么可以拜我这个小小的中专生为师呢?

什么大文人啊,羞死我了!我说。我答应了老爷子,要把他的壶传下去。可是,我什么都不懂,怎么传啊?

我还特意提到了那两本笔记本。

裘至修警觉地问:笔记本的事,你跟别人说过吗?

我摇头。

任何人面前不能露一个字。他叮嘱道。千万要藏好啊!

那种口气,已经把我当徒弟了。

我提出,什么时候举行一个拜师仪式。

仪式就不必了,我不喜欢三叩九拜那一套。他说。

骨子里脱俗。这点我喜欢。不过,嘴上不能答应。

必须的。要不,我爹在地下也不会答应。

我很惊讶,平时臭清高的我,在这样的场合,居然会一口一个"爹"。

裘至修很欣赏地看着我。突然,脸色一变,说:丑话说在前面啊,我这个人有时有点杂搭,脾气也不好,你可不要往心里去。

我知,宜兴方言里的"杂搭"是句骂人话,其外延很大,大凡喜怒无常、随口胡诌、动辄挑衅的言行,都可以归到"杂搭"的名下。男人杂搭,就称"杂搭鬼",女人杂搭,就叫"杂搭婆"。

还没有一个人,肯说自己杂搭的,真是快人快语。感觉老爷子给我选了一个好师父。

我说,师父,您放心,我钦子厚一言既出,驷马难追。从今天起,您就是我终身的师父。请受徒儿一拜。我真的扑通跪下了。这辈子,我还是第一次下跪。膝盖着地的感觉,怪怪的。

裘至修像是受了惊吓,赶快把我扶起来。

好吧,既然如此,那你当下赶紧做一件事。

他如此这般地说了一通。

服了。每一句话都说到了我的心里。

第九章

壶外沧桑

　　与叶云芝的交流,一开始还是有障碍的。

　　她出院的时候,医生要求她定期复查、化疗。靶向治疗的药很贵,但一个疗程也不能少。所有这些,作为病人家属,我们都有口头的承诺。

　　因了太湖疗养院的清新环境,特别是裘至修的出现,叶云芝似乎从生命的谷底走了出来。她知道裘是老爷子的挚友,有时候说着话,就泪眼婆娑的。只要裘至修出现,她的话就特别多,如同打了鸡血一样兴奋。可是,裘至修一走,她就像一个泄了气的气囊,显得干瘪而没劲。跟她说话,她有一搭没一搭的,有气无力、奄奄一息的样子。

　　可是,裘至修嘱咐我要做的第一件事,就是抢救挖掘叶云芝的口述。他认为,葛老爷子一辈子韬光养晦,他到底藏了多少壶,这些壶的来龙去脉,估计叶云芝会知道一些底细。他们虽然长期不在一起,但精神上是相通的。只有掌握了老爷子的精神脉络,才会知道那些壶为什么会留在葛家。

当我把两本笔记本放到叶云芝面前的时候，开始她并不想打开它们。翻着翻着，她的呼吸显得粗重而困难起来。

有些我也看不懂啊。她说。

那至少，也有您看懂的部分吧。我小心翼翼地说。

我拿过一本厚些的笔记本，封面上有"向雷锋同志学习"的题词，随意打开一页，上面写着：

> 郑荆玉可惜，壶艺高强，后人不知。这把壶背后，还有一条人命。不到我死后，绝对不可以拿出来见天日。就让它在蜀山背后休息吧，茶壶背后的故事，除了我，炳生或许掠（略）知一二。

郑荆玉是谁？"这把壶"指的是什么壶？蜀山背后是指什么地方？炳生又是谁呢？

所有的问题，叶云芝似乎都难以回答。她盯着笔记本看了一会儿，自言自语道：蜀山背后，不就是东坡书院吗？

东坡书院，我当然知道。传说当年苏东坡在蠡河边的独山下讲学，买田筑室，这就是最早的东坡草堂。苏学士喜欢这里的山水，见到独山，随口吟出一句：此山似蜀。这应该是引发了他的乡愁。当地人敬重他，便将独山改为蜀山。

很可惜，苏东坡并未在此久住。之后他命途沉浮，病死在常州。草堂岁久则废，幸得历代官宦名流出资修葺，遂成东坡书院。老爷子曾经讲过，光绪十七年，二十四家当地望族合力重建东坡书院，作为宜兴东南八乡教育重地。后来,书院改名为"东坡高等小学堂",老爷子的父亲葛仁留曾经是这里的校董,而老爷子本人则是高等小学堂的优等生。

难不成,老爷子会将一把在他看来有风险的古壶藏到东坡书院的某个地方?

不太可能。叶云芝也同意我的判断。

那他为什么会这么写呢?

不知道。

然后,她想了一会儿,说:炳生,有可能是裘至修的父亲。他的大名叫裘连升,古南街上开陶器店的,当年就住在我家西隔壁。他的小名叫炳生。这事你可以再问问裘至修。

叶云芝的记忆力太厉害了。

要是找到了那些壶,你打算怎么办?她盯着我。衰弱的目光突然显得很锐利。

我把老爷子临终前说的话,一字不漏地告诉她了。

你年纪还轻,什么事不能干,真打算听老头子的话?

能活成爹那样,一辈子做自己喜欢的事,也就值得了。我说。

这个,是你真心喜欢做的事吗?她看着我。那眼神特别干净,我感到心里有一点虚。

平心而论,要说我对紫砂壶有多喜欢,那是不确切的。关键是,我真不怎么懂。只是现在老爷子不在了,我答应他要撑起这个门面而已。也有为了稻粱谋的考量,我既然辞职,体制曾经给予我的全都没了,作为男人,我总要养家。

于是,我实话实说:不管怎么样,既然答应了老爷子,我就得好好干。

这句话她听进去了。

老头子算是没看错你!你不知道,当年你成了他的女婿的时候,他有多高兴,他说你是个让人放心的孩子,是少求可以托付终身的人。说到这里,她落泪了。

家印啊,你没看错人!她看着窗外,喃喃地说。

她让我坐到她床边,靠她近些,指指自己的耳朵,说:没完没了的化疗,头发都掉光了,耳朵也聋了!

我拿出录音笔,问:可以录音吗?

她点点头,说:我叶云芝对自己讲的每一句话,都可以负责。

可是,可是……她抬起头,目光一片空茫。我还真不知道从哪里讲起。

佟小玉离开古南街那天,有一个叫葛家印的男孩,一直在后面追。沿着蠡河,穿过德胜桥、大木桥,直到小玉和那个扛着她的男人上了一条船。葛家印站住了,他哭了,声音很大,直到船驶出去很远很远,那声音还在河岸上游荡。

古南街上的人,都知道佟家就要败光了。

老爷子佟贵生一病不起,已然到了汤水不进的地步。他在各家龙窑的那点干股,年底全被他儿子佟得福拿走,又是抽又是赌,比一把火烧了还难看。

佟贵生终于死了。古南街君霍诊所的葛兆光郎中,给他打了一针,据说是德国进口的强心针,把他垂危的生命多挽留了两个时辰。

生命的最后时刻,他想起一件重要的事,说:家中阁楼的旮旯里,有一只香灰坛子,里面藏有一把时大彬的君德壶,可以把它交给仁泰陶器店的葛仁留老板。

葛仁留陶器店专收明清老壶,也推举窑厂认可的新科壶手。葛仁留人也仗义,跟佟家关系很密切。

佟贵生想睡一口榉木棺材。他指望家传的时大彬君德壶可以成全他。以他和葛仁留的交情,相信葛也会帮忙。

他哪里知道,不只那把时大彬茶壶,就是那个香灰坛子,因是明代正德年间的老物件,都被佟得福卖掉抽大烟了。

家里能卖的和不能卖的,都倒腾出去了,直到最后卖小玉。

断气的时候,葛仁留到了,他贴在佟贵生的耳边,大声说,他已经跟棺材铺讲好了,那口榉木棺材已经在路上。

佟贵生到死还蒙在鼓里。最后的那些时日,他的眼睛也看不见了,耳朵更聋。街坊说,这何尝不是佟先生的福气呢?眼不见心不烦,爽手爽脚去见阎王。

他一直唤孙女小玉的名字。小玉聪明懂事嘴也伶俐,她上边本来有两个哥哥,一个出天花殁了,一个在蠡河里玩水淹死了。

佟贵生没有等到孙女出现在他的病榻前。他哪里知道,还没等到他咽气,小玉已然被卖掉了。

佟得福这个男人混蛋,但心也是肉做的。卖小玉的时候,他有犹豫。两个儿子先后殁了,闺女就是他的命,这不用说。可是,他赌心不死,老是想扳本,结果赌债如山,他被压垮了,不把小玉卖了,他就得去跳蠡河。

其时,小玉七岁,已经是东坡小学堂的一年级学生,而葛家印上了二年级,俨然是个大哥哥。他跟小玉在一起玩得亲密无间,两人每天结伴上学。

葛家印平生第一次央求父亲葛仁留,出一笔钱,能把小玉留下来。

葛仁留叹口气说:那是个无底洞啊,我接济佟家的钱还少吗?

自此留下了葛家印人生的第一个痛。

小玉被卖到湖汊山里。叶家在当地是个还算殷实的户头。养父叶世昌在当地是个有经验的茶人,经营着几十亩茶地和竹园。他妻子有病,不能生养。按理,小玉作为养女,日子不会太差。但是,没过多久,叶世昌在外出卖茶叶的途中遭遇一伙山匪抢劫,连性命也没保住。

这时候的小玉,已然是叶云芝了。

养父的"五七"刚过,她就被过继给了叶世昌的弟弟叶世良。

这个"过继"可不一般。叶世良是个等着天上掉大饼的老光棍,他好像知道,哥哥叶世昌会在某一天突然亡故。笃笃定定地,他等到了。他突然接纳的,不仅是叶云芝这个养女,还让嫂子成为他的老婆,当然,还有哥哥的全部财产。

旧时当地的某种风俗,把这称为"叔接嫂"。如此做法,可让家族避免大的动荡,一个原本完整的家庭,也不至于支离破碎。

叶世良想要个男孩,给他传宗接代。可是,他的妻子,也就是过去的嫂子,身体有病,怎么也生不了。他很不甘心。彼时已经解放,新社会实行一夫一妻制,不作兴娶小老婆,这个无奈的男人,整天酗酒消愁。

山里人家,若是没有男孩,女孩就得顶男孩用。叶云芝肩膀还嫩的时候,就被逼着上山砍柴、挖笋,下地种谷、采茶。稍不小心,就被养父毒打。她性格倔强,总是一声不吭。养母王月英,长年病怏怏的,整天躺在床上,一点也帮不到她,她有个妹妹月勤,离村很近,倒是怜见云芝,给她吃猪油拌饭,还给她缝补过衣裳。

月勤姨妈是童年叶云芝心中唯一的一抹暖色。她稍大些,月勤姨妈还教她手工制茶。她第一次来例假,胯下那条窄窄的带子,也是月勤姨妈送给她的。

潘阿明,乳名小明子,就是月勤姨妈后来的外孙。

她偷偷跑回过古南街几次。可是,她的家已经没了,佟得福有一天从浴堂里出来,倒毙在冬天深夜的古南街头。小玉的娘后来改了嫁,去了一个很远的地方。

叶云芝的童年岁月变得非常惨淡。

回过头来说葛家。

葛家印的祖父葛龙章,原籍河南息县。早年因北方战乱,葛家祖上迁来宜兴蜀山脚下的前墅村落脚,开始干"下帮",就是干窑厂上扒土、装卸、挑担、拉货等苦力活。后来到了葛龙章,他因了脑子活络,渐渐干出点名堂来。他不满足在龙窑上做个装窑汉子,看准机会,借钱买下别人闲置的旧房子,然后租给那些从外地来落脚的挑夫和窑工。有一次,从一个大窑户手里盘下一处前朝旧屋,翻修时从壁肚里发现了一口袋金子,当地人称"金掇果"。葛龙章找到那个大窑户,将金子悉数奉还。此事让葛龙章声誉隆起。

早先,古南街还只是一个稀疏村落。蠡河就在蜀山脚下,它一直通到太湖,与大运河接驳。陶器的身段、眉眼,来路与出处,都靠蠡河恩养。所谓生意,皆是人气。稻饭羹鱼、稠密人烟,陶器的铿锵便格外滋润。人们在这里赚了钱,便要寻找快活,将各种惬意打通。一条古南街,才慢慢铺将开来。

葛龙章在蜀山一带渐渐是个人物,已然是民国了。

人们提起他,大多会肃然起敬。论钱财,古南街一带的富户里,前几把交椅还轮不到他。他所有的资产,也不过就是在蜀山脚下有座小龙窑,还有一些跟别人合资建窑的股份。可是,葛龙章人仗义,喜欢结交朋友。他教给儿子葛仁留做生意的秘诀,只有两个字:吃亏。

一日夜里,大暴雨,葛龙章的那座小龙窑突然倒塌了。

如若整修,需要一大笔钱。葛家这些年有点进项,就换了前朝的老壶。有些壶的名头,如雷轰响,堪称顶级。于是有买家天天看在葛家门口,就等葛龙章救窑心切,松口卖壶。不料,葛龙章的决定,竟是卖窑,而不是卖壶。他认为,窑塌了,乃是天意,就让别人去修吧。

葛仁留在古南街上开了一家仁泰陶器店,门面颇大。经营的品种广涉粗货、溪货、黄货、黑货、白货、紫货。葛仁留从来不靠别人送货上门,而是甩开一双大脚,自己去各个窑厂选货。所谓粗货,就是水缸、坛子、砂锅,产地集中在白宕、蠡墅、湖㳇、潘家潭一带;溪货在汤渡,那里有一条贯通太湖和湖㳇山货码头的画溪河,河岸两边都是作坊,盛产各种瓮头、砂盂，故名溪货；黄货，包括了大缸、酒坛；黑货分布在边庄、高家桥一带，产品有陶盆、油盏、粗钵、夜壶等；白货，是指云斗罐、水罐、糖罐、药罐等；紫货，也不单指紫砂壶，还包括紫砂花盆、花瓶、钎筒、挂盘、文玩、摆件等。葛仁留不但对各式陶器了如指掌，还在各个窑厂结交了不少朋友。仁泰陶器店的生意，因了他的仁义和勤快，自然是水涨船高。

不过，葛仁留特别青睐的，还是紫砂壶。他喜欢收明清老壶，开始不懂行，收了不少赝品，收藏界称这叫"喝凉水"。有的老壶，名头太大，葛仁留银子不够，就用房子换。比如有一把供春的龙蛋壶，古气扑面，工法精良。供春是传说中的紫砂鼻祖，明代正德、嘉靖年间人，传器甚少。卖家开价要五两黄金。葛仁留起先没舍得，后来发狠割肉，用父亲葛龙章置下的两间店面房，换了那把龙蛋壶。后来，方家证实，此壶乃赝品，虽然是高仿，但并不值钱。此时卖家已不知去向。葛仁留大病了一场。不过，藏壶的脾性没有改，他见到好壶，依然两眼放光、穷追不放。

靠蜀山窑厂吃饭的壶手，都把仁泰陶器店当作一个晋升的门槛。

旧时，一个壶手要出名，一是要有窑厂老板捧场，他说你壶好，你的壶自然就不赖。二是要有名头大的陶器店给你包装，比如，你做了一把好壶，搁哪儿卖去，有谁知道啊？小门小户的陶器店，资深且有钱的收藏家不会光顾，只有名头大的陶器店，把你的壶放在铺面的显要位置，再加上口头广告，那些眼光独到且精明的买家才会光顾。三是要有茶馆老板肯帮你吆喝，旧时社会，茶馆就是个舆论场，茶客个个都是鉴定师。一把新壶登场,如果不被众人的唾沫淹死,就会在方家们的赞誉中脱颖而出。

在古南街上开陶器店,也不容易。

你得各方打点,方能上下通吃。江湖上的黑道白道,都从你眼前过,你得赔上笑脸,提供方便;各式陶器都有自己的脉门和台口,掌门人物你得熟识。葛家的陶器经营,到了葛仁留手里,场面却在渐渐缩小。他基本是个壶痴,不太喜欢应酬,为了一把好壶,什么都可以放下。壶这个东西,在一般人眼里,就是个喝水的器皿。有钱人喜欢,也不过是掌上的清玩而已。把壶当命,兵荒马乱的年月,值当吗?葛仁留的后半生,一直在用他喜欢的老壶回答这个问题。说白了,葛龙章用血汗置下的许多家产,都让他变成壶了。古南街的人都知道,葛老板的命不在自己手里,而是在他的壶上。有时,葛老板突然人间蒸发,多日不见,人们不怀疑,他一定是上哪儿搜壶去了。

远的地方,去过山西,那里是晋商集聚之地。晋商有钱,喜欢玩古董,虽然大都没有饮茶习惯,但老壶的身价在那里,跟老紫檀家具都是接通的,喜欢老紫檀的主儿,没有不喜欢紫砂老壶的。葛仁留在山西淘到的老壶,可以用麻袋装。

近的地方就多了,安徽歙县、徽州,大凡徽商云集的地方,字画、古董、紫砂壶,不当一回事。葛仁留见到宝贝,大气不敢出,可怜兮兮地把自己说成一个捡破烂的,然后跟人家讨价还价。

然后,就传到了葛家印手里。

苏州扬州,也经常去。那都是文人和老板密集的地方,但凡去了,就不会空手回来。

搜壶,凭的是眼力和胆气。跟今天的器物鉴定师有得一比。

葛仁留没有让儿子学做壶的手艺,而是让他去窑上学"划货"。"划货"就是陶器品级鉴定。在古窑厂上,原本是仅次于看火先生的行当。佟贵生死后,看火吃饭的行当,开始打折扣了。因为,有经验的烧窑师傅都能看火,等于把看火先生的饭碗夺走了。不知从什么时候起,窑上就没有看火先生了。

但是,品级鉴定至关重要。说白了,一窑陶器出来,什么是好的,什么是孬的,可不能张三李四鹅嘴鸭嘴。在最短的时间内,以最快的速度将满满的一窑陶器分出三等九级,而且让各个窑口的人服气,这就是划货先生。

不光用眼睛看,还用一把小榔头敲。本地有句骂人的话,叫"七缸八调",本意是七只缸,敲出八种声调来,那肯定是出了次品了。划货先生不但眼睛尖,耳朵也灵。什么陶器敲上去应该是什么声音,他应该一清二楚。

葛家印自小就跟着父亲去窑厂逛。他看的壶太多,耳濡目染,一般的壶不在他眼里。有一回,正开窑,正巧这一窑都是紫砂壶。葛家印跟在父亲身后,一路看过去,突然飞起一脚,将一把刚出窑的莲子壶踢了出去。

那壶,皮球一般,顺着龙窑的坡道往下滚,一直滚到窑脚下。居然没碎。但拿起来看,说烂难听,孬是一定的。

葛仁留一把揪住儿子的耳朵:发啥疯啊!

葛家印一句话,就把葛仁留镇住了:爹,这样的烂壶,留着干吗?!

这一脚,就踢出了一个划货先生。

葛家印二年级那年,蜀山解放了。

土改工作队走过满是瓶瓮坛罐、壶盆碗碟的古南街时,脚步有些放慢。在一些老革命看来,喝口水还用茶壶,还那么精细,就是搁盐巴的罐子,还雕龙画凤的,完全是资产阶级那一套。不过,其中高人也不少。他们读书多,见识也广,知道这些东西都是老祖宗传下来的宝贝。从当时的现实经济考量,蜀山窑厂出产的很多精美工艺品是可以出口给外国人,给国家获取外汇的。

于是,有名的壶手、刻匠,被政府命名为"老艺人"和"辅导员"。这在当时,于民间艺人是一项极高的荣誉。而当时的大窑户、大商铺老板,都戴上了"资本家"的帽子。日子还是那个日子,脸面却不再是那个脸面。茶馆里的茶,虽然还香着,来此喝茶的一些人,心情却不一样了。

古南街上,有的人红了,有的人黑了。

葛仁留的房产大都换了壶,败家精!这是古南街上一些人对葛仁留的看法。葛龙章辛辛苦苦用一辈子攒下的房产和地租,像被蚕食一样,没多少年光景,都被葛仁留换成了壶。

也有人说,他那些壶,不也可以换来钱和房子吗?如此说来,他应该是个守财奴呢。

问题是,当一些传世名壶落到葛仁留手上,它们似乎就消失了。人们见不到它们在民间流通,比如在茶馆、会所、雅集之类。一般人的概念里,茶壶这东西,要么变现,要么赏玩,要么作为礼物出手。人们经常看到的一个场景却是,凛冽的寒风里,葛仁留站在仁泰陶器店门口,手里托着一把玩出了包浆的茶壶,像一棵苍凉的老树。如果你仔细观察,他手里的壶,并不是什么名家之作,而是一把乡坯壶。所谓乡坯壶,就是窑厂之外的乡村壶手在农闲时捏制的稀松茶壶,基本卖不出价钱,大多是自娱自乐。不过,因了随意,平添了几分野趣,粗粝中也留存了本真。

时光不负人。把一把乡坯壶玩出包浆,需要多少年呢?葛仁留从喉咙里呼噜一声,朝天一指,说,天知我知。

别人想用钞票换他的壶,他不肯。白白放过很多发财的机会。

在别人的惋惜和讥诮声里,葛仁留换来了几十年安稳的时光。

天知道,他到底藏了多少壶。

抗美援朝那会儿,政府提倡大家"捐飞机"。葛仁留捐了两把壶,一把是明代时大彬的莲花如意壶,还有一把是清代金士恒的骨瓜壶。有人出来说,我们出的都是真金白银,你拿两把破壶,糊弄谁呢?葛仁留呵呵一笑,不予作答。

此事很快被上海博物馆知道了。来了两位专家,看了壶,很惊讶,跟政府商量,用了一千元钱,把壶买去做馆藏品了。还给葛仁留发了一张盖有公家大印的收藏证书。

当时古蜀街上,猪肉是五毛钱一斤,白米是七分钱一斤。

蜀山窑厂最年轻的划货先生葛家印,基本上沿袭了父亲葛仁留的做派,那就是喜欢玩壶、藏壶。

无论什么陶器,大到水缸,小到酒盅,只要落到他眼里,就那么一瞄,品级和价格便脱口而出,没有人不服气。

特别是那些傲气的壶手。

你厉害啊,把壶给葛家印看看吧,他如果说你的壶好,行,你算是出道了。

后来,成立了紫砂工艺厂,"划货先生"消失了,变成了"质量检验员"。合格的印章是蓝色的,不合格的印章是红色的。葛家印的名字里,就有一枚印。因他检验产品极为严格,平素里,动不动就给工人盖红印,所以,背地里他的绰号就叫"葛红印"。

有必要说说葛家印的感情生活。他自小就喜欢隔壁的女孩佟小玉。小玉被卖到了山里,他两天不吃不喝,非要父亲葛仁留花钱把小玉赎回来。他还偷偷去山里找过小玉,自己却在半途迷了路,误入一个叫黑风口的山坳,差点被狼群吃掉,幸亏一个当地的猎手救了他。

后来,上中学的时候,葛家印就读的东坡中学,迎来了一个清纯的山里妹子叶云芝。她就是当年的小玉。她读完了当地的小学,以第一名的成绩被东坡中学录取。

在东坡中学寄宿就读期间,叶云芝还时常到古南街来走动。不过,她老家没什么人了。有空的时候,她会到葛家来歇个脚。问她山里那个家的事,她总是不肯说,但葛家印知道,叶云芝上学的学费,都是她自己勤工俭学挣的。比如,星期天到窑厂做小工,一天可以得五毛钱。

不过,叶云芝在东坡中学只读了一年就辍学了,从此再无音讯。就像一片小小的落叶,叶云芝的消失,并无多少人关注。

除了一个叫葛家印的少年。

葛家印后来跟古南街上鲍家的女儿鲍香仪结婚,完全是双方父母的意思。鲍家是蜀山一带的望族。她祖父鲍人望,号称蜀山第一窑户。此公仗义疏财,在当地声望颇高。新中国成立后主动将名下龙窑悉数捐给政府,还带头"捐飞机"支持抗美援朝。

鲍香仪弹一手古琴,会女红,知书达理。不过,自小父母宠爱,人比较强势,说一不二的,她若要星星,没有人可以给她月亮。

葛鲍两家在古南街,门当户对,这没得说。鲍香仪长得也漂亮,当时追求她的人很多。当她和葛家印肩并肩地从古南街上走过去的时候,人们都觉得,他们是天造地设的一对。

葛家印后来真的成为本地紫砂工艺厂的一名质量检验员。而鲍香仪,因为思想比较积极,很早就成为紫砂工艺厂的团支部书记,后来,又当了厂部的宣传科科长。

她很活跃,因为弹一手好琴,还会唱歌跳舞,名气当然要比葛家印大。人们说到葛家印时,往往忽略了他的名字,而是叫他"鲍科长家的",连老公二字也忽略了。

葛鲍的婚姻,大体还是平静的。鲍香仪偶尔发飙,找小姐妹哭诉,说葛家印只喜欢老壶,不疼爱老婆,他甚至把她的私房钱偷了去跟人家换壶。小姐妹劝她,他又没把钱花在别的女人身上。

不过,有一次,一个女人在古南街上的突然出现,给葛家带来一场不小的风波。

那是早春的一天,叶云芝挑着一担新茶,到古南街上来卖。她的茶好,抓几芽在手上一闻,香气清幽,似兰花香,色泽更是翠绿欲滴。路人问是什么茶,她轻轻回答两个字:梅占。

有点古怪的名字。本地山里的茶,要么叫毛尖,或叫云片、雪芽。

一条巷子都飘着幽幽茶香。但是,买茶的人却寥寥无几。

那个年月,人们手头没什么钱。再说了,古南街离山区近,很多人自己喜欢上山去采野山茶。

葛家印把那担茶叶挑回家了。他拿给少求上学交学费的钱买了茶叶。

夫妻争吵的声音不大,但还是让邻居们都知道了。

人们看到鲍香仪带着少求,住回了娘家。这一住,就是几个月。

人们经常看到的一个场景是,葛家印手里托着一把包浆铮亮的老壶,站在自家的屋檐下,表情木呆呆的,眼睛瞪着巷子深处,好像那里会走出一个什么人来,良久,呷一口茶。

在等谁啊?路人随口问。

不等谁。他又呷口茶,语气淡定。

不咸不淡的日子,就这么过去了很多年。

有一年鲍香仪随厂里去羊城参加广交会,回来就生病了,连续高烧不退,她还带病坚持,张罗了一台厂里的国庆文娱晚会,最后昏倒在舞台上。送到县城医院,诊断是急性脑膜炎。当时医生表示,拖得有点晚了,建议立刻转院。紫砂工艺厂唯一的一辆运货卡车载着她急驶上海,可就在半路上,鲍香仪心跳骤停,甩手而去。

此事震惊了整个蜀山窑厂。人们绝不相信,那么一个活灵灵的美人,说没就没了。

目击者称,当时鲍香仪咽气的时候,抓着葛家印的手,断断续续说了一句话:灵珠……怕她的,我不要她进门。

葛家印满脸泪痕,艰难地点点头。

她是谁?古南街上的人,真正知晓的不多。

鲍香仪和佟小玉,也是少时的玩伴。后来,在东坡中学就读时,鲍香仪和叶云芝在同一个班,考试的时候,叶云芝处处压着她一头。这让争强好胜的鲍香仪颇为不爽。

有一次上体育课,比赛攀登蜀山。鲍香仪和叶云芝爬山的速度几乎不相上下,爬到半山腰,天下起了雨,上山的道路变得泥泞起来。快到山顶的时候,在一块巨大的岩石前,她们都绊倒了。人顺着山坡往下滑,幸好葛家印在她们下方,张开双手去拦她们,结果,他只抓住了叶云芝。

叶云芝是那次攀登比赛的冠军。

过后,鲍香仪说葛家印偏心。

葛家印说,我本想把你们俩都抓住的,可是,你突然滑向一边去了。

后来,叶云芝辍学了。鲍香仪突然没有了竞争对手,她一度有点失落。

她知道,有一个人比她更失落。

叶云芝的养父,很早就把她嫁到与浙江毗邻的一个叫廿三湾的山村里。她男人是当地的民兵营长,会打猎,人很粗野。他们生育了一个女孩。那个山区,体力活重,都是靠男人吃饭,重男轻女是常态。因为是早产,那个女孩不足月,人很瘦弱。

叶云芝的男人酗酒。大醉酩酊回来,就挑事打人。叶云芝几次到公社妇联去投诉,也不见改变。后来,她男人当了村里石矿的副矿长。有一次放炮的时候,遇到了哑炮,他大意,以为哑炮不会响了,重新上去装药的时候,哑炮突然爆炸了。

人被炸得血肉横飞。

他们生下的女孩,叫小云。七岁的时候,跟村里的小伙伴去山上采蘑菇,踩到了猎户人家炸野猪的土炸药。轰的一声巨响,硝烟布满山谷。

叶云芝没有想到,她男人和女儿,都死于一种叫土炸药的东西。在二十世纪六七十年代,烈性土制炸药始终和南方山区的生存状况捆绑在一起。

叶云芝得了一种整天恍恍惚惚的病。

但她活下来了。

人们看到她天天去山上,采回一些草药,用一个土罐熬汤。她自己给自己看病。除了熬药,她还会拔火罐、扎针。

她遇见了一位隐居山里的陈药师。此人原先在上海一家中医院工作,据说是位药师。后来犯了"生活作风错误",被医院开除了,他就来到这山里投靠亲戚。他平时给人治病,都是用山上采的草药,基本不收钱,病家给点咸肉笋干、山芋百合,他也不推辞。陈药师就是用几把草药,治愈了叶云芝的病,后来,还收她做了弟子。

本来，陈药师不肯收弟子的。有一天他接待了一个叫葛家印的人，他们交谈很投机。葛家印走的时候，给他留下一把壶，是晚清至民国时代程寿珍的掇球壶。

那壶看上去古旧，有一种别样的光亮。葛家印告诉他，这叫包浆。可是陈药师并不懂。开始他还嫌脏，特别那壶嘴，脏兮兮的，不知多少人用过了，估计不是很卫生吧。

葛家印说：陈药师啊，您知道程寿珍是谁吗？

陈药师摇摇头。

葛家印说，这么跟您说吧，他的茶壶曾经得过巴拿马国际金奖。

陈药师顿时肃然起敬。

后来，葛家印把陈药师变成了一个不折不扣的壶迷。

因了葛家印的缘故，他的行医足迹，还一度扩大到古南街一带。不少壶手的病被他治好了。陈药师的壶开始多起来，和葛家印坐下来论壶的时候，他居然可以对答如流。

就这样，叶云芝成了陈药师身边一个勤快的徒弟。陈药师让她读一些医书。她还把自己用卖鸡蛋的钱买的一本医书送给了来看望她的葛家印。书很厚，书名是《农村赤脚医生手册》。

葛家印说，我又不当医生。

叶云芝说，万一呢？

葛家印明白了，要是他俩今后能在一起，叶云芝当医生，他也得懂点医术知识，妇唱夫随。

后来，她当了村里的赤脚医生。

她认识这山里的上百种草药。一般的头疼脑热、跌打损伤,她都能治。

不过,她的医术并没有得到太大的长进,因为陈药师没隔多久就回上海了,他那个"生活作风错误"原来是别人陷害的。他又回到了原来的医院。

偶尔他还回南山坞住住,看看故旧,吃点土菜,洗洗肺腑;还有,就是找葛家印玩壶。

他在南山坞待着时,有个叫叶朝贵的年轻人,鞍前马后跟着他。

叶朝贵原先是个孤儿,少时靠给堂叔家放羊过日子。有一天误吃了山上的毒蘑菇,差点中毒身亡。他的命,是陈药师救下来的。

后来,他就拜了陈药师做干爹。

时过境迁,政府把山地分给了农民自己经营。人们的日子比原先好过了很多,但是,村里的"卫生室"却被解散了,叶云芝的"赤脚医生"生涯到此结束。好在,她也分到了一些竹林和茶地。她本来就会制茶,跟原来比,生活就有了奔头。

她还算年轻时,是有人跟她提亲的,特别是她做赤脚医生了,已然在南山坞一带小有名气。曾经有一个公社武装部部长追求过她,被她婉拒。每当别人跟她提起婚姻的事,她总是说:这辈子不想嫁了。

起先,葛家印去山里看叶云芝时,是带着鲍香仪的。

帮她回到古南街在当时不太可能。因为,叶云芝是农村户口。

鲍香仪很大气,每次跟葛家印去看她,总会带上一堆她平时省下来的东西。那时物资紧张,肥皂、白糖,甚至火柴都是配给的。但是,女人的心很敏感。鲍香仪总感觉,自己老公和叶云芝之间,有一种说不出的味道,又找不到他们有任何"出轨"的地方。她和葛家印有过几次激烈的争吵,很快就归于平静。

隐隐约约,有一种说法,叶云芝后来难得出现在古南街,偶尔在葛家印家歇个脚,喝杯茶,少求却突然会惶恐不安,大哭起来。少求自小性情温和,见到生人,并不胆怯,跟谁都是合得来的。唯独叶云芝来了,她就哭闹不止。

鲍香仪曾经问过少求:为什么你不喜欢那个叶阿姨呢?

少求不假思索地反问:妈,你喜欢她吗?

鲍香仪说:大人的事,小孩不懂。

少求说:我不喜欢她。她身上有一股味道。

什么味道?

我不知道。可是,见到她我就难受、害怕。

鲍香仪一把将少求搂在怀里,说:这才是我的宝贝儿!

葛家印没有办法。有一天去了蜀山顶上的显圣寺,住持和尚惠深法师懂些奇门遁甲、占卦算命的功课,听葛家印说了半天,他道出一句话:

命冲合异,各走一边。

葛家印下山的时候,目光黯然,背也有些驼。人们看到他去了蜀山南麓亡妻鲍香仪的墓地。他在那里待了很久。

当时,鲍家的长辈还在。鲍老爹开明:家印还年轻,以后总是要续弦的,就让香仪待在自家的墓园吧。

葛家印不依。无论如何,这在台面上说不过去。

他说:自己这辈子不想再讨女人了。

可是,鲍老爹在这件事上有些顶真,说:场面不能过日子啊。

据说,葛家印跪在鲍老爹面前,哭了一场。

知情人私下说,鲍家貌似强势,葛家印顺水推舟。葛鲍两家,其实是想彼此成全。

不过,最终叶云芝并没有走进葛家的门。

后来,少求上大学了。大学毕业后,留在了省城。这对葛家印和叶云芝,应该是个机会。

但是,叶云芝依然没有走进葛家的门。

或许,他们已经不在乎那种形式了。

南山坞的那间房子,原来在陈药师名下的。葛家印用一把老壶,跟他做了交换。陈药师得壶,欣喜若狂。

有些事情,少求并不知道。

第十章

云遮月

这些日子,少求肝火有点旺。

每次我从叶云芝那里回来,她的脸色都不怎么好,对我的"抢救性录音"也兴趣不大。甚至,只要提到叶云芝,她情绪就有波动,明明是窝着火,却又强忍着。

终于跟我摊账了,这个门户下的财政支出,出现了状况。

叶云芝的费用当然是大项。三周一次的化疗,以及持续地服用进口的靶向药物,都是钱;即便是裘至修儿媳打过折的疗养院费用,也是一项不可小觑的支出。

可我知道,少求说的不单是钱的问题。

对于叶云芝,少求并不是要甩包袱。她明白,事情已然到了这一步,我们肯定要对叶云芝负责到底。

不仅是为了老爷子,就是对古南街上的人,也要给出一个说得过去的交代。因为,古南街上的老人,提到当年的佟小玉,或者今天的叶云芝,都知道,那是苦情戏里比黄连还苦的角色。

况且,还有人隐隐知道,她本来可以在很多年前就回到古南街来的,可是她终究没有。这些,都是拗不过的命运在摆布。

其实,说了半天,少求的意思,就是让我不要将大把精力花在叶云芝身上。"聊壶茶坊"要赶紧重新开张。有些壶,不妨变现,以维持这个开支不菲的家。

而且,她手里,就有一个不小的单子。

她有个偶尔提过的老同学,现在是本地一家大型企业博望集团的老总,做外贸生意,有些客户的来头很大。其中,有个北京的大老板,喜欢收藏老壶。少求的老同学随手给了她一份清单,上面列数了邵大亨、陈曼生、黄玉麟、俞国良等壶手的名字。

钱,他们不缺,只要壶好。少求的转述里,有稳拿的意味。

而且少求觉得,清单上的壶,老爷子的库存里应该都有。

似乎就等着我们数钱。

我说,老爷子的日记本全部解读之前,壶一把也不能卖。钱如果不够,我可以回老家,跟老爹挪一点。

你是不是受了她的影响?少求一脸狐疑地问。

叶云芝的确很重要。我说。关键是,她的时间不多了。她现在除了定时定期服药化疗,每天还靠两袋氧气维持。

少求表情复杂地叹口气。

尽可能把她知道的东西记下来,对研究老爷子的藏壶生涯,会有别人起不到的作用。我说。

你想给爹写传记啊?憋了半天,少求撑了我一句。

不是写传记,但我要给老爷子做一份收藏年表。只有了解他各个时期的精神状态,才会理解他为什么会收藏那些壶。而且,既然我答应他了,就一定要尽心尽力!

我这样一说,少求不吱声了。

走过来,看着我,肩膀靠在我怀里,说:难得你有这份心。

但是,那份清单,她却不肯放弃。并且,似乎很急。

我家葛老师,一直是个最安稳的人。她这个老同学,好像就是等着来接济我们的。这让我心里有点不安。

一种本能的警觉。我发现她最近有点忙,衣着打扮,似乎也比过去讲究很多。

连续两次打电话回来,说不回来吃晚饭了,有推不掉的应酬。

她以前最讨厌的事,就是应酬。

在那张茶壶的清单背后,分明站着一个人。

什么老同学啊,你之前可是很少提过他。让我见见好吗?我装作无意地说。

好啊,他正想见你呢。

于是,在"聊壶茶坊",我见到了少求的同学丁如柏。

他家原来在古南街的北梢头,他爷爷是开酱坊的。嗯,我小的时候,就爱吃丁记酱坊的萝卜干。不过,后来他家搬到蠡墅村去了。

少求介绍他时,非常随意。

一表人才啊!我们相互打量,互相空洞地恭维。

丁某如柏,头发已然灰白,属于那种少白头吧,一双鹰眼,看人的时候很锐利。身材修长，举止文雅。一没有老板肚，二没有烟酒臭。据说他每天游泳，四季不误。

生意做得大，常在天上飞。天天游泳？在哪游啊？梦游吧！我在心里嘀咕。

人倒是一点也不张狂，衣着呢，也貌似朴素。我知道的，看上去皱皱巴巴，其实都是名牌。脚蹬一双圆口老北京布鞋。语气谦恭，自称是个小生意人。

旗下企业，有几千人，是市里排名前几位的税利大户。

这就矫情了。想用一种低调的奢华来引起别人的注意。

在见面前，少求给我打了预防针，说，生意成不成无所谓，但我们绝不能让人觉得小肚鸡肠啊。

她这是一语双关。

凭良心讲，丁如柏比我懂壶。说起老壶来，一套一套的。不过，他比较照顾我的情绪，但凡我接不上口，他就不往下说了。这让我心里隐隐不快。

我们的话题，最终还是回到了壶的交易上。

他眼光贼准。从壶柜里看中的，都是老爷子生前交代的正宗老壶。所谓正宗，就是没有任何争议。比如说，明代陈用卿的弦纹金线如意壶、晚清黄玉麟的供春壶、民国俞国良的传炉壶。

他选了三把，就不再选了，说，这些老壶，他很喜欢，想自己收藏。不过，他的北京大客户，要的可是清单上的那些宝贝。

我可以预付订金吗？他态度诚恳地说。

他指了指面前的三把壶。

隐隐约约地,我总感觉,他的突然出现,跟我们家最近财政情况比较紧巴有关。他明摆着就是来救市的。为什么呢？

好啊,人与茶壶,都讲缘分。我们只有诚心诚意,才能对得起丁总的好眼力啊,我说着,目光与少求相撞。我的任何一个微妙的表情,都逃不过她的眼睛。

少求用眼神扫了我一眼,似乎在说:酸。

太好了！谢谢割爱和成全！请出个价吧。

我告诉他,每一把壶里,都有一张纸条,上面有老爷子生前亲自写的价格。

哦哦。他恍然大悟,顺带开了一句玩笑。您这,也是按既定方针办啊。

或许,他是想活跃一下气氛,但我却觉得味道有点不对,似乎我就是一个啃啃老、吃吃现成饭的角色。

装傻。呵呵一笑。我要给少求面子。

他从皮包里取出一张信用卡,也不还价,说:那就成交吧！

三把壶,一共四十五万。

壶是我自己买的,不用发票。他说。不过,能给我写个收据,那就最好了。

我说:不管私人公家,本店售出的壶,一定会有正式发票的。

他笑笑,说:合理避税,也是节流开源嘛。

我坚定地摇摇头,说:这是我家老爷子传下的家风。

他朝少求看了一眼,说:敬佩,敬佩!

然后,又扯到了清单上那些壶。他希望尽快搞定。

问题是,清单上的那些壶,我不能确定。我推托道。

以老爷子的身价,这些还只是毛毛雨!他语气肯定地说。

可是,老爷子对我的交代,就是不能卖他的宝贝。更何况,这段时间,太忙乱了,真的顾不上生意。

他站起来轻轻地叹口气,说:我理解,并且尊重您。

他像一个慈善大使,忙里偷闲地扶贫,然后客气地离开。到这会儿,我愿意相信我的葛老师和他之间应该没有什么猫腻。但是,一个商人,为什么如此慷慨,这依然是个问题。

之前我和少求,任何疑问都是不过夜的。

这是个周末。夜里,我和少求做爱时,似乎都格外小心,生怕对方有什么不爽。一阵和风细雨之后,是长久的沉默。

少求推推我,睡着了吗?

没有啊。我说着,搂了搂她。

我知道你有疑虑,丁如柏为什么急赤白脸地来买壶,而且,也不还价,是吧。

是的。我说。

少求说:看起来是他帮了我们,其实是我们帮了他。

此话怎讲?

很多老板赚了钱,都在投资艺术品。有些不干净的钱,一旦变成字画古董,就安全了。丁如柏这个人,小时候就会跟同学做生意。我有点怕他。爹在的时候,他也来凑过热乎,都是古南街上的人,爹还不了解他啊!几次都是敷衍他。现在他想拓展生意,成立一个什么紫砂文化公司,还想搞民间博物馆。说白了,他早就盯上了咱家的壶。

哦,原来如此。那你觉得呢?

他跟我是强强联合。用他的平台,用爹的壶。

我们需要他的平台吗?

生意上的事,我不太懂。少求说。不过,他为人太厉害,我有点怕。有些东西,我们慢慢琢磨吧,不管怎样,他也不是坏人。

生意上的事,我也不懂啊。我叹口气道。

咱有裘叔叔呢,有事跟他多请教。爹取的名字,"聊壶茶坊",永远不能改。爹说不能卖的壶,一把也不能动。

你这也是"两个凡是"啊。我调侃地说。

你也必须是。她说。

一个下午,老潘来了。他比前阵子瘦了一些,看上去气色不太好。

他来送请柬,儿子下个月要结婚了。

儿子是本科生,学金融的,一时也找不到合适的工作,就在自家的买卖里先练练手吧。他说。儿媳呢,学的是茶艺专科,还考了一个茶艺师的证呢!

看来老潘对儿子儿媳还是满意的。

他也说到了叶云芝的病情。他一口一个姨妈,亲热得不得了。可是,我知道,自从叶云芝住进医院,他很少去看望,更不用说什么照顾和付出了。

说着说着,就说到了那把匏瓜壶。

他随口说,想把壶拿回去。

岂有此理。

一提起这件事,我心里就窝火。当时老爷子为了"考验"我,将一把高仿的古希伯匏瓜壶给他,让他寄放在"聊壶茶坊",由此上演了一出苦肉计。事情已然过去,我也理解了老爷子的苦心。壶,本来就是老爷子的。老潘当时扮演的角色,按老爷子的做派,肯定要给出场费的。怎么又来这么一出呢!

老潘的理由是,这把壶,老爷子原来是放在南山坞的那间房子里的。那个家,最后叶云芝也住进去了,应该被看作他们两人的共同财产。现在老爷子不在了,叶云芝当然有继承这把壶的权利。而他之前一直照顾叶云芝,是她身边最亲近的人。现在叶云芝病入膏肓,茶壶归他保管,无论如何也是天经地义的。

呵呵,这个说法,足可以吃两记耳光。

老爷子跟叶云芝是夫妻吗?他有遗嘱规定,此壶归叶云芝所有吗?我问。

就是叶云芝自己,也不会支持这样的说法。我语气干脆。

他下意识地挠挠头。

我向老潘发出一个邀请,一起去太湖边的疗养院看看叶云芝。

他迟疑了一下,点头答应了。

一路无话。是我开的车。天色有点阴。老潘显然有心事,脸色晦暗。车快到太湖边的时候,他突然示意我停车,说不想去了。

为什么呢?我说。

她不会帮我说半句话的,反而会臭骂我一顿。老潘说着低下了头。

既然知道,你为何还要出此下策呢?

老潘说:不瞒你说,我遇到麻烦了。这把壶可以救我一条命。

动不动就把壶和命扯在一起,至于吗?

他突然呜呜呜地哭起来了。

见到一个男人这样哭,我有一种说不出的感觉。

怎么办呢?

折回古南街,回到了"聊壶茶坊",茶还没有凉。

他哭丧着脸,一副走投无路的样子。半晌,他吞吞吐吐地说出一个名字叶朝贵,问我是否认识。

叶朝贵?当然认识啊,他不是陈药师的干儿子吗?

他这个人,是个大混子,跟白道黑道都有联系。老潘一脸黄汗地说。

一种起码的警觉,提醒我不要和这个老潘有太多的牵扯。我不欠他什么,对他的故事也不感兴趣。当然,为人处世也不要太绝,毕竟他和叶云芝还有一层亲戚关系。

喝了几口茶,老潘似乎有点缓过来。我发现他虽然心情不好,但还是有讲故事的欲望。这或许是他的一种能力?有的人,离开别人的故事就不能活,因为他们自己太单薄,一阵风,都可以被刮走。

显然他希望我能走进他的故事,就像上次他讲匏瓜壶的故事一样。

我告诉他,他和叶朝贵之间的故事,我没有兴趣。不过,如果他能说说老爷子和叶云芝之间的故事,我倒是愿闻其详的。

老潘眉头一耸,说:那就太多了,不过,我讲了这些故事,你能帮我的忙吗?

帮什么忙?把匏瓜壶给你吗?呵呵,那是老爷子的壶啊,谁敢动一个手指头!

那我也跟你说白了吧,他们之间的很多事,只有我清楚。

他把自己当作一个卖小菜的贩子了,可我不是那个非要买小菜的客户。

说着说着,他突然扑通跪下了。

钦老板,救救我!

是的,一个大男人跪在我面前,这种事情,我还没有遇到过。

天哪,我怎么救你呢?快起来啊。我说着,去搀他。

可是,他还是跪着。这个时候,我终于发现了一点问题,他在等我的反应,一种他所期待的反应。

你总不能跪着给我讲故事吧。我说。

他终于起来了,顺手拍了拍膝盖。还真润了润嗓子。

我笑了。

可是,他接下来讲的故事,跟上次的匏瓜壶相比,连边角料都不如。

我甚至懒得复述这个所谓的故事。

基本的情节是,他和叶朝贵之间的狗血交往。如何认识、共事,一起贩过哪些名壶,还合作过什么生意,甚至泡妞、赌钱,等等。

然后,叶朝贵发财了。可他运气不好,在生意场上屡遭挫败。有一次,他想炒基金,跟叶朝贵借了一百万,扔进去才几天,一场金融风暴,全部归零了。

钱,彻底改变了两个人的关系。叶朝贵任何时候,都可以用逼债的名义,指派潘阿明做事。事实上,潘阿明拿不出钱,就只能当叶的奴才。

前段时间,叶朝贵突然找他,问起那把古希伯的匏瓜壶,说是匏瓜壶的故事,流到了一个江湖大佬的耳朵里,他想把此壶收入囊中,钱多少无所谓。

叶朝贵是给了老潘期限的,半个月搞定。他只扔给老潘一千元车马费。

如果在期限内完成任务,那笔本金一百万的借款,就一笔勾销。

否则呢?

叶朝贵说:听说你儿子快要结婚了,我会让人在婚宴上,当众送你一件礼物。

这话听起来并不陌生,但凡涉黑题材的香港电影里,这般俗套的恐吓台词比比皆是。

不过,无论如何,我无法把它和彬彬有礼的叶朝贵联系在一起。

哈欠。乏味的时候,它总是会准时报到。

不过有一点,还是引起了我的注意。老潘无意中说到,"聊壶茶坊"开张第一天叶朝贵来买壶的事。按照他的说法,这件事,从头到尾,都是老爷子导演的。连同叶朝贵说的故事。

我一惊。那天,叶朝贵笃笃定定的神态,和刷卡时的轻松随意,给人的印象特别深。

我问：老爷子为什么要这么做？

老潘答：做给你看啊！要让你这个驸马爷放心、安心。

我摇头，感觉不像老爷子的风格。

老潘肯定地说：我不但知道这出戏是老爷子导演的，我还知道买壶的六万元钱是谁出的。

老潘竟然说出了叶云芝的名字。

是叶云芝，听说"聊壶茶坊"要开张，坚持拿出自己省吃俭用攒下的六万元钱做一份贺礼。老爷子当然不肯收，两人为此还红了脸。最后，老爷子就想出了这么个主意。

我眼睛突然变得湿润起来。

以我对叶云芝的了解，她所有的收入，来自"分田到户"后她名下的几块茶园和竹园，以及一块并不肥沃的山地。其中，茶叶和毛竹、笋干、百合是大项。她没有什么人脉，也不会吆喝，只能以较低的价格，卖给上门来收山货的经销商。刨去成本，一年下来，也就是几万元的进账。

六万元，对她，无疑是一笔巨款。

她体弱多病，一年到头看病吃药，开支不菲。平时她连一件新衣服也舍不得买。老爷子要给她添置衣服，她也不依。

老潘很委屈的一件事是，有一年，他造屋，想跟她借五万元。她狠狠心，拿出五千元，说，这算是我的贺礼，不用你还了。

她的意思是，她从不跟人借钱，也没有余钱借给别人。

他记得那天去她家,正是吃饭的时候,叶云芝的饭桌上,只有一碗炖咸菜,半碟拌豆腐。

他还能说什么呢?

她家里,除了最简单的锅碗瓢盆,一张饭桌,两把竹椅,一张床,一台旧电视机,一个竹制的书橱,别无长物。她平时穿的衣物,都晾在一只陶缸上。原来有一只白木的衣柜,搬去了老爷子南山坞的房子里。

老潘说这些的时候,像拉家常,似乎不那么面目可憎了。

但是,问题依然没有解决,最终的话题,又回到这把匏瓜壶上。

他已然切换成哀求的口气说,至少,能把此壶借给他一段时间,以后等有了转机,他再把壶赎回来还我。

他可以写借据。

从头到尾的荒唐。这怎么可能呢?

反正,你手里这把壶是高仿,那天裘至修说的话,是对的。

老潘突然冒出这样一句话来。

我心头一惊。

我急着去见了裘师父。也顾不上寒暄之类,直截了当地问,上次那把古希伯的匏瓜壶,到底是不是真品?

裘至修沉吟了片刻,说:可以确信,我上次对那把匏瓜壶的判断是对的。

虽然有心理准备,但他说得这么决绝,我不免心里有点失落。

也就是说,虽然老爷子阅壶无数,可也有看走眼的时候。

这个,神仙也是难免的啊。裘师父说。关键是,那个高仿的壶手,半辈子都在研究古希伯的壶。

此人是谁?

裘师父不急不忙,道出了这么一个故事。

古希伯年逾古稀时,在紫砂界已然是一位一言九鼎的教父级人物了。

他课徒甚严,一板一眼。当年办培训班,人称"黄埔一期",学员都是他自己挑选的。对做壶,古希伯有自己的一整套理念,招招式式,都有规矩。弟子们战战兢兢,一步一个坑,不敢越雷池半步。

其中有一个徒弟,名叫冒小成。他平时一声不吭,爱琢磨。学到打身筒这个环节,他觉得古希伯师父教得有点烦琐,就自创了一种制法,其实,只是手法稍异,理念上跟师父是殊途同归。古希伯见到了,立马叫停,说他传授的手法,乃是古人传下,一步一法,如同卯榫。他平生最反感的,就是野狐禅那一路。

可这个冒小成,依然我行我素。他做的壶,倒是不赖。有一次徒弟的作品考核,九个评委投票,他做的"六方宫灯壶"得了八票,唯一没有投他票的,就是古希伯。

他是得了第一名,但是,后面发生的事,他万万没想到。

当大家知晓古希伯没有投他的票,立马,情势变了。表面上,看不出什么,但他处处受到掣肘。一些人的脸,见到他,说变就变了。什么好事都轮不上他,包括评职称。后来,他主动找到古希伯,说自己不想在培训班待下去了。

古希伯表明了惋惜之意。

有人给他传话,只要把脾气好好改一改,师父还是欣赏你的。

他说,别的都好改,唯独这脾气。

事实上,他离开了那个"黄埔一期"回到过去的制壶车间,日子也不好过。隐隐约约的传说越描越黑:他是一个狂妄无知、不知天高地厚的小人。

听多了,耳朵也起茧。他觉得累,那些声音像苍蝇一样轻,但可以把一个人压到变形。

有一天,他向厂里交了辞职书。时代变了,跳槽下海成了时髦。他无槽可跳,反正一坨紫砂泥,一套工具,有个蹲身之处,都能做壶。

一个不受待见的年轻壶手的消失,就像一滴水蒸发一样,没人在意。

这样过去了二十年。

他作坊的墙壁上到处贴着古希伯的经典茶壶照片。他整日对着它们琢磨、发呆。半夜里,他经常从梦中惊醒,仿佛那个冷峻而严厉的老人就坐在他对面,看着他一言不发。

但他们之间是有对话的。至少在他,能听到老人的声音,有时,是壶的声音。

老人骨子里,是温煦的。但前提是,你要听话。

天下不听话的徒弟,命运都是一样的。

每个月,他至少临摹几把古希伯的壶。匏瓜、石瓢、三足如意,都是古氏经典之作。尤其是匏瓜壶,因为喜欢,慢慢逼近乱真,甚至,比真壶还真。这是一个台湾壶商林老板的说法。他每个月从台北飞过来,从冒小成临摹的古希伯作品里精选一把最好的。钱,他给得宽裕,但他的条件是,当月其余的临摹作品,冒小成必须当着他的面,全部砸碎,一把也不外流。

留下的一把,带回台北,不在大陆流通。这是冒小成的条件。

至于茶壶底款,冒小成一开始用自己的印章:"敬古斋主"。意思豁然明朗,他一辈子都敬重古希伯师父。

可是,林老板不依,说,江湖上谁知道"敬古斋主"啊?你的壶,已经和古希伯难分伯仲,打他的印章,是给他提气!

彼时,电子扫描技术已然普及,复制一枚印章,充其量小儿科的玩意。

冒小成最后妥协了,因为他心里憋着一口气。

从这一天起,他就把自己活在"地下"了,跟江湖上制作假壶一族基本无异。

不过,无论如何,做古希伯的假壶,对于冒小成来说,终究不是一件光彩事,心理压力与日俱增。有一天,他对林老板说,他不干了。

因为他知道了,他仿制的古希伯壶出现在师父的案头。

那天,古希伯血压有点高。一位从台湾来的壶友,向他展示了一把印款"希伯制壶"的匏瓜壶。

市面上,署款"希伯"的假壶太多,古希伯早已熟视无睹。有一次媒体采访他,问到如何看待那些假冒的茶壶时,他淡然一笑:假的真不了,真的假不了。

媒体紧追不放,请他说具体点。

古希伯慢慢说出八个字,把媒体记者听得一愣一愣的。

差之毫厘,失之千里。

可是,当这把匏瓜壶出现在他眼前的时候,他一怔,血压噌地上去了。

他看到了什么?年轻时的自己。

那个不听话的年轻人,面影已然模糊。但,壶上筋骨气度,令他刮目相看。

他把壶拿起来,端详良久,打开壶盖,沿着壶口摸了一圈,轻轻地叹了口气。

这一夜,古希伯竟然失眠了。他想起了一些往事。

那份倔强,多像他当年啊。可是,倔强不能当饭吃,人,不能把毛病当个性。年轻人还是缺少点文化,不懂得转圜。壶,虽然可以做得很好,但天机不悟,难成大器。

大器与小器,相差的,已然不是技艺,而是一口气。若是托举他一把,那口气,或许就上去了。

叫来最听话的大徒弟,面授机宜。

大徒弟找到了冒小成,说:师父一直惦记你呢,还不赶紧去磕个头,说几句好话。

冒小成低着头,不吭气。

大徒弟说:小成啊,师父说了,你这个徒弟,他还是认的。你,要是想回来,还不赶紧。

冒小成哭了。

憋了半天,断然说:我不想回去了。

大徒弟惊讶地看着他:你是不是疯了?

冒小成说:大师兄,我就做好自己吧。等到我六十岁,再去见师父。

古希伯闻言,叹了一口气。

这一年,冒小成四十五岁。

三年后,古希伯去世。冒小成病了一场。

师父去世前几日,冒小成听到消息,赶去医院探视,但是,被挡在了门外。

师父听说他来了,很高兴。但他病情已然危急,医生不让见客。

师父走了。

他大哭了一场,自此多日失魂落魄,无心茶饭,仿佛周身的力气都被抽掉了,连打泥片的木搭子都拎不动。

从此之后,他再也没有卧薪尝胆的心气了。

有人看到他跑到师父坟上,给师父点一支烟,放在墓碑上。他在那里,一坐就是半天。

一阵风吹来,青烟消散,把他的声音传得很远。

师父,其实在我心里,日日夜夜都在跟你学艺。我临摹你的作品,做你的假壶,其实就是想让你知道,我要超过你。我太轻狂了。师父你知道了,不但不怪我,还想让我回去。师父啊,我对不起你!

回到家,他就找出"希伯制壶"的假印章,用斧子劈了,从此,只用一枚印章:"敬古斋主"。

台湾的林老板飞过来,说他毁约,扬言要把事情公之于众。

他把一个皮包扔到林老板面前。这两年的壶款,他一分没动。他说:以后我们不要再见面了。

洗手容易,洗心难。做假壶的人,心被钱撑大了,要做回自己,无异刮骨疗毒。

原先做师父的假壶,酬金不菲。林老板拿他一把壶,就付五万元。而署款"敬古斋主"的壶刚出现在公众场合时,谁也不知道这个不速之客是谁,也没有人给他炒作。壶虽然好,但没名气,壶价还上不到一千元。

有一个广州茶叶商人邝某,识货,不声不响,专门收"敬古斋主"的壶,一把造型最简单的小水平壶,他给价一万元。

"敬古斋主"的壶,就这样热起来了。

之前,很多人对紫砂壶已然有点审美疲劳。但是,"敬古斋主"的横空出世,让大家的信心又回来了。壶,居然可以做得这么精当、老到,做壶者仿佛古希伯再世。

查遍紫砂网络平台,名人榜和职称栏里,你找不到一个名叫"敬古斋主"的人,他到底是谁呢?

有人说,他的壶很贵。有人说,很贵倒也罢了,关键是,花钱也买不到他的壶。还有人说,即便买到了他的壶,也见不到他的人。

一直到现在,也鲜有知情者,会把神秘的"敬古斋主"跟那个穿双拖鞋叼支烟,帮老婆的小店打打下手,有空就在巷子里闲逛的冒小成联系起来。

裘师父的故事讲完了，我意犹未尽。

有一种少有的冲动，我想立刻去见见这位"敬古斋主"。

裘师父感慨地说，像古希伯这样的大师，如今真的少见了。当然，他也有自己的局限，固执、刻板。不过，当他看到徒弟做他的假壶，而且做得那么好，他没有动怒，而是想把他招回来，这种气度，一般人不会有。

我问道：您第一次在"聊壶茶坊"见到这把壶时，怎么看出是高仿的呢？

裘师父沉吟道：说白了，就是那把壶上缺了一口气。冒小成固然学到了古希伯的手法，但是古希伯留在壶上的那一口气，他没法学。就是亲生儿女，古希伯想给，也给不了。

所谓气，是一种捉摸不到，却又无处不在的东西。大量的庸俗之壶，就是有器无气。即便有，也是戾气、俗气、火气。而古希伯壶上的那口气，是高古之气、虚静之气、浩然之气。

这口气，古希伯养了一辈子。

此时的裘师父，一派清高脱俗的神态，仿佛他也在释放自己的一口气。一种豁然开朗的感觉，扑面而来。

由此，裘师父判定，老爷子收藏的这把匏瓜壶，就是冒小成的高仿。

不过，也不能完全肯定。因为当时冒小成和台湾林老板有契约，此壶只在台湾上岸，绝不在大陆露面。

问题是，林老板根本挡不住那些壶的去路。裘师父说：这些年台湾收藏家玩不起名家壶了，大陆倒是冒出很多一夜暴富的有钱人。当年流到台湾的名壶，又都回来了，收藏界称这叫"回流壶"。

所以，裘师父判断，此壶就是从台湾回流到大陆来的。它需要一个故事才能落地，编故事的人，也是吃紫砂这口饭的。

原来，老潘讲的那个故事，也是假的？

也不能说全是假的。假到真时真亦假。这把鲍瓜壶，江湖上流传着几个版本呢！不过，古希伯的徒弟们，没有一个出来说一句话，他们都保持了沉默。

那冒小成呢？

习惯了做隐身人，你要他公开身份，也难啊。紫砂江湖上，一人一口唾沫，都可以淹死人。人生就是这样，有了这头，没了那头。

裘师父叹了口气。

不过，你别小看这个冒小成。他非常聪明，第一，多年隐身，绝不露头；第二，壶艺独绝，绝不多做。据说，他做五把壶，选来选去，一定要摔掉其中手感稍差的两把，有时是三把。所谓一壶难求，就是这样精益求精。客户排队，已经排到后年了，没指望的人，还在着急，生意场上，这叫"饥饿销售"。

那他怎么隐身呢？总要跟人接触吧。

认识他的人，只知道他叫冒小成。他老婆的名气比他大，因为她开了一个小超市。别人说到他，会说"梅三娘的男人"。紫砂江湖上，有专门的经纪人，明的暗的，层层叠叠，像蜘蛛网，你永远搞不清楚。

第十章 云遮月　　177

太复杂了。我感叹道。

你想想,那么多人在排队等"敬古斋主"的壶,他却在一旁偷着乐,不也是一种成就感吗?裘师父说。

可以让我见见这个冒小成吗?我突然有一种冲动。

现在还不是时候。适当的机会,我会安排。

裘师父平静的脸上,突然掠过一丝狡黠的笑容。

第十一章

弥留

解读老爷子的日记本,心要安静。

先回顾一个日常的场景。早两年,我在这里养病。午睡起来,老爷子总是泡一壶茶,陪我聊天。我们坐在临河的吊脚楼上,夕阳温煦,水面上有闪烁的碎金。我们看着对岸的光景,有一搭没一搭地海阔天空地聊。老爷子不经意间,总是用一块湿茶巾擦着茶壶。有一次,他把壶放到我眼前,问:知道什么叫包浆吗?我随口说:就是茶壶上的光亮吧。老爷子显然不满意我的回答,但他很有耐心,说:包浆这东西,不光茶壶上有,你看那些老家具、老物件上,甚至门把手、旧脚炉、破竹床上,用久了,都会留下包浆。

老爷子说了半天,我给出了一句总结:包浆,就是人和器物结下的缘分。

他听了,还是不甚满意,想了想,说:过日子的诚意,留在物件上,才是包浆。那种光亮,是人的精气神啊。

当时,我嘴里哼哼,颇不以为然。

现在,我面对着老爷子留下的壶,抚摸着壶上的包浆,心生感慨。

我给老爷子倒了一杯热茶。古铜色的紫砂杯是老爷子生前一直用的。隔着一张茶桌,袅袅的热气里,我看着对面的空座位,眼睛有点湿润。

打开老爷子的日记本,某页上,有一行字:

牛吃稻草鸭吃谷,各人欢喜各人福。
三代藏壶老毛病,家人不满如何托?

顺口溜。这是老爷子的风格。前两句,本地俗语,意思明了。

这段话是什么时候写的?没有具体日期,很难判断了。

把"三代藏壶"说成"老毛病",颇有自嘲意味。最后一句,有深切的忧虑,"家人不满"是否指我那早殁的丈母娘鲍香仪女士?"如何托"三字写得潦草,估计当时心情不是很好。

翻过一页,字迹有些模糊,涂涂改改的。我把少求叫来,有些很难辨认的字,她居然一看就知道了。

新婚之夜不开心,就为了一把掇球壶,是晚清至民国时期程寿珍的老壶。此壶是前街王福君祖传,他家里出事了,急等钱用,拿来给我看看,开价五十元(等于我一个半月工资)。壶是好的,记得爹说过,程寿珍是我爷爷的朋友,他们交情很深,家里早先有他的壶,但是,战乱时期被毁掉了。我身上无余钱,就把结婚时亲戚给香仪的见面钱给了王福君。香仪很不高兴,她不是小气,而是我事先没有跟她商量。这五十元,她原打算再添点钱买一架手风琴的。

老爷子和鲍香仪结婚,已然是二十世纪六十年代初,国家正从困难时期缓过劲来。五十元钱对一个普通职工家庭来说,并不是一个小数目。

之前少求在我面前,很少提到母亲。鲍香仪去世时,少求才六岁。她有一些模模糊糊的记忆,但每当想起,就会伴随着某种隐痛。大多数时候,母亲于她,就是一张陈旧发黄的老照片。

壶的出处就到这里,再无下文。但这段文字,引发了我对老爷子夫妻关系的猜想。

"新婚之夜不开心",信息量很大。洞房花烛夜,为了一把老壶怄气,有点不值当。鲍香仪家是当地的望族,她爷爷鲍人望是本地著名的"工商业人士",家底可比葛家厚实,光古南街上就有两家店铺,家里古董不要太多。老壶之类,她应该是见怪不怪的。据少求说,她母亲当年的陪嫁里,就有一把清代陈曼生与杨彭年合作的合欢壶,壶名是老辈人取的吉兆。若是比较温顺而弱势的女人,对男人的开销用度不好多嘴多舌,但鲍香仪不一样,她生来就是要管事的。为了一把老壶,新婚的夫君把亲戚们给她的见面钱给弄没了,多扫兴,多没面子,简直岂有此理。他们之后的夫妻关系,是否在这一天埋下了一处隐患,还不好说,但新婚之夜没戏,几乎是肯定的。其原因,不会单单是为了买一架手风琴吧。鲍香仪荷包里的私房钱,买一架手风琴应该还是绰绰有余的。

就是老爷子,一个刚结婚的新郎,为了讨新娘子开心,难道连一架手风琴还搬不回来吗?

这段文字里,明显有着一个态度问题。

为何做此断想?因为我知道,边上有个叶云芝在。她在山里过苦日子,一直牵动着古南街上的一个男人的心。说不定,这个"新婚之夜不开心"还是新郎葛家印同志故意制造的呢。

我问少求,在她的童年印象里,家里有过手风琴吗?

她认真想了想,有过手风琴,不过那是妈妈从厂里借回来的。

阁楼上,一个檀香木的大盒子里,搁着一张明代的古琴,据说很珍贵。整理旧物的时候,少求说过,这也是她妈妈的陪嫁。

我愿意回到四十多年前,趴在河对岸的某个楼屋的木格窗台上,看一个明媚女子坐在临水的吊脚楼上,长发飘飘,看着缓缓流淌的蠡河水,弹一曲《广陵散》或者《平沙落雁》,这是多么美妙的事啊。可是,少求说,在她模糊的印象里,只看到过妈妈拉手风琴,却很少见到妈妈弹奏古琴。

为什么呢?

因为爹不喜欢。他说古琴的声音有点悲。

我感觉,这句话没有讲完。

鲍香仪也有迁就男人的时候,她一弹琴,男人就在吊脚楼上看着河水发呆。她就干脆不弹了。

男人听琴费思量。想的是谁,她当然知道,但她还要装作不知道。

当手风琴欢快而豪迈的旋律从蠡河的水波上掠过的时候,那个叫葛家印的男人,手里的一把老壶,是否跟他的心一样,有点落寞?

所有这些,老爷子的日记本都不会告诉我,但是,我透过字里行间,却能感受到那个时代与我们今天的距离。

这天傍晚,接到邢飞燕的电话,她说叶云芝的状况不太好,要我赶紧去,并且做好转院的准备。

我和少求赶到太湖边,已是晚饭时分。意外的是,老潘也在。

见我们来,他打了个不冷不热的招呼,就出去溜达了。

我有某种预感,老潘的出现,会给叶云芝的情绪带来波动。

两天不见,叶云芝的状况差了很多。人,衰弱得像一张纸,一说话,就气喘。

看着老潘出去的背影,叶云芝说:我要走了,有几句话,想跟你们说说。

少求突然冒出一句:阿姨,我在这里方便吗?

叶云芝看着她,艰难地说:葛老师,你坐一坐。

少求顿了顿,说:阿姨,叫我少求吧。

少求……叶云芝轻轻叫了一声,脸偏向一边,眼泪直滚下来。

少求犹豫了一下,走到她跟前,在床沿上坐下来,抓住了她瘦骨嶙峋的手。

对不起,阿姨。少求哽咽了。

因为我,您和我爹……没能走到一起。

少求,不能这样说。这,是我俩的命。我已经很满足了。

少求呜呜地哭出声来。

你爹,是个好人。我命苦,没能为他做点什么。我对不起他。

阿姨……您别说了。

我站起来走到门外。这种时刻的到来是我始料未及的。少求和叶云芝之间,由于可以理解的原因,彼此都有天然的敌意。明明暗暗的心理障碍,突然化为乌有,是依据了一种怎样的力量呢?

冥冥之中,我感受到了老爷子的存在。

我回到病房时,她俩的情绪平复多了。

叶云芝衰弱而平静的脸上,出现了少有的红晕。我知道,回光返照的时刻到了。

她提出了两个要求。

第一个要求,竟然是为了老潘。

她说,她当年之所以能够活下来,多亏了月勤姨妈,是她给了自己好好活下去的信心。姨妈去世前,托过她一件事,就是外孙小明子。她知道这个外孙贪心重,将来会惹事,她要叶云芝多多地关心他、管教他。

很多事情,我心里都明白。我知道小明子是个败家子。能给他的,我都给了。这几天他来看我,死乞白赖地要我跟你们开口,要一把壶……

就像上山爬坎,叶云芝气喘吁吁地说完这一段话,闭上了眼睛。

我跟少求对视了一下。少求点点头。

等叶云芝缓过劲来,我说:叶阿姨,您说的壶,是那把古希伯的匏瓜壶吗?

叶云芝点头说：小明子在外欠了一屁股债，也不知是真是假。他儿子快要结婚了，人家说要是不交出这把壶，就要找他麻烦。唉，我是……喝不到麒儿的喜酒了。

我和少求面面相觑。

麒儿，应该是老潘的儿子吧。

叶云芝说：我不会白要这把壶的。我名下，还有一块茶叶地，政府给了五十年经营权，我把它转到你们名下，换壶好吗？

她摸索着，从枕头下拿出一张签有她名字的授权书，递给我。

我连忙说：不用不用。您发话了，我们照办就是。茶壶，您让老潘来取吧。

叶云芝摆摆手，说：这块地，有五亩多，朝向、地势、土质都很好，茶叶种子是我当年跟公社农技站的韩站长讨的，它的名字叫"梅占"，清明前十天开采，一股子兰花香。家印最喜欢这口味道。

叶云芝眼睛里掠过一抹豪气，仿佛那股子兰花香就在她眼前萦绕。

梅占。这个名字好熟悉。之前，老爷子常常挂在嘴上的。

少求看了我一眼。

我心领神会，说：阿姨，实不相瞒，这把壶请裘师父看过了，他说是高仿。

还有一句话，我咽回去了：他还知道高仿者是谁呢。

叶云芝突然睁大了眼睛：怎么可能？

可是，裘师父就是这么说的。

叶云芝摇头，脱口骂了一句：这个黄豆芽！

半晌,她叹口气,说:我记得清清楚楚,当初他想买这把壶的时候,曾经请裘至修看过。裘至修说没有问题。他是用黄腊生的一把洋筒壶,跟一个壶贩子换的。

黄腊生是谁?

民国时期古南街上的一个壶手。他洋筒壶做得特别好,人家都叫他黄洋筒。他早年被古希伯的父亲请到家里做壶,还教过古希伯壶艺。后来,古希伯出道,第一把出名的壶,就是洋筒壶,一下子把黄腊生打败了。

原来如此!徒弟打败师父。这个故事有意思。

是啊,黄腊生晚年很凄凉,他的壶,没人要了。他逢人就讲,古希伯的壶艺是他教的。可是,古希伯从来不承认黄腊生是他师父,紫砂界的规矩,不拜师,就不算师父。他出名后,说自己的壶艺是跟爷爷学的。他爷爷古冬青,是晚清的制壶名手。

原来如此!

可是,裘师父怎么会出尔反尔呢!

我明白了!叶云芝摆摆手,说:按他俩的关系,裘至修不会骗家印的。那时,裘至修还年轻,他看壶的眼力,火候还不到。

老爷子买这把壶的时候,是哪一年?

叶云芝闭上眼睛想了想,说:那一年,古希伯还在,但身体已经很差,不见外人了,很多壶等着他鉴定真假,怎么可能呢?家印本来是想请古希伯自己看看的,但是,古家人说,老头子已经看不了壶了。没办法,只能让裘至修看。

可是,这段往事,裘师父在我面前却没有讲过。我插话道。

有些话，人家不讲，总有自己的难处。你岳父给你找的这个师父，人还是不错的。

不过……叶云芝突然又想起了什么。

难道，这个故事，还有后续的包袱吗？

叶云芝仿佛一阵眩晕，气也喘不匀了。一个护士进来，给她吸氧。房间里一阵沉默。

好一阵子，她又缓过来了。

阎王爷催着我去报到呢！我说了，稍微等等，我还有话没有说完呢。

少求给她倒了一杯水。她摇摇手，说：不行了，喝水也吐。喝什么吐什么。

我把匏瓜壶的事情讲完吧。她说。

时间深处的壶痴葛家印，为了一把心仪的壶，不吃不喝都不在话下。

本来，那个壶贩郭麻子，答应葛家印用黄腊生的洋筒壶换匏瓜壶的，可是，此人很快又反悔了，说要加一万元现金。

据说，有个日本人荻生一郎，在上海投资一家电器公司，也看中了这把壶。他出的价钱有点高，郭麻子见钱心动了。

葛家印起先没答应，甩手便走人，但是，当他听说有个日本人掺和进来了，心生不甘，发誓志在必得。

当初，葛家的仁泰陶器店曾经出售过古希伯早年的茶壶。彼时，古希伯名头还不大,葛仁留为古希伯站台、吆喝,很是卖力。古希伯当时的壶价是一担米。后来,古希伯出了大名,壶价攀高,壶却是越做越少,葛家反而没有一把他的壶了。世间的事,不是阴差,就是阳错,葛仁留老爷子去世前,就想着有一把古希伯的壶,上上手,过把壶瘾。此时,古希伯名声如日中天,一壶难求。这个愿望,最终成为一个遗憾。

葛家印也想得到一把古希伯的壶,除了喜欢,骨子里,也是完成父辈的一个遗愿。拿得出一万元的人家,在二十世纪九十年代初,被称为"万元户",因为大家的月工资都只有几十元。可是,最终,葛家印咬咬牙答应了。

妻子鲍香仪亡故后,葛家印仅靠自己的工资抚养女儿。他手头略有存款,但那是香仪留下的私房钱,他本打算将来给少求做嫁妆的,可就是在这一段日子里,葛家印完全被那把匏瓜壶打倒了。爱一把壶,可以爱到魂不守舍、茶饭不思,这就是葛家印。

七凑八凑,葛家印手上已经有了九千多元。搭上一个月刚发的工资,还差三百元。怎么办呢?

其实,葛家印只要把祖传的老壶卖掉一两个,钱就来了。

可是,葛家有个规矩,也是祖传的。有些壶,是用来传的,而不是卖的。什么壶可以拿来养命,什么壶就是搭上性命也不能松手,祖传的每一把壶里,都会有一张字条,上面写得清清楚楚。

葛家印有个朋友,在古蜀镇医院谋事。求他帮忙,弄到一张献血证。每隔三天,葛家印就去医院抽一次血,可以得三十元。那个朋友提醒他,抽血前喝一大杯盐开水,身体能扛得住些。

就这样,在一个多月时间里,葛家印抽了十次血,终于凑满了一万元钱,把匏瓜壶拿回了家。

壶,搁在父亲葛仁留遗像前的茶几上。葛家印跪下了。

爹,您上上手吧。从此,这把壶,不会离开咱们家了。

为了这把壶,葛家印荡尽积蓄,已然到了捉襟见肘的地步,但他半点都不肯委屈女儿少求。其时,少求刚上初中,身体发育像抽条的杨柳。家里发生了什么,她全然不知。每天清晨,爹爹逼着她吃一个鸡蛋——这很奢侈,即便在古南街上,小孩过生日,或者生病了,才有可能吃上一个鸡蛋。人们当然不会注意到,几乎每个星期,会有一个山里人模样的女子,穿一双山袜,头戴斗笠,从古南街走过。她走到葛家印门口时,脚步会放慢,悄悄地把一个竹编的小篮子,顺手往晾衣物的"节节高"上一挂,就走开了。那个小篮子上,盖着一块蓝印花布。掀开它,就会看到几个圆嘟嘟的鸡蛋挨在一起,还带着山里阳光和茅草的气息。

是的。叶云芝在相当长的一段时间里,养了很多鸡。隔那么几天,她就下山,给葛家印送鸡蛋。在某种程度上说,少求就是吃山里送来的鸡蛋长大的。

有一次,葛家印偶然说到,少求喜欢吃那种甜糯的黄心山芋。叶云芝翻山越岭,去浙江长兴那边,取来了黄心山芋的良种"新丰1号"。选了几垄合适种黄心山芋的坡地,到山芋收获的季节,葛家印门口的"节节高"上,老是会挂着一篮子黄心山芋。古南街上,很多人羡慕呢,这样甜糯的山芋品种,本地少见。少求常常问爹,是谁在给我们送黄心山芋？

葛家印回答说，是田螺妈妈。

本地民间传说中的田螺姑娘，是上天赐予单身种田郎的一种福报。说是一个天上的仙女，被地上的一个忠厚勤劳的单身种田郎感动，天天下凡给他做饭。可现实生活中，这样的故事基本属于画饼充饥般的精神自慰。

至于田螺妈妈，在幼小的少求心里，她更愿意相信，那是过早离去的妈妈的化身。

葛家印自己，从来不肯吃一口鸡蛋，尽管叶云芝总是嘱咐他，自己也要吃一点。葛家印知道，就是叶云芝，虽然养了那么多鸡，自己也不吃一个鸡蛋。而少求的童年印象里，爹爹不吃鸡蛋，那是因为，他老说自己吃鸡蛋会"肚子疼"。

相当长的日子里，他习惯了给自己冲一碗酱油汤，三根萝卜干，就把一顿饭对付过去了。有时弄点榨菜，就算改善伙食。

有一天，他晕倒在货场上，被人送到医院。医生看了看，说没事，营养不良，吃点好的，补补就行。

漫长的日子，就是这么过来的。

少求在这个故事里哭成了一个泪人。

她记忆里的吃鸡蛋情节，跟叶云芝的讲述，完全接得上卯榫。有一阵子她反感鸡蛋，是因为天天吃。同学们还取笑她是"鸡蛋公主"。

她一点也不知道，叶阿姨把鸡蛋篮子轻轻挂到她家门口的"节节高"上的时候,那一份别样的目光里,有多少期盼。

她当然也不知道,父亲葛家印,为了把鸡蛋省给她吃,老是说自己的肚子痛、痛、痛。

当她终于搂住骨瘦如柴的叶阿姨时,拼尽全力讲完这个故事的人,已然气若游丝。

叶云芝最后的要求是,她去世后,一半骨灰撒在凤川湾村后山岗的白果树下,还有一半,就撒入蠡河里。

少求说：阿姨,我爹他也想你呢,你……就跟他在一起吧。

叶云芝的眼泪夺眶而出。

她用最后的力气把少求的手攥紧,掰也掰不开。

叶云芝的丧事,办得非常简单。

她终于和老爷子相聚了。她离开那天,天空飘起了雨。

我和少求都相信,香仪妈妈也会高兴的。因为她知道,叶云芝私下里给了她女儿太多的关爱,而叶云芝自己,并没有获得与葛家印有关的任何名分。她这一生,太苦太惨了。

老潘一家都来了。我第一次见到他的儿子,高个子,一个看上去精神有些不振的衣着时尚的年轻人。他的未婚妻,眉目清秀,目光机敏,肤色是白净的,弯腰鞠躬的时候,肚子已然显大,背影也有点臃肿。

老潘的老婆,一个面善而木讷的山村女子,背有点驼,并不是想象中的那种悍妇。

我对老潘说：壶,已经准备好了,你方便时,来取吧。

老潘脸上还是有哀戚的。他点点头,没有说话。

他老婆,站在他背后,不怎么说话,当我说到"壶"时,我看见她愣了一下。

叶云芝走的时候,很平静。弥留时,少求给她换衣服,发现她的左手心里写了一行字:

凤川湾村后山岗白果树旁看山小屋。

这是什么意思?

我的直觉,这个地址,一定藏了东西。

我和少求相约,暂时按下不表。

再过几天,就是老潘儿子的婚礼。看在叶云芝的面子上,除了那把匏瓜壶外,我们还打算送一份贺礼,并且,一起去喝喜酒捧场。

一连两天没有动静。我主动给老潘打了电话。

没人接听。过了一会再打,还是这样。我隐隐有一种不祥的预感,但又说不出来。

这天傍晚,少求下班回来,带回一个非常坏的消息。说老潘的儿子酒驾出事了,车上还有他的准新娘,在从无锡回来的高速公路上,撞在路旁的栏杆上,一死一伤。

这样的晴天霹雳,怎么就落到老潘头上了呢!

不管如何,叶云芝走后,老潘也算是我们的亲戚了。我和少求商量,应该去老潘家看看。

少求犹豫着说:还是去殡仪馆吧。这个时候,他家里哪还会有人,再说,我们也不知道他家住哪呢。

我们直接去了市郊的殡仪馆。一问,就问到了。

刚从殡仪馆的问询前台出来,就有一群人围上来兜售花圈和金箔纸钱。少求说:花圈还是要送一个的,只知道叶云芝说到他儿子叫"麒儿",具体叫什么名字,我们也不清楚。

最后,一人选了一束白菊花。想想也是,白发人送黑发人,这悲剧就在眼前,极不真实。

正说着话,一辆飞驰而来的救护车拐过弯,放慢了速度在靠近。车刚停稳,车门开了,两个穿白大褂的人跳下来,抬着一副担架,急匆匆往里走。

救护车开进殡仪馆,这样的场景倒是很少见。

被抬出来的人,居然是老潘。远远看去,他双目紧闭,脸色发黑。一个女人跟在担架后面,步履踉跄地号啕着。这个女人我们见过,是老潘的老婆。

换了谁,都会扛不住的。人生遭受这样的打击,比五雷轰顶还够呛啊。

我和少求站在路边,一时不知道怎么办才好。

第十二章

假作真时

桂一诺也不打个招呼,直接就把那个张处长带到古南街来了。

感觉你上了那家伙的贼船了,至于吗?我撑了他一句。

放心,兄弟不会乱了方寸的。桂一诺指指心口,脸上绽着一个诡异的坏笑。

无非就是为了那把崔大师的壶吧!我把桂一诺拉到一边,说:我不是说过了吗,那把壶,十有八九是假的。

桂一诺压低声音说:壶真壶假无所谓,关键是我们的态度。今天你必须把他伺候好,否则,小心我打断你的腿!

这就是桂一诺,一犯急就耍流氓。谁让我们是死党呢。

且说这个张处长,身段倒是放下来了。态度很谦卑,满脸堆着笑,一口一个钦老板,恨不得马上把紧紧攥在手里的那把壶,变成花花绿绿的钞票。

我跟桂一诺说:他真那么缺钱吗?我不相信。

桂一诺在我耳边悄悄说:管他呢,我不是跟你说了吗,我们只要态度好,让他感觉我们有十二万分的诚意。

一看手表,快到饭口了。那么,安排吃饭吧。

就在古南街上的"一堂春"酒店,选了一个吊脚楼上的河景房包厢。张处长一进包厢,看到河岸的景色,禁不住感叹道:人间有此景,乌纱何堪有?

桂一诺赶紧恭维道:您前程远大。

张处长叹口气,也不掩饰,说:也还不知杏花村在哪层云端里呢!言外之意,心事颇重。

这天午饭的菜肴,是非常随意的家常菜。这家酒店的梅小春老板,是少求的发小,跟我也很熟,吃饭是可以签单总付的。我定了个餐标,说,随便上吧,都是老朋友,不讲究。

清炒银鱼、响油鳝糊、黄芽鲜笋炖老鸭、地衣炒韭黄、雁来菌炒鸡蛋,还有一个清汤狮子头。别看这几样家常菜,可不简单。鲜笋和地衣,都是反季菜,但还能保持新鲜,据说是藏在深井里的。狮子头做得特别地道,鲜嫩而不肥腻。张处长开始还有些矜持,上到第三道菜时,神态活跃起来,说菜真好吃,胃口完全放开了。一时风卷残云,大有攻城略地之势。油光光的脸上,沁出一层汗。桂一诺很开心,朝我暗使眼色,我估计,他的脑袋,已经系在张某人的裤腰带上了。

因是中午,吃完还要去崔大师家鉴定壶,我就没让上酒。但张处长情绪上来,居然卷起衣袖,跟我要酒喝了,说,佳肴无美酒,人生一憾事。幸亏我事先在梅老板这里存了一罐特装的白福珍,十五年的老白酒。桂一诺见到酒,眼睛里放出一道异光,这罐酒,先被他的一双眼睛吞下去了。

趁他俩豪饮的当口,我出去给崔大师家打了个电话。一连打了两次,没人接。突然想到,这个时候,人家正在午睡,打电话无异于骚扰。

终于熬到他们酒足饭饱。一看时间,已然下午两点。崔大师午睡,也应该起来了。可是,眼前这两个宝货,却都变成一摊烂泥。

幸亏酒店有两个临时的午休房,我把他们安排进去休息。张处长一到床上,就像一台拖拉机发动一样鼾声如雷。桂一诺呢,醉得有点诡异,一点声响都没有。我知道他酒量大,这点酒不至于趴下。果然,一进房间,他就恢复了原样,说:好哥们,今天撑了老弟的台面了!

至于这样吗?你可是半世英雄啊!我讥讽他道。

你不知道,张处长的弟弟,是我们报社新调来的一把手社长。

那又怎么样呢?你不是一直闲云野鹤玩清高的吗,怎么想当官了?那也不用装孙子啊,凭你的能力,再加上你家老爷子的人脉,混个部门主任,那还不是小菜一碟。

桂一诺摆摆手,说:不是我要提拔,是帮一个朋友。好了,不说了。

他的神态里,有一种欲盖弥彰的尴尬。

我明白了,他说的朋友,一定是个女的。

等到张处长酒醒,已然是下午近四点。崔大师家倒是联系妥了,老太太四点半有个师徒聚会,也就是说,她最多只能接待我们十五分钟。

紧赶慢赶到了崔家。崔大师的先生,一个瘦高个的白发老人出来开门,我自报家门,说是葛家印的女婿。老先生立马想起来了,说,见过见过。进门是个花木扶疏的精致小院。他非常客气,把我们迎进客厅。

崔蕴娴大师已然端坐在一把藤椅上,笑吟吟地等着我们。

老太太有些清瘦,一头银发,精神很好。说到葛家印,她不住地跷大拇指,说他是古蜀镇上第一收藏大家。一声叹息,说可惜走得太早了,她还站起来走到墙上挂的照片前,指着一张她和老爷子的合影,说:家印还是我的小先生呢。当年我进紫砂厂,只有小学文化。家印是夜校的兼职语文老师,还帮我修改过作文。一直像自家姐弟呢!

记得几年前,老爷子带我到崔家来,崔大师也提到过这段往事。老爷子倒是不居功,淡然一笑,说,当时夜校的黄老师病了,他只是临时被抓差,在夜校代了几次课。

老爷子还私下对我说,当时崔蕴娴的壶艺,并不十分突出,她主要是人品好,肯吃苦,人家愿意教她。笨鸟就这样先飞了。

他还说,当年他确实帮过崔蕴娴。不过,可能崔自己已经忘记了,也不是什么大事,不值一提。

寒暄一番之后,话归正题,张处长毕恭毕敬地把壶送到崔大师面前的茶几上。

按照事先的约定,我没有介绍他是省里来的张处长,只说是个外地的朋友。

崔大师戴上老花镜,只朝茶壶看了一眼,就呵呵地笑了,扭过头,朝老先生说:去把我的松鼠葡萄壶拿来,给他们看看。

老先生站起来,走到我面前,笑着说:你的面子够大啊。

张处长的脸突然收紧了。桂一诺也似乎从崔大师的话语中窥到了一丝不祥的气息,朝我看了一眼。

我心里倒是笃定。此壶是赝品,我第一眼就判定了的。

半盏茶工夫,老先生捧着一个锦盒,轻手轻脚地进来了。

真是一把好壶啊。

我应该是第二次见到这把壶了。记得,上次跟老爷子来,崔大师把我们领到她二楼的茶壶展览室,特意从橱窗里取出这把壶,做了详细的介绍。

虽然我是个菜鸟,但在这样一把珠圆玉润的茶壶面前,也会生出由衷的敬意。它的每一个细部,都那么精巧、细致、逼真、惟妙惟肖,让人可以把心里的块垒都放下来,被一种纯粹的美好所填满。是的,知道一把紫砂壶的不好,总是以看过太多好壶作为参照的。其实,当这把壶放到了我们面前,另一把赝品壶就显得更加面目可憎,还有什么谈论的价值呢?

泥色、款型、大小,两把壶几乎都是一样的;相差的是壶艺、气质和功力。

桂一诺看得眼神一愣一愣,脱口道:真是一把神壶啊!

张处长爱出汗,掏出一块手绢,在额头上擦着,附和道:神壶,神壶!

还说什么呢,真假李逵搁在一起,李鬼还不快逃命!我心里好笑,朝张处长看了一眼,他尴尬的表情里,似乎还有点不太甘心。

崔大师呵呵地笑了,说:今天子厚来,我高兴,你们每个人都上上手吧!

老先生在一旁提醒:蕴娴,时间快到了。

崔大师说：不急。不就是去跟徒弟们吃顿饭嘛。你们再坐坐，茶正浓着呢。

我在心里感叹一声，老爷子的面子够大啊。

轮番地，把崔壶端在手上，细细地品赏了一遍。这待遇，算是顶级的了，我心里，一种成就感油然而生。

本来，这场鉴壶会见，到此就该画上句号。可是，张处长突然站了起来，从他那把茶壶里，取出一张折叠的纸，放到崔蕴娴面前，说：崔大师，这张证书您看看，是否也是假的？

崔蕴娴一看那张纸，怔住了。

这张证书，你是哪里弄来的？她问。

张处长观察着她的表情变化，字斟句酌地说：它一直跟茶壶在一起的。这把壶，是家父所传。

崔蕴娴问：你父亲，在哪里高就？

张处长答道：他在省某某厅工作。

顺便把自己的名片递给了崔大师。

哦，张处长。怠慢怠慢。

崔大师是见过世面的人。她嘴里客气着，神态还是不卑不亢，把名片撂在茶几上，用茶杯压住。

如此这般地一问一答，张处长的表情，便跟着崔大师神态的变化而变化着。感觉他的气场正在慢慢打开。

我和桂一诺也看出端倪了，壶是假的，但这张证书是真的。

崔大师又把证书给老先生看了一下。两人走到书房里，嘀咕了一会儿。出来的时候,崔大师的情绪有些激动,说:证书是我写的。印章也是对的。不过,它怎么会跟一把假壶在一起呢?

老先生在一旁摇头道:这种事情,倒还没有遇到过。

这时,客厅茶几上的电话铃响了。老先生去接了一下,说:就来就来。

问崔蕴娴:大徒弟打来的,说过来接我们了。

崔大师似乎有点烦,一挥手,说:让他们先开始吧,不要来接了。待会我们自己打车过去。

我和桂一诺交换了一下眼神。这个时刻有点尴尬。崔大师推迟了出门,但并没有留我们继续做客的意思。她只是有点不高兴。而张处长,由于证书是对的,像溺水的人抓到了一根救命稻草,并且,颇有把稻草变成救生圈的意愿。

我赶紧站起来说:打扰了崔大师,要不,我们先告辞了。

崔大师摇摇手,说:你们坐,不急嘛。

张处长松了一口气。

当崔大师重新坐到她那把藤椅上,她的神情又恢复到原来的状态。

我想起来了。她拍拍脑门,说。这把壶,当年我是赶工赶出来的,是镇里的领导亲自上门,说要一把壶,送给省里一位退休老干部,他帮古蜀镇做了不少好事,人很正派廉洁,镇里出面送他一把壶,祝他安享晚年,大概就是这么个意思。

是的是的。张处长有点来劲,附和道。家父一辈子为官,家里真还没什么值钱的东西,就这把壶,还是退休后,你们镇上派人送到门上的,记得,当时老爷子还坚持不肯开门呢。

听他的意思,他当时就在现场,还帮着他父亲拒腐蚀,锁上了门保险。

崔大师问:你还记得,当时是谁送去的吗?

张处长挠挠头,说:这个,倒不记得了。

崔大师看了他一眼,说:张处长好好回想一下,这把壶,当时是谁送去你家的,或者,你回去问问令尊大人,他是否还记得。

张处长摇头,说:老爷子已经不在了。

一时有点冷场。感觉话题被掐断,想接又接不上。

不过,崔大师的意思,我听出来了。这把壶,是被人调包了。

崔大师如果想敷衍了事,此时是一个最好的当口。她只要站起来说,哎呀,事情过去这么多年,你们又不记得是哪个人送去的,也就只能这样了。

她若这样说,就等于下了逐客令。我们总不能等人家不耐烦了再走吧。

可是,崔大师并没有送客的意思。她戴上老花镜,开始翻她的手机。或许,她想起了什么人,或者什么往事,跟这把壶有什么关联。情绪还是在场的,翻看手机的间隙,她还让老先生给我们的茶杯续水。

也就是说,她似乎要给一个说法。

张处长的脸上,颇有柳暗花明的成就感。此时他倒是稳住神了,心里必定在翻江倒海,油光光的脸上却波澜不惊。

就这样,崔大师又走进书房,打了一个电话。书房的门没有关,通话的声音我们听得清清楚楚。老太太语气平和,也有不怒自威的意味。她在问一个人,某某年,是不是经手把她的一把松鼠葡萄壶,送到省城一位老领导家去的?

估计对方在支支吾吾地应付。从崔大师的语气听起来,她对对方的回答不是很满意。她说:那你再好好想想吧,又不是七老八十,记性会这么坏!

接电话的人,年纪不会很大,似乎是她的晚辈。

撂下这句话,从书房里出来的时候,崔大师叹了口气。

这一次,是张处长抓住机会,及时地站起来告辞。他用很抱歉的口气,一再表示打扰,神情很是谦卑。

他这是欲擒故纵,装悲催。崔大师反而不好意思,回了一句:好的好的,那就先这样吧。

她顺手把我拉到一边,悄声说:子厚啊,今天抱歉啊,有什么情况,我会联系你的。

老太太的手,有点凉。但她那种邻家长辈的语气,让人心里生起暖意。

出了崔家的大门,张处长的神态立即活跃起来,说:崔大师一定知道,把壶调包的人是谁。

桂一诺看看我,又看看他,折中地说:看运气吧,但愿不虚此行。

我撑了他一句:崔大师又不是公安局的,她还能帮你破案啊!

小小这段时间有点来事。

一个十二岁的女孩,接到了平生第一封情书,非但没有受惊吓,反而很得意,当作战利品一样炫耀。

她居然说,终于有人给我写情书了。

甚至,还捉出其中的一处病句,眉批:主谓宾搭配不当,退回订正。

是模仿她母亲葛少求老师的口气。

给她写情书的男生,居然是丁如柏的儿子丁小柏。

被吓着的,倒是少求。

或许,她是以自己的少年时期作为参照的。有一刻我突发奇想,说不定,丁如柏小时候还给少求写过情书呢。

我开玩笑地问少求,结果,肩头挨了她一巴掌,她说:滚滚滚,小肚鸡肠一个。我们小时候,男生女生之间是不敢说话的。

有人给小小写情书了。我感觉自己突然就老了。天天跟老茶壶耳鬓厮磨,那些老气,就汇聚到自己身上了?这段时间,"聊壶茶坊"的人气开始慢慢提升,外地游客来看老壶,都是一拨一拨的,逢到周日,要预约才行。用少求的话说,有点感觉了。

于是,新增加了两个展品橱柜,重点陈列清代晚期和民国初期的老壶,当然,一大半的展品上都贴着"非卖品"的标签。这样做,其实也是吊胃口,想买老壶的人,总是盯着那些非卖品,半天不走。

裘师父来看过几次,一如既往地不说好话,只有提醒,偶尔也挑点刺。比如,介绍古壶时,不要用现代人的广告语,切忌夸张;比如,老茶壶上的尘垢,要适当地保留,那也是老壶的一部分,不要打扮得油头粉面。

顺便帮我进行紫砂"科普":对紫砂壶,最恶俗的做法就是人为地"抛光",用机器,半天不到,就包装出一个光鲜夺目的东西。

他顺手送给我几本书,有《紫砂壶十二讲》《紫砂小史》《一壶乾坤》等,说:好好做点功课。每一把老壶背后,都有故事的,你把故事送给客人,才是最好的营销。

一天傍晚,少求带着小小刚回来,就接了一个丁如柏的电话,说晚上如果方便,他要来拜访一下。

我说:总不至于是为了丁公子的那封情书而来的吧。

少求看了我一眼,说:那又怎么样呢。

是那种兵来将挡、水来土掩的表情。

晚上八点钟,丁如柏如约而至。他刚结束一个应酬,身上却没有酒气。跟上次相比,他的脸有点黄。

小孩子写情书的事,几句话就带过了。先替儿子道歉,又半调侃地说,也是缘分呢。顺带说,儿子数学好,语文不行,是他的遗传在作怪,但这封情书的文采,是他见到过的儿子的文字中最好的,虽然有一处病句。最后说,一定会好好管教儿子的,请我们放心。

话都被他说满了,我们还能说什么呢。我和少求只能陪着呵呵地笑着。

丁某人随意地取出一张礼品单,是一双阿迪达斯牌子的旅行鞋,可以去市里某大商场提货,说是给小小压惊的。

少求鼻子里哼一声,说:少来啊。送人鞋,也不怕人硌脚。

丁如柏坦然接受着老同学的霸道,呵呵一笑,道:你啊灵珠,还是像小时候那样欺负人。

故意在我面前叫少求的小名,以示亲热。

少求放了他一马,但口气还是咄咄逼人:丁总记忆错位了吧,要说当年,可从来都是丁小疤癞称王称霸,哪有我们小民女的活路啊。

看起来是捧他,甚至也叫了他小时候的诨号,其实是间接承认了青梅竹马的关系。

哈哈哈哈!丁如柏好像赢了一局,特别开心。

他们回捧的语气,好像有一种特定的"古南街气",用的是方言里的方言,言辞尖利,却透着无反差的亲热,反而是我在一旁尴尬。

最终,丁如柏把礼品卡收回去了,做无奈状,委屈地说:反正我们生意人脸皮厚,三天两头被别人拒绝,还得自己咽下去当点心吃。

话题突然就转换了,他一改打油的腔调,面色变得淡定,言笑之类断然消隐。眉宇之间,颇有不怒自威的气度。

丁某人的这副面孔,倒让我颇为欣赏。

还真被少求说着了,他想把我们这老宅子,连同左右隔壁的几户人家,都买下来,打通,做成一个连锁的古南街文化沙龙,里面包含了餐饮、茶座、影院、礼品、住宿,反正是一条龙服务。

或者,把老宅卖给他;或者,把老宅抵作股金,享受分红,当然风险也要共担。

如果选择后者的话,我保证你们每年有不少于两百万的进账。合同可以先签三年。

他看着我们,跷起了二郎腿。

丁总,你这是不让我们活命了。少求不动声色地说。

三岁看到老,你小时候的毛病,可是没怎么改。丁如柏一脸笑意,以一种宽容的长者口吻,接过了少求的话。

说白了,其实你们的生活,还是跟原来一样。房子还是你们住,生意还是由你们做,改变的只是经营方式和渠道。资金由我来提供,有钱大家一起赚,多开心啊。

我们做你的房客,然后替你打工,还帮你数钱。丁老板的创意可真不赖。我不客气地回敬道。

言重了言重了。丁如柏连忙摆手。我知道,你们对我,有一种天然的敌意。好像我一定是来掠夺你们的,谁让我是个商人呢!

他指指自己心口,语气诚恳:可商人也是人!也要讲良心,讲社会公德。我这些年捐给社会慈善机构的钱,可以买一大片商品房。我一天工作十四个小时以上,经常是盒饭方便面凑合,一个月只在家里吃两顿饭。老婆生病了我都没有时间陪她。无非,我口袋里比你们多几个钱,但这些钱,一个转身就用在投资上。为什么我要这么拼死拼活地扩张?因为企业不往前走,就会往后退。我要养活三千个工人,他们当中的很多人,要养活一家老小。如果他们在我这里,收入不能稳定并且逐年提高,就会走人。企业一旦垮台,就是社会的包袱,我丁某人要面子,就会感觉生不如死。所以,我没有退路。

第一时间里我差点被感动了。我看了少求一眼,她的情绪好像也有起伏,至少,恻隐之情正往脸上集聚。

你是大人物,做大事情,操的是大心。可我们不一样。我们就是升斗小民,就是居家过日子的普通百姓。我爹留下来的祖产,那是他的命。我们怎么可能把这房子变成钱呢?你也是从古南街上走出去的,人跟房子的感情,你又不是不知道。

说这话的时候,少求起来给他续了一杯水,语气平和多了。

我知道,你们不会轻易同意的。没关系,慢慢来。丁如柏叹口气,说:不过机遇这东西,说来就来,说走就走,说不定以后你们会后悔的。

他顺便透露一个消息,政府有改造古南街的计划,到时候,有些老房子里的原住民,政府会上门动员他们搬离的。

一旦政府下决心了,搬迁政策可不会有我优厚啊。他说。

我对这条信息嗤之以鼻:古建筑不是一直说要保护的吗?老房子离开了原住民,不就是一具躯壳了吗?我相信人民政府,不会把人民赶出他们自己的家园的。

丁如柏哈哈一笑:道理没错。

我这辈子一事无成。最麻木的,就是机遇二字。我冷笑道。

丁如柏略略板下脸,说:钦老兄,你这话就不对了。你若是没有机遇,能娶到少求这样的好女人吗?可不要身在福中不知福哦。

少求呵呵一笑,说:那不是他的机遇,是我们前世的姻缘。

说得我心头一阵热乎。

丁如柏一时语塞。正巧手机响了,他看了一下,随即掐掉,说:哎呀,我今天太没有成就感了,谈生意失败都没有这样难过。你们两个人啊,一个是铜豌豆,一个是铁疙瘩,真拿你们没办法。

他站起来,满脸委屈,有告辞的意思。

少求的语调变得温和,说:也不早了,早点回家陪陪兰君吧。

我想起来了,丁如柏的妻子,叫郭兰君。少求说过,她当年号称古南街上第一美女。她爹是开豆腐店的,人称"豆花西施",她这些年一直病恹恹的,身体不是很好。

丁如柏转身离去的时候,冲我说了一句话:你好福气啊。

那眼神,嫉妒的意味很浓。

丁如柏走了,少求的情绪有点低落。

我试探地问:他刚才有什么地方得罪你了吗?

少求看了我一眼,说:哪有啊!

那么,是否我们把话说得太重了?

洗洗睡吧。少求没兴致地回了一句。

竟是一夜无话。

早晨起来的时候,少求自言自语道:他也不容易,你别看他神气活现的,其实一身病。夫妻俩,都是药罐子。他在我们这里,是把什么身段都放下了,说的也是大实话。他平时可是很傲的,某副市长去他公司,他正跟客户谈判,说不见就是不见。

我不无醋意地说:你对他这么了解啊。药罐子这个说法,我可是头一次听见,他不是天天游泳嘛!

游泳个屁!生意人的广告,是从自己身体做起的。

这句话有点恶毒,不像是从少求嘴里出来的。

少求叹口气说:他昨晚回去给我发了一条信息,说有严重的挫败感。我回他说,没办法,我们不能卖房子。茶壶呢,是用来养命和传家的,不是用来发财的。

嗯嗯。我附和道。

毕竟是发小嘛!从内心讲,我还是很佩服他的。尽管他身上那种生意人的气味让我很排斥,但他不是那种花天酒地的老板。他也没有绯闻,一心都扑在他的事业上。

那将来就跟他结儿女亲家呗。我酸溜溜地撑了一句。

少来欲擒故纵这一套啊!她甩了我一句。钦子厚我最烦你的就是心眼太小,醋瓶子晃荡晃荡的!

崔蕴娴大师亲自给我打电话,说方便的时候,上她家去一趟。

某种预感提醒我,那把被调包的松鼠葡萄壶有线索了。

跟少求一说,她迟疑了一下,说:我跟你一起去吧。

她想起了一件什么事,去阁楼上翻了一会儿,找出一个灰不溜秋的紫砂水盂,连上面的灰尘也没擦,就放进了一个明显嫌大的锦盒,说:这个宝贝,爹在的时候,一直想送去给她。可是,不知因为什么给耽搁了。

不就是一个水盂吗?我漫不经心地拿出来看了一眼。米黄色的紫砂段泥,形状像一根竹笋,通体毛毛糙糙的,做工并不精细。

这可是崔蕴娴大师当年学徒时,做下的一个水盂呢。爹用一把用了几年的包浆壶,从一个壶贩子手里换过来的。

水盂底部,有一圆形印章:蕴娴。隶体,刻工一般。

我怎么没听说过呀?我还陪老爷子去过崔家呢。

故意装小气,听葛老师敲打我,也是一种乐趣。

果然,来了。

又小心眼了。少求说。就是爹出事前没多久的事,那时你不是跟他怄气吗?

为了这个张处长的一把壶,我们搭上崔大师的水盂处女作,值得吗?并且,这个时候把水盂送给她,她会以为,我们参与了那把壶的买卖。

少求摇头,说:这是两码事。本来爹想把这个水盂送给崔大师,就没有抱什么目的,也不会收她一分钱的。崔大师也是在古南街长大的,她父亲跟我爷爷,都是老街坊,吃茶朋友。

嗯,我明白了。这里的人们,拿古南街说事的时候,它就是系在大家身上的一条脐带。

少求说:不过这事还是由我来说吧,从小到大,我一直是叫她崔阿姨的。

那天晚饭后,小小在家写作业,我和少求去了崔家。果然,崔大师见到少求,非常亲热,说灵珠还跟大姑娘时候一个样啊,又顺带夸奖我,说我的养手好,要不灵珠怎么会一点也不显老呢。

她知道男人都喜欢听这些话。其实男人和女人,都是相互滋养的。

不过,少求并没有急着把那个紫砂水盂拿出来。

寒暄后落座。崔大师亲自沏茶,说是朋友送的猴魁,茶炉上的水,是南山金沙潭汲来的泉水,泡茶的壶,是她的代表作之一——渔翁茶具。

看上去，她兴致不错。

开门见山，崔大师说到了那把松鼠葡萄壶。

她的神情慢慢就有了些黯然，说：这事都怪我。

我心头一紧。莫非……

崔大师语调缓慢，似乎在解开一个什么结。

在她的讲述里，情境在慢慢转移。围绕着一把松鼠葡萄壶展开的，竟是这样一个故事。

崔蕴娴少年家贫，幸得一个舅舅接济。后来，她成名了，壶价飙升，舅舅却过世了，没有享到她一天福。

舅舅有个孙子，念书不算聪明，但脑瓜子灵活，待人接物之类，无师自通。崔蕴娴为报舅恩，就把这个表侄推荐给了镇政府。领导不好驳她面子，就安排他在镇办公室从事接待工作。人倒也伶牙俐齿、手脚勤快，一时上下左右，颇为满意。

表侄娶的媳妇，也算是当地一个干部子弟。用"也算"二字，固然有一点勉强的意思，但这里不一样，表侄媳的父亲虽然只是一个正股级干部，但手里曾经握有一些实权，跟同级别的官员相比，场面是不一样的。

本地方言里有句俗语，"聪明面孔木肚肠"。木，就是笨。她人很漂亮，表侄夸她是鹅蛋脸。手也很好看，但手艺有点烂，做的壶，不怎么出秀。紫砂圈子里，手指头扳扳，都是有数的。

有一天，表侄夫妇上了姑妈的门，送了一份厚礼。什么意思？表侄媳想拜崔姑妈为师。

其时，崔大师名声已然如日中天。一把壶的价格，直冲六位数人民币。她徒弟们的壶，自然也水涨船高，身价不菲。也就是说，即便一个普通艺人，如果有了"崔门徒弟"的身份，便等于束了一条金腰带，走出去，说话底气也不一样，壶价自然也跟着往上冲。

紫砂界热闹。那些大师高工，三天两头收徒弟，打擂台一样，道理一目了然。

崔姑妈看看表侄媳的一双手，说：做什么不行呢，偏要做奈泥！

"奈泥"，也是方言，就是泥巴的意思。

跟了您，奈泥就是黄金啊。表侄倒也爽快。其实他没听懂姑妈的话。

也难怪。本地人对紫砂壶的宣传，动不动就说寸土寸金，还不厌其烦地搬出古代一个文人的诗句：人间珠玉安足取，岂如阳羡溪头一丸土。

还不磕头啊。表侄按照原先小夫妻设计的剧本，现场吆喝着比他慢了一拍的老婆。

表侄媳毕竟是干部子弟，哪能说跪就跪呢。都知道，拜师要磕头的，但是，总要给一个相应的场面吧。她骨子里，原本有一些矜持。姑妈不想收她为徒，看她手的时候，她就知道了。

她有明显的迟疑，心里是不快的。但老公在催她，这让她左右为难。这时，崔姑妈帮她解围了。

就不要做奈泥了吧，这么漂亮的一双手，学学绣花、弹弹钢琴多好。崔大师拍拍她的肩，口气还是亲热的。

表侄有点尴尬，表侄媳则有点恼恨。明明她已经入了紫砂圈，也算吃过几年萝卜干饭了，还让她去改行学绣花，不是明摆着说她是绣花枕头一肚草吗？

这场不欢而散的见面，给后来的事情埋下了一处伏笔。

有一天，表侄带着镇领导来拜见，说要劳烦大驾，定制一把松鼠葡萄壶，讲明是送给省里一位退休的老领导的。说那位老领导在位时，给本镇的老城改造帮了大忙，而他自己却非常廉洁，从来不收任何礼物。镇里领导觉得很过意不去。现在老领导退休了，送把茶壶给他喝喝茶，这也是人之常情吧。

可是，当时崔壶已然很贵，镇里总不可能拿出六位数的人民币来买把壶送礼吧。

这原本是件棘手的事，不过，到了崔大师这里，一两句话就迎刃而解了。

崔大师是何等通透之人啊。表侄能进镇政府工作，是镇里给她的一个大面子。以后进步提升，还要靠领导关心呢。

茶壶算什么，不就是一把土嘛。崔大师爽朗地笑着说，人家把我的壶炒到那么贵，那是别人的事。镇里要我做什么，尽管吩咐。

搞得镇领导坐立不安，说：钱还是要付的。

崔大师正色道：我这里可没有打折贱卖的壶。老城改造，我也是享福者。这样吧，我捐一把壶给镇里，表表心意。你们派什么用场，跟我不搭界。

一个多月后，表侄来拿壶了。崔姑妈解释道，没有接受表侄媳做徒弟,是不想耽误她。崔姑妈还说,她不是有文化嘛,我介绍她去镇幼儿园,做个幼儿教师,也蛮好啊。

骨子里她不喜欢这个表侄媳。女人跟女人,即便是长辈与小辈之间,也可以很排斥,并不需要明确的理由。

表侄媳有点文化是不假。她好歹念过两年地方中专,是有毕业证的。但她半点也不领崔姑妈的情,反而讥讽道,她一把茶壶做了两个人情,明明是一口回绝我,还想我们感谢她指点迷津。她为什么不让自己的儿媳去幼儿园哄小孩呢!

见到崔姑妈的壶,表侄媳心里很不爽,说:这种壶有什么了不起,我也会做的。

憋着一股气,表侄媳说干就干了。在临摹崔壶的过程中,她肯定是使出了浑身解数。无奈做壶这事,一招一式,不但讲究功力,也靠心气和悟性,更有一种叫手感的东西在支撑全壶。松鼠葡萄壶是紫砂花器中的高难度经典之作,考量一个壶手造型、镂雕、泥绘等综合水平。就像一个初中生,却要去破解研究生级别的难题,表侄媳倒是把考卷每一个问答题的空白处全都填满了,但最终的分数,就连及格线也难以达到。

表侄这个人有点惧内。为了讨好老婆,不惜给她洒花露水。面对这张一塌糊涂的考试卷,他居然给了老婆意想不到的高分。女人嘛,多半时候,都是需要男人夸的,反正是在自己家里,别人又听不见。明明是一把粗枝大叶的孬壶,他却把它说成了崔壶的青春版。有那么一刻,老婆真的感到,自己做这把壶可能感动了冥冥之中的诸神,它堪称一把品相高贵的神助之壶。

甚至,她突发奇想,既然我的壶称得上崔壶的青春版,那为什么不能把我的壶拿去送礼,而把崔壶留在自己家里呢!

理由还很充分,一个是青春美女,一个是白发老妪,到底谁上?这不是明摆着的事嘛。

并且,她还以自己的人生经验安慰夫君,根本不用担心。她说,当年也常常有人给她正股级的父亲送壶。父亲太忙,对茶壶也不太懂,送进门的壶,他顶多看一眼,有时甚至连看也不看,就放进堆放礼品的地下室。有的壶,一个转手,又送给了级别比自己高的领导。

表侄开始有点怕。毕竟是自己的姑妈,对自己有提携再造之恩。调包这种事,说到底,是造孽的。往小里说,也是渎职犯罪。但老婆说的话,诱惑太大了。关键是,这件事,镇里领导交给他具体办理,别人没有插手,也不知情。他很清楚,如果没有他和崔姑妈这一层关系,老人家是断不会捐出一把壶的。

再一个问题就是,哪来崔姑妈的印章呢?

这个好办。表侄媳虽然之前没有造过假壶,但江湖上的传说也听多了。将真壶上的印章电子扫描一下,然后请个专门在地下室做假图章的枪手做一下,保证不差分毫。

这个活儿,如今已然没有什么技术含量了,半天搞定。

如此,夫妻合力,轻轻松松就把茶壶调了包。毕竟是干部子弟,考虑问题比较周全,为了保险起见,表侄媳最后忍痛把壶的证书留给了"崔壶青春版"。她非常清楚,当地茶壶交易,证书乃第一身份。没有证书，或者证书不对，即便壶是真的，也难以进入流通，价格上，肯定也要大打折扣。

当表侄媳将证书与崔壶分开之时，表侄发现，一种割爱的伤感，布满了她那张有些雀斑的鹅蛋脸。

选择一个良辰吉日，表侄提着"崔壶"，跟着镇领导上路了。到了省城，拐进一条僻静巷子，一处空空荡荡的大房子里，见到那个鹤发童颜的老领导时，他心里掠过一丝慌张，不过很快就平静下来。

他印象里的老领导家，门庭有点冷落。看到有人远道来看他，还给他送大师茶壶，老领导激动得有点哆嗦，锦盒被打开后，他突然找不到老花镜了，话匣子倒是打开，根本顾不上观赏茶壶，就让保姆收起来了。

回到家跟老婆细说此事。老婆笑了，过了一把大师瘾，顺便还把那个拒绝她的老太太当了一回垫脚石。她心理终于获得一种平衡，这种成就感，还从来不曾体验过呢。

不过，这把壶搁在家里，表侄夫妇老觉得有个疙瘩。事实上，茶壶只有变现了，才算安全落地。他们想换辆豪车，紫砂艺人的场面之一，就是座驾光鲜。大师就不说了，一般的工艺美术师，汽车的配置也得是宝马、雷克萨斯，有条件的壶艺世家子弟，学徒时就开奔驰车了。也不是故意摆阔，因为大家都这样，见客户时，人家一看你的车，破破烂烂的，牌子还没听说过，还谈什么茶壶生意啊。所以，谁也丢不起这个脸。按表侄媳的愿望，应该把崔壶换辆奔驰车，最好是那种敞篷的跑车，这应该绰绰有余吧！多下的钱，她那美丽的左手无名指上，一直缺一枚两克拉的钻戒呢!

但是,表侄不敢造次。古蜀镇太小了,一个抬头不见低头见的熟人社会,谁家有什么秘密,最终都藏不住。崔壶属于紫砂界最高档次的艺术品之一,她的壶一出现,收藏界就会一阵骚动。无论是谁,花大价钱买了崔壶,总要千方百计托人,让崔大师掌掌眼,最好能手持崔壶,跟崔大师拍个照,这样才算功德圆满。有的大师玩清高,不太肯配合,包括给人鉴定茶壶真伪,动不动就要收费,就连拍照,也很吝啬。崔大师不一样,她知道人家挣点钱不容易,真金白银买把茶壶,总要开心满意才好。所以呢,但凡朋友介绍来的收藏者,她都尽可能满足人家的愿望,让持壶人高高兴兴地离去。

崔大师记性特好,自己做过的茶壶,哪怕是几十年前的作品,她也记得清清楚楚。就像自己的孩子,哪里有个胎记,哪里有个痣疤,就连出生时辰,也不会搞错。表侄知道,假如他将茶壶出手,用不了几个小时,壶就会跑到崔大师手里。孰真孰假,前世今生,她老人家也就扫那么几眼,半盏茶工夫就会水落石出。这不等于是自投罗网吗?

都怪这把壶。近几年,表侄媳老得有点快。年纪轻轻的,抬头纹已然很深。当有一天,崔姑妈一个电话打过来,直截了当地追问当年茶壶的事情时,她那不经世事的夫君,首先就慌神了,前言不搭后语,白白浪费了一副伶牙俐齿。她自己,虽然方寸未乱,但一时也想不出什么辙来。夫君急得要跳河,天都塌下来的样子。他甚至还不顾她的反对,自己跑到崔姑妈家里,估计是三句话没有说完就坦白了,回到家就号啕大哭,寻死觅活的,真不像个男人。哭完了,就找出那把壶,像小偷退赃一样,弓着个虾米腰,鞋跟没拔,就啪嗒啪嗒地去崔姑妈家了。

在崔大师讲述故事时我和少求长久地沉默。她的语气里并没有对两个年轻人的谴责,却有一种近乎揪心的内疚。她反复说,这是家丑,是她管教不当引起的后果。她觉得非常对不起她那在苦难中长期接济她的舅舅。说到底,当初如果她接受了表侄媳为徒,就不会发生后来的事。因为,一个人的希望被掐灭了,什么事都做得出来的。而这个表侄媳,也不是那么木蠢,她毕竟是有文化的,为什么自己当时那么拒绝她呢?崔大师承认自己不太喜欢她,但是,单凭看一双手就断了她的路,简直有点残酷。她这辈子,还从来没有如此决绝地对待过一个人呢。

我以为,这些话,崔大师说说也就罢了。她的坦直、率真,已经让我们无言以对。而她最后的决定,则让我和少求吃了一惊。

她自己去书房,把一个锦盒拿出来,放到我们面前,说:

用真壶去把假壶换回来。不用人家再跑一趟了,表侄必须亲自上门道歉、交壶,把当年的错误扳回来,这是一。

其二,她要亲自筹办一个简单而隆重的仪式,正式收表侄媳为徒。做人和做壶,她要一起教。虽然她年纪大了,也曾经宣布不再收徒,但这个关门徒弟,她收定了。

突然,我脑子里冒出一个问题。时过境迁,积怨已深,表侄媳还愿意拜崔大师为师吗?这样居高临下的恩赐,事先有没有沟通?表侄媳能不能接得住呢?

果然，这一点崔大师也想到了。

她对少求说：灵珠啊，你跟她，也是熟悉的，要是她不愿意，你肯做做她的工作吗？

语气和缓，甚至有点央求的意思。但眉宇之间，还是一片凛然。

少求连忙道：崔阿姨，您这样宽宏大量，我们都被感动了。表侄媳过去日思夜想要拜您为师，现在您肯给她机会，她怎么会不愿意呢？

感觉少求这话说得违心，她的语调也不太自然。

唉，是我先伤了她的心啊。崔大师神情穆然地说。

听到这里，我突然有一种不怎么好的感觉。崔大师似乎在用另一种方式，来传递自己的强势，让自己始终站在道德的制高点上。包括让表侄亲自去省城送真壶并且当面道歉，然后也不考虑表侄媳的感受，一口宣布要收她为徒，还要做人做壶一起教，等等。

从道理上讲，她没有一句是错的。这事如果说出去，也是一个受时下追捧的教化故事。不过，在我来看，结尾似乎过于酷烈了一些。

这时少求不失时机地站起来，打开她的包包，取出那个装水盂的锦盒，说想请崔阿姨看一样东西。

当崔大师戴着老花镜，看到这个蓬头垢面的紫砂水盂时，她先是一怔，然后，紧紧捏在手里，眼睛里，突然有闪烁的泪花。

灵珠啊，你怎么会有这个东西呢！

她用双手反复抚摸水盂每一个细部，就像在寻找一个失散孩子的胎记。

这时细细看她，她的眉宇变得家常而温煦，原先强势的劲头从她额头深刻的皱纹里消弭了。

少求悄声告诉她,这是她爹去世前不久,从一个壶贩子手里换过来的。他没有来得及亲自送来,现在只能由她来完成这件事了。

崔大师怅然若失地叹口气,一屁股坐在藤椅上,半晌说不出话来,自言自语道:家印,只有你懂我啊。

她似乎沉入了某种回忆。这时看她,就是一个普通的老人。或者说,大师的光环暂且褪去,她回到了她自己。

少求真会选时机啊。我朝她看了一眼,她一点也没流露出某种得意的神情,甚至,脸上还挂着一丝忐忑。她好像跟我一样,并不知道崔大师接下来还会有什么反应。

崔大师缓缓道,这个水盂,是她十五岁学徒时做的第一批习作之一。当时呢,她在徒工班上并不特别出秀,就像这个水盂,有点笨拙,有点粗糙,甚至,有一位名望很高的辅导员拿这个水盂说事,说崔蕴娴手太笨,这样的手感,怎么学得出头呢!

毫不夸张地说,这个笨头笨脑的水盂,见证了崔蕴娴学艺生涯的至暗时刻。

当时,紫砂工艺厂的质量检验科是最权威的质检部门。"窑厂划货"出身的葛家印是质检科最年轻的质检员。他检验产品很严厉,稍微差一点的紫砂壶,入到他眼里,伸手就把壶嘴掰断了,只说两个字:重做。

有一天,他走到崔蕴娴身边,看到她刚刚做好一个水盂。崔蕴娴感受到了他犀利的目光,想把水盂藏起来。不过,来不及了,葛家印已经把水盂托在手上。

她不敢看他那严厉的目光,低着头,不吭气。

葛家印轻轻地把水盂放下了,想了一下,说,算合格吧。

说罢,随手在水盂上打了一个蓝印。

这个被人们背地里称为"葛红印"的人,怎么会对她网开一面呢?

他转身就走了,走出几步,回过头想说什么,还是没说,旋即离去。

师兄师妹们围拢在一起,说,蕴娴,你好运气。"葛红印"说算合格吧,已经是高分了。我们还没有听他说过谁完全合格呢。

后来,葛家印对崔蕴娴说,其实那天我想鼓励你一两句的,那个水盂虽然做得一般,但我还是看到了你的潜力。

那个水盂,成了崔蕴娴的一个起点。

人就是这样,关键时候,一句话,一口气,可以决定一个人的生死。如果那次葛家印挑剔她,说她不合格,或者给她一点难堪,或许一个叫崔蕴娴的徒工就从紫砂厂消失了。

崔大师说,当时她状态不好,舅舅已经帮她找好了退路,若是紫砂厂待不下去,就去蜀山古南街副食品商店打酱油,饭还是有一口吃的。

崔大师放下水盂,轻轻拥抱了一下少求,说:灵珠啊,谢谢你有心,到明天我就满七十二岁了,谢谢你送给我这个最珍贵的生日礼物。

没想到还撞上了崔大师的生日,少求这时候脸红红的,开心地朝我笑了一下。

这种时候,我家葛老师特别好看。

过了两天,崔大师改主意了。

将真壶放在我这里,让张处长来取。她就不出面了。

假壶,当然还给表侄媳。

既然崔大师把此事定性为"家丑",不外扬便成了底线。然后,要收表侄媳为徒的事,她也暂时搁下了。

她近日不见客,还拒绝了紫砂界的几个联谊活动,老夫妻俩去了普陀山小住。

是不是那个水盂处女作,让她照见了自己的过往,遂将旺烈的肝火降到平和,又从平和归于细润无声。还不知道。

张处长悄无声息地取走了真壶。崔大师的故事让他缄口扪心。

壶,他不卖了。

此事让桂一诺两面风光,不过他并没有特别得意。至于他和张处长之间的交易,我并无兴趣。我只是提醒他,凡事不要违背自己的底线。他从手机微信发来一句感慨:一壶真假,飘忽人生。

第十三章

往昔恒在　却又不然

　　有一天老潘突然出现在"聊壶茶坊"门口,头发很长,乱蓬蓬的小山一样压在头顶,脸上脏兮兮的,也不说话,眼睛像是被抠空,两个黑黑的窟窿,看上去有点骇人。

　　请他进来喝茶,他木木地站在原地不动,直愣愣地看着我,突然嘟噜一句:壶呢?

　　我说:壶在啊,进来吧。

　　我想,他说的,应该是那把匏瓜壶吧。

　　其实,半个月前,我和少求就去过他家。当时,铁将军把门。邻居说他在常州看病。打他手机,打不通,问邻居是什么病,邻居欲言又止,称不清楚。

　　他还是站在店门口不动,呆呆地看着我。

　　我拽着他的胳膊,把他拉进了店里,让他坐下。

　　他呆怔怔地看着我,说:壶呢?

　　我把匏瓜壶从柜子里取出来,放到他面前。

他看了一眼，没什么反应，旋即又问我：壶呢？

我指指桌上，说：这不就是你要的壶吗？

他没有反应。

疯了。我在心里嘀咕一句。顺手，又把壶锁进柜子里。

突然想到叶云芝，心里一阵难过。

怎么办呢？我想到了一个人，叶朝贵。按当时老潘的说法，他被人逼得走投无路，那人不就是叶朝贵吗？

我迟疑着，从手机里翻出叶朝贵的电话，打过去，是叶朝贵的声音，很遥远，背景比较嘈杂。他说自己在外地。

简单跟他说了老潘的事。他问，哪个老潘啊？我说，就是潘阿明。他哦了一声，随口说，他不是得了神经病吗？

他怎么会得神经病的呢？

这个……我怎么能知道呢，呵呵。

接下去，我也不知道问什么了。我总不能问，是不是你把他逼成这样的呀。我当然也不能问，你跟他之间到底是什么恩怨呢？

卡壳。大约有两三秒钟的静默。他说，这会儿他正忙着陪客人，过几天他回来了，有空一起喝喝茶。

听他的语气，根本没把老潘发疯当回事。也是啊，这个世界，天天有人发疯跳楼，我们管得过来吗？不过，叶朝贵没有否认他知道老潘的近况，而且还愿意跟我一起"喝喝茶"。当然，还得他"有空"，如果他没空，那就连一盏茶也喝不成的。

电话，是当着老潘的面打的。我想看看，当他听到我跟叶朝贵通电话会有什么反应。不过,从头到尾,老潘就像一座泥塑。他的目光是空洞的。直到我打完电话,给他续了一杯热茶,他朝我看了一眼,还是那句话:壶呢?

等到少求下班回来,我跟她商量,要不要把他送回家。少求仔细看了看老潘,又走到门口看了看,说:还是让他家里人来接吧,我们送过去,会说不清的。

可是,他还有家里人吗?

怎么没有?儿子没了,他老婆还在啊。

可是,他老婆的电话,我们怎么知道呢?

少求想了想,说:那就报警吧。

至于吗?我感觉今天少求有点怪。

可是少求根本不理会我,又走到门口,提高了嗓门,重复了一句:那就报警吧!

至少,两隔壁都能听到她的话。住在我家街对面的钱师傅,探头朝我们看了一眼。也有路过的行人听闻此言,朝这里驻足观望。

少求朝我含意不明地看了一眼,仿佛在说,等着瞧吧。

果然,一个人出现了,竟然是芦小堂。

还是那个晃晃荡荡的姿势,不过,那只空袖管,被一只假肢填满了,显得文雅了一些。他走进店门,先跟少求打了个招呼,又朝我笑笑,说:久违了!

他顺便也朝老潘看了一眼,就那么一眼,我突然就明白了,老潘的出现,跟他有着某种关联。

少求跟芦小堂寒暄着,拿起手机,说:我先报了警再说。

芦小堂拦住她:出了什么事要报警啊?

少求朝老潘努努嘴,说:一个疯子,在这赖着不走。我们又不认识他的家,也没他家里人电话,自然只能报警啊。

芦小堂撑了她一句:他可是你们的亲戚啊,怎么就说是一个疯子呢?

什么亲戚?少求的脸冷下来,一点没有退让的意思。

他的姨妈,不是跟你爹都合葬了吗,怎么说,你们也是近亲啊。

少求冷笑道:哦,原来是这样啊。所以你就把他带这里来了。那你跟他是什么关系啊?

芦小堂愣了一下,说:我跟他?当然是朋友了。咦,怎么是我把他带来的呢!

少求口气缓下来,道:是你带来的也没关系啊。我还没进门的时候,就看到你站在隔壁朝这里看,我一说报警,你赶紧就来了。是吧?既然是朋友,相帮一下,还不应该吗?

芦小堂退了一步,叹气道:人心都是肉长的,我是实在看不过去了,你想想,他儿子没了,儿媳车祸受伤,还在医院保胎。他老婆呢,受了这么大刺激,现如今躺在床上,还要人伺候,要是我不出来帮衬一把,这户人家就全完了。

少求趁机抬了他一句:小堂哥真够朋友!

我在一旁忍不住问了一句:你打算怎么帮?

芦小堂不假思索地说:搞一个救济会,有钱出钱,有壶出壶,古蜀镇这么多大师高工,大家伸一把手,不就都有了嘛。

少求说:小堂哥,你这么做,不是抢政府的饭吃嘛。扶贫济困,除了镇民政科,还有慈善会呢。

芦小堂哼了一声,说:靠政府,得等到什么时候啊?

在芦小堂跟少求的唇枪舌剑中,老潘的表情始终是木然的。我终于明白了,这个芦小堂,正在利用老潘的病,在某些场合做一些慈善捐款活动,我们这里,只是他的一个站头而已。

捐款的事,我们会直接去老潘家的。只是今天,你还得把老潘送回家,既然你跟他是朋友,怎么忍心让他在外面游荡呢?

少求这么一说,芦小堂没辙了。

这时,老潘突然开口了:谁说我疯了?我没疯!

他的眼珠子凸出来,目光还有点凶,像换了电池的手电筒,突然变得光亮十足。

我们都愣住了。

他走到放壶的柜子前,上下左右地看看,突然回过头,看着我说:壶呢?

我走到他跟前,说:你说的是什么壶?

他拍了一下脑门,想说什么,却又记不起来的样子。

芦小堂提醒他:不就是那把匏瓜壶嘛!

对,对!就是匏瓜壶。

少求说:这样吧,改天我们把壶送到你家。

芦小堂说:他今天人在这里,你们就把壶给了他吧,说不定,对他的病情还会有所缓解呢。说着脸上露出迫不及待的神情。

少求跟我交换了一下眼色,说:叶云芝阿姨生前有交代,这把壶,一定要送到老潘妻子手里才算数。小堂哥你就不用操这份心了。

如同一个严防死守的足球守门员,少求没有半点让步的意思。

芦小堂一脸无奈的样子。看来,他在少求面前还是有所顾忌的。

或许老潘就是他手里的一个木偶,但闹腾了半天,他只能乖乖地带着老潘,消失在古南街即将到来的暮色之中。

他这样做是为什么,想讹几把茶壶,也太小儿科了吧?我问少求。

关于芦家和葛家的关系,之前我曾经问过少求,她总是语焉不详。

都是长辈之间的恩怨,我也说不太清楚。不过,我们葛家不欠他们芦家什么。你不是在研究爹的日记本吗,相信有一天,你会找到答案的。

一说到上辈人的历史纠葛,少求就烦。

关于老潘,我俩一致的意见是,一定要帮。眼下最紧要的,是先帮他治病。

找桂一诺呀。少求说。这事他肯定会搞定,让他帮我们联系医生和床位,钱我们来出。

我立马就给桂一诺打电话。他听了半天,说了两个字:照办。

这个家,最终拿主意的,自然而然还是少求。她平时不逞强,貌似一个弱弱的小女子,但事情来了,她不论是扛得住,还是接不起,总是妥妥的,章法不乱。

结婚这么多年,有些东西,我是一点一点感受到的。

扪心自问,相比而言,我看似散淡,没有脾气,其实呢,心气高,遇到不待见的人和事,心火还是有点旺,方寸之间,未免局促,能耐方面,还在一般之下。往好里说,没有机心,性情中人一个,稍大的事,有一肩扛起之心,却是胆气多而谋略少。

这天夜里,又睡不着,枕头边,我似乎有点絮絮叨叨。她伸出一只温软的手,搭住我的肩,说:我不需要一个很厉害的男人。就你这样,蛮好。

她说着,很困地打了一个哈欠。

研读老爷子笔记本,第一本,第三十五页。

爷爷葛龙章这辈子,有一件事,我爹不太明白。那就是爷爷借了芦鸿济的一把茶壶,最后不还给他。他给芦鸿济写了借据,每个月给利息。若是两年不还,就把他在品胜窑的股份抵壶,这是为什么呢?

又不是什么煞顶的壶。赵元祥,明代天启年间上袁村人。此壶叫宫灯提梁壶,红泥铺砂,制法很精。但赵某名头不大,无论如何,壶不值品胜窑的股份。

爹在世时,专门把这把壶拿出来给我看,问我,为什么爷爷要这样做?还有那张脆薄而发黄的借据,爹也给我看了。

我说,要么是爷爷想给他送钱,给自己找个理由罢了。

他为什么要给芦鸿济送钱?就算要送,一个大老爷,这点小钱,何至于要用这种办法。

这段文字很通顺,其中有一连串的问号,还有两个字我看不懂:煞顶。

借据的"具保人"叫裘本初,名字写得笔力遒劲,还有一个谨慎而圆整的手指印。

这张借据,最早是在芦小堂手里看到的。由此而起的一场风波,历历在目。可以想象,当时老爷子为了"考验"我,想尽了法子,其良苦用心,想来心酸。

裘本初是谁?会不会跟裘至修师父有什么牵扯?

隔了一日,我给裘师父打电话,说朋友送来一篓滆湖螃蟹,请他下班后过来咪点黄酒。他呵呵笑了,说,怪不得今天一直打喷嚏呢。

宜兴人请客吃螃蟹,只是一种场面说法。硬菜必须在前面七七八八地上,最后一道才是螃蟹。

雪里蕻生爆野鸡肉、雁来菌虾仁烧豆腐、清蒸白鱼、黄雀炖碎肉、红烧小肠结、板栗煨草鸡,最后还有一道鱼头靓汤。是少求开的菜单。阿青下厨时,少求还在旁"监制",够隆重的了。螃蟹是丁如柏让人送来的,每只都在半斤以上。他最近兼并了一家滆湖生态农业公司,其中有两千多亩水面。

为什么给我们送螃蟹呢?少求说:丁某人把我们列入他的重点客户了,不吃白不吃。

我没好气地撑了一句:不是说,世上没有免费的午餐吗?

少求回了一句：不就几只螃蟹嘛，别动不动就草木皆兵好吗？

我装作没听见。

这么一桌家常菜，还真合裘师父的胃口。他说：你们怎么知道我爱吃红烧小肠结啊？少求笑而不语。他说：别人都喜欢吃大肠煲，唯独我喜欢吃小肠结那种苦哈哈、韧唧唧的味道。

他抿了一口老酒：嗯，十五年的白福珍。灵佬！吃螃蟹嘛，就是要弄点老酒暖胃。

对味是一件多么让人惬意的事啊。

我顺便问他：什么叫"煞顶"？

他呵呵一笑，用筷子指指少求，说：这就是你的失职了，子厚做了这么多年宜兴女婿，连"煞顶"都不懂。

"煞顶"，在本地方言里，就是非常厉害或至高无上的意思。裘师父说。与此相关的词汇，还有"煞妥"，就是既高大上，又妥妥的非常自在；还有"结棍"，也是形容很厉害、很极端，像冬天屋檐下的冰凌，都结成棍了，你说厉害不？

裘师父兴致高，一连串讲了很多方言里的俗语。三杯酒下肚，脸已然红红的了。

乘兴，我又问：裘本初是谁？

裘师父一愣，反问道：你怎么知道这个名字？

我犹豫了一下，说：老爷子留下一张借据，具保人就是裘本初。

是不是一把赵元祥的宫灯提梁壶？裘师父放下酒杯，目光炯炯。

是的。师父您真是煞顶了！我给他倒满酒,真心赞了一句。

茶壶和借据,我都看到过。当时,你家老爷子找我说这事,原因之一,裘本初是我爷爷。

啊,原来如此。

我知道这顿酒不会白喝的。又要我讲故事。呵呵。

葛龙章在古南街上站稳脚跟,前前后后用了八年时光。

窑厂上,并不是肯吃苦就一定能出头。很多人一辈子就知道卖死力气,到老,连一口薄皮棺材都挣不到。

明眼人都知道,葛龙章的出头,除了他自己麻利,还跟他的岳父和老婆有关。

他的老婆姚招娣,人称姚大脚,本地人,人高马大,手倒是很巧,不会做茶壶,专攻尿壶,虽然价贱,却以多取胜。别人一天做十只尿壶,她能做三十只,且轻巧、好用。尿壶比陶瓮难做多了,既要装把手,还要安壶嘴。做壶身要像做陶瓮那样,先做底部,再将另一半用脂泥接起来,全手工,不用模子。姚大脚最拿手的尿壶是椭圆形的那一款,左男右女,合起来就是一对鸳鸯。自古尿壶是粗活,做得再怎么好,也是用来撒尿的,也不能像茶壶那样打上印章,但"招娣尿壶"名声四起,特别好卖,气煞做茶壶的那些爷们。

其父姚根法是窑厂装窑汉里的班头。葛龙章是外地人,初入窑厂时,常有人欺负他,姚根法对他很关照,俨然养父一般。后来,姚根法要把女儿许给他,葛龙章起先并不乐意。姚根法说:我请算命先生算过了,你属龙,丫头属马,生肖八字铁配。你别嫌丫头丑,丫头也不嫌你穷,男人女人在一起,不就是搭伙过个小日子嘛!

都把话说死了,葛龙章还能说什么,念其搭助之恩,也就点头允了。一顶花轿吹吹打打进了门,新娘子从花轿里伸下脚来,吓了他一跳。私下里,他跟窑上的兄弟喝酒时,偶有流露,招娣过日子是一把好手,也贤惠,也勤快,就是脚太大了,他的鞋,她都能穿。人粗粗拉拉的,居然还能用男人的尿壶,站着尿尿。

本地女人,方便都用马桶。可窑厂上,哪来马桶一说。尿壶遍地都是,女人要方便,随便拣一把,找个僻静处,蹲在尿壶上解决,倒也利落。唯独姚招娣,站着叉腿,跟男人无异。而且,一注清流绝不外泄。有女人嘴快,说出去,成为窑厂上的一个段子,让葛龙章心里颇不痛快。

有一年夏天葛龙章背上生了一个疖,到古南街上的君霍诊所去求诊。君霍诊所的郎中叫葛兆光,人称葛大郎中。他只用一根针,挑破脓包,敷上自制的草药,没几日,疮口就消肿转好了。葛龙章并不知道,就是这次看病,葛大郎中的女儿玉琦瞄上了他。

其时葛龙章在古南街,还算不上什么大角色。但有一件事,他做得漂亮,就是盘下某窑户的一处旧宅,翻修时从壁肚里发现了一口袋金掇果,葛龙章没有半点犹豫,亲自把那口袋金掇果送还给了那个窑户,一时声名鹊起。

古南街上都知道,君霍诊所的千金玉琦小姐是个泼辣性子,跟着爹去过南洋,还会骑马。她看上的东西,没有她得不到的。她爹给葛龙章敷药,她就在一旁当下手,顺便,就把自己从南洋带回的一块绣花手帕,塞进了葛龙章的腰兜里。

这块手帕上,绣了一对鸳鸯,在百合花丛中交欢,色彩艳丽,奇香扑鼻。葛龙章当时没在意,回到家,姚招娣闻到一股味道,她悄悄地将手帕拿下,择日去了君霍诊所,要单会玉琦小姐。

后来传出的故事,应该带有旁人添加的佐料。

说是姚招娣跟玉琦小姐见面时,面带微笑,先是伸出一双大脚,让三寸金莲的玉琦小姐吓了一跳。

姚招娣说:我知道了,你要到我家来,你想睡我的老公。就让你睡吧。不过,这个家里,我是大,你是小。你天天要看见我这双大脚。我这双脚,不但大,还臭。葛龙章就爱闻我的脚臭,不然他睡不着觉。你别想让他休了我,他不敢。他怕我爹。

据说,玉琦小姐赶紧用手帕捂住了鼻子。然后,姚招娣反复展示她的一双大脚,让自小娇生惯养的玉琦小姐差点晕了过去。

姚招娣还说:你要真想到我家来做小,好啊,你得跟我学做尿壶。一天做二十只尿壶,我保证你天天吃红烧肉。你要是吃不了这个苦,就别想进葛家的门,连咸带鱼都没得吃。

最后,姚招娣从裤兜里摸出一件宝贝,送给了玉琦小姐。

是一只迷你型的尿壶。

大获全胜的姚招娣从君霍诊所出来,刚刚下过一场雨,她迈开大脚,啪嗒啪嗒从青石板的街道上走过去,脚下生风,泥水四溅,路人都是要给她让路的。

玉琦小姐说蔫就蔫了,整天神思恍惚。郎中父亲治不好她的病,后来据说她去了上海,古南街上,很少再见到她的人影。

姚招娣做尿壶,堪称煞顶,但此项并非家传。她母家祖上赵元祥,壶艺独绝,但一直默默无闻,是一个被藏家低估的民间壶手。有一年,宫里派人到宜兴来收壶,造办处的官员看中了他的一把壶,也就是那把宫灯提梁壶。

本来是一把谁都不待见的壶,突然进了宫,赵元祥的身价就像黄梅雨季的蠡河水一样,一夜之间就漫过了河堤。

不过,宫里有铁律,被宫里收去的那把壶,民间不准仿制。赵元祥自己,也不可再做,这些,都是签了生死文书的,犯了规,就是杀头之罪。

古南街上开陶器店的芦银大,与赵元祥投缘。这一年闹瘟疫,赵元祥父母双亡,连一个不到及笄之年的妹妹,也未能幸免于难。这样的灭顶之灾,若是没有芦银大出手帮衬,赵元祥无论如何也扛不过去的。

如此大恩,怎么报答呢?芦银大婉转提出,那把进宫的壶,他想收藏一把。

这要是传出去,可是满门抄斩的呀。

芦银大说,怎么会传出去呢?天知地知,你知我知啊。

欠了人情,用壶来补,本来就是天经地义。壶,很快做好。赵元祥买通了龙窑上两个装窑和烧窑的师傅,将壶坯放置于窑道紧要且隐秘处。壶烧得相当不错,其成色比进宫的那把壶还好。芦银大拿到壶,一高兴,就掏钱给赵元祥,让他去"掼锅铲"。

本地方言,"掼锅铲"就是几个哥们小吃吃。赵元祥唯一的毛病就是贪杯。他把两个帮忙烧壶的师傅请到一个馆子,舒舒泰泰,一顿小酒喝得酩酊大醉。可唯独漏了一个装窑时打下手的角色,此人名叫邱三贵。这顿没喝到的酒让邱三贵很恼怒,一转身,就去官府告发了赵元祥。

赵元祥死不承认,坚称是小人诬告。官府派人到窑厂察访,他人缘好,几乎所有的人都为他说话。最后,官府把赵元祥毒打了一顿,免于死罪,才算了事。

这一顿毒打,赵元祥的右手被打残了。如果让赵元祥选择,他宁愿用一条腿来换这只手。可是,命运就是这般作弄人。他从此再也不能做壶了。虽然有芦银大接济,但长久下去,也不是办法,只能做点小本买卖,精气神是全没了。没几年,便郁郁而终。

临死前,他留下遗言,赵家子孙无论男女,从今往后,都不要学壶艺了,随便找口饭吃,也不要碰紫砂壶。

那把宫灯提梁壶,就成了赵氏家族记忆里一个长久的痛。而故事本身,却半个字不能露,打落的牙齿,只能往肚里咽。

斗转星移,就到了姚招娣这一辈。她娘赵氏,嫁给姚根法,生了一窝女儿,就是没有盼到一个男丁。招娣是长女,只能当儿子用。谁让她长了一双大脚呢!里里外外,从作坊到窑厂,从锅台到女红,她样样摆弄得妥帖稳当。

坊间都说,姚大脚这个女子有须眉气,凡事敢作敢为,虽不识字,却明事理。葛龙章买别人旧宅翻修时发现了金掇果,是她催着男人去还给旧宅主人的。她做尿壶赚了钱,自己不穿金戴银,却把钱给老公收藏老茶壶。一双手伸出来,都是糙皮。她也从来不心疼自己,只有一次,与老公口角,她说了一句狠话:收那么多壶,没几把我看得上的。有本事,把芦家的那把宫灯提梁壶赎回来!

葛龙章重情义,那把壶上,已然系着长辈的人命,他岂能轻易造次。

姚大脚懂壶,也会做。如果不是家训如天条,她肯定不做尿壶。有一天发狠,说:老娘偏要把尿壶做得比茶壶还好,看你们男人用它干吗!

窑厂上,窑工干活累,喝水多。茶壶太小,不解渴。很多窑工就用姚大脚的尿壶喝水。有一款尿壶,比寻常的略小,薄胎,蛮灵巧的,上面还描着一条龙。一柄在握,手感绝好。窑工们特别喜欢。有的窑工把尿壶带回家喝水,被家里老婆骂,说是中了姚大脚的魔怔。

生儿子葛仁留时,难产,姚大脚身子大亏。窑厂上,渐渐少了她的身影。可过了两年,肚子又大起来。接生婆说,这一次只怕是个龙凤胎。葛龙章大喜。但最后临产,竟然血崩,大人小孩一尸三命。

临终前,姚大脚攥住男人的手,口气还是咋咋呼呼:没本事的赤佬,让你把宫灯提梁壶赎回来,你不当回事,那是我祖上的命!你倒是去啊!

葛龙章急匆匆小碎步赶到芦家。此时说赎壶,万分不妥,只能说借。但要说借壶,也突兀,壶只有买卖,哪有借的?好在两家前辈是至交,话就只能说开了。

此时芦银大已过世,儿子芦鸿济因经营不善,又讨了一房姨太太,花销大,纷争龃龉不断,家底已然半空。葛龙章的气象却是如日东升,除了几座龙窑的股份,古南街上,还有他新开的陶器店,说话更是一言九鼎。芦鸿济同意借壶,但附了一个苛刻的条件,那就是,自借壶之日起,每月利息五元,一年后每月八元,两年之后,若不还壶,葛龙章必须将品胜窑的股份转归芦鸿济所有。

品胜窑是蜀山脚下的一座新式龙窑。从龙头到龙梢,共有五十二对烧柴添火的鳞眼洞。那是五户实力相当的人家凑钱打的一座新窑,又叫五家窑。它火力足,容量大,成品率高,一时成为蜀山窑厂的翘楚。芦鸿济听父亲讲过宫灯提梁壶的故事,他一点也不稀罕什么老壶。在他看来,能用一把老壶换品胜窑的股份,是天上掉下来一个白米囤在朝他召唤。

当时的具保人裘本初,是品胜窑上的账房先生。葛龙章平时与他交情颇深。写契约文书时,他要葛龙章三思。不就是一把老壶嘛,它进过宫又怎样?时过境迁,不过就是一个传说。葛龙章断然道:快写吧,等不及了。

裘本初通文墨,早年教过私塾。他敬重葛龙章的为人,用品胜窑的股份换一把名头并不太大的老壶,在他看来,很不值当。可是葛龙章态度坚决,没有一点转圜余地。他的文字里,颇有那么一点无奈。

姚大脚终于在她离开这个世界前一刻钟,见到了这把宫灯提梁壶。之前她无数次在内心描摹过壶的样子,与见到的壶居然分毫不差。要不是碍于家规,她真想用一坨紫砂泥,依葫芦画瓢,过一把做壶瘾。但做了半辈子尿壶的她,终于没有等到自己做茶壶的那一刻。离开这个她很迷恋的世界时,她紧紧地抱着壶,眉眼舒展。她男人依她,把她祖上送命的壶赎回来了,这是她一生中的高光时刻。

办完丧事,葛龙章很受伤,一段时间里,连酒也戒了。有一天,有个穿着时髦的年轻男子来找他。此人进了门,褪下男装,露出女儿身,原来是久违了的玉琦小姐。

她在姚大脚的牌位前磕了三个头,上了香,默默祈祷。

葛龙章客气地请她走,说自己有事要出门。

玉琦小姐说:我不会做尿壶,可我会做护士。我会照顾好你的。

葛龙章找到裘本初,讨教主意。裘本初说:人家还是黄花闺女,门第也算不错,你这是高攀了。

葛龙章心里放不下姚大脚,也不喜欢玉琦小姐的做派。他看女人,有自己的标准。就像看壶,他不喜欢花货,喜欢光素器,端庄内敛。姚大脚走了,他眼睛里,只有壶。为了一把可心的老壶,他不惜去苏州,跑上海,南边的湖州、杭州之类,更是三天两头去。

葛龙章此时在古南街已然是个人物。他身边没有女人,在大家看来,就像一张很性感的嘴巴,缺了一颗门牙,漏风,也不好看。上门提亲的人,争先恐后。葛龙章有点烦。玉琦小姐并没有死心,缠着他。旁人替葛龙章可惜,玉琦小姐心气高着呢,她哪点配不上你啊。葛龙章偏不。他后来找了一个老实巴交的女人,叫沈家朵。她爹是古南街上修钟表的沈子奇,人称外国铜匠。她自己,人不算漂亮,但手很好看。女红做得特别好,一对鸳鸯戏水的绣花枕头,换三斗米呢。此是后话。

裘师父的故事,似乎像蠡河的水,一直在流淌。但我脑子里不断冒出来的问题,屡屡拦住了他不绝于缕的讲述。

首先,这是葛家的故事吗?为什么葛家没有一个人知道,特别是老爷子?我想知道它的真实性有多少。

再就是,既然葛家的壶是用来传的,那么,离开了故事的壶,怎么传?宫灯提梁壶我见过,打开壶盖,里面有张字条,只有五个字:此壶乃家传。这样的字条,在别的壶里也有,用什么来判断它们之间的区别呢?

裘师父微醺,印堂发亮,这应该是他最好的状态吧。他说,之前老爷子跟他探讨过这把壶的来龙去脉,他也说不清楚。最近,他看到一本《宫廷紫砂器鉴赏》,突然见到赵元祥的这把宫灯提梁壶,一下子豁然开朗了,许多过去没有关联的事情,突然就联系到了一起。

既然赵元祥的这把壶是"宫廷贡品",为什么葛家几代人都秘而不宣?

裘师父抿一口酒,说:老辈人,有他们自己的考虑。或许他们不想把过去的惨痛经历传递给后代,以免给后代心灵上留下阴影。再一个就是,怕说重了,后代压力太大,接不住;而名头太大的壶,他们也有犹豫,怕给子孙带来灾祸。

可不是吗,名壶的背后,都是人命啊。我感叹道。

所以我爹不让我碰他的壶。一说起来,就是谁谁谁为了一把壶,搭上一条命。少求插话道。

所以,你们读不懂老爷子的笔记本,就是这个道理。他也怕说不清楚,但更怕说得太清楚。

姚大脚的故事,不是师父您杜撰的吧?我又给裘师父倒酒。

裘师父说他小时候,经常听母亲说姚大脚的故事。说她做的尿壶,比别人做的茶壶还好。

他得意地一笑,说:我家还藏有一把姚大脚做的尿壶呢!

倒想看看呢!我也来了兴致。

少求说:你就是人来疯。咱家阁楼上,有好几把尿壶呢,说不定就有姚大脚的。说完,她也笑了。

现在我终于知道葛家和芦家的关系了。可芦小堂,到底是个什么人物呢?

原来就是个混混。裘师父不屑地说。早年他在食品加工厂上班,吊儿郎当的,把一条胳膊卷进了机器里,还闹着要工伤待遇。后来,紫砂壶热起来,他就倒腾家里的老壶拿出去变钱。其实到他这一代,芦家已经没什么好壶了。原先芦银大是开陶器店的,三开间门面;到了芦鸿济手里,门面缩小了一半,变成了大排档的鸭饺面馆。为啥?富不过三代嘛,吃喝玩乐如火烧啊!

那老爷子为什么欣赏芦小堂呢?

葛老爷子这个人哪,念旧,外冷内热,情商是很高的。最早是葛家和赵家靠芦家扶持,到后来,芦家败落了,葛家反过来接济芦家。老爷子对芦小堂谈不上欣赏,就是处处看在前辈的分上而已。

如此浓的酒兴,听裘师父谈天说地,不知不觉,月已西斜。少求早早陪小小睡觉去了。阿青却还得守着,端茶递水的,也是哈欠连连了。

裘师父始终微醺,脑门上不断出现细小的汗珠。酒场上的人说,脑门出汗的人,酒量是通天的。他八两酒下肚,舌头半点不打卷。如此海量,让我吃惊。临走时,他还透露,自己花了差不多二十年时间,写了一部书稿,名叫《紫砂古壶考略》,从北宋写到民国,大约有二十万字。书稿就要杀青了。

这让我这一事无成的徒弟,颇感惭愧。

过了一日,桂一诺来电话,说他父亲已经帮忙联系好省人民医院精神科的张梅影教授,也落实了住院的床位。少求叫来芦小堂,认认真真地交代他相关事项。芦小堂突然受到少求这般的认可,变得特别殷勤。当着我的面,少求还给了他一个厚厚的信封,并让他写了收条,又嘱咐了他几句,芦小堂连连称是。

等他走后,我不解地问少求,怎么可以把这事托付他去办呢,居然还给他钱。

少求反问道:那你说让谁去办这事?你愿意去吗?

我愣了一下,说:如果需要,我可以去。

少求说:那好,先表扬一下。不过,老板走了,这店和家谁来管呢?

又批评,又抬举。可我觉得有点硌牙。

我没好气地应了一句:什么老板啊,还不都是老板娘一句话。

少求口气缓下来,好言解释道:潘阿明的事情,全古南街都知道了。大家的眼睛都盯着呢,芦小堂不敢撒野的,他虽然不是什么堂堂君子,但廉耻之心还是有的,除非他今后不想在古南街上出现。让他去陪老潘看病,等于把一副担子交给他挑了,不管他挑得了挑不了,他都没有退路。我觉得,无论如何,他都是第一人选。再说了,前方有桂一诺,后方有我们,他跑不了的。

哇,我的葛老师,什么时候变得这么有能耐啊?

你就酸去吧。少求瞪了我一眼,拿起包包,转身上班去了。

第十四章

心有猿　意非马

转眼古南街进入了冬季。蠡河水色变得深沉,蜀山上的树木开始凋零,树叶随着寒风从山上飘落下来,从早晨到黄昏,巷子里的落叶就积了厚厚一层。

这个冬天发生的一件事,差点改变了我们那种慢吞吞、了无波澜的生活。

是高小臻来了,带着她的父亲。

开始我试图把她当作一个普通的客人,也就是说,按常规来接待。在店里喝喝茶,逛逛古南街,去就近的东坡书院转转。想爬蜀山,也可以,这个季节,山上的野柿子红了,枫叶也快掉了,景色还是不错的。这些程序走完,就可以跟客人拜拜了。

照此推理,即便是成交了生意,也不一定非得留饭。当然,若是撞上饭口,充其量在古南街选一家合意的酒店,小撮一顿即可。

但高小臻此行,却似乎是经过精心安排却又一点不露痕迹的。

她先是给我来了一个电话,说她和父亲在宜兴。是她父亲过去一个老部下的儿子,一个什么阳羡生态旅游区的民宿老板在接待他们。她问方不方便见个面,又说那个老板很热情,非得留他们住一晚,问我能否赶过去跟老板见一下,一起喝几杯。

我老老实实告诉她,自己不会喝酒,家里人手又少,要守店,看孩子。

我还撒了一个谎,说夫人当日参加学校的采风活动,去了外地。

撒完这个谎,心里打鼓。原本我是不想晚上到她指定的地方去应酬,但客观上向她透露了"夫人不在"的信息,内心或许隐约地希望她晚上能过来?我不太确定。

这天晚上,少求确实是在跟单位的同事"掼锅铲",但绝对没去外地采风。

她本来是那种随缘的口气,听我这么一说,便变得有点主动,说既然你没有时间过来,那我们到贵店拜访一下吧。半小时后见。

这就没有转圜的余地了。

万一少求早回来,穿帮了怎么办?

我只能给少求打电话,说明情况。少求说话的背景有点闹,她似乎正在兴头上,没在意我说了什么,嗯嗯着,就把手机挂了。

晚上七点刚过,高小臻来了。奇怪的是,她并没有带上她的父亲。

和上次见面相比,高小臻似乎清瘦了些。一件藕色薄呢风衣裹着她高挑的身材,还是很好看的。她轻描淡写地解释道,她是坐出租车过来的,古南街名气大,一问谁都知道。她父亲被老部下的儿子接到一家民间收藏馆去看什么宝贝了,要晚一会儿到。

然后,她在店里象征性地转一圈,嘴里说着不错不错,却并不急着坐下喝茶。她说一路过来感觉这里的夜景好美,水墨画一样。天也不冷,可不可以先出去走走,顺便等一下她父亲呢?

她笑吟吟地看着我,让我没有半点回绝的余地。

主随客便。我应了一句。随后带着她,踏入了古南街的夜色中。我心里嘀咕,她这是唱的哪一出啊?

这是一个无月之夜。天幕上点缀着几颗闪烁不定的寒星。古南街到了晚上就很安静了,过于昏暗的路灯,给夜色增添了一些暧昧的意味。沿街店铺大都打烊了,只有几家超市和小吃店还亮着灯。沿河的民居将温煦的光影倒映在蠡河里,光影伴随着晃动的水波、夜店播放的时尚音乐,恍恍惚惚地在水面上游弋。

高小臻说这样的夜色才美,安静中带有俗世的温馨。她说自己来之前百度了一下蠡河,原来跟范蠡西施有关,跟爱情有关的河流,能不美吗?!然后她顺便挤兑了一下秦淮河,说夫子庙一带到了夜里,太闹了,就剩下灯红酒绿的俗艳。

我说,夫子庙我还是蛮喜欢的。蠡河跟秦淮河比,一个是村姑,一个是大家闺秀。

既然喜欢大家闺秀,可为什么要放弃她,把余生交给一个村姑呢?

我随缘啊。大家闺秀我伺候不起,村姑嘛,过日子还是蛮好的。

她咯咯咯地笑起来。是节制、随兴的。这样的夜色和她的笑声倒是蛮搭。

正说着,河对面吊脚楼上,一个妙龄少女对着河面吹箫。箫声有些落寞,被夜风一吹,更增河水的寒意。我隐约知道,街坊们都叫她阿秀,前段时间,她得了本地器乐大赛一等奖。

高小臻问了我的近况,说我基本不在微信的朋友圈发东西。其实,像月色下的蠡河,沿河的民居、吊脚楼、街景、美食,在微信上发出来,本身就是一种极好的自我宣传啊。

我解嘲地说:我之所以选择在这里养老,就是想安静一些。

她仰脸看我一眼,我感受到了她眼中的火花。她说:你是在养老吗?我怎么觉得,你是在桃花源中越养越嫩呢!

她其实是喝了一点酒的。夜风把她身体的气息送过来,包括了一点酒气,似乎是品质不错的白兰地。

我没有接她的话。这种明显带有挑逗意味的话,我听了竟然并不反感。我只是把话题岔开,说现在我离开体制了,听到"宣传"二字,就有一种本能的抵触。

她又笑了,说:理解理解。不过,现在已经是传播力时代了,既然是在做生意,就回避不了宣传,否则,生意会越做越小。

她又说到,她的父亲高振鹤最近把南京鼓楼附近的一个古玩店盘下来了,面积很大,除了做店面,二楼还可以做一个多功能展馆,承接各种活动。

我冷冷地应了一句:挣那么多钱干吗?

她一愣,转而反驳道:挣钱不是最终目的,而是享受这个凭智慧和心血赚钱的过程,不是吗?今天的成功人士,哪个不是挣得盆满钵满啊,拿什么来证明你获得成功,最后还不就是钱吗?

我不想争辩下去了。倒不是彼此观点不合,而是她那种口吻,像是老婆对老公。一种贴得非常近而且有点黏的语气,让我不太适应。感觉提醒我,该撤了。

就在这个有点心猿意马的时刻,我的手机响了。是少求打来的。

竟然有一点心虚。

我告诉她,正在陪客人逛街,马上就回来了。然后故意说了一句给高小臻听的话:你采风提前回来了吗?

少求可能忘记了之前我打给她的那个电话,说:什么采风,我不是跟同事"掼锅铲"吗?

我提醒她,晚饭时曾给她打的那个电话。然后,我就愣在那里了,因为少求就站在离我们不到十米的街对面。

接下来的场面比预计的还要尴尬一些。少求显然喝了点酒,脸上的酒晕在看到高小臻后迅速消退而变成了两朵疑云。第一时间里她的神态有点失去把持,原因之一是她不认识高小臻,也无法把她和我事先的电话联系起来。

不好意思,搅了你们的兴致了。我叫葛少求,请问贵客是?

高小臻非常沉着老练。她竟然叫了她一声学妹,然后简单介绍了自己,而我却插不上一句话。然后,她还准确地说出,有一年秋季运动会,葛少求同学勇获学校女子短跑的亚军,而啦啦队里,有一个叫高小臻的同学,当时一直在为她喊加油,差点把嗓子都喊破了。

她甚至还记得,那次葛少求跟冠军的差距,只有0.03秒。

当然她一再强调的,并不是葛少求同学的成绩,而是作为啦啦队里一个无名英雄差点喊破的嗓子。说这句话的时候,她下意识地揉揉自己的脖子,仿佛在抚慰自己的老伤。

至少在场面上,少求脸上的两朵疑云被暂时地稀释了。她甚至还叫了一声高小臻学姐,然后冲我抱怨了两句,说这么重要的客人来,也不早点告诉她,要不,她就请假不去采风了。

接下来,戏演得有模有样。少求盛邀高小臻去家里坐坐,高小臻一口答应,然后她说到了正在老部下的儿子那里看收藏品的父亲,她走出几步,到路边掏出手机打了一个电话。她嗯嗯了几声,说也好也好,回过头来对我们说,家父晚上喝了点酒,看了收藏品后有点累,今晚就不过来了。

少求说:那你到了我们家门口,总得进去喝杯茶吧。

高小臻爽快答应,说正想去参观豪宅呢。

她这句话,抛给少求一个信息——她还没去过我们家。可是,我想起来,她刚到的时候,把一个装了几本杂志的纸袋落在店里了。让少求看到了,可如何解释?

于是我补了一句:店里你都看过了,其实那已经是我们家的一部分了。

高小臻立马把话接过去,说:我知道的,前店后家。江南的老房子好就好在实用。学妹真好福气啊。说着就顺便搂住了少求的肩。

我俩的相互补台,感觉有点欲盖弥彰的味道。这天晚上的茶叙,看上去和谐而惬意,但还是因为一个细节,引发了一场风波。

少求坐在主人位置上泡茶。此时她脸上的酒气已退,满脸充溢着女主人的盈盈笑意。还点了一支沉香。茶是泡的普洱小青柑，晚上喝这种普洱，不影响睡眠。她从柜子里选了一把程寿珍的小掇球壶来泡茶，水是前几天她一个朋友送来的本地名气最响的"金砂贡泉"，用仿古的陶罐装着，有一种低调的奢华。从洗杯、凉汤、投茶、润茶，到冲水、奉茶，少求的一招一式，都让高小臻钦羡不已。她大概已经习惯了用一些类似"哇塞""绝绝子"之类的网络词汇来称赞别人，特别是女性。看上去少求蛮轻松，但我能感觉到她是在忍耐，脸上虽然云淡风轻，其内层还是阴沉的。她还兴致勃勃地给高小臻讲唐代诗人卢仝的《七碗茶歌》，从一碗喉吻润、二碗破孤闷、三碗搜枯肠、四碗发轻汗，讲到五碗肌骨清、六碗通仙灵，最后说到第七碗茶时，为了表现那种两腋习习清风生、飘然欲仙般的感觉，少求拿出多年语文教师的看家本领，声情并茂，仿佛进入一个忘我的境界。

这一手，少求可从来没有露过。

此时的她，如沙场点兵，轻车熟路，挥洒自如。凭着主场的优势，频频攻城略地。高小臻则有意示弱，或者以退为进。她不断点赞，时而看手机回信息来进行遮挡，也让对方分心。估计她正在考虑撤退方案，不能仓皇离去，要留下体面风度。她站起来上了一趟洗手间，就把少求有点亢奋的情绪给隔断了。其间，少求对我爱答不理，让我心里的忐忑不断加码。从洗手间出来，高小臻变得容光焕发，估计在里面补了一下妆，也调整了一下情绪。很自然地，就切换到观赏老壶的桥段。壶柜里的壶，每一把她都看得仔细。原以为她不懂壶，但她说话谨慎，基本上没什么外行话，也不用网络语言了。其眼光和鉴赏力，还是不错的。让我意外的是,她还问我,清代的女壶手杨凤年是不是就在这条古南街上,有没有保留她的故居?这样的问题,一般人是提不出来的。甚至,她对紫砂壶的造型、工艺乃至泥色,还能说出一点自己的见解,比如,紫砂绞泥工艺,是不是从唐代的绞胎工艺演变过来的?当下烧制茶壶的电窑,还能出现"窑变"吗?完全超出了"菜鸟"的范畴。这让少求也有点惊讶。正说着话,高小臻突然想起一件事情,随口就说了出来。

她问:上次让我带回的孟臣壶照片,请专家鉴定了吗?

我顿时有点尴尬。

说实话,那几张照片,我还真没有放在心上。当时从南京仓促回来,惊心动魄的事情一件接着一件,某次整理东西时,随手就把照片往哪个抽屉里一塞,时间长了,竟然给忘了。

这事本身无关紧要,说声抱歉,请裘师父鉴定一下,也就过去了。关键是,我的略显慌乱的态度,增加了让它成为一个"未知事件"的砝码,成了少求要追究的一个线头。我们夫妻之间,这么多年基本没有隔肚皮的信息。但不知为什么,过去我在她面前,好像从没有提到过高小臻。事实上我有一点心虚,拍着脑门连声说抱歉,貌似一个二百五的样子,然后一阵东翻西找,最后在放茶杯的柜子抽屉里,找出了那个装照片的信封。

高小臻笑着说:贵人多忘事嘛,没关系的。

少求抱怨地看我一眼,说:你这个忘事的坏毛病,什么时候能改改啊?说出去,别人会说是我把你惯出来的。

她这样帮我补台,还把自己搭进去,等于是陪着我道歉,反而让我心里忐忑。按以往的经验,这事她会秋后算账的。

我答应高小臻,明天就请裘师父鉴定一下。

高小臻说:光看照片恐怕不行吧。家父把壶也带来了,要是可以的话,明天一起见见?

我说当然可以。心里松了一口气。她显然也感觉到少求的神态变化,顺便把父亲弄进来,证明这事她只是受家父之托,愈显得光明磊落。

少求随意地插话道:那你先生怎么不一起过来玩玩啊?

高小臻大大方方地说:我离婚了,目前还是单身。

少求哦了一声,说:那你是自由身啊。

高小臻呵呵一笑:都是命运安排。哪有学妹福气好呀!

少求说:我们宜兴人有句俗话,叫"苋菜籽掉进针眼里——绝配"。我这个男人啊,高不攀低不就,只配我葛少求。这么多年,居然没有一个情敌。同事们取笑我,一身好武艺无处施展,想想真是荒废了。

她居然借别人的口,说自己"一身好武艺",也太那个了吧!女人一动怒,原形就毕露。

搓搓手,装傻。我还能做什么呢?

高小臻无心恋战,不过倒也坦然。她迎着少求慢慢变得犀利的目光,说:不早了,今晚很开心,谢谢学妹的茶道,受益受教。我该告辞了。

少求看了我一眼,说:那子厚开车送送吧,古南街倒是民风淳朴,夜里也很安全,可是,美女夜行,让男士陪送,才是我们这里最周全的礼数呢。

古南街哪有这样的"礼数"？她这话，分明有点酸。不过她语气不酸，还透着善意的戏谑。高小臻扬扬手机说不用了，送她来的出租车司机留了电话，车就在附近，一会儿就到。

少求坚持要我送她到打车的街口。我说我们一起送送吧。她看了我一眼，说：还是你代表一下吧，我得赶紧做做减法了。

她示意了一下卫生间，解嘲地一笑。

走出店门，我和高小臻一时无语。只有她的高跟鞋在青石板街面上发出清脆的声响，显得有点空灵。过了一会儿，高小臻打破沉默道：你太太人不错，你福气很好。

我说：你是做妇女杂志的，对女性的心理应该有研究。她说话若是有冒犯的地方，你可别往心里去。

高小臻看我一眼，笑笑，说：我没事，只是担心你回家后，她会连夜审讯你的。

我双手一摊，说：我们又没有做什么。

高小臻说：是啊，可是你干吗脸上青一阵白一阵的，比做了什么坏事还难看。

我摸了一下自己的脸，说：我有吗？

高小臻说：这么多年你就没变，实心眼。不过也扛不住事。

我解嘲地笑笑。

放心吧。她宽慰我说。明天我爸爸一来，她就放心了。

那今晚为什么不一起来呢？

其实，我们今天下午已经来过了，在街上转了一圈，私下参观了一下你的店,感觉不错。不过,好像当时你没在店里,有一个叫阿青的女人在店里,她说你出去吃什么鸭饺面了。

居然!可是阿青没有跟我说起啊。

她怎么跟你说起呢?我们又没有跟她说自己是谁。

晚风中,高小臻的头发有点乱,脸上显得有点沧桑,但眼睛里,暖意还是浓的。或许,此时的她,才是最真实的。

有的人,注定只能跟你擦肩而过。所谓缘薄,都是天意。

我匆匆回到家,少求已经睡下了。卧室里只亮着一盏昏暗的夜灯。我胡乱洗漱,轻手轻脚地,在她身边躺下。她侧睡,面朝着里床,居然有轻微的鼾声。她的不冷不热的后背,其实在释放一种肢体语言。但凡我惹她不高兴了,她就用后背来对付我。

女人的后背,是一种天然武器吧。

与高振鹤的见面,是在第二天的中午。

他上了年纪却还相貌堂堂,其架势,还是一个离开政治舞台很久了的原官员。虽然竭力表现出一番长者风范,但骨子里居高临下的调子,要改也难。

一见面就夸我,离开体制,离开省城,过自己喜欢的生活,是非常正确的选择,等等。我听起来,总感觉是领导在和风细雨地做我思想工作的前奏一样。

他说起自己,倒是精简,用了四个字,"蚌病得珠"。他坦言要感谢当年陷害他的小人,把自己送上另一条人生轨迹,到了生意场上,感觉轻松多了。

他这把年纪,自夸一下应该无碍,但把自己说成珍珠,还是过于自恋了,我私下里给他扣了一分。那种用赚到的钱堆砌起来的傲娇,在我看来恰恰是不自信的表现。

至于紫砂壶,他说自己纯属瞎玩,到了这把年纪,能让自己喜欢的东西不多了,倒是紫砂老壶,让他感觉亲切。紫砂壶的疏放淡定,还有褪去了烟火气的沧桑感,看着心里踏实。而他手头这把孟臣壶,是一位昔日老友去国外定居前送给他的礼物。

壶,装在一个精致的老红木匣子里。打开一看,很小巧的水平壶,泥色红润。朱泥掺砂,颗粒隐现,呈冰梨皮状,包浆明润,古韵扑面,愈见朱泥的肌理质感之美。

壶体上的铭刻:小楼一夜听春雨。刻法老到,有褚遂良笔意。

壶底款:荆溪惠孟臣制。

此壶跟老爷子收藏的那把孟臣壶很是相似,我暗暗判定,这是一把好壶,但是不是惠孟臣亲手之作,还得裘师父来说。

跟高氏父女见面之前,临时抱佛脚,我也做了一点功课。老爷子留下的紫砂典籍里,很少提到惠孟臣这个人。网上有些介绍文字,莫衷一是,道听途说的居多。

高振鹤一副洗耳恭听的样子,让我不得不把刚学到的一点皮毛都摆弄出来了。

都说惠孟臣是明代天启年间人,但明代的紫砂文献里,比如周高起的《阳羡茗壶系》根本没有提到过他。最早提到孟臣壶的,是乾隆朝文人吴骞,他在《阳羡名陶录》中这样写道:"余得一壶,底有唐诗'云入西津一片明'句,旁署'孟臣制',十字皆行书,制浑朴。"这也是迄今为止最早的孟臣壶的收藏记录。

然后,问题来了。很多人手上的孟臣壶,大都刻有"云入西津一片明"的句子。你想,惠孟臣学的是褚遂良书法,功底很深,古人的诗与书是紧密相关的,怎么可能老是在壶上写这样一句唐诗呢?估计十有八九都是仿品。有关惠孟臣的资料特别少,但他名气太大。福建广东一带,喝工夫茶,非得孟臣壶不可。他的梨形壶最牛,连欧洲的安妮皇后在定制银质茶具时,都要求模仿惠孟臣的梨形壶式样。如此一来,江湖上的"孟臣壶"就特别多。有些古代的高仿,以假乱真,很难鉴别。

不过,我让高振鹤相信裘师父的眼力,一定会给出一个满意的答复。

高小臻说:名师出高徒。我感觉,你也是一个厉害的鉴定师了。

这种随便送出的客气话,原本不该当回事,但我心里居然很受用。

裘师父这天很忙。省里来了一个大人物,要视察紫砂博物馆,市里点名要裘师父做讲解。我和高氏父女在"一堂春"的包厢里等他来吃饭,等了半天,突然接到他电话,说来不了了,大人物来了兴致,还要他陪饭。

虽然裘师父临时生变,高振鹤依然谈笑风生。他毕竟是个经历了宦海沉浮的人物,一张有些沧桑的国字脸上,两道浓重的寿眉,平添了几许威气。高小臻依偎在侧,多少有点娇千金的样子。

正聊着,少求突然一阵风似的推门进来,笑吟吟地看着我们,说:

不好意思,我来晚了。

她一身咖啡色风衣,大围巾,头发是刚吹过的。显然是有备而来。

我心里一愣。早晨送小小上学的时候,我跟她说了中午要请高家父女吃饭的事,她不冷不热地回了一句:那你搞好全方位服务啊!

全方位服务?酸溜溜的。我想撑她一句,还是忍住了。问她能不能一起陪他们吃个饭,她甩了一句:不怕我碍手碍脚吗?说完,转身出门。

我只能拍着胸口安慰自己,她这是在乎我。

于是,我在客人面前打了个诳语,夫人在学校忙。

她的突然降临,让原本随意的气氛有了某种悄然变化。高氏父女跟她没话找话地打着哈哈,貌似很投入地跟她聊起今天突然变冷的天气,以及对古南街的美好印象。

按当地习俗,男主人请客,女主人就该坐到上首对面下首的买单位置。少求让服务生把菜单拿给她看,顺便对高小臻说:不好意思了学姐,你是贵客,请往上移个位置吧。

高小臻一时没明白,以为她在客气,笑着说:您是女主人,应该您坐上位啊。

少求呵呵一笑:老公请客,老婆买单,坐这个位置是要掏钱的哦。

高小臻闻得此言,赶紧起身,说:好好好,入乡随俗。

高振鹤看在眼里,笑而不语。

少求看着菜单,皱了一下眉头,问服务生有没有一网鲜,服务生回答有。少求说:那就把响油鳝糊换掉吧,油太大了,老前辈肯定要清淡些才好。

她顺便又跟高振鹤介绍：这家的一网鲜，是把七八种以上的小杂鱼放在一起爆炒，鱼平时就养在河里，用网兜装着。客人点了菜，才起水下锅。特别新鲜。

高振鹤应声道：妙不可言，非常期待。

她又删掉了一道叫甜锅饭的羹类点心，对高小臻说：糖太多，口味是好，甜到发腻，谁受得了啊。

高小臻附和道：是的是的。太甜的东西还真不敢吃了。

换一道百合炒虾仁吧。百合是宜兴特产，滋阴补心；这家的虾仁特别新鲜，每天从舟山群岛直接快递过来的。

少求叮嘱服务生的口气，很温柔，就像一个大姐姐交代小弟弟。小伙子一副受宠若惊的样子，手都没处放。我心里更是一愣一愣的。之前她跟我下馆子，菜品之类从来甩手不管的。又添了一道腻蟹糊，还提醒服务生记得要放白胡椒末。蟹黄一定要是新鲜的，冰冻过的蟹黄，怎么吃都感觉烂糟糟的。

高氏父女不约而同地赞颂少求：真正的美食家啊，太尽心了！

少求得意地朝我看看。她或许感觉到了我的情绪在往下掉，于是开始夸我，用一种不经意的口气说：其实呢，真正的吃货还数我家子厚。这家店的好多菜，都是子厚开发的。然后夸我如何如何不世故，其实就是在说我没心没肺；又说我缺心眼，不会计算；还说我内心搁不住半点事，好好坏坏全写在脸上。这样的人怎么做生意啊？好在我们这个"聊壶茶坊"，本来就是玩玩的，一不想做大，二不想发财。

不经意间,把重点和底线划出来了。来吃吃玩玩可以,别的免谈。

高振鹤装作没听懂,站起来给我和少求敬酒:好一对神仙眷侣啊,千金难买的好姻缘,真心祝福你们,来,臻臻,我们一起敬敬他们。

一阵觥筹交错,等于把少求的话题给拦断了。

手机响,是裘师父的电话。他让我出去接听。我走到酒店的回廊里,他问:怎么又是看孟臣壶?光是这个月,我就看了几十把孟臣壶了,没有一把是真的。

我告诉他:这一把,味道很老,最好您能过一眼。再说我已经答应朋友了,都在等您呢。

他咕噜一声,说:又是"云入西津一片明"吧。

我说:不是。这把壶上的刻款是"小楼一夜听春雨"。很老到。

他哦了一声,说:这倒值得一看。不过看壶的事,一点急不得。你先看看吧。

模棱两可的态度,像是在推托。我有点急了,说:师父啊,从昨天开始,少求就在摔醋瓶子。您还是帮忙看看壶,把客人打发走算了。

裘师父不笑,一本正经地说:少求至于这样吗?你啊,凡事多听听她的,她比你有主见。

这话有点偏袒,听了憋闷。我嗯嗯应付着,没好气地挂了电话。

回到包厢前我调整了一下情绪,但高氏父女还是看出了我不太高兴。他们对视了一下,没等我开口,高振鹤就站起来说:若是这次实在不便,那我们下次再来。

高小臻附和道:是啊是啊,今天我们还要赶回去,有个重要的接待。

我再三表示抱歉。

高振鹤委婉提出：可不可以把壶留下，让裘老师看一下，等有了结果，我们再来拜访。

我迟疑着说：壶还是带回去吧，下次来的时候，再带来也不迟。

少求看我一眼，用商量的语气说：应该没事吧子厚，又不是外人。高老伯这么信任我们，我们也不能辜负老前辈的期望啊。

高小臻插话道：子厚同学当年可没有这么谨慎。怕什么啊，不就是一把老壶嘛。

高振鹤笑着说：小心驶得万年船，这总是对的嘛。

都在打太极拳。就我这个实心眼的，看他们舞枪弄棒，手脚还无处安放。

壶，就这样被少求留下来了。

感觉她前前后后的态度是矛盾的。

这天是周末。送走客人，我跟少求说：咱们带小小去山里撮一顿吧。

少求鼻子里哼了一声，说：等你想到啊，黄花菜都凉了。我早订了江左凤凰的观瀑厅，今天还有马术表演呢！

什么都比我厉害。我这老婆，一些潜伏的能量，在老爷子走了以后，说出来就出来了，一点铺垫都没有。

江左凤凰是个依山傍水而建的民宿村，据说是一个上海的财团老板来投资的。外表古朴宁静，跟自然山水融为一体。内部则面积广大，把附近几千亩山地都圈了进去。江左凤凰分成古典村、时尚村、欧美村和国粹村。每一个村落的建筑风格迥异,菜肴也颇有可圈可点之处,淮扬菜、粤菜、鲁菜、川菜……在这里可以尝到不失正宗的味道。

记得第一次来的时候,我内心有巨大的震撼。好端端的几千亩山地,就这样被"开发"并以"休闲享受"的名义给吞噬了。我不知道,每天有那么多人来这里饕餮、玩乐,排放那么多的废气和垃圾,对当地的生态环境会不会造成负面影响,而为此买单的人,将是我们的子孙。

且收回愤世嫉俗的杞人忧天之心吧!不及时行乐,如何拉动消费?来这里吃吃饭,住一两晚,还是蛮舒服的。比如,少求说的观瀑厅,号称国粹村里的皇冠餐厅,一到周末就特别抢手,非提前几天预订不可。之前我们跟着朋友来过一次,一边喝着小酒,一边从落地大窗观赏着一百米外气势磅礴的大瀑布,感觉还是很惬意的。

小小这段时间在蹿个儿,小白杨一样挺拔起来。去年给她买的衣服,今年都嫌小了。她最近期中考试成绩好像不错,过生日那天,少求给她买了一部三星手机。这事我不太赞成,最直接的感觉是,小小看手机的时间有点多。有一天深夜,我看到她房间里还亮着灯,过去一看,她趴在被窝里看手机呢。我跟少求说了此事,她一脸无奈,说:小小的手机,是班上同学里最后一个买的。你还能让孩子不跟外界接触啊!

她就知道玩手机。阿青私下里不止一次地跟我说。

那别人家的孩子呢?我问阿青。

都一样,她嘟哝着,说她妹妹家的小孩,看手机都看成近视眼了。

这天在观瀑厅吃饭的时候,小小胡乱扒拉几口,就捧着手机出去了。

偌大的一个餐厅,就我和少求两人,显得有点空旷。我想起来,这个餐厅是有最低消费的。

少求肯定有话要跟我说。选这样的环境,应该不仅仅是为了换换心情吧。我私下想,或许跟高小臻有关。好的,趁这个机会,把事情说说清楚。

果然,少求开口了。

子厚,咱们遇到对手了。

谁?我内心一紧。

高振鹤啊。

不会吧,他不就是让咱们看一把老壶吗?

你啊,真的什么都蒙在鼓里吗?少求狐疑地看了我一眼。高振鹤在古南街转悠几天了,高小臻是后来到的。他们想在古南街买咱们这样的老房子,又能住,又能做店铺。

你是怎么知道的?我吃惊不小地看着她。

她不动声色,还是一副优哉游哉的样子。

你也不想想,我是在古南街长大的,街坊邻居都跟亲人一样,就是一只老鼠走过,我也知道它是雌是雄。

我怎么感觉,你这话里有江湖气呢!我撑了她一句。

少求哼了一声,说:高振鹤才是真正的老江湖呢!他看中了咱们家对面钱师傅的房子,都跟老钱在谈价格了,他出价不低,看样子是志在必得,老钱有点心动,家里的子女呢,巴不得把老房子出手,他们好分钱。

你怎么知道得这么详细?而我,竟然半点不知。我双手一摊,竟然有点紧张,心似乎又在乱跳。

你以为我的耳朵跟你的一样,是个摆设啊!少求假嗔地回了我一句。

耳不聪,目不明。廉颇老矣。我长叹一声。

按少求的分析,一开始高氏父女就把鉴定孟臣壶作为一个幌子,实际他们是为考察古南街的商机而来。包括紫砂市场、制作工坊、价格行情、平时和节假日的客流量、物流渠道,当然还有风土人情,甚至住宅风水都在他们的考量之中。短短几天,咨询了很多人,就在我的眼皮底下。

古南街也就这么大,高某人出入此间,来来回回,如入无人之境,我居然毫无察觉,甚至,连高小臻试探地说出,她和父亲私下已经到"聊壶茶坊"考察过,也没有引起我的半点联想。

不过,疑问也来了。假若他们真想在古南街投资,干吗还要画蛇添足地给我们使个幌子呢?他们干吗在乎我们的感受?

少求说,选择在"聊壶茶坊"附近下手找房子,当然是因为这里的地段好,风水旺(高振鹤其实还带了一个风水师,帮他现场评估房子的好坏,此人隐身出现,别人并不知道)。他们非常清楚,做生意,不可能跟别人合作,特别是他们这样的外来户,所有人都是他们的朋友,也都是他们的敌人。

少求越是说得有鼻子有眼,我越是对事情的可信程度打了折扣。高振鹤也是七十开外的人了吧,他也不缺钱,在南京的生意都忙不过来,这样的年纪,何至于大动干戈地到古南街这样的弹丸之地来投资兴业呢!

少求则认为,高某人极有可能是通过紫砂壶来洗钱。因为,她托了丁如柏打听,高振鹤并不是一个干净的商人。

少求跟高小臻见面的那天晚上,她已经从"信息渠道"得到了相关的消息。她不动声色,假意吃醋,顺手也送了高小臻一个幌子。然后,第二天中午,她突然出现在"一堂春"的包厢里,一顿饭的工夫,把底线甩给了高振鹤。而她接下高振鹤的那把老壶,则是表达某种气度。壶,我收下了,鉴定老壶这一关,你能绕过我们吗?

干吗要找我们鉴定老壶啊?我突然好奇道。

这要问你啊!谁知道当时高美人是怎么跟你接头的。少求话锋一转,颇有逼问的味道,眼睛里的光,也迅即变得锐利。

我把当时跟高小臻的见面如实说了。

她静静听完,说:这事本身没什么。我们夫妻这么多年,你什么德行,我还不清楚啊。俗话说,馋嘴的猫才能抓老鼠。高小臻非常了解你,她原本是希望从你这里打开缺口,最好闹出一场什么桃色风波,她反正是个女光棍,然后她可以乱中取胜。

这个观点,我更不能同意。少求还是把高小臻看低了。按高小臻的品位,她要找个合意的男友,还是有选择空间的。像我这样既不中吃,更不中看的人,怎么会入她法眼?况且,他们既然要来古南街投资兴业,名声是最重要的,人还没来,就闹桃色风波,岂不是搬起石头砸自己的脚。

我说:你别总以为你的夫君是唐僧肉。这副臭皮囊,也就你在乎。

唐僧肉?少求突然笑喷。我成了食唐僧肉专业户了!

我也自嘲地笑了。

这个周末本来是很圆满的。少求买单时,收银台的一个女服务生说,有一位先生已经替你们付过账了。少求一愣,迅即朝我看了一眼,对服务生说:你没经过我们同意,怎么可以接受别人的买单呢?

然后,没等对方反应过来,她决绝地说:退给那个人,不管他是谁。

她啪的一下,把一张银联卡甩在那一脸尴尬的服务生面前。

我眼前突然晃过丁如柏的面影。除了他,还有谁会这样呢?

然后,小小不见了。打她手机,不接。再打,接了,说就在附近转悠。少求夺过我的手机,厉声道:你和谁在一起?

话筒里传来小小满不在乎的声音:怎么啦老妈,我就不能跟同学聊聊天吗?

是跟丁小柏在一起是吧?少求语音缓和了一些。

你怎么知道?你戴了望远镜还是装了窃听器啊!

以前你不是很讨厌他吗?

那是过去。现在嘛,我感觉丁同学没有那么讨厌了。

甚至还有点可爱是吧?

那……倒未必。

没皮没脸的小东西,赶紧给我过来。小心老妈抽你!少求说罢,挂掉手机,一脸恼意。

我不无醋意地问:你怎么知道是丁如柏在这里?处处料事如神啊!

少求随口道:这有什么,进来的时候我看到丁某人的车了。生意人不请客,喝西北风啊!

那种似笑非笑的神态,突然让我觉得像一个人。

谁?老爷子!

第十五章

深巷明朝卖杏花

这一天,少求下班回来,随意地说了一句,她去裘师父那里了,顺便把那把高某人的老壶给裘师父鉴定一下。

我顿时心里有点堵。

她这是要抢我的活儿吗?一向都是我和裘师父联系,就是裘师父来店里,她也只是给沏杯茶,打个招呼就去忙自己的事了。

少求察觉到了我的情绪,说:我不过替你打打下手罢了,裘师父还问我了呢,怎么不是子厚来找我,他有那么忙吗?

我没好气地说:你怎么不说,我的见习期还没满呢!

少求宽容地一笑:酸什么呀!裘师父并没有把茶壶鉴定的结果告诉我,他还等着你去跟他见面呢!

这么一说,我倒又感觉,自己有点小气了。

有一句话,我憋在心里很久了。老爷子的离去,让少求慢慢变成了另外一个人。

她原本跟我一样,多一事不如少一事。不爱张罗,喜欢闲着。逢到棘手事情,也不是特别有主意,因为处处有男人在前撑着。

老爷子突然过世,让少求一度六神无主。虽然还有我在,但从"管事"的角度说,或许是我的状态屡屡停留在"见习"的水准,她就老是忍不住要跳出来搭把手。女人的安全感,应该是男人给的。遇强便弱,遇弱便强——这大概是多数女人的秉性吧。事实上,老爷子走后,"聊壶茶坊"稍大的事情,都是我和少求商量,最后的主意,总是少求拿。那是因为,我的主意少,或者主意常常不被录用。少求居然喜欢我的"无用",就像病蚌可以得珠。她不喜欢强势的男人,也不喜欢主意太多的男人,但保持距离交往无妨,比如丁如柏。如此一来,她自己就不知不觉地强势起来,某种程度上,她在逐渐替代老爷子的地位。按我的分析,她性格里某种强势的潜在基因,多半还来自她那早逝的母亲。

过了一天,裘师父打电话给我,让我晚上去他家小酌。特别申明,只请我一个人。

他还交代,顺便把家里的那把孟臣壶也带来。

这种从未有过的待遇,让我禁不住嘚瑟起来。少求看在眼里,呵呵一笑,说:你这点出息啊,全在脸上。

少求三下两下,给我准备了伴手礼:一盒朋友送的福鼎白茶、一坛十五年陈的本地名酒"白福珍",还有一盒北京稻香村的桃酥,是藏在冰箱里的。少求说:裘师母牙不好,这桃酥她喜欢。

我不太习惯给人送礼,哪怕是裘师父。让我一个人拎着礼品上门,感觉有点别扭。正为难着,少求说:你啊,年纪越来越大,情商越来越低。我们宜兴人是不作兴空手上门做客的,要是没有一份恰当的礼物,两只手都不知道往哪里放。

裘师父家在离古南街不远的大水潭村,传说这里是最早开采紫砂陶土的宕口,不远处,便是出紫砂矿土的黄龙山。这一带还是老住宅区,房子很旧了,有实力的人都已搬走,还住在这里的,都是些退休的陶瓷厂工人。按裘师父的声望,他早该弄一套别墅住住了吧,可他还住在这里,两房一厅的格局,实际面积不到八十平方米。

让我颇感意外的是,裘师父见到礼物很开心,特别是那一坛"白福珍",他居然捧在手里,掂了掂分量,得意地说:我知道的,当年老爷子一下买了五十坛,藏在阁楼上。至少有一半,都进了我的肚子。

见过了裘师母,一个圆圆胖胖的前居委会主任,人很爽朗利落。这里的人都叫她董阿姨。我恭恭敬敬叫了一声,裘师父纠正我说:你应该叫师母才是。

室内的陈设还保留着二十世纪八九十年代的格局。墙上的字画也有点旧,倒是不俗。有韩美林画的熊猫图,落款写着"至修先生大雅"。还有一幅字,看着眼熟,像是林散之的,走近一看,还真是,内容是毛泽东诗词《卜算子·咏梅》。裘师父不无得意地说,这是当年林老来紫砂博物馆参观,亲手在会客室里给他写的。

他那种溢于言表的自得,就像守着一座金山。

裘师父的书房很小,一如他的办公室般凌乱。一张学生用的课桌,窄而短,居然用来做书案。笔筒是用一截毛竹头做成的,颇有野趣。原先我的想象中,裘师父书房里应该有一个放紫砂壶的柜子,里面应该摆放稀世珍宝级的各朝老壶。可是,里里外外都看过了,居然没有。裘师父解释说：老壶倒是有几把，都是祖上传下来的，全被儿女拿走了。我虽然吃紫砂鉴定饭，却不好收藏这一口。壶看得太多，也就那么回事。

裘师母烧的几样小菜，真好吃。雪里蕻萝卜丝烧鳑鲏鱼，竟然有一种难以描摹的透鲜；红烧小肠结，茴香胡椒味，不太肥而有嚼劲；麻油干蒸鸡，特别香而酥；河蚌豆腐汤，浓如牛奶般的汤汁，喝一口，眉毛被鲜得直掉。

我和裘师父对酌，藏了十五年的"白福珍"，不暴不燥，喝进肚里，一条绵长的线，直往下走，热烈而舒畅，五脏六腑都被吊起精神来。

提到高某的那把老壶，裘师父沉吟着说了一番话：

大家连惠孟臣到底是哪个朝代人都搞不清楚，怎么来评判壶的真伪啊？这是个高人，在世时很低调。他知道人心险恶，尤其是身边的一些壶手，妒忌啊。他壶做得绝好，等于把别人的饭碗抢走了。江湖上传说，有一天他在睡梦里，手指头差点被人剁掉，因是半夜，剁手的人没瞧准，他才躲过一劫。宜兴待不住，他后来到广东、福建一带混，把大壶改成小壶，专门用来喝工夫茶。茶客们蜂拥而上，福建人怎么吹捧他？茗必武夷，罐必孟臣。很多人跟在他屁股后头，他做什么，那些人就仿什么。从明代仿到清代，再到民国，再到新社会，一直有人在仿惠孟臣。这其中，大量是垃圾壶，但是，也有精品甚至妙品，你说，怎么鉴定，如何鉴定？

裘师父说着，站起来从一个旧柜子的抽屉里拿出几枚旧印章，我接过来，举在空中，似乎很懂的样子。我对印章之类，只知晓些皮毛，篆字还认得一些。老印章讲究皮壳包浆，石料更是山外有山，至于刀工刀法,则深不见底。我辨认半天,终于看出是"大明天启丁卯孟臣制""雍正二年甲辰惠孟臣""乾隆十三年制惠孟臣",而其中的一款石料,做旧的痕迹太重,稍微用力一擦,蜡烛油就显示出来。

裘师父说:你想想,几乎每个朝代都有"惠孟臣",我估计,留存在世上的"孟臣壶"少说也有一万把,甚至还不止。

那高振鹤的这把壶,您觉得是真是假呢?我问。

你先把壶拿出来,跟它放在一起,咱们再说话。

说话间,裘师父已经把高某人的那把壶放在桌上了。

两把壶放在一起,式样、大小完全一样。壶上各刻了一句陆游的诗句,合起来是:

小楼一夜听春雨。
深巷明朝卖杏花。

这是一位宋代诗人的诗句吧?裘师父道。

我叫了起来:南宋陆游的诗啊。这首诗非常有名,叫《临安春雨初霁》。

这就对了!裘师父端起酒坛,把两个喝空的酒杯重新斟满。

裘师父判断,至少,这对壶是同一个壶手所制。它们的气息是有呼应的。这种功力,一般壶手望尘莫及。紫砂老壶里,成双成对的壶极少。一种可能是,定制壶的人通文墨,但他无法把笔墨移到壶上。而绝大部分壶手,只有手艺而没有文化。把陆游的两句诗分别刻在一对壶上，要让定制壶的人满意，并不是件容易的事。你想，假如某个官员定制了这对壶，把它作为礼品送给一位重要的上司……

对这个假设，我却不敢苟同。

陆游是我喜欢的一位诗人。我先把这首诗的全文背给裘师父听，然后逐句解释。这首诗的背景是，陆游在一个春花烂漫的季节来到当时的京都临安，很多年的世态炎凉，如同淡薄的羽纱，让他已然不太习惯京都的繁华浓艳了。他住在客栈的小楼上，听尽了一夜的春雨，也知道，明天一早，深幽的小巷便会有人叫卖杏花。他铺开稿纸，从容写下胸中的块垒，一边细细地煮水沏茶品茶，宽慰自己，不要叹息那京都的尘土会弄脏洁白的衣衫，清明时节到了，归心似箭，还来得及回到镜湖边的山阴故家。

由此，我的判断是，这不是一首情诗，也不是一首愤世嫉俗之作。其中最有名的，也就是被刻到两把壶上的句子，连小学生都会背。这两句诗简约雅致，朗朗上口，意绪不失落，但隐含了一点落寞，非常符合文人的情致。按世俗礼数，古代的官员给上司送礼，必定要写上恭维逢迎的词句，什么"蛟龙得云雨，气凌霄汉间""洪福齐天，骅骝开道"之类。所以我觉得，有可能是定制壶的人自己留了一把，而将其中一把，送给一位经常在一起喝茶的朋友。他们是君子之交，志趣投合，无须客套。这样，当他们见面茶叙的时候，两把壶走到一起，这两句诗里的情景就又重现了。

裘师父瞪大眼睛朝我看了一会，说：子厚，你，通了！

这句话，裘师父几乎是一字一字说出来的。他又无比感慨：还是要有文化啊!

师父此言,贵如金玉。按理,此刻我当狂喜,连饮三杯,但眼下我最关心的是,这一对壶,到底是不是惠孟臣所制?

裘师父道:惠孟臣为人清高,他应该喜欢陆放翁的诗。然后你看,当两把壶放在一起的时候,就像两个高士在山中清叙。几百年过去,气场还在。孟臣壶,就是这个味道。

我心狂跳,禁不住大叫起来:天意啊!

裘师父道:鉴定明代的老壶,要掌握几个要点。一是明代的泥料,因为当时的炼泥技术还比较原始,做壶的泥料杂质多,颗粒状态不规则,如果有人给你看一把泥色纯正的所谓老壶,那肯定是假的。二是明代早中期老壶没有底款的很多,因为好多壶手不识字,也没有地位,无法落款。时大彬算是有文化,但当时的风气是壶手用竹签在壶底刻上自己的名字,一直到"娄东之行"后,他接受了文人的建议,在壶底用上了自己的印章。惠孟臣应该是时大彬之后的壶手,他在壶底打印章是很正常的,但那时的印章石料,不可能有今天这么考究,如果有人给你看一方惠孟臣的印章,是寿山石或鸡血石的,那也一定是假的。再就是看刻款的笔意,有没有金石味道。明代人很推崇唐人笔意,惠孟臣学的就是褚遂良体。三是要看壶上有没有龙窑气氛。龙窑最大的特点就是柴烧,也叫炭还原。做个简单比喻,用柴灶铁锅煮的米饭,跟电饭锅煮的米饭,味道肯定是不一样的。明代龙窑的窑烧技术还不成熟,窑温的不均匀,在壶上某些部位也会有所体现。所以,一把壶如果烧制得一点瑕疵都没有,那肯定不是明代的老壶,因为它没有那种龙窑的味道。

古人追求的是放松和自然。一把老壶和一把新壶放在一起,最大的区别在哪？新壶泥料纯净,工艺严谨、精细,但那种心急火燎的样子,就像魂魄附体,赶都赶不走。老壶呢,做工不那么考究,但气度悠闲,那种老到沉潜的味道,会让人越看越舒泰。这,就是老壶的魅力吧！

我听得入迷,裘师父这是在传授真经啊！

裘师父越说越兴奋：太难得的是,这一对失散的壶,终于走到了一起。我们现在说它们是惠孟臣所制,理由非常充分。因为从泥色、款型、烧制方法,到壶艺、功夫以及刻款刀法老到的程度,都是惠氏风格。而且,两把壶上刻款的笔意也是相连的。从书法风格看,骨子里还是褚遂良的底子,跟之前我见到的孟臣壶一脉相承。

此时,裘师父声如洪钟,印堂发亮,红光满面,两只眼睛像充足了电的手电筒。

是啊是啊！师父不但是金口,也是一把裁量定夺古壶真伪的刀。

但是,如果对外宣布它们是孟臣对壶,那么,危险就来了。

裘师父的情绪一下降低了一个坡度。

什么危险？

实不相瞒,这些年让我过眼的古壶太多了。很多做旧的赝品,不管它们变什么花样,一旦入我眼中,就成了我刀下之鬼。如果它们也有魂魄,那我早就被它们碎尸万段了。有人把成捆的钞票放在我面前,只要我说一声"是",或者保持沉默。我做不到。为什么？如果我说了假话,我的良心就会受到谴责,半夜里就会心惊肉跳。而说真话,得罪的人就太多了,断了很多人的财路、官道,有人花了几十万甚至几百万买回一堆垃圾壶,跳楼的,服毒的,上吊的,我见得太多。这个龌龊的江湖啊,真是应有尽有。最近,我接连收到匿名的恐吓信,警告我识相点,否则要给我颜色看。

竟然会这样!我一阵心悸。

如果这对壶的消息传到紫砂收藏圈,那么很多人就睡不着觉了。危险就会一步步逼近。

是丁如柏吗?我脱口而出。

他暂时还不至于。他心很大,手段也厉害,但毕竟是本地人,做的还是正经生意。

那……是高振鹤?

裘师父点点头。

关于高振鹤,他已经托了南京收藏圈的朋友打听,此人貌似器宇轩昂,做生意却不很地道。金陵城里生意圈的人,背后都叫他"高扒皮"。他想在古南街买房开店,一半原因,就是为了老壶而来。如果你告诉他,这把壶确是惠孟臣所制,那好,他人还没来,广告先替他打出去了。

那,总不能把真壶说成假壶吧?

裘师父沉吟一会,说:有一种结论,就是没有结论。壶,肯定是老壶,但是否惠孟臣所制,尚缺乏依据。

然后,裘师父告诫我:老爷子留下的这把孟臣壶,以后就不要上柜露面了。有句话我要提醒你,世上没有十全十美的事,千万别想着,要把另一把壶夺为己有。

我深深点头,说:放心吧,师父!

裘师父突然长叹一声，道：葛老爷子在世时，一直要我给这把壶一个说法。我给不出，又否不了，没少给老爷子添堵。现在，终于可以证实了。

说到这里，他突然哽咽，泪流满面。

他斟满一杯酒，洒在地上，说：老哥哥，对不住你了，到今天我终于可以告诉你，这把壶是真正的孟臣壶。

我心头一热，眼睛也湿润了。

这顿小酒原本可以在师徒俩一醉方休的状态下结束。可是，直到临走时，裘师父的脑子还是完全清醒的，而我的舌头已然有点大，说话时转不过弯来。少求仿佛知道会发生的一切，她已然在裘家客厅等了很久了。

末了，裘师父交给我一个厚厚的用牛皮纸包扎的物件，说这是他二十年的心血之作《紫砂古壶考略》。

他神色凝重，有一种托付的意味。

师父，您这是……

你先帮我看看，保管好。万一……我有什么不测，它的出版，就要依仗你了。

我打开一看，全是书写工整的手稿，三百格的稿纸，足足六百多页，还有大量的照片、草图。

它的分量太重了。

桂一诺接连来电话，是说老潘和芦小堂的事。

先是老潘,入住省人民医院精神康复中心之后,桂一诺的父亲替他找了一个好医生,著名的张梅影教授,病情大有好转。芦小堂倒是很卖力,前前后后都是他在照应,也没在费用上做什么手脚,但他还是惹下事了。有一次和医院的一名保安发生口角,双方冲突起来,他一拳就把人家打趴下了,那保安一屁股摔地上,股骨骨折,光是股骨置换手术和住院费,就要几万元。而且警方介入了此事,芦小堂已经被拘留起来。

此事让少求悔恨不已。她原先以为,用芦小堂是她的一处得意之笔,没想到此人根本就不是一盏省油的灯。

破点财倒也罢了,人还在拘留所关着。我们同学群里,五行八作,就是没人在警方谋事。桂一诺还是会办事的,他托了那个张处长,找到一个在公安系统的亲戚,很快就摸清了情况。对方说,眼下规矩很严,人情之类,根本就托不进去。关键在于那个受伤者的态度,如果给他赔点钱,他愿意放弃起诉,那么拘留期满了,交了罚款,人就可以出来了。

桂一诺从微信上发来一个预算单,手术费、住院费、营养费、陪护费、误工费……我不想刺激少求,安慰她说,凡是可以用钱解决的,都是小事。

如此一来,"聊壶茶坊"又只好关门了。少求跟学校请了假,我们驱车直奔南京。到了省人民医院,桂一诺带我们去见了那个已经住院的保安。此人姓卞,四十多岁,安徽金寨人,看上去人还是忠厚的。我们先是好言安抚了一番。少求拿出一张五万元的信用卡,又给了一个三万元的大信封。那保安见了这么多钱,一时有点受不起,连连说,我不起诉,我不起诉,你们也不容易,非亲非故地帮人家看病,一下子又要拿出这么多钱。

他什么都知道。显然桂一诺已经给我们做了铺垫了。

桂一诺拿出一张打印好的"承诺书",表明此事将协商解决,不予起诉,要他签名。他接过桂一诺递上的笔,歪歪扭扭写下"卞顺子"三个字,还写了自己的身份证号,顺手把信用卡和信封塞进枕头下。

此事就算摆平了。芦小堂的五千元罚款,我们也替他缴了。他还要关五天,才能释放。

老潘那里,我们也去看望了。他正在医院的草坪上晒太阳,人胖了,也白净了些。他见到我们,起先的神情有点木讷,叫了他两声,迟钝地点点头,还笑了一下,说:你们来了!

我问他:能说出我的名字吗?

他笑笑,说:你还欠我一把壶。

等了半天,终于见到了著名的张梅影教授。她太忙,只答应接见我们十分钟。我们给她送了两盒宜兴红茶,她拒收的样子让我有点尴尬。她说她不喝茶,只喝咖啡。然后她说别给她送礼,送了也是白送,因为她记不清。病人太多,要是都收礼,她三天就要拖一卡车。

说得我和少求面面相觑。

回到古南街,已经是第二天的下午了。

少求的情绪有点低落。我知道她不是心疼钱,而是为了自己的一个坏主意导致的后果而沮丧。

我让阿青给她炖一锅白水青菜,用高汤。快放学了,我还自告奋勇地去接小小。走之前,用文火给她煮了一壶玫瑰茶,放了一点胎菊和陈皮,让她安神醒脑。平时我是个懒男人,这些琐碎的事情,不太会在心里盘算。可是,生活就是这样,它总是会在不经意间在人身上加一些东西,又减去一些东西。

我离家的时候,看到她一个人坐在临河的吊脚楼上,看着平缓流动的河水发呆。

无论男人还是女人,都应该有这样的时刻,把什么都放下,至少暂时的一刻。我家的所谓吊脚楼,虽然只是一个类似露台一样的小小空间,但对我们非常重要。这里是换气的地方,是让人清静一会儿的地方,人坐在上面,河水从脚下流过。

傍晚时,住在街对面的钱师傅来串门。少求说困,浑身骨头酸痛。那锅炖了半天的白水青菜,她只喝了几口,晚饭也没吃,就早早睡了。钱师傅跟我打听,认识南京来的高振鹤吗?我心想,你连房子都卖给他了,还问认识不认识干吗,你认识钱就够了。

我有一搭没一搭地应付着钱师傅,顺手用一块湿茶毛巾养壶。我现在对养壶兴趣很浓,一把新开的壶,到了我的手里,只消一周,最早的包浆就出来了。好茶壶养开了,仿佛有着轻微的呼吸,散发着一种日常生活和安稳妥帖的味道。壶上的包浆呢,则是手艺人的灵光毕现。

钱师傅叨叨地说自己有点后悔了,住了几代人的老房子,突然要让给别人,虽然钱是不少,可是,等到真要离开的时候,心口有点疼。他已经几夜没睡了。

多数数钱,心就不疼了。我调侃了一句。

你这是什么话？我难道是那种贪财的人吗？钱师傅有点不高兴地说。

世界上没有一家店，是卖后悔药的，除非你还没有跟他成交。

话一出口，我自己立马后悔了，这句话若是传到高某人耳朵里，会产生联想，肯定是不高兴的。

我只是收了他五万元订金啊。钱师傅捂住心口，像是要把胃里的什么东西吐出来。

我对他尴尬地一笑：咱们能不能换个话题呢？硌牙呢！

如果钱师傅仅仅把我当成个垃圾筒，唠唠嗑，说点废话，倒也罢了。问题是，他一直在问我关于高振鹤的事，什么吃过官司，名声不好，为人苛刻，等等，是否属实？

我双手一摊，说：我怎么知道啊？再说了，你又不是跟他结亲家，房子以外的事，管他干吗！

钱师傅摇头道：我家祖辈几代人，都清清白白的。这房子也有洁癖，好人住着，彼此延年益寿；要是个歹人住进来，不但坏了房子的名声，也给你们添加一个恶邻啊！

他这番话，倒是出乎我的意料。自从我做了葛家的女婿，特别是在古南街长住之后，还从来没有看到邻里之间吵架的。似乎这里的每一个人，都有一份平和的默契。壶有壶风，家有家风，街有街风，依我看，古南街的风尚，就是一团和气。

正聊着，钱师傅的大儿子进来了，一个正在努力发胖的中年男人，冲我笑笑，算是打了招呼。显然我们的聊天都被他听到了。他搀起父亲往外走,抱怨道:真是树老根多,人老话多。

钱师傅甩开他儿子的手,提高了声音:我心里憋闷着呢,出来透透气怎么了?

钱师傅的大儿子有点尴尬,但还是搀着父亲往外拽。

不一会儿,一段父子俩的对话从街对面飘过来了,我想用棉花塞住耳朵也来不及了。

这房子我不想卖了。

开什么玩笑?人家可是付了订金的,你当是儿戏啊?

订金可以退啊,我又没有用他一分钱。

帮帮忙好吗!你想毁约?先要付百分之十的违约金呢!再说了,钱都分了,拿什么退啊?

这个我不管。我打定主意,房子不卖了!

爹,你耳朵根子不要软。是哪个赤佬的闲言碎语把你给蒙住了啊?

胡说八道!老子活了七十多岁,走过的桥比你走的路还多。告诉你吧,这几天我天天做梦,祖宗们都在戳着鼻子骂我……

爹,你就别神神叨叨了。别人的话可听不得,某些人不就是怕外来和尚跟他分一杯羹吗?

……

这话明显冲着我来的。天地良心!

钱师傅的这个大儿子,原先是某陶瓷厂的下岗工人,这些年做紫砂泥生意,据说并不怎么景气。倒是戒不掉的赌瘾,老是发作。虽然只是

"小来来",也免不了拆东墙补西墙,日子过得不怎么样。

我心里笑笑。此刻我唯一能做的事,就是提前打烊,关门大吉。

少求竟然病倒了。虽然只是重感冒,但医生提醒,要卧床休息,按时服药,防止转化为心肌炎。

明摆着是心病。她对什么事都提不起劲来,我心疼她,这是真的。我陪她说话,从"山海经"到家长里短,试图帮她解开心结,可她还是病恹恹的。她性格中隐含的强势基因,总是会在人生低潮的时刻显示出来。

有一天她突然梳洗一新,说要出去一趟。她不用我陪,也没说要去什么地方,自己摇摇晃晃出了门,半天才回来,心情似乎好些了,脸上也有了一点平时的光彩。吃饭的时候,我发现,她左手上的那只翡翠玉镯不见了。问她怎么回事,她放下饭碗,说:我要是不惩罚一下自己,病就不会好!

她顺手拿过自己的包包,把一张信用卡放在我面前。我一下子明白过来。她无法原谅自己的失误,竟然去典当行把自己的玉镯卖掉了。

这只玉镯是她母亲留给她的一个念想。自从我认识她起,这手镯就没有离开过她。她怎么舍得把它给卖掉的呢?

少求语气决绝地说:我要不对自己狠一点,骨子里的臭毛病就不会改掉!

要是个男人,她说不定会剁掉自己的一根手指头呢!

可是,你也不能把母亲留下的念想,作为惩罚自己的牺牲品啊!

母亲的念想，在我心里。我跟典当行的刘老板说了，三年之内，若是我没有来赎回它，你就把它卖给别人吧！

刘老板怎么会听你的话？你给他发工资啊！

我爹当年帮过他。他答应我的时候，半点没打折扣。

这就是葛少求！

我知道这只手镯是翡翠老玉，冰种，晶莹通透，市价应该在十五万以上。可是，少求带回的信用卡上，只有十万元。

少求的解释是，这是她的诚意。只有这样，刘老板才能心安理得地接受。

我给高振鹤而不是高小臻打了一个电话。按裘师父交代的口径，我把有关孟臣壶的鉴定结果告诉了他。他呵呵地在电话里笑，说，以他现在的心态，无论什么结果，他都能坦然接受。然后他说，他人正在来古南街的途中，这个周末，他们打算在古南街度过，他已经在街上的一家旅店预订了两个房间。他这是提示我，他的宝贝千金也一起来了。接着他问我能不能给他一个面子，今晚他想请我们全家一起聚聚。我推说少求身体欠安，不便会客，语气婉转而坚决。他哦了一声，善解人意地说好的，那另外再约吧。这时，话筒里传来高小臻的声音，她说等晚上安顿好了，她想和父亲来看望一下学妹。我说心意领了，少求还在退烧出汗，不便起床。她迟疑了一下，说：那你能不能出来跟我们一起喝杯茶呢，有件事，我们想跟你请教一下。我以为是买房子的事，心里生起一点反感。生米都煮成熟饭了，还请教什么啊。我调侃了一句：

不客气啊,欢迎你们来跟我们做邻居。高小臻在电话里沉默了一下,说:情况可能跟你听到的不太一样,见了面再说吧。我说:真的不行,我要在家里陪老婆孩子,等下次,我来请你们吃饭。

放下电话,我觉得自己有点小气,但胸口舒泰了很多。事实上,我内心深处对高家父女有点排斥,并不单单是担心他们也开一家类似的店,跟我抢生意。到底还为了什么,我一时还没有想清楚。

晚上睡觉时,跟少求一说,她立马从被窝里坐起来,说:我怎么讨了你这么个小气的男人啊,你去跟他们喝个晚茶,又会怎么样?他们一定会骂我小肚鸡肠,把男人圈养得像一只兔子。再说了,高振鹤的壶,还没拿回去呢。

我说:高振鹤的壶,是你接下的,要还你去还!

看少求还气哼哼的样子,我撑了她一句:我要真去了,回来只怕不会这么客气吧。

少求说:我才不担心呢,你这道菜,她吃不下的。

第二天,少求拿着壶,单独去见了高家父女,回来后只说了一句话:钱家的房子不肯卖了,高振鹤怀疑有人在他们面前说了坏话。

第十六章

脑洞大开

　　丁如柏用手机发来几张照片,说是他最近见到一把曼生壶,正跟主人在谈价钱。他客气地先让我帮他看看。

　　他这是要端我的吃量呢,潜台词是,没有金刚钻,就别来揽咱的瓷器活。

　　我本想把照片转发给裘师父,但一想,他的书稿里,涉及曼生壶的内容很多,何不自己先看看,再做判断呢。

　　自从那天把书稿拿回家,我就一头扎进去了。

　　真是一部奇书啊。裘师父说古壶,谈考证,用的是简易通俗的文字,让我惊讶的是,语言很干净,不掉书袋,也没有方巾气。他把力量重点用在老茶壶考证和考据上,非常耐心地讲述一把把古壶的来龙去脉,还结合历史背景、地域风情、工艺沿革、民间审美等诸多因素,有疑点之处,并不做武断结论,而是采用分析对比的方法,客观推断,不含糊其词,又留有余地。

　　我分明是读进去了,几乎茶饭无心,放不下手。

对照裘师父的书稿，我判定丁如柏发来的照片是一把平盖百纳壶，是清代壶手杨彭年与溧阳县令陈鸿寿（号曼生）合作之壶。

记得老爷子在世时，常常提起陈曼生和杨彭年。他说，杨彭年壶艺中等偏上，在窑厂上并不很出众，是文人帮他出了名。这个陈曼生，做过溧阳县令，多次到过古南街，他刀笔功夫厉害，但起先别人并不知道他的身份。老爷子几次把家藏的一把曼生壶拿出来给我观赏，说这是陈曼生的天机壶，是曼生十八式里最牛的一把壶。当年是他爹用八块银圆，从一个窑老板那里换来的……

翻腾了半天，我把老爷子藏的那把曼生壶找了出来，跟丁如柏发来的图片进行对比，发现泥料、皮壳、成型手法、壶上篆刻风格，都非常接近。

如何回答丁如柏呢？少求给我支了一招：你把咱家的曼生壶也拍个照发给他，让他自己对比一下，不就是最好的回答吗？

丁如柏收到照片后，发了一个跷拇指的表情包。

然后，他提了一个问题，为什么茶壶的底款不是陈曼生，也不是杨彭年，而是"阿曼陀室"？

以丁如柏的紫砂收藏常识，怎么会不知道阿曼陀室的由来呢？

他是在考我呢。

裘师父的书稿里，有一段精到文字，把"阿曼陀室"的来龙去脉说得清清楚楚。

文人跟壶手合作，落款用谁的名字，这曾经是个问题。古时文人地位高,壶手大多没文化,他们之间的合作,很难做到平起平坐。陈曼生为什么找杨彭年合作?因为他们是同乡人。杨彭年的壶艺,当年在窑厂上并不拔尖。陈曼生是进士出身,书画篆刻超群,是"西泠八家"之一。杨彭年提供壶坯,陈曼生操刀篆刻。壶因字贵,字随壶传。此等成全,相辅相成。杨彭年当然要谦虚一些,茶壶的落款,他执意要让给陈曼生。曼生公虚怀若谷,何肯掠美?让来让去,最后陈曼生就用了"阿曼陀室"的印章。陈曼生信佛,"曼陀罗"由梵文"Mandala"音译而来,曼陀花是佛国的名花,用此名,体现了曼生以及同道的佛学修为,"阿曼陀室"也是曼生公为宾朋幕僚所辟雅集之所。据考证,这个"阿曼陀室",设在陈曼生在溧阳的会所"桑连理馆"内,其成员不但有当时来投奔他的文人墨客,也包括杨彭年、杨凤年等紫砂艺人。后来,"阿曼陀室"的名气越来越大,杨彭年和杨凤年兄妹俩,都用过这个印章,将其打在自己的茶壶底部。

　　曼生之后的文人与壶手合作,因为有了曼生与杨彭年的先例,都心安理得地将自己的印章作为茶壶底款。而壶手的印章,也会出现在茶壶把梢或壶盖之内。这般唱和,相得益彰。文人地位,自曼生始,历代水涨船高,直到当今,不胜枚举。

这一段文字,不仅让我脑洞大开,也给我回复丁如柏提供了最佳的答案。

丁如柏一连甩来几个惊讶、厉害、赞叹的表情包。

我也有点小小得意,尽管我此刻是踩在裘师父的肩膀上。

最让我欣慰的是,文人在紫砂历史上的作用,在一把曼生壶上有着淋漓尽致的体现。

我喜欢曼生壶的气息,喜欢那种疏放、随意的文人气。

文人与壶手的合作,最早应该出现在古南街上。

我能想象,当年陈曼生乘坐的船缓缓离开溧阳观莲桥,经一天一夜的水路,于黎明时分,在蠡河边的古南街靠岸。我愿意他先在得义楼茶馆喝一壶本地红茶,以驱寒暖心。脱去了官服的他,应该更像一个民间塾馆的教书先生。他最早跟杨彭年的壶艺合作,估计不会在杨某租住的窑头小屋,而是在古南街上的某个会馆。在他身边晃动的人影里,应该有少求的嗜壶如命的葛家先祖。那些有酒的黄昏,风影摇竹,也会有时断时续的箫声陪伴。杨彭年的妹妹杨凤年,那个聪慧过人的、紫砂历史上第一个被记载的女壶手,吝啬的史书没有描绘她长什么样子,但我想象,她一定拥有一双世间最美的手。她在古南街居住的日子,会在某座吊脚楼上留下一些痕迹吗?

即便不能,那也罢了。因为她留下的传世名作"风卷葵"已经把她自己的天颜留在了壶上。

隔了一日,丁如柏又发给我一张茶壶照片。壶体周身那种风雨剥蚀的沧桑感,让我在第一时间里怦然心动。我想说的是,并不是所有的老茶壶都能有那种疏放、内敛、舒展的状态,但是,浑然天成、不事雕琢,几乎是所有真正的老茶壶的特点。无论什么角度,都让人看着舒服。

接着,丁如柏又发来一张照片,是茶壶的底款,壶手的名字,居然是杨凤年。

记得老爷子的日记本里,有一段内容是关于杨凤年"竹段壶"的记载,在他有点潦草的表述里,只交代此壶是他父亲花了两担白米,从大窑户老板鲍八泰手里转买过来的。文字是用蓝黑墨水写的,钢笔有点洒水,字迹不是很清晰。文末,不知为什么,又用红色的圆珠笔加了一句话:一壶救一人,值得。

感觉,他们那辈人手里,名壶就是命壶。收进来的壶,是个宅宝;一旦送出去,或可救生,或致人命。有那么玄乎吗?

圆珠笔,应该是二十世纪六十年代以后才有的文具。前后的记叙,隔着一定的年头,到底是几年,不知道。

几次清理登记茶壶,都没有找到这把壶,不知被老爷子放到哪个旮旯里了。存在南山坞房子里的壶,也都拿回来登记入册了,也没见这把壶。

丁如柏发来的照片,正是一段竹节的造型,有劲挺的气度,但枝叶的细部,还是显露出女性的温婉细腻,有一种略甜的清澈。

我给丁如柏发了四个字:壶如其人。

他发给我一个表情包,意思是,此壶真伪如何?

我回他道:你还是去请教一下裘老师吧。

他不屑地写道:一只专门咬人的老甲鱼,不提也罢。

我心一惊,丁如柏怎么这样不尊重裘师父呢?

话锋一转,丁如柏问:葛老爷子的藏壶里,有没有杨凤年的作品?

话都到了嘴边,我突然留了个神,含糊地写道:壶太多,谁搞得清啊。

丁如柏发了一个"呵呵一笑"的表情包：搞不清，那您就慢慢搞吧。

有一个场景，是必须记述的。

一天下午，当芦小堂领着老潘，突然出现在"聊壶茶坊"的门口时，我还是惊呆了。

两个人都冲着我笑。那种由衷的，像久别重逢的朋友一般的笑容，让我心里暖融融的。

特别是老潘，眼睛里那种健康的光亮，把他那张布满皱纹的脸都照亮了。

他叫了我一声子厚哥，说：我回来了。他还朝我鞠了一躬。

我连忙摆手说使不得。芦小堂走到我跟前，拍拍自己的胸口，说：人心都是肉长的。我对不住你和少求。今后你就是我们的大哥，我芦小堂说话算话。

芦小堂身上还是那股江湖气。我从内心里是排斥的。

可他还在表忠心，还提出要一起"掼锅铲"，他来请客。

而我想到的是，原先答应老潘的那把匏瓜壶，应该给他了。不过，我不打算当着芦小堂的面做这件事。我只是提示他：壶，任何时候都可以来拿。

老潘略一迟疑，说：再说吧。

或许，芦小堂在旁，他还是有顾忌的。

这天少求回来的有点晚,芦小堂和老潘两人一直在等她。天擦黑,少求带着小小回来了,见到他们,既感意外,又觉得开心,说留下吃晚饭吧,叫阿青添菜。芦小堂拍着胸脯坚持要出去"掼锅铲",说已经在"一堂春"订了包厢。少求说:你摆哪门子阔啊,你那锅铲,等自己赚到钱再掼吧!芦小堂这才敛起兴头,变得有点乖,跟小小套近乎。少求趁机敲打他:以后少惹事,也不想想自己多大年纪了,还装什么毛头小伙子啊,我爹在的时候,最不放心的就是你!

老潘倒是替芦小堂说话,说这次他在南京看病,还真亏了小堂照顾。少求嘿嘿冷笑道:倒是真亏了他呢,我这表扬信该怎么写啊!芦小堂连声求饶,说:我的好妹妹哎,该怎么打你就打吧,反正我身上也没几块好肉了。

这天的晚饭,只有笋干红烧肉、雪里蕻炒肉丝、炒菠菜、虾皮紫菜鸡蛋汤。阿青临时加的菜,也就是在冰箱角落里找到一把白虾干,用料酒泡了一下,放了葱末,打了三个鸡蛋,做了一盘白虾焖蛋。小小挑食,眼睛扫了一下饭桌,没有她爱吃的鸡翅和油焖大虾,皱着眉头说待会给我下碗面吧,撤下饭桌就溜进自己房间。芦小堂倒是不客气,从食品柜里找到半瓶酒,晃了晃,老潘却阻止他喝。少求说:今天不是喝酒的日子,小堂你把酒放下,那是烧菜的料酒。

芦小堂嘿嘿一笑,从外套口袋里取出一个军绿色的扁酒壶,旋开盖子抿了一口,道:怎么说今天也算是个好日子,少求不让喝,我就自娱自乐一下吧。少求叹口气道:说得这么可怜,传出去我成什么人了,喝吧喝吧,阿青去拿酒来,顺便再蒸一根广式香肠。

阿青取来一坛白福珍。老潘却坐在那里不动,取出一个药瓶,说他还在吃药,医生说要忌酒。芦小堂朝他白了一眼,说:你这条命倒是越来越贵了。

说实话,老潘和芦小堂来,我还是蛮高兴的。但喝酒的兴致,却一点也没有。芦小堂左右看看,有点扫兴,说:算了,不喝了,算我自作多情。连同自己的小酒壶,也收进了口袋里。

不过这顿晚饭大家吃得还是开心的。起先没在意,吃着吃着,坐我旁边的芦小堂突然放下饭碗,站起来走到临河的窗边。回过头来的时候,两只眼睛像哭过。

不至于吧。我无法想象,芦小堂这样的人,还会流眼泪。

芦小堂重新坐下来的时候说他要添饭。阿青又给他盛了满满一碗。他把剩下的半盘雪里蕻炒肉丝全部扒拉到自己碗里,说:我想我娘了。这是我娘做的菜!

不就是一道最普通的雪里蕻炒肉丝吗?

少求看我一眼,说:你没吃过小堂娘鲁阿姨的家常菜呢,那是古南街上一绝。她不但鸭饺面做得好吃,红烧狮子头和雪里蕻炒肉丝,也能把你吃趴下。

阿青凑上来说:老板娘是在夸小堂哥的娘,还是在夸我呀?毕竟今晚的菜是我炒的呀。

少求撑她一句:上个月不是给你涨了工资吗,别得寸进尺啊!

芦小堂问她:你这手艺,是跟谁学的?我觉得比饭店里的菜好吃多了,特别是这道雪里蕻炒肉丝,我娘当年炒的菜,就是这个味道。

阿青卖关子说：可不是嘛，几个饭店在挖我呢，水涨船高啊！

老潘阴笃笃地接了一句：你去了别的地方，就炒不出这么好吃的菜了。

隔了一日，老潘又来了，后面跟着一个人，是叶朝贵。

这两个人，按老潘以前的说法，前世冤家一对，怎么又走到一起了呢？

我知道，老潘是为了鲍瓜壶而来。而我的承诺，也必须兑现。另外我想跟他说的是，叶云芝最后嘱托的那五亩茶叶地，我和少求商量，打算让老潘跟他老婆去经营。

可是，叶朝贵坐在旁边，我不好启齿。茶壶就在柜子里，拿出来，也要有个契合的语境才行。我给他们泡茶，一开又一开，扯闲篇扯得也有点远。叶朝贵站起来上了一趟卫生间，我趁机问老潘：你们这是唱的哪一出啊？

老潘说：我们讲和了。叶朝贵跟我要壶，就是为了陈药师。他是叶的救命恩人。如今，陈药师处境不太好，叶要帮他，这把壶是关键。壶给他了，一切就都已摆平，之前的恩怨也就归零了。

这么容易啊，就一把壶？

老潘认真地点点头。

可能是我笨，感觉其中有问题，但又无从说起。

那你写个收条吧。我感觉自己的声音干巴巴的。

不是我写收条，而是要请你写个证书。老潘说。

这时，叶朝贵回到座位上了，应声附和道：对对，劳烦您写个证书。

一听到证书二字，我头就大了。很多紫砂江湖故事，证书就是个催命的符咒。就匏瓜壶而言，我只是一个短暂的保管者，它的出处来路那么复杂，在一堆版本不一的故事面前，我不过是个听众而已。我能证明什么呢？

当着两个人的面，我把匏瓜壶从柜子里取出来，用一块棉质的茶巾包好，放进一个鸡翅木的锦盒里，用一种郑重的语气对他们说：我无权写什么证书，你们不要为难我好吗？壶，我是答应叶阿姨送给老潘的，请验货拿走，别的恕我难以配合。

老潘和叶朝贵面面相觑。

叶朝贵叹口气，说：要是老爷子还在，他不会看着陈药师落难而不管的。

此话怎讲？

叶朝贵说：其实事情并不复杂。陈药师的儿子做生意，欠了人家一屁股债，债主说要起诉他蹲监狱。早年陈药师对这个儿子有亏欠，不惜倾家荡产要帮他。这个债主也是个收藏家，他偏偏只要这把古希伯的匏瓜壶，若是此壶归他，债务就算了断。他还知道，壶就在你们家。陈药师把这事交给我办，你也知道，陈药师是我的救命恩人，他就是要我上天摘个月亮，我也不敢给他弄个星星啊。

说来说去，最后又回到证书上。

叶朝贵和老潘异口同声，认为我出具一纸证书，是此事得以了结的关键。否则，江湖上的仿品太多，那个债主不会相信壶是真的。叶朝贵甚至说到,前不久的某一天,那个债主专门从上海来到古南街,到"聊壶茶坊"来踩过点,他确认陈列在柜子里的匏瓜壶,就是他心心念念放不下的那一把。

这个细节让我吓了一跳。

我知道叶朝贵编故事厉害,我可不想成为他故事里的一个龙套角色。不再续的茶,最终总是要凉的。不了了之,便成了这次茶叙的句号。壶,老潘没有拿走;证书,我坚持不肯写。等到傍晚少求回来,听我说了原委,她轻描淡写地支了一招,我心里渐渐亮堂起来。

在少求看来,陈药师的确是老爷子生前的好友。他多次来古南街做客,还跟老爷子睡过一个床铺。她建议我跟着叶朝贵和老潘去一趟上海,拜访一下陈药师。只要见到陈药师,不就什么都清楚了吗?

如果事情是真的,对方真要我写证书,那怎么办?毕竟,壶不是古希伯做的,只是一件高仿。

少求说:那你就实事求是写啊。

我觉得不妥,说道:如果实写,岂不是把冒小成给出卖了吗?而且,如果对方知道这只是一件高仿,恐怕就不会要了。

少求一时也没辙了:那怎么办呢?

商量了半夜,也没想出个好主意来。少求说:走一步算一步吧,你先跟他们去见陈药师,写证书的事,后面再说。

出门这天下了一场大雪,天特别冷。叶朝贵和老潘大概没有想到,我会提出跟他们去上海见陈药师。叶朝贵不冷不热地笑了一声,道:真是家有少求,万事不愁。

他料定，我想不出这样的主意。

看到我还拎着百合和笋干等礼物，叶朝贵感叹道：我们这些臭男人加起来，也顶不过一个葛老师麻利啊。

叶朝贵开车，抄近路，上了湖州高速去上海，路上只用了两个半小时。老潘双手捧着装匏瓜壶的锦盒，一言不发。一场大病后，他似乎寡言了很多。倒是叶朝贵，一路叽叽呱呱，从江湖八卦说到紫砂逸事，兴致很高。然后，他还告诉我，陈药师的身体最近很差了，让我在他面前说话，要注意分寸。

什么分寸？我总不该把假的说成真的吧？我说。

有的时候，假的就是真的！叶朝贵不假思索地说。

为了说服我，叶朝贵说起了现如今被收藏在中国历史博物馆的供春壶。按古希伯等人的考证，这把壶的真伪，还值得研究。甚至有人认为，历史上有没有供春这个人，都值得商榷。但是，紫砂历史需要有一把最权威的老壶坐在佛龛上。它坐上去了，一切的问题都归于零，它就是至高无上的真。

这些观点，裘师父的书稿里也有详细披露。我报之以沉默，其实是表示一种不认同的宽容。叶朝贵却以为，我被他说服了。

跟陈药师的见面，安排在上海城隍庙湖心亭附近的一个茶室。想象中的陈药师，应该是个有点仙风道骨的人，一见面，却是个衣着朴素的老者。一身烟灰色的旧羽绒衫，宽口布鞋；稀疏的头发梳得齐整，瘦削的脸上，有明显的老人斑，印堂发暗，眼圈有点泛黑，看上去没什么精神。他朝我端详许久，点头说道：你岳父多次跟我说起过你，唉，他是这世上少有的好人哪!

看到我带来的百合和笋干,他脸上的皱纹舒展开来,说:笋干煨老鸭,味道是最好了。宜兴百合补心肺,只消文火,到嘴就化。少求知道我爱吃这些东西。过去叶云芝也年年给我寄。宜兴人骨子里的厚道,我们学都学不会。

近乎自言自语的唠叨,仿佛这些东西把他带回到过去。他感慨的神情里,一段难忘往事在慢慢打开。叶朝贵在他面前,身段降低了很多,一口一个干爹,就像一个小心翼翼的跟班。

话题很快就转到了眼下。老潘在叶朝贵的示意下,把匏瓜壶从锦盒里取出来,放在陈药师面前,陈药师朝壶看了一眼,长长地叹了一口气。

我没话找话地说:陈老伯,这壶,是您想要的吗?

陈药师答非所问地说:当年是你岳父拉我下水的。他把我培养成了一个壶痴。紫砂壶救了我的命,可也差点要了我的命呢。

只要听到壶跟命搭在一起,我的心就隐隐发悸。

在我看来,哪怕是最卑贱的生命,也比最金贵的壶重要。更何况,生命都是平等的。

就像一个包裹,一层层地被打开。陈药师终于启齿艰难地说到了他的儿子。

早年他被人陷害,落难到了宜兴山区,妻子跟他离婚。当时儿子还小,就寄养在他弟弟家里。他内心,对这个儿子是有亏欠的。

后来他回到上海,名誉是恢复了,但生活已然不可能回到从前。儿子对他很冷漠,隔膜多年,父子间的沟通非常困难。原先他以为,很多问题可以通过钱来解决。但即便是倾其所有,却始终焐不热儿子的心。

后来单位照顾他,让他儿子到他所在的医院做了一名后勤人员。说是采购后勤物资,其实就是在医院食堂开小货车。不过,一扇窗子向他儿子打开了。他跑各种码头,认识了很多人,心慢慢变大,没几年,就想辞职,成立自己的贸易公司,陈药师把多年的积蓄拿出来,给儿子做本钱,几年过去,钱都打了水漂,也不知道他是怎么玩的。

后来他儿子盯上了他的壶。

他的藏壶,最早来自葛家印。在宜兴山里的日子,吃饱饭没有问题。山民们经常给他送些山芋、土豆、鲜笋、茶叶,算是对他治病的酬谢。后来葛家印把他带到古南街,私下里给窑厂上的人看病,壶就多起来了。葛家印不但送他壶,还教他鉴壶、品壶,特别是鉴别老茶壶,让他很受用。他回上海的时候,光是紫砂茶壶,就装了几个大包装箱。

陈药师后来在上海收藏界颇有影响,主要靠那些壶撑台面。人生的后半场,他算是抓住了一个尾巴。脸面光鲜,衣食无忧。上海这样的地方,当年是紫砂壶的发祥地,玩老壶的人很多。"陈药师"这个其实跟壶没有一点关系的名字,在一些虔诚的老壶粉丝群里,就是一个藏壶大佬般的存在。

当然他也有一些头疼的事,他再婚的妻子跟他儿子关系紧张,这是可以预料的。本来就跟他说不到一起的儿子,在感情上离他更远了。

不知从什么时候起,从宜兴带回的那些茶壶,还有一些在城隍庙冷摊上淘回的茶壶,一把一把,在他眼前消失了。开始,他懒得问,除了儿子,没有人会碰他的壶。后来到了忍无可忍的地步,儿子大摇大摆从他眼皮底下,想拿什么壶,半点犹豫都没有。有一天,火山终于爆发。儿子顺手拿了一把他一直用来泡茶的民国老壶,用旧报纸一包,随随便便就往外走,被他喝住了。

他问儿子,知道这是一把什么壶吗?儿子说,叫什么壶无所谓,他只知道它可以变点钱。他怒不可遏:畜生,你要拿我多少壶,才能填满你的窟窿!儿子哼了一声,说:你死了,就什么都轮不到我了,还不如趁你还活着,捞点边角料。儿子说着,用眼睛瞪他的新夫人——她原先是同单位的一名护士。他暴跳如雷:好啊,你咒我死,你这个孽障!

就在父子俩的推搡中,那把包浆很亮的民国老壶——陈光明的桑扁壶,落到地上,变成了一堆碎片。他的新夫人用笤帚来打扫的时候,被他儿子唾了一口。

他当即眼前一黑,便没有了知觉。

脑中风晕厥。他躺在之前供职的医院里,感到人生无常而周身寒彻。新夫人突然回了娘家,说是母亲得了急病。儿子最终还是儿子,天天来陪夜,捶着胸口,说对不起爸爸,还说,自己会改,以后会好好做人。

可是,"好好做人"的承诺要兑现,附加的条件并不少。

他不知道儿子这些年在外面到底做了哪些生意,欠了多少债,只知道,他那个以"雅都"冠名的公司,长期蜷缩在一只瘪塌塌的皮包里。他去过儿子的"公司",那是一间租用的旧亭子间,里面除了一张老式电脑桌,只有一张设备先进的麻将台。大凡来上门的,除了麻友,就是债主。有一天警方也找上门来了,通知他儿子去戒毒所报到。他这才什么都明白了。

被警察带走之前,儿子跪在他面前痛哭流涕。他很多年没有看到男人的眼泪了,那一刻,他心如刀绞,就是舍命也愿意。如果不是他当年的磨难,儿子未必会落到这步境地。

儿子最大的一个债主,是浦西红房子附近,一家叫"顺风堂"的老板覃国禄。此人名下店铺很多,号称除了军火和毒品,什么都做。他把一沓厚厚的欠条和账单撂在陈药师面前。陈药师懒得看,只说了一句,报价吧。

覃老板看来做了一点功课。他先给陈药师讲了一个故事。这个故事的主人公之一,是一个小名叫阿满的小瘪三。覃国禄的父亲覃顺生,早年在一家古玩店做伙计,跟古希伯大师交情不浅。早年古希伯到上海,多半在古玩店落脚,老板邰先生,是个壶迷,跟古希伯称兄道弟了很多年。晚上古希伯就跟覃顺生在一张铺上抵足而眠,很谈得来。每天睡前,覃顺生总要给他烧一锅洗脚水,若是古希伯访友回来晚了,他不但给守门,还跑出去给古希伯买夜宵吃。

有一天,古希伯听说覃顺生要结婚了,就送了一把自己的新作匏瓜壶给他,作为贺礼。这一份礼太重,差点把覃顺生给压垮了。他人忠厚,把壶送到邰老板那里,说自己不敢受。邰老板倒是宅心仁厚,说,既然是送给你的,就收下吧。

自此,匏瓜壶就成了覃家的命根子。

后来古希伯的声誉与壶价,像吃了天风的鹞子,扶摇直上。覃家的这把匏瓜壶,长年被包在一床旧棉絮里,吊在阁楼的房梁上。只有到大年夜,全家人喝完守岁酒,才用此壶来泡一壶茶,算是过年的最高礼遇。

古希伯成名后很忙,到上海公干,有时也会造访覃家。偶尔问起那把壶,覃顺生便急忙把吊在梁上的棉絮包放下,七手八脚,一层一层,像剥笋一样,把壶拿出来给古希伯看。古希伯笑笑说,我就被你这么吊在半空里啊!壶要用,经常泡茶,才会有包浆,茶壶的精神才会养出来。覃顺生说,这把壶就是我们全家人的命,你总不能让我拎着一家人的命来泡茶吧。

阿满刚懂事的时候就知道,他和一家人的命,并不在自己身上,而是在阁楼上那个吊在空中的旧棉絮包里。直到有一天,他贸然决定用这一家人的命,去干一件大事。

这一年的大年夜,全家人喝过守岁酒,父亲兴致很高,让他把匏瓜壶从梁上拿下来,并取出一包朋友送的大红袍茶,说要泡一壶好茶给大家喝。

阿满知道瞒不住了。他支吾半天,扑通在父亲面前跪下。

他请父亲相信,他之所以把壶拿出去,是要干一件惊天动地的大事。他一定会成功的,到那时候,壶不但会完璧归赵,而且,覃家也会咸鱼翻身,过上人人钦羡的好日子。

可是,覃顺生在确信他的镇宅之宝已经不在了的时候,任凭儿子怎么解释和表态,急火攻心,一头栽倒在地。

他本来就有心脏病,血压也高,这天又喝了酒,要不出事也难。他这一辈子平平淡淡,唯有与古希伯的交情,才是他一生中的亮色。而匏瓜壶,等于是押在他命上的一个秤砣。

阿满是把壶押给了一个收藏界的大佬,换得一大笔钱。按契约,三个月内,他若能偿还这笔钱和不低的利息,对方就把壶还给他。

起因,是一个行内的朋友,透露给他一个据说非常可靠的"内部消息",一只极具潜力的股票,正在他眼皮底下走过。胆大有得英雄做。若是不把身家性命投进去,他会抱憾终身。

但是,那只股票并没有在预期的时间里发力,而是像扶不上墙的烂泥一样,一泻千里。父亲在大年夜震天的鞭炮声里,被送进医院的急救室,最后的遗言,只有三个字:败家子!

这是阿满人生的第一个麦城。人前人后,他都抬不起头。

半年之后,那只股票突然飙升,疯了一样直冲峰顶。

终于等到了盆满钵满的时刻,他拿着钱去见那个收藏界的大佬。契约的时间已经过了,他愿意用加倍的钱,把壶赎回来,祭奠父亲难以安眠的亡灵。

可是,大佬告诉他,这几个月里,他也经受了一场滔天巨浪,撑不住了。那把壶,前不久已经改换门庭,落到苏州一个富商手里。

追壶的那些日子,他失魂落魄,无心茶饭。壶,在偌大的江湖上,不断易主。真真假假,故事套着传说。每到父亲的忌日,他椎心泣血,愧疚难填。

钱再多,也不济事。那把壶,一直是他的一块心病。

多方打听,终于知道,宜兴蜀山古南街的"聊壶茶坊",有一把古希伯的鲍瓜壶。他不声不响去过古南街,还在"聊壶茶坊"讨了一杯茶喝。当他看到那把久违了的鲍瓜壶静静地躺在壶柜里,眼前突然闪过父亲那苍老的脸庞,以及临终前那万箭穿心般的目光。

他不怎么懂壶,也不知道此壶的来路。但感觉告诉他,这把壶是对的,跟他们家的那把壶完全一样。

他仿佛听到了茶壶的声音:我想回家。

当时,他有电光般的冲动,想用最简单的方法,付钱,拿壶,走人。

不过,他已然不是当年那个冒失的阿满,而是上海滩上有名的"顺风堂"老板。

他相信,壶真要回家,它自己是认识路的。

陈药师的故事讲到这里,节奏慢下来。

其实,后面的故事还用讲下去吗?

也就是说,这把匏瓜壶,不但可以帮陈药师化解一个危机,还能救赎一个有钱人缺失的心灵。

问题是,眼前的这把匏瓜壶,是高仿,不是古希伯的原作。这句话一旦讲出来,这个故事还可能有一个圆满的结局吗?

叶朝贵仿佛看出了我的心思,趁我上洗手间的时候,走到我边上,悄声说:你可千万不能说这壶是高仿的啊!

我说:可我这人不会说假话啊!

叶朝贵说:刚才你也听说了,已经有一条老命搭在壶上了,你还想弄出几条人命来?我干爹身体不好,最近查出来胃癌肝转移,已经是中晚期了。他自己已经知道,所以他要抓紧把这件事交代好。

说罢,把一份复印的医院诊断书,在我面前晃了一下。

来的路上,他只说陈药师身体不好,关键时刻才亮招,是不让我有时间找退路吧。

我心口突然一阵堵,走到门外给少求打了个电话。她听了一会儿,说:子厚,你先保持沉默吧。回来再说。

接下来,陈药师招呼大家吃点心。城隍庙的南翔小笼包有点甜,卤汁是多的;桂花赤豆糖粥,甜,还是甜;银耳羹里的桂花,倒是真真切切的香且入味;还有一道蟹壳黄,葱油鲜肉虾仁馅,烤得酥软焦黄,好吃。陈药师说:你岳父当年来上海,最爱吃麻油素菜包,这个你也尝尝。

陈药师自己不吃,一直在帮我挑点心。我心里有事,有一搭没一搭地跟他扯闲篇,似乎所有的点心,都是一个味道。

叶朝贵在陈药师面前,吃相有点扮文雅,免不了嘴里还是发出很大的声音。老潘倒是不声不响大快朵颐,很快吃出一头汗来。陈药师低声在我耳边说:"顺风堂"的覃老板,想跟你见个面,顺便吃个晚饭。

如果赴约,我就要充当一份证书的功能。既然覃老板去过"聊壶茶坊",那他一定见过我,而我不一定记得他,每天出出进进的访客很多,我哪能记得住每一张陌生的脸呢?

既是成人之美,本可多多益善。但是,壶是仿品,这是无法改变的事实。直觉告诉我,这顿晚饭我不能吃。

我假装胃疼,这是笨人的办法。隔夜睡眠不好,我的脸色本来就灰扑扑的。我的推却之词一出口,叶朝贵和老潘相互看了一眼,不吭气。

陈药师伸出手,帮我按了一下脉,说:脾胃是有点虚,心神也有些不定。钦先生是否有什么放不下的事情?

我说:倒也不是。我体虚,脾胃不健,平时不在外吃饭。今天家里

第十六章 | 脑洞大开　　　　　　　　　　　　　　　303

还有事,所以要赶回去,还请陈老伯海涵。

陈药师摇摇手,脸上泛起由衷的伤感,叹道:见一面,少一面。你岳父的事,谁能想得到?

我的心里起了一阵涟漪。要是老爷子在,声音一定是最响的,这会儿哪有我说话的份。

陈药师的手机一直在响,他并不在意。不知是耳背,还是无所谓。叶朝贵替他拿过来看了一眼,迅速交给他,还跟他耳语了一句。

陈药师接通电话,含糊地支应几句,站起来,绕到屏风后面,声音压得很低,我只听清最后半句话:那就吃茶。

他放下手机,对着我说:无论如何今天给我一个面子,不吃饭,就一起吃口茶吧,覃老板就在附近,他马上赶到。

看来,今天是躲不过了。

五分钟后,进来一个人,眉目很淡,也看不出确切的岁数。咖啡色外套,黑泥裤,麂皮鞋,有一种随意的考究。陈药师给他让座,他执意推托。两人客套着,终于落座。隔着茶几,我闻到了此人身上一股淡淡的男士香水味。

服务员进来换茶,客人低声说了一句什么,拿出一张白金卡,服务员点头,迅速退出去了。

客人说:我是这里的老客户,有自己的茶具和茶叶,各位不介意的话,就让服务员换一下?

我顿生反感。你有白金卡,关我们什么事?我们的茶具上有病毒吗?一进来就耍牌头,这茶,还有什么好喝的。

陈药师看出了我的不悦,站起来说:覃老板,时间也不早了,其实喝什么茶不要紧,主要是一起说说话是吧。

客人看了我一眼,笑道:若是钦老板介意,这茶就不换了。不过,在我,感觉有点怠慢了贵客。

我不冷不热地说:不客气!还是抓紧说说话吧。我还要赶回去呢。

客人还是笑嘻嘻的,说:其实我只要钦老板说一句话。

我心里咯噔了一下,装作若无其事地说:该说的话,我全部都跟陈药师说了,难道还要重复吗?

客人的脸收紧了一些,说:钦老板是金口,能当面聆听您的赐教,实在千载难逢啊。

我感觉事态的发展,一步一步在按着叶朝贵而不是陈药师的剧本走。在他的示意下,老潘移开那些盛点心的碗盏,把匏瓜壶放到了茶几中央。

客人的表情,本来是淡定的。但他见到匏瓜壶,神色就起了微妙变化。他在努力克制着什么,声音变得低沉:钦老板,我可以上上手吗?

我说:现在壶是陈老伯的了。

陈药师接过话头,笑得有点勉强道:罪过罪过。

客人从随身小包里拿出一副白手套,一丝不苟地戴上,像电影里的慢镜头,他先是细细端详,轻轻抚摸,然后又看了壶底,打开壶盖时那份小心翼翼,仿佛让现场所有人都跟着他屏住了呼吸。

突然,他眼睛一红,眼泪像断了线的珠子一样往下掉。

在场的人面面相觑。

客人把壶抱在了怀里,声音哽咽:爹,爹!我找到了。你放心,我会带它回家的。

客人一时情绪有些失控,竟然一本正经地哭了起来。

还用往下谈吗?我用目光征询着陈药师的意见。他不置可否地摇摇头。

叶朝贵走到我跟前,耳语道:成了,要的就是这效果。

我心里说:不成啊。他其实是不怎么懂壶的。可能是他对此壶倾注了别样的情感,而忽略了壶的真伪。

客人开口了:这么多年,我看过江湖上很多把匏瓜壶,都说是古希伯的真品。看来看去,没什么感觉。只有这一把,才跟我家当年阁楼上棉絮包里的那一把有一样的感觉。

客人又说:前些日子,当陈老伯跟我说,壶在宜兴蜀山古南街的时候,我连夜开车到了蜀山脚下。清晨七点钟就在"聊壶茶坊"等开门,一直等到上午八点,门终于开了。当时店里,钦老板您还没在,是一个叫阿青的店员接待我的。她很热情,但不怎么懂茶壶。她给我倒了一杯热茶,就在店里打扫卫生了。我一眼看到,匏瓜壶,就安安静静躺在右边第二个茶壶柜子里。第一眼就有感觉。我看东西,就凭感觉。什么专家的话,我都可以忽略不计。当时我眼睛里,感觉有点火花直冒。这时,您从里屋出来了,当时店里有好几个客人,正巧有个熟人叫您,您就跟我擦肩而过,跟那个熟人打招呼了。

我拱手道:抱歉抱歉!

客人正想说什么，搁一边的手机震动起来。他看了一下，有一秒钟的犹豫。他下意识地站起来，神态有点游离。看来这是一个很重要的电话。说话的当口，人已经走到屏风外了。

陈药师有点警觉地跟叶朝贵交换了一下眼色。

我看一下时间，突然觉得，如果客人的这个电话来自一个更大的气场的话，那么，于我，一个绝妙的脱身机会是稍纵即逝的。我迅即给少求发了一个打电话的表情包。大约过了二十秒钟，少求的电话来了，声音很响地说：到哪了？什么，还没动身啊，小小的班主任今晚要来家访，杜老师还等着跟你见面呢！

这时，客人打完电话回来了。我看他一眼，心下明白几分。这个时候，我反而是一副笃定的样子，对着话筒说：不行啊，这会正谈事情呢。

第十七章

一道坎

给龅瓜壶写证书，于我，就是一道坎。

叶朝贵三天两头来盯着，说陈药师想要证书，希望我早点动笔。证书一到，事情一了百了，老人家还能多活些日子呢。

似乎，证书成了陈药师捏在我手中的一份生死文书。

那天的一个电话，果然改变了覃老板的气场。他变得有点心神不定，尽管在竭力掩饰。按我的判断，如果不是特别棘手的事，像他这样的老板，是不会乱了方寸的。

想提前撤退的，本来是我。末了，却变成了他，说突然有点急事，他反复表示抱歉。他说如果可能，最好我能在上海住一晚，就到他与朋友合资的某四星级宾馆，我会受到宾至如归的礼遇。

这趟上海之行，我专门去说给裘师父听了。特别是所谓的证书，能不能写，怎么写？

裘师父反问我，如果不写这个证书，最坏的结果是什么？

按我的分析，陈药师是个行将就木之人，他离开这个世界前的最后一件事，就是要把他那不怎么争气的儿子安顿好。从我获得的资讯来看，那个覃老板很认那把匏瓜壶，而一纸由我出具的证书，似乎是矛盾双方的共识，但是，我怎么可以为一把高仿的茶壶写证书呢？如果我坚持不肯写，那个覃老板就会起疑心，陈药师的后顾之忧，恐怕就难解了，包括叶朝贵之类，也是不会消停的。

裘师父看问题，角度与我不一样。他又反问道：如果你承认匏瓜壶是高仿，后果是什么，你想过吗？

这个，倒是没怎么想过。

紫砂收藏圈里，都知道"聊壶茶坊"有一把古希伯的匏瓜壶。你岳父生前也一直是这么说的。如果我不把冒小成的故事告诉你，那么你也会认为，此壶是真的。

慢慢地，我听出意思来了。

裘师父说：古希伯大师生前，在茶壶的鉴定上，也说过假话的。

不可能吧？

我既惊讶，也沮丧，为了自己的孤陋寡闻。

裘师父就随口讲了一段往事。

说是古希伯去世前不久，有一天在医院的病榻上，接待了一位从上海松江赶来的老者，此人脸色青紫，气喘吁吁，看上去状况很差。言谈之间，说到自己有一把祖传的供春壶，十足的老货，传了好几代。只因最近家道中落，急需一笔解难的钱来消灾。可是，买家怕是假货，不肯贸然收进，说除非当今壶艺泰斗古希伯大师给做个证明。说到此处，老者遂将茶壶从包中取出，一层一层解开，放到古希伯床前。古希伯将茶

第十七章　一道坎

壶拿起来看了看,又端详一下老者的脸色,一时沉默不语。老者心急,身体几乎支撑不住地摇晃起来。古希伯看着不忍,终于说,恭喜你,老人家,这壶是对的。

老者破涕为笑,走的时候,仿佛换了一个人。

那次,古希伯还破例依老者的要求合影留念。这应该是他留在这个世界上的最后一张照片:面容消瘦、体将不支,但目光里,尚留温煦。老者手捧那把祖传的茶壶,挨在古希伯旁边,由此传递给人们的信息是,古希伯看过并认可此壶,这等于是此壶的护身符了。

可是,老者走后,古希伯对身边的徒弟长叹一声,说:此壶不对!

徒弟惊讶,师父何苦对一把假壶说是呢?

古希伯说:我看他岁数比我还大,脸色发青,嘴唇赤紫,估计有严重的心脏病。此壶一看就是近代仿品,工手一般。我怕说了真话,他承受不住打击,毕竟命比壶重要。我这是向生命妥协啊!

在场的人,无不动容。

古希伯说他这辈子,看过不下几十把供春壶。持壶者都说是祖传的。可看来看去,基本都是仿品。他一直认为,历史上,到底有没有供春这个人,到底供春是男是女,会不会做壶,还有待考证。哪来这么多供春壶流传于世呢?

听到这里,我忍不住插话道:那把假供春壶,因了古希伯的合影,岂不是以假乱真了吗?

裘师父一笑,说:别急嘛。

一直到临终前,回光返照之时,古希伯又提起此事,彼时说话已然艰难,但还是一字一句,交代得清清楚楚:上海松江老先生……拿来鉴定的供春壶,是仿品。我死后,你们要写文章……把它扳过来。

说完,气绝,驾鹤西去。

听到此处,我浑身汗毛凛起。

这才是古希伯啊。

裘师父沉吟道:一个人平时说几句真话,是不难的;关键时候说真话,是要把自己攥在手心里。交出去了,就收不回来了。

我突然明白,鲍瓜壶的证书该不该写,该怎么写了。

裘师父没有对我面授机宜。他只是告诉我,不到万不得已,不要提到冒小成,更不要把他抛出去。

"万不得已"。裘师父从来没有说过这样的话。

叶朝贵再次来店里的时候,我把一封用小楷写好的鲍瓜壶证书,郑重地交给了他。

信封上,一笔不苟地写上"陈药师老伯亲启"的字样。

叶朝贵说:我可以看看吗?

我说:不都是你一手策划的吗?

叶朝贵说:您一向惜墨如金,肯放下身段,为我干爹写这样一份证书,我先代他谢谢您!

说罢,他一本正经地朝我鞠了一躬。

我摆摆手,说:我希望这事到此为止了。

叶朝贵嗯了一声点点头。

这份证书,寥寥几句话,却花了我整整一个晚上时间。

我起先只是一个旁观者,知道它一直在我们家,是我岳父视如手足的收藏品。后来,岳父亡故,我成了一个暂时的保管者。至于它身上有多少故事,孰真孰假,与我无关,也无权置喙。

此壶一旦离开"聊壶茶坊",解释权就不再归我。希望江湖诸君,仁心为怀,善待此壶。

叶朝贵看完证书,感慨了一句:钦老板真是滴水不漏啊。

高振鹤最终还是把街对面老钱家的房子拿下了。

起因是,老钱为了此事一病不起。他住院了,据说是心血管方面的毛病,可能要动大手术。钱家的子女拿不出一大笔看病的钱,卖房子的事,就加快了议程。

不过,这一次高家父女并没有出面,而是由一个叫"丁助理"的角色,瘦高个、细胳膊长腿的中年人,在帮着高家打理相关的事务。

他提着两只南京盐水鸭,说高总让他带来的,满脸堆着笑,算是来拜了码头。

高小臻倒是给我打了一个电话,说买房子完全是她父亲的主意,是老爷子看上这块风水宝地了,原则上他们不会拿它作商业用场,而是用来休闲度假的。从此,就是邻居了。

她并没有说请多关照之类的客气话。

她还问我：什么时候有机会来南京，总不会一点时间也没有吧？

言外之意，她希望跟我在南京见面聊。

有什么可聊的？我感觉高家父女的秉性里，攫取和占有欲比较强。我们只是过清闲日子，他们是每天都要扩张的。切！

这天放学后，小小的班主任杜老师来了。她看上去四十岁左右，微胖，样子很和善，但说话其实是带着点机锋的。她给我们带来的一个所谓的确切信息是，钦小小同学早恋了。

少求和我虽然没有表现出意外的惊慌，但内心的焦虑还是显而易见的。之前小小收到"求爱信"，我们就已然是惊弓之鸟，可那还是男孩的单相思，应该跟"过家家"差不多吧。杜老师说早恋，语气是严肃的，似乎性质已然改变，是男女双方的事了。而早恋的另一方，不用猜就知道，是丁小柏。

杜老师倒是没有表现出痛心疾首的样子。估计此类情况，她也见怪不怪了，但她对我们的第一反应有点失望。她可能忽略了一个基本事实，钦小小的母亲就是一个有经验的中学教师。在她锋利的语言引导下，我和少求被要求面对一个严肃的问题：从开始的"不屑一顾"，到后来的"倾心投入"（此处引用杜老师原话），钦小小同学怎么会走到这一步呢？

我倒是松了一口气，宁愿这是一个天大的误会。

可杜老师手里，还掌握着一些数据和细节。比如，钦小小的文具盒，一个月之内换了三次，最漂亮的那一个，是美国货呢，她上网查了，价格很是不菲。这也只有丁小柏送得起吧。再就是钦小小的运动鞋，也是一种最时尚的连她杜老师都说不上来的牌子。

她想表明自己不是在妒忌，但她明显带着情绪的表情，逼着我们去瞎猜，她是有着某种失落的。估计她的孩子远没有这么堕落而幸运。在说到小小的运动鞋时，她下意识地把自己的脚往回缩了一下。

我很想纠正她一下，小小的文具盒，其实不是什么正宗的美国货，而是从浙江某个县城的小商品市场淘来的山寨版，是少求的一个同事送的。即便是美国货，又怎么样，就一定是丁小柏送的吗？

可是，我忍住了。我只是不像一开始那样为小小着急。

再比如。杜老师继续说。丁小柏之前的成绩，在全班是倒数第三；钦小小呢，一直稳定在全班前二十名左右。最近，丁小柏的成绩突然飙升，简直如有神助。而钦小小呢，"滑铁卢"这三个字，在她身上得到了充分的验证。她竟然顶替了丁小柏原来的位置！

为了避免我们遭受更大的打击，杜老师在尽量注意用词的尖锐性。倒是少求的耐性在不断遭到挑战后变得有点脆弱，她反问了杜老师一句，当然是小心翼翼的：当如有神助的丁小柏成绩成为全班的奇迹时，学校当局有何评价？是否在一场荒唐早恋中，成绩的飙升与滑落，必须区别对待？

杜老师选择了以退为进，她说一切还都没有结论，她只是把情况通报给我们。然后她试探地问了一句：听说你们和丁同学的父亲是关系不错的朋友，方便的时候，两家的家长也不妨沟通一下嘛。

少求回了一句：丁如柏是校董，杜老师应该早就去拜访过了吧。

他是什么态度呢?

杜老师呵呵地笑了:丁总还是很配合的。

这天吃晚饭的时候,我和少求在饭桌上故意不提杜老师来家访的事。而小小估计事先听到了一点风声,吃饭时有点心神不定。

你今天怎么吃得这么少啊?少求似乎漫不经心地问她。

妈,你才吃得少呢。小小锐利地抓住了问题的实质。我一看,少求的碗里,饭基本没怎么动。

阿青把砂锅鱼头重新热了一下,又放了葱花和胡椒粉。小小不失时机地站起来,给我和少求各舀了一小碗。

热乎乎的汤,泛着葱花,冒着香气。

她这样的举动,可是很少的。

嗯。我喝了一口,味道真不错。

少求也附和着,吹着碗里的热气,说:今天这太阳,怎么从西边出来了呢。

小小看了我们一眼,说:只要你们愿意,我们家的太阳,可以天天从西边出来。

我把碗一搁,故意沉着脸说:你想晒死我们啊。

我还可以给你们配遮阳伞啊!小小貌似娇憨地一笑,同时一双骨碌碌直转的眼睛,警惕着我们的一举一动。

我的眼前,晃过杜老师那张严肃的脸。更真切的感觉是,小小还是小小,还是我们的小棉袄啊。

事实上，我和少求都觉得，初中生的所谓早恋，是放不到桌面上来谈的。孩子那种萌芽般的不稳定的情感，不应该被穿上世俗的粗粝外衣，贴上"早恋"的标签。即便是小小过早地喜欢了一个男孩，无论如何，这毕竟是她自己的一份情感，就像她可以喜欢小猫小狗一样。这尽管跟喜欢一个人不一样，但是情感这东西，异常地脆薄，只能由她自己慢慢安放。

至于小小一落千丈的成绩，少求有忧虑，我倒是不太担心，因为我知道我女儿的智商。私下里，我还跟少求耳语，难道你怀疑咱俩的遗传基因吗？

钦小小同学的成绩，最终不会差到哪里去。所谓的"早恋"，我相信多半是别人强加给她的，我相信我的女儿。

我和少求考虑的，倒是丁小柏背后的那个人。有迹象表明，是他在鼓励儿子跟小小接触，是他在向儿子提供必要的物质支撑。他想干吗？我和少求不约而同地想到了这个问题，但是，并没有展开讨论。因为我们对小小有信心，还是要等一等，看一看。

这天，小小为了讨好我们，还告诉了我们一个她姥爷生前的秘密。她拿出一张叶云芝年轻时候的照片，黑白而泛黄，照相和冲印技术很一般，但画面上年轻的叶云芝还是绽放着一个难得的笑容。细看，她眼神里还隐含着一点抑郁，但总体上还是蓬勃向上的仪态。背景是山峰，旁边是竹林和隐约的溪水。不知道在那个物资匮乏的年代，是谁帮她拍的这张照片，无疑是太珍贵了。少求拿着这张照片久久凝视，一时无语。而我的疑问是，老爷子怎么会把这样一张照片，给了他尚未启蒙的外孙女保管呢？

小小说：姥爷开始没告诉我她是谁，只是问我，她漂亮吗？我说很漂亮，问这个人是谁？姥爷说，她是一个很爱这个家里所有人的人。不过，她不会在这个家里出现。姥爷去山里的时候，把照片悄悄给了我，说要好好藏着，还让我不要跟你们说。后来，我在医院病房里看到了叶奶奶，才知道她就是照片里的那个女人。

少求说：这张照片，就放到姥爷的房间里吧。

老爷子走后，他的房间原封不动地保留着。

转眼就过年了。

大年初一，老潘带着他的家人来拜年。这是让人感到温暖的一幕。他扛着一大包冬笋、板栗，还有一刀腊肉。瘦小的妻子抱着一个婴孩，倒是肉嘟嘟、壮蛮蛮的，他们叫他小笙。她身后还跟着孩子的母亲，虽然脸色不算开朗，但看上去气血是旺健的，人也长得清秀。我们终于知道了她的名字，叫竹敏。想想过去的一年，这家人经历了那么多变故，也真是万难，活下来的人是何等不易。

按照当地风俗，少求给每个人盛了一碗桂圆红枣鸡蛋汤，是必须要吃掉的，这叫"吃发"。然后，给孩子发压岁钱，少求没半点犹豫，就给了小笙一个大红包。老潘掂了掂分量，说：太多了。少求说：讨个口彩，发禄发禄嘛。你开年把那片茶叶地经营好，把梅占的品牌打出来，好日子一定会来的。

老潘恭恭敬敬走到老爷子的遗像前，带领全家人给老爷子磕头，还上了一炷香。

袅袅的香气里,我把老潘拉到一边,说:你儿媳就一直这样啊?

老潘低声说:跟她谈过了。她说孩子还小,暂时就这么过。将来她要是有了人,我们不会拦着。她答应把孩子留给我们。她还说,今后,就把她当女儿看。

我点点头,感觉真不容易。眼下也只能这样了。

老潘老婆怀里的孩子突然哭起来。儿媳在一旁说,撒尿了吧。

我从来没有觉得,婴儿的哭声有这么好听。

元宵节的前夜,丁如柏打电话来邀约吃饭,地点定在江左凤凰欧美村的"凡尔赛宫",说是两家人参加,不带别人。这顿饭吃还是不吃呢?少求没半点犹豫,说不吃白不吃,随随便便地对小小说:好好打扮一下吧,你那丁同学的爸爸要请我们吃饭。小小满不在乎地哼了一声:跟你们大人吃饭最没劲了,不就是给你们做做摆设的嘛!

我撑了她一句:你是想让我们做你们的摆设是吧。

小小轻松回撑:像删除手机垃圾一样,把"摆设"二字删除,不就行了吗,大家爽快。

这一顿饭吃的是因地制宜。按理,"凡尔赛宫"应该是西式布置,是常见的那种金碧辉煌的风格。可是丁如柏不满意,他知道我们不喜欢阔绰,但这一天到处客满,他就别出心裁地让人把"凡尔赛宫"布置成中西合璧的格局。真有劳他了——在欧美村他占了不小的股份。菜肴都是特供的。他旗下有农场,食材特别新鲜,这不用说。冷盘里的白斩鸡,暴腌了一下,竟是无比的鲜嫩丰美。丁如柏说,这土鸡,饮的是山泉,吃的是山虫,比我们人吃得还健康呢。

反正,丁如柏请客,就是吹牛摆嗨的集大成。我们得习惯才是。

你们看看,这叫山斑鱼,虎头虎脑的吧。这鱼只有廿三湾山脚下的青石溪里有,你别看它块头不大,肉质非常绵密,基本无刺。丁如柏不无得意地说。这种数九寒天,让人下到溪河里去扳鱼,成本还是不菲的。只有在青石溪的鹅卵石下,才能找到它。两个山民搞了一天,就搞到一斤多。

如此折腾,岂不是暴殄天物吗?像捧哏一样,我附和一句。

大凡这样的场合,我想应该有人配合他,才有劲。哪怕是说点风凉话,也让他感觉一下被嫉妒的快感。

还有一道烤全羊,一只三个月的乳羊,用文火烤四个小时,其肉质的鲜美,简直无与伦比。

就是一道普通的冬笋咸肉汤,在丁如柏的舌灿莲花里,也不同凡响。我喝了一口,似乎没什么特别,只是那汤,乳白色,不浓不淡,鲜味也不浓烈,是一点一点回甘的味道。丁如柏对每一道菜的夸赞让人麻木,鲜美之类也就容易被忽略了。丁如柏说,这汤是熬出来的,用开洋、土鸡、干贝、海米、火腿,足足熬了十几个小时,当然也是文火。

不过,如果要记叙这顿晚饭,我应该首先忽略所谓的特色菜肴,而用平和的笔墨,勾勒出一位之前名不见经传的女主人,郭兰君女士。

她坐在那里,有一种与生俱来的安静。她老公在那里喋喋不休的时候,她不卑不亢地笑着,并不打断他,可也会在一个节骨眼上提醒他一下,当然是用那种看似不经意的眼神。她看上去有点瘦,跟一般女人骨相是不一样的。她有宽阔的额头,鼻梁挺秀,皮肤白皙,透出一种自然的高贵。

少求叫她"兰君姐"。她则叫少求"灵珠"。她俩说话的时候,手一直是拉着的,少求在她面前,有一种少有的放松,眼睛里一直是有光的。

倒是小小和丁小柏,在这样一种特定环境里,很久才调整好自己的状态。他们玩了一会儿手机游戏,也没什么交头接耳。我突然发现,小小的个子已然直逼丁小柏,如果她换一双高跟鞋,那肯定能把丁小柏的个子比下去。

这个感觉让我挺没劲的,又突然自嘲,我这没劲,是不是有点自欺欺人啊?

但凡家庭聚会,如果没有什么别出心裁的创意,程式上很容易流于一般。无非是主客分层次相互敬酒,一轮又一轮;其间寻找各种能够唤起主宾双方兴致的乐子,主要是夸对方配偶或小孩优秀,男孩肯定帅,女孩当然靓;之后的话题就转到健身、保养、园艺、垂钓、旅游……主人的殷勤主要在于劝酒劝菜,自己当然要一马当先。丁如柏看来还是有备而来的。酒过三巡,他突然挑起一个话题,说谁能唱一首儿时的歌曲,他另有奖励。

我和少求面面相觑。一则我们不习惯当着两个孩子的面,突然回到过去,儿时的歌,哪是想唱就会唱的啊。二来呢,我们感觉郭兰君似乎身体有所不适,她基本上吃得很少,动筷子都是象征性的。说不定,她身体的某种病痛,让她此刻有一种如坐针毡的感觉。少求几次起来给她搛菜,她都礼貌地推辞,说自己吃的不多。而她还坚持给小小搛菜,站起来的时候,身体还略略摇晃了一下。

我和少求看在眼里,希望早点结束这顿晚餐。

可是,没想到,丁如柏话音刚落,郭兰君就把话题接过去了。

今天元宵节!她柔声柔气地说。如柏,我想起了小时候,奶奶教我的一首汤圆歌了!

丁如柏的表情有点意外。看样子,郭兰君的接招,并不在他预先设计的剧本里。

兰君姐,你还真记得啊!

少求一高兴,赶紧走到她身边,给她兑了一杯温开水。

郭兰君接过水杯,润润嗓子,然后把头发往后一甩,清唱起来:

小汤圆,甜又香,
雪特鸾,好白相。
芝麻馅,放红糖。
咸油酥,桂花香。
孙子吃仔嘛藕节长,
孙女吃仔有酒瘪塘。
公公吃仔嘛胡子翘,
阿婆吃仔嘛念佛忙。

……

像纸鸢慢慢在天上飞,声线是若有若无,但每一个字都很清晰地送到耳际。如果有色调,那一定是泛黄的暖色,像精心保管的老照片一样。音色是纯净的,绸缎一样光滑,"好听"二字,用在这里有点苍白,简直是面目可憎。没有想到,文文静静的郭兰君,一出口,竟是这般投入,而且让我们每个人都动容。

少求眼睛里,有薄薄的晶莹感,显然她被打动,并且沉浸到那特定的语境里了,她搂住郭兰君,轻声说:兰君姐,真想和你一起回到过去。

郭兰君看着少求,说:可我们怎么回得去呢?灵珠!

丁如柏给郭兰君斟满一杯酒,说:老婆,这杯酒,你必须要喝。

郭兰君看他一眼,端起酒杯,利落地一饮而下,说:不就是一杯酒嘛,多大点事啊,我要是身体好,你们加起来也喝不过我。

丁如柏带头鼓掌,同时看了我一眼。

他还是在意我的感受。我突然明白,他本意或是想让少求起来唱歌,给他暖场子,然后他还有后续的节目。可是,郭兰君异军突起,打乱了他的计划。

感觉这个郭兰君,有一种潜在的爆发力,看上去柔柔弱弱,骨子里,却有不经意的刚烈在。她喝酒的力道,当在我和少求之上,但她轻轻拿起,轻轻放下,你却又感觉不到她的发力之处在哪。

只是,刚才她唱的儿歌里,有两个词,我没听懂,问少求:"雪特鸾"和"酒瘪塘"是什么意思?

在场的人都笑起来。

我懵懵懂懂的样子有点搞笑？

郭兰君说：你这个宜兴女婿啊，还有待进步呢。

哈哈哈哈！丁如柏似乎笑得特别有成就感。

就连丁小柏，这个进门之后基本冷着脸的小屁孩，也笑得弯下腰来。

小小笑得气急败坏地附在我耳边说：老爸，"雪特鸾"嘛，就是宜兴方言里很圆很圆的意思；"酒瘪塘"，就是酒窝啊。

她还翘起兰花指，在自己的两腮边，各做了一个圆圈的手势。

"雪特鸾""酒瘪塘"，这是我元宵节得到的两个礼物。

我突然发现，我的宝贝女儿小小与这两个词都是绝配。小小的脸是圆圆的，很"雪特鸾"；"酒瘪塘"，酒窝是浅浅的一对，一笑起来，在小小的脸上俏皮地活灵活现。

郭兰君奉献的这首儿歌，不知不觉，就把一个原本乏味的饭局的气氛给改变了。

这个年过得平平淡淡，其实是最好的。人过了中年，追求的就是平淡。古南街就是平平淡淡的一条老街，喧哗是没有的，它也不会像别的地方那样，到处挂着招摇的红灯笼，也没有那么多灯红酒绿的广告。这里的清晨和黄昏，特别宁静。住在这里，让我对"平淡"二字，有了契入骨髓般的认识，内心对这里的喜欢，愈深了。

新年里，请裘师父一家吃饭，也还是件开心的事。不过，不知怎么回事，裘师父喝酒不如以前痛快，隐隐的好像藏着什么事。我当然不便多问。跟他说到书稿的事,我认为这是一部划时代的杰作,应该找个好出版社,好好包装一下。

裘师父平平淡淡地说:先放放吧。

似乎,他对这部书稿还有不满意的地方,总之是没有什么特别的期许。

接下来,就是跑人家、吃年饭。葛家的一些老亲戚,总还要相互走动的。如今老爷子不在了,少求就要顶起一家门户的角色。我们通常是拎着一包礼品,到人家去拜年,然后人家约定俗成要留饭的。传统意义上的宜兴人留饭,通常是八个冷盘六个热炒,外加煨鸡、蹄髈之类的硬菜,鱼必须是鳜鱼。酒席开始,要上"头菜",就是把大家喜欢吃的鱼圆、肉圆、肉皮、冬笋、开洋、肚丝、木耳、香菇、葱蒜之类一锅烩汤,用巨无霸级别的砂锅装着,这才叫"扎实"。然后,再拎着一包别人给的礼物,打着饱嗝打道回府。再然后呢,凑个好日子,把亲戚们请来,还是那些面孔,还是那些菜肴。如此这般,几天下来,肠胃有点吃不消了。我私下跟少求嘀咕:之前爹在的时候,好像吃风不这么盛呢?

少求说:爹在,都是他在撑着门面。他知道你清高,好多应酬都替你拦住了,他自己一个人的年头,哪天不是喝得烂醉啊。

于是,两个人又念起老爷子的好。一会儿少求又泪眼婆娑的了。

记得,大年夜守岁的时候,按当地习俗,我和少求给老爷子、香仪妈妈,以及列祖列宗做了更饭,供桌上放了三荤三素,斟了一壶白福珍。上香磕头的时候,我似乎听到了老爷子低沉的咳嗽声音,眼泪止不住就下来了。此时,他就像与我们对坐,目光温煦,连同他的鼻息。

少求细心,还另给叶云芝老人烧了纸钱。小小在一旁说:这是干吗呀？少求盯着旺旺的火苗,说:她以后,也是咱家的一位长辈了。

年头上,我还和少求、小小开车去了一趟扬州,看望我那老革命的父亲。老爷子住在瘦西湖附近的一座干休所里,身体还算硬朗。他见了孙女的第一句话就是,加入共青团了吗？小小在爷爷面前有点拘束,只是点点头。老爷子脸上便放出光彩来,说我钦家自有革命接班人嘛。

老爷子看上去过得很充实。一圈老友在一起,天天下围棋、打门球。一部自传体的革命回忆录已经出版,印了一千册。怎么够啊？他抱怨地说。到处来要,很快就要再印了。

《长江岁月》,老爷子对这个书名似乎很满意。一位九十多岁高龄的老首长,还给他题写了书名。我却觉得,书名有点大,也有点空,但当着少求和小小的面,又不好说,况且书都印出来了。老爷子解释说,他自小就是在长江边参加革命的,后半辈子搞水利,官至副厅长,足迹遍布长江沿岸。少求一直在称赞书印得好,她看了一下书价,说,不贵啊,她所在的学校图书馆可以买一些,让学生们接受一下红色教育。老爷子一听来了劲,说:这个创意好！书不用买,送！我的书是不卖的。接着他郑重其事地给他的儿媳和孙女各签了一本,唯独不给我。我说:爹啊,怎么就漏了我呢？他瞪了我一眼,说:别装模作样,你啥时能看得上老家伙写的东西啊？

老爷子还是太了解我。我假装委屈,拿出一把用来拍他马屁的茶壶,不是什么名家壶,因为他也不懂。但这把壶我也是精心养过的,泥料和做工很好,柿柿如意壶,想给老爷子讨个口彩。

没想到,老爷子不吃我这一套。他只是朝茶壶看了一眼,说:给我就浪费了,我喝水哪有这么多讲究!

他把桌上的一只看不出什么颜色的搪瓷缸子往我面前一搁,说:世上最简单的事情,就是喝水。什么"柿柿如意",人怎么可能事事如意呢,不就是玩物丧志嘛!

他喜欢骂我,特别喜欢看着我垂头丧气的样子。他知道我是装的,但他很开心,特别是当着少求和小小的面,他做了一回威严的长辈。

他至今还不知道我辞职的事,要不然,不会轻易放过我的。他只知道我在单位不求上进,没什么出息,又姑息我身体总是不好,在古南街养病,对我采取"睁只眼,闭只眼"的态度。我们父子,就像活在两个不同的世界里。对于我来说,他开心就好。

在父亲的床头柜上,放着一张母亲的照片。那是她在坦桑尼亚的工作照,穿着白大褂,身背急救箱,背景是密林和河流。

这张照片,早前父亲是夹在他的日记本里的。

少求拿起镜框,说:小小,你知道奶奶当年在坦桑尼亚救治了多少病人吗?

小小摇摇头。她对照片上那个面带微笑的女大夫,没有任何概念。

奶奶救治了一百多个病人呢。可是,最后,她却牺牲在异国他乡。当年修建这条铁路,中国援建人员牺牲了六十八个,奶奶就是其中的一个。

少求就这点好。她骨子里有深情。许多往事,她比我记得牢。

父亲叹口气,说:她是光荣的。

我却觉得,父亲这一生,被亏欠的,也非常多。这张照片的背后,连接着他太多的寂寞长夜。他为什么不写一本关于母亲的书呢?

　　临走,少求要给他钱,是一张两万元的信用卡,密码是他的生日。他拒绝了。少求说:这是我们孝顺您的一点心意啊。这话老爷子听进去了,眉头是舒展的,不过,口气依然坚决:别给我钱,给了我也是用来交党费!

　　小小过后问妈妈:爷爷干吗要交那么多党费啊?

　　少求说:爷爷是个有信仰的人,交党费,能让他开心啊。

第十八章

春寒

过完年,一年中最冷的时光,才不期而至。

蠡河里并没有结冰,河水还在流动。但是,薄薄的阳光根本罩不住寒彻的潮气,它们在河岸上游走,蔓延在街头巷尾,随了阴冷的气流,无处不在地叩击着每一家的门户和窗棂。

刚入冬的时候,街市上就有卖木炭的,还配套那种钧釉的描龙画凤的炭盆。此时,开着大功率的空调,会很煞风景。倒是一盆旺旺的炭火,便可以将寒意挡在门外,而人的心念,也会被融融的暖意收住。

此时,走进"聊壶茶坊",便见到一盆稳稳笃笃、若隐若旺的炭火喷吐着融融的暖意。炭火盆旁,还煨着几个黄心山芋,散发着隐隐的甜香。

守着店,安安静静的,我在专心地整理《葛家印先生古壶收藏年表》。

我这人,懒是肯定的,但也有定心。只要是被我喜欢上的事,便会心无旁骛去做。半年多时间里,老爷子的临终交代,时时会让我从梦中惊起。我倒是不知不觉钻进那些老壶里了,将两百多把老壶整理了一遍,剔除一些等次较低的仿品,留下的都是名头轰响的大咖名手作品。按照历史年代,连接起一把把老壶来,一个基本的脉络已然呈现。如果让我画一张图,我会毫不犹豫地用这些老茶壶,将近五百年的时光勾连起来。随便拿起一把壶,我会说出它的年代,以及壶手的身世。它是怎么到葛家来的,进门之前,它有什么故事;进门之后,它是否安生,与葛家的哪个传人有哪些牵扯,而所谓的牵扯,便涉及风土、民俗、手艺、审美的范畴。

之所以能够开窍,把茶壶与历史打通,主要还得益于裘师父的书稿《紫砂古壶考略》。于我来说,它简直是一本小百科全书,几乎所有的问题,都可以在书中得到解答。它是我进入紫砂江湖的一根拐杖,我一度甚至离不开它,就是吃饭睡觉,也要把它搁在旁边,如此不离不弃,平生尚未有过。

这一天早晨起来,右眼皮一直跳,不知道要出什么幺蛾子。我这人私下里有点迷信,生活太顺溜了,总要来点小烦恼,这才阴阳互补。上午十点钟的时候,我到街上溜达一圈,刚回到店里,见手机上有两个未接电话,都是少求打来的。我心头一震,莫非小小又有什么事让杜老师抓着把柄了?刚想着,少求的电话又进来了,问我去哪了,为什么一直不接电话?我问出什么事了?她顿了一下,说:裘叔叔出事了。我心头一悸,冲口道:他怎么了?

脑子里首先想到的是车祸。

不料少求说:他被市纪委的人带走了,从今天起接受调查。

简直是天方夜谭。无论如何,裘师父这样一个埋头做学问的人,怎么会跟市纪委扯上关系,而且是"接受调查"。我的脑子一时转不过弯来,在电话里沉默了一会,说:那你赶紧回来吧,见面再说。

可是,少求一直到中午很晚的时候才回来。

她脸色有点灰,包包往凳子上一扔,开口就问我:今天有谁给你打过电话没有?

我不假思索地说:没有啊。

少求说:从现在起,你接的每一个电话,说话都要注意。

我一惊,道:我的电话会被监听吗?

少求说:这倒不至于。但是,你少和外界联系,别人打电话给你,自己掌握分寸,不要随便说话。

什么叫随便说话,有那么严重吗?

我提出一起去裘师父家,看看裘师母。少求说:我已经给她打过电话了,暂时不要去她家。

我两手一摊,到底怎么回事啊?

少求说:现在没有人会回答你的问题。我们先冷静一下。

据少求了解,今天上午九点钟,裘师父被叫到紫砂博物馆的会议室开会,市纪委的两个工作人员,已经在那里等他。二对一的谈话,大约进行了不到半小时,裘师父就被他们带走了。

对此,博物馆的领导三缄其口。事实上,他们也不知道具体情况。

少求又问我:最近是否有人说过裘叔叔什么,比如鉴定茶壶方面,对他有过什么不满之词?

我想了一会,想起一个人,丁如柏。他曾经骂过他"老甲鱼",还说他"专门咬人"。

少求认真看了我的手机聊天记录,眉头紧皱了一下。

你怎么从来没有跟我说过这事啊?她看了我一眼。

我没有觉得这有什么特别啊,裘师父你是知道的,他对谁都这样。丁如柏在他眼里,无非就是一个商人罢了。

她说了一个之前我并不知道的情况,有一次,丁如柏去找裘师父鉴定茶壶,一共十一把壶。裘师父看了,说没有一把是真的。丁如柏很沮丧,跟裘师父谈条件,也就是说,裘师父只要肯为这些茶壶出具真品鉴定证书,他就每把壶给一万元。裘师父当即拒绝,半点情面不留。丁如柏肺都气炸了。

可是,少求判断,市纪委并不是丁如柏这样的人可以左右的。这两件事,并没有内在的关联。

而且,少求说:其实这些年我们只知道裘叔叔很红,领导很器重他。但是,他得罪的人太多了,很多人都暗地里恨他,巴不得他出事呢。

于千丝万缕中,我终于理出了一根丝。那就是,此事应该和丁如柏脱不了干系。我说:要不就找个理由,请丁如柏过来喝茶。

少求想了想,说:暂时再观察一下吧。

她觉得这几天一定要屏住呼吸,不要有任何动静。丁如柏对这件事,一定不会保持沉默的。守株待兔,才是最好的办法。

可是,一连三天没有动静。就连手机微信朋友圈,丁如柏也没有露面。

我有点沉不住气,说:要不我找找桂一诺,他朋友多,至少可以问问情况嘛。

少求说:这个时候到处托人问没有用的。你放心,有人说不定比我们还急呢。

果然,第四天下午,丁如柏突然来访。

他一脸风尘,看上去有点疲惫,说自己刚下飞机,就直奔这里了。

我给他沏了一杯热茶,问:有什么事吗?

他不动声色地说:你师父出事了,你难道不知道吗?

我装愚钝,说:丁总消息灵通啊。他一个退休返聘人员,会有什么事啊?

他倒是不装,一句话就直戳要害,道:看看你心急火燎的,嘴上都起泡了。

那丁总今天专为此事而来?我解嘲地一笑。我师父到底出什么事了啊?

具体情况我还不清楚,但他是被市纪委带走的。一般情况下,如果二十四小时之内没有让他回来,那他就麻烦了。

哦。那怎么办呢?我一脸无奈的样子,好像让丁如柏很受用。

少求对这件事有什么看法?丁如柏漫不经心地问。

没说什么啊。她能说什么呢?我两手一摊。

你比以前坏了。他冲我一笑。其实,少求也是你的师父。以我对她的了解,在某些方面,她甚至可以做我的师父。很多时候,女人永远比男人清醒。

丁总太高抬内人了吧,我们可受不起。要说女中高人,我倒觉得嫂子才是。

你说郭兰君?呵呵,她不是高人,但她是个好人。

就这样,相互把球抛来抛去。泡了几开的茶,渐渐有点寡淡。丁如柏的耐性,似乎也在逐渐消失。其间他皱了两次眉头,都是在不经意间。之前我发现,他一不高兴就会皱眉头。作为一个老板,他总是在计算成本。而浪费的时间,应该是让他很心疼的成本之一。

我估计,这几天他应该联系过少求,但少求没有给出他所希望得到的信息。有一点我不太明白,以丁如柏这样的大老板,何必去花心思对付一个像裘师父这样的老人呢,即便是裘师父得罪了他,他也应该有起码的宽宏大量。

丁如柏临走前,还是留下了几句值得玩味的话。他说等到适当的时候,他想以博望集团的名义成立一个紫砂收藏馆,公开对社会开放。器物这个东西,本身就是个念想。独乐乐不如众乐乐。

傍晚少求回来,我把丁如柏来过的事情跟她说了一下。她在意的,倒是他临走前撂下的几句话。

裘叔叔要是真的倒了,他就可以为所欲为了。她沉吟道。

她说丁如柏小时候就非常爱慕虚名。比如,他谎称自己捡牙膏皮、鸡黄皮积攒下来的钱是路边捡到的。他胆子大,跳过班主任,直接就交到了校长室。结果校长表扬他,班主任还不知道。

奇才啊。我感叹。

少求还说,她分别去找了裘师父的儿子和女儿。他们都是本本分分的上班族。在他们的印象里,父亲一生只做学问,从来不恋金钱。他鉴定的茶壶千千万万,可家里并没有什么值钱的茶壶,跟"贪欲"二字,绝对挨不上边。他们甚至没有把父亲被市纪委带走当一回事,因为他们相信父亲是清白的。

我突然想起了邢飞燕。她毕竟是疗养院的副院长,跟领导接触多。我拨通了她的手机。她说,疗养院原则上只接待省农垦系统的干部职工来疗养,跟地方上联系不多。但她也相信,她公公会没事的。

少求跟我要手机。她仔细重看了我和丁如柏关于杨凤年"竹段壶"的聊天记录,然后,犹豫着,又跟我要老爷子的日记本。

她表情凝重,似乎有一种出征的意味。

之前,她总是有意回避那几本日记本。原先只以为,她不想进入那些遥远的往事而平添伤感,现在突然明白,她想跟紫砂江湖保持距离。她不在乎钱和虚名。她只想跟家人过一种本分的平凡日子。

从这天夜里起,少求便进入了一条时间的隧道。有时,她唏嘘,有时,她亢奋。按捺不住时,她在屋里走来走去。有时也会让我一起辨认老爷子潦草的笔迹。显然她进入那些老壶非常快,我戏谑地说她有童子功,因为她说过,在她的少女记忆里,夜深人静的时候,她从睡梦中醒来,一个常见的场景,总是父亲的房里亮着灯,他把自己埋在一堆壶里,不知道他在搞什么名堂。有时她会披衣而起,摸索着,烧一点夜宵端过去,哪怕就是给他热半碗菜泡饭。而父亲来了兴致,就会随手拿起一把壶,给她讲一个遥远的故事。有时,故事里有凶险,也有传奇。父亲讲完,看到女儿一脸惊愕或者一头雾水,他也会后悔。内心里,他希望女儿过得单纯而平安,不让她接近紫砂江湖。可是,生在古南街,怎么可能回避得了?那么多的紫砂壶,拴着他葛家几代人的命,命与命之间,都是勾连、传承的关系,他怎么撒手,怎么可能撒手?

这天的后半夜,我被少求摇醒。她让我看老爷子日记本里用红笔写的那句"一壶救一人,值得",然后问我:这把壶,现在在哪里?

我睡眼惺忪,脑子有点混,说:不知道啊,天亮了再说。

起来起来,天就要亮了。

少求两眼放光,完全是在场的状态。她把我拖起来,把老爷子的日记本放到我面前,说:现在你就帮我找出来。

此时我已然清醒,打了个哈欠,告诉少求:蹊跷的是,日记本里所有的茶壶,都已经对号入座,唯独这把竹段壶,怎么也找不到。

少求想了半天,突然找出一张字条给我看。

　　凤川湾村后山岗白果树旁看山小屋。

这不是叶云芝临终前,写在手心里的一句话吗?

我突然来了灵感,脱口道:会不会就是藏这把壶的地方?

少求有点迫不及待,说:天亮后,我们去一趟吧,也不远,开车大约四十分钟。

可是,细想想,又觉得可能性非常小。

因为,整理老爷子的日记本,我对他做事的风格,基本有了些掌握。他很严谨,并不是一个玩浪漫的人,也不会跟自己的后人捉迷藏,除非有难言之隐。杨凤年的竹段壶，在老爷子的收藏里，比较稀缺，但还不是最具分量的作品。比竹段壶名头大的茶壶，他也就是随便往阁楼上一放，或放到南山坞那间房子里。

当时，叶云芝临终前在手心里写下的这行字，很容易让我们联想到，老爷子把最重要的东西交给她保管了。对于老爷子而言，还有什么能比壶重要呢？

之所以没有立即去这个地方，我和少求不约而同的想法是，先放回自己的一颗平常心。还有一层顾虑是，我们并不是叶云芝的合法继承人。

此刻少求的判断是，因为杨凤年是历史上最有名的女壶手，父亲非常看重她的壶艺，不止一次在她面前提到过杨凤年的名字，把杨凤年的茶壶送给叶云芝，从情感上完全说得过去；从含义上说，竹段为山间常见，它可以在乱石中穿行，顶破一切阻碍，生命力非常顽强，且有韧有节，风骨天然，跟叶云芝还是很配的。

不过，等我们真的赶到叶云芝说的那个看山小屋，眼前的景象完全让我们惊讶不已——就是在竹木葱翠的山顶上，一间行将颓败的红土小屋。门，虚掩着，我们慢慢走近它，突然，一只什么黄乎乎的小动物，长尾巴，眼睛是绿的，呼地从里面蹿出来，飞快地夺路而走。

少求惊叫一声，扑进我怀里。我一把抱住她，脚底没站稳，差点摔倒，心头也是一阵发悸。

少求突然有了放弃的念头，拉着我的胳膊，说：子厚，我们走吧。

我站着没动。

半晌，我抓起一块石头，朝屋里扔去，没有动静。

突然一阵恍惚。会不会是叶云芝弥留前的一种幻觉，让她写下这行文字？

一个正常人，能把重要的东西藏在这里吗？

不管如何，既然来了，还是要进去看看。

天光明朗，周边是深深浅浅的绿树。附近的竹林里，不知什么鸟儿，叫声悠扬而婉转，随风传来。

我顺手从地上捡起半截木棍，一步一步走进门内。

或许这是世界上最简陋的看山小屋了，几乎没有什么家具，连一张简易的桌子，也残了一条腿。杂乱堆放的茅草上，有几处动物发干的粪便，还有一个踩瘪的易拉罐。靠南的土墙上曾经开过窗子，现在已经被几根交叉的木条钉死。北面的屋角，废弃的土灶上，倒着一只黑乎乎的瓶子。再过去，一张落满灰尘的破竹床上，有一个被动物咬破的草席枕头，到处撒落着米黄色的稗草籽。当地人习惯用这种草籽来做枕头，清火气，且柔软。

少求跟在我后面，一脸惊诧地朝四周看看，说：叶阿姨会不会是梦游时，写下这个地址的呀？

她找到一把破笤帚，把地上的茅草往门外扫。灰尘腾起，我俩只能到外面躲避。少顷，我俩再次进到屋里，挨着墙根，几乎是一寸一寸地在寻找——这种感觉很奇妙，我俩是来觅宝的吗，既搞笑，也有点荒唐。

所有可能藏匿东西的地方，屋檐下，墙根里，竹床下，房梁上，都找遍了，什么也没有。

走吧,我们来过了。我自嘲地一笑,说。

慢点慢点!少求突然在朝北的旯旮里站住了。

我走过去一看,被掀开一捆干茅草的朝北屋角,有一块脸盆大的地方,泥土的颜色跟旁边的泥土颜色不太一样。

都是红土,这山里常见的土色。但是,有一块被挖过了,它就有了浅浅的一圈跟周边不太一样的边界线。

突然有一种与侦探小说里某个情境相遇的感觉。

没有挖掘工具。突然想起,我的钥匙圈上,有一把瑞士军刀。虽然没有挖土功能,但锋利的刀尖很快就把表面松软的泥土掘开了,挖下去大约两三寸,裸露出一截黑色的塑料袋。继续扩大挖掘的范围,少求也蹲下来,用手把松土扒开。不一会儿,就把塑料袋拿出来了,打开死结,里面严严实实包扎着的一只朱红色的壶匣映入眼帘。

太不可思议了。

我小心翼翼地把壶匣取出打开,里面有一封信,单独用两层塑料纸包着。

你好!

你能看到我的这封信,证明我们有缘,但我已经不在人世了。

我叫叶云芝,一个苦命的女人。我的身世本该与茶壶没有什么关系,但我已到了生命的尽头,这把双蝶壶,是我留在世上唯一的遗憾。我本想把它交给他,我一生唯一爱过的男人。但是,当年赠我茶壶的江灵凤大师,曾经对我说过,如果真有那么一天,他肯娶你,跟你一起过日子,你才可以把壶交给他。江大师自己的婚姻很不幸,男人负她,她对男人普遍没有好印象。但她对我,真的是像待自己女儿一样。双蝶壶,是江大师对我和他的祝福。我当时答应了江大师,我不能违背自己的承诺。

他待我是好的。他是个好男人。但是,最终他没有娶我。他有他的难处。后来,我们也不需要这婚姻了。我不怪他。我就要死了,我没有可以托付这把壶的人,只能把它埋在这里。以前我上山干活时,经常在这里歇脚。我死后,骨灰就撒在这山头上。

既然你是发现这把茶壶的人,我希望你有好心,能把它捐给紫砂博物馆。如果你想自己用来收藏、泡茶,也是一件美事。但最好不要用来买卖交易。最金贵的茶壶,也是身外之物,金钱有时也会给人带来祸害。

叶云芝

少求轻声读完信,无声地抽泣起来。

我的心头有巨大的轰响。随之,也有隐隐的痛,真真切切。

我们轻轻地打开壶匣,是一把米黄色的茶壶。本山绿泥,花器。壶体圆润饱满,壶盖之钮,是一双对吻的蝴蝶,一青一白,翅颤欲抖,雕镂得惟妙惟肖。

茶壶的底款是"灵凤手制"。

我的内心涌起敬意。叶云芝,这个世界上最一无所有的人,把什么都看得那么明白、通透,我突然觉得,她才是世界上最富有的人。

江灵凤是跟古希伯齐名的花器制壶大师,人称"紫砂女泰斗"。紫砂收藏圈里,她的壶价很高。没想到,叶云芝跟她有如此深的关系。

走出小屋,长长地透了一口气。

山林静默。风,也屏住了呼吸。

现在想想,叶云芝选了这么个地方来藏壶,自有她的道理。世界上最不起眼的地方,才是最安全的地方。她原本打算让自己的骨灰撒在山坡上,这个看山小屋,就是她魂游安憩的驿站。

后来我知道,这山间的几乎所有山头上,都会有这样的看山小屋,早年它是山村护林员的栖身之所。后来,联产承包的政策来了,山林分给了农民,专职的"看山佬"就消失了。当年的看山小屋,虽然年久失修,也成了过路行人的歇脚之地。

根据叶云芝信上的表述,双蝶壶的埋藏时间,应该在她被确诊癌症之后的某个时刻。她原本可以把壶留给葛家印,但是,出于女人的复杂心理,加上江灵凤大师的叮嘱,她没有这么做。当然,如果葛家印不出事,如果她的存活期能够多一些时间,一切皆有可能。

江灵凤大师是紫砂界的寿星,活了九十多岁才去世。那也是近十年前的事了。据我所知,她的代表作品里,并没有双蝶壶这个品种。也就是说,这是江灵凤特意为叶云芝定制的一把心愿壶。

人生真是阴差阳错啊。

我想,我一定要抽时间去拜访江灵凤的后代。这把茶壶背后,又会是怎样的故事呢?

回来的路上,少求一直沉默不语。

我说：等裘师父回来后，我们把壶捐给紫砂博物馆吧。

她点点头，半晌，说：我想在清明节的时候，为叶阿姨做一场"超度"。

"超度"？我有点不解。

是的。她说。叶阿姨在九泉之下，是不瞑目的。

这天早上，刚开门，店里进来一个人，中等身材，穿一件黑色的羽绒衫，头上戴一顶烟灰色绒线帽，看上去五十来岁，相貌有些奇异，眉骨突出，眉毛稀淡，但眼睛看人是和善的。他见了我，稍稍迟疑，说：你是子厚师兄吧，我是冒小成。

冒小成？这个名字，只有在裘师父的故事里出现过。而在紫砂江湖上，人们只知道"敬古斋主"，而不会把他和"冒小成"这个名字联系起来。

称我师兄，我感觉有点受不起。没想到，我与他，竟然师出同门。这个称谓，一下子就把我和他，跟裘师父勾连起来了。

我赶紧让座，沏茶。他开门见山地说：师兄，师父到底犯了啥事啊？

你在外面听到什么了？

他说：各种说法都有。最离谱的，说他收了别人的好处，把假壶说成真壶。

我哑然失笑。

冒小成说：师兄，师父的为人，你我最清楚。一定有小人在陷害他。可不能让他蒙受不白之冤啊。

他说着,掏出一张银联卡,道:出去托人办事总要花钱,这是十万元钱,算是我对师父的一点心意。师兄你千万收下。

怕我不收,他直接就把银联卡往我口袋里塞。

师兄,我没别的能耐。师父待我恩重如山,无论如何,你要让我出点小力。

可是,现在的事情,并不是花钱就能解决的。我解释着,把银联卡放回他的口袋。

现在办什么事不要花钱啊?他不解地说。

你的心意我理解,但这样做,反而添乱。

可能我最后的一句话有点重。他的手,缩回去了。

或者,我拿几把壶来?他似乎还不甘心。

什么都不用。我说。我只问你,师父出事前,跟你说过什么没有?

什么也没有说。他努力地回忆着,一脸茫然。

是郭兰君的突然来访,让裘师父的事情有了一点眉目。

在我的印象里,之前郭兰君和少求是不怎么走动的。少求曾经说她是个深居简出的女人,通常以极度的低调,让自己成为一个近乎"谜"一样的角色。

"夫人身体欠安",是丁如柏在社交圈常常挂在嘴边的一句托词,时间久了,人们也就习惯了。在太多的交际场合,丁夫人缺席,反而是正常的。而丁如柏长袖善舞,且长期没有绯闻,也让大家相信,他背后那个不出场的女人,可不是等闲之辈。

少求直接把她请进了书房,对我眨着眼睛说,好姐妹要说说体己话,就把我拒之门外。

可是,过了一会儿,少求出来,道:兰君让你进来坐坐呢。

感觉我倒变成了客人。

郭兰君比上次聚会时,似乎又清瘦了些。她眉头微皱,里面藏着心事,冲着我的第一句话是:你确定,杨凤年的那把竹段壶找不到了吗?

我一惊,机械地点点头。

能不能再找找?她语气坚定。

我告诉她,找过好几遍了。

她沉吟着,想说什么,又咽回去了。

她顺手拿过身边一个不起眼的布袋,取出一个紫红木的壶匣,并不大,但边角都包了金,是如意的图符,看上去很华贵。

你可以打开看看。她语气平淡地说。

打开一看,眼熟。仿竹段的壶体,镂雕精细,气场充沛。我翻出手机,找到与丁如柏聊天的微信记录,把他发给我的图片放大一看,是的,正是此壶。

你觉得,这把壶,跟葛老伯记载的壶,会是同一把壶吗?

我脑子里突然灵光一闪:太有可能了。

郭兰君突然叹了口气,两手捧着胃部,似有不适之感。

她对少求说:灵珠,这茶我喝不了,给我换杯开水吧。

少求赶紧换了一杯开水,还给她灌了一个小热水袋焐着胸口。

郭兰君又问了我丁如柏前几天来茶坊的情况。

然后,她不吭气了。

兰君,你得吃点东西,胃里暖了,自然就会舒服。少求抓起她的手说。她冲着门外喊阿青:带上保温桶,买两碗郭小蕊店里的桂花粥,还有刚出炉的唐家烧饼,赶紧啊。

她俩在书房里一直聊到很晚。

天擦黑的时候,少求把她送出门,到了汽车旁,又站着聊了一会儿。

回到家里,少求感叹道:这个世界上,待丁如柏最好的人,也就是郭兰君了。

老婆嘛,就是用来待老公好的。我说。我倒是不明白,郭兰君待丁如柏,是怎么个好法。

少求说:泼冷水、踩刹车、掺沙子、拆台子,要不,丁如柏哪能走到今天!

你是要用《拍案惊奇》的手法,来塑造一个旺夫的女人吗?

少求白了我一眼。她知道我有时喜欢来一点反讽。

她说:一般的女人,都是在男人的光环下生活,追求的是夫荣妻贵。兰君不是。丁如柏起家的第一笔钱,是郭兰君母亲留给她的手镯,她偷偷拿出去卖了五千块钱。那时的五千块,可是一笔大钱啊。大凡丁如柏干成一件事,所有的光环都罩在他身上,其实,郭兰君在背后用了很多力气。她不管生意,只管丁如柏的为人和格局。她认为,人的格局大了,事业就会顺利。丁如柏做事,容易头脑发热,郭兰君不知泼过多少冷水;丁如柏耳根软,脾气暴,容易记仇,被他得罪的人,很多人是看在郭兰君面子上,还是忠心耿耿地跟着他。兰君告诉我,她这一身的病,就是被他这些年气出来、愁出来、吓出来的。

比男人活得还累的女人可不多啊。我说。

少求还在叨叨地说郭兰君。一个女人由衷地称赞另一个女人,这在少求并不多见。

好了好了,你抽空写篇《兰君颂》得了。我听得有点烦,说了半天,还没提裘师父半个字呢。

关键是,她跟潘菊是好姐妹。要不然,裘叔叔的事情,她还蒙在鼓里呢!我们更是一点方向感都没有。

潘菊是谁?

郑天竹的二儿媳啊。

郑天竹又是谁呢?

时间深处的一九六八年,裘至修还是个刚入职不久的毛头小伙子。

当时"紫砂博物馆"还叫"陶瓷陈列馆"。裘至修虽然只是省陶瓷中专毕业,但在当时,已经属于陈列馆的科班生了。他年轻,也好学,什么都懂一点,人称"裘博士"。他平时说话爱带点刺,大大咧咧的,给人的感觉有点毛手毛脚。

有一次,城郊有个叫骆驼墩的地方,一个农民从地里挖到一个黑不溜秋的古陶罐,想拿回家装酱油,嫌太大,随手就搁在猪圈的食槽旁。这件事被村里的会计知道了,他肚子里有点墨水,知道这是个文物,就拿到陶瓷陈列馆来,想找个专家看看是否值钱。陈列馆当时还没有资深的鉴定专家,裘至修看到了,非常兴奋。他一时还说不出这个古陶罐的确切年份,但他知道这是一件非常有价值的古陶文物。他有个老师在南京博物院,是鉴定古陶器的专家。他自告奋勇地请求把古陶罐拿到南京去请老师鉴定。当时,古蜀镇到南京,一天只有一班长途汽车,常常是一票难求。裘至修是搭便车去的南京。老师看了东西,很震撼,说这是新石器时代的黑皮陶罐。别看外表是黑色,胎骨却是红色的。老师还说,这是一件良渚文化在当时的代表性器物。罐体上的陶符,可以理解为中国文字的源头。这件古陶罐的出土,把古阳羡制陶的历史,至少推前了两千年。

裘至修当时太兴奋了。他归心似箭,但忽略了一个常识,在拥挤的长途汽车上,这个古陶罐的安全是有风险的。返程的长途汽车上,实在是人满为患。车厢几乎都要被撑破。他双手抱着一个装古陶罐的薄木匣子,任别人推推搡搡,不敢有半点马虎。车过天王寺,上来一个骨瘦如柴的老太太,面色苍白、站立不稳的样子,让人揪心。可是,车上并没有人给她让座。老太太见他手里抱着一个大木匣,央求道,小伙子,你可以把它放下,让我搁搁屁股吗?

开始裘至修心里很犹豫。这个无助的老太太,让他想到了自己风烛残年的奶奶。他想对她说,木匣不能坐,里面装的是珍贵的文物。但是,老人惨然的眼神,让他的心软下来了。他不由自主地把木匣放下。等到老太太弯下腰,坐到木匣上,他的神色有了一点缓和,他甚至觉得,自己做了一次"活雷锋"。

长途汽车开到溧阳的时候,有个挑担的农民突然横穿马路,汽车紧急刹车。车上很多人摔倒了。慌乱中裘至修听到一声惨叫,坐在木匣上的老太太在人们的推搡中倒在了地上,他急忙跨过去把她扶起来,而那个木匣,却被人们杂沓的脚步踩散了架。

后来被称为镇馆之宝之一的黑皮陶罐,在人们蛮横的挤压踩踏中,成了一堆碎片。

裘至修当时眼前一黑,差点晕倒。

此事便成了他人生道路上的第一次滑铁卢。

当时陈列馆的顶头上级,是县陶瓷公司。领导非常震怒,提出要对裘至修进行严肃处理。当时虽然还没有文物保护法,但损坏珍贵文物,终究是个吃不了兜着走的大错误。好在,那个曾经坐在木匣上的老太太,为他抱不平,居然在孙子的搀扶下,从溧阳赶到宜兴,来给他做证说情。"活雷锋"的故事冲淡了案情,领导们后来的意见是:行政记大过,调离陈列馆,去黄龙山紫砂泥矿当采掘工。

有一个场景,在裘至修的一生中是无法忘怀的。那天,寒风呼啸,承受着巨大心理压力的他,在馆里做完检讨后,心情郁闷,在古南街的一家药店里买了一瓶安眠药,被路过的葛家印看到了。他走上前来,抓起裘至修的手,说,至修老弟,天塌不下来,人要学会承受。

他感觉,葛家印的手特别温厚、暖融。

葛家印还把他请到自己家里小坐。葛家和裘家是世交。葛家印比裘至修大五岁,裘至修一直叫他家印阿哥。关键是,葛家印一直看好裘至修,认为他在陶瓷鉴定研究方面,是个不可多得的人才。

在葛家,香仪嫂嫂给他煮了一碗百合汤。苦兮兮的,但慢慢回甘,便满口生津。鲍香仪说:我没有放冰糖,苦尽甘来才是百合的原味。

裘至修很感动。这碗百合汤的味道,长久地留在他的记忆里。

香仪嫂嫂很担心他,说:你这样单薄的身体,怎么能去黄龙山紫砂泥矿当采掘工呢?

裘至修一副听天由命的样子,说:命该如此,我有什么办法。

葛家印说:你这样的专业人才,去做苦力是浪费。况且,我记得你读中专时,是得过肺结核的。

裘至修说:阎王在招手,谁也挡不住。

葛家印叹口气,说:我来想想办法。

鲍香仪冲他哼了一声,说:你算了吧,一天到晚,就知道摆弄那几把破壶。

葛家印连夜去找了当时陶瓷公司的一把手书记郑天竹。老郑原先在省里工作,秘书出身,世面见得广,多少也算个文化人。他曾到葛家印家里喝过茶,是因了朋友所托,鉴定一把清代杨凤年的老壶。葛家印对老茶壶的鉴定,眼光独到,解读也让人信服,给郑天竹书记留下的印象很深。

葛家印先是递交了一份请调报告,要求去黄龙山紫砂泥矿当采掘工。

郑天竹看了报告,一头雾水。

葛家印说,他希望顶替裘至修去干这份活。

郑天竹说了两个字:荒唐!

葛家印说：国家培养一个人才多不容易。裘至修犯错误，事出有因。在哪里跌倒，就从哪里爬起。他要是走了，陶瓷陈列馆的专业人才就断档了。这件事，二十年后看分明。

他恳求郑天竹，让裘至修将功补过，把那个破罐子修补起来，罚他好好钻研业务。这样，裘至修自己就不会破罐子破摔了。

实在不行，他愿意顶替裘至修去紫砂泥矿干活。

郑天竹问：你跟裘至修是什么关系？是他托你来求情的吗？

葛家印摇头，说：这件事，跟裘至修一点关系都没有。我是凭着自己的一颗良心说话。

郑天竹看了他一会儿，说：我知道了，你回去吧。

葛家印从一个布袋里，拿出一把用旧报纸包着的壶，说：郑书记，上次您让我看的杨凤年的竹段壶，是仿制品；这把竹段壶，我认真鉴定过了，是真品。您要是看得起，就留着自己喝喝茶吧。

郑天竹笑笑说：葛家印，都说你很牛，怎么也跟我来这一套啊。

葛家印说：我是可惜一个人才被埋没。这把壶，是我从苏州文庙地摊上捡的漏，没花几个钱。

在茶壶上，葛家印从来不说谎话。但这里，他用了一点小伎俩。此壶其实价格不菲，是他父亲葛仁留花了两担白米，从大窑户老板鲍八泰手里转买过来的。父亲早年嘱咐过他，送礼，讲究投其所好。郑天竹名字里有竹，而且，他喜欢杨凤年的作品。送这把竹段壶，应该八九不离十。

郑天竹却讥讽他，说：拍马屁，你还嫩着点。这方面，你可一点也不专业。

葛家印笑笑。

郑天竹把葛家印的请调报告揉成一团，扔进废纸篓，说：你这苦肉计，也太小儿科了吧。

壶，郑天竹没有让他拿走。

裘至修最终没有去黄龙山紫砂泥矿报到。他背了一个处分，留在了陈列馆。然后，用了大半年时间，在南京博物院老师的帮助下，他还真的把那个黑皮陶罐用一种特殊的胶水修复起来，放进了陶瓷陈列馆的玻璃橱窗。

裘至修并不知道，葛家印用一把杨凤年的竹段壶，让他的命运有了一个转折。这件事，葛家印连老婆鲍香仪都没有说，一直到死，都烂在自己肚子里。

此事泄露，起因于郑天竹晚年分家当。他风烛残年，癌症晚期，来日无多。家里有两个儿子，财产还是要分一分的。杨凤年的竹段壶，分给了二儿子。这本来不是什么事情，但二儿媳潘菊，心直口快，也会来事。她跟丁如柏的夫人郭兰君走动较勤。有一次在丁家扯闲篇，她无意中说到了杨凤年的竹段壶，而丁如柏特别感兴趣的，是茶壶背后的那个故事。

裘至修当年败走麦城的事情，在潘菊的叙述中，有一点走样。比较失真的桥段，无非是裘至修出壶，让葛家印去郑天竹书记那里求情。因为说的是公公，又关系到此壶的来路，潘菊说话，听上去还是比较谨慎的，从头至尾，都是公公郑天竹坚决不肯收壶。后来，葛家印急了，竟然用头撞墙。郑天竹怕出事，就让他把壶留下了。郑天竹自己又不玩壶,之所以没有把壶交公,是顾及葛家印的面子,后来时间长了,也就忘记了。

潘菊的本意不得而知,但此事变成了丁如柏的一个兴奋点。他手机里有一段将近十分钟的录音——潘菊年轻时,是工厂广播员出身,虽然人过中年,她的声音还是蛮好听的。在演绎葛家印向一位廉洁的好干部送壶的过程时,让人有一种身临其境的感觉。最终,丁如柏以较高的价钱,买下了这把竹段壶。潘菊很开心,她和丈夫都是国企的老职工,收入一般,儿子在国外读研,费用很高。

丁如柏实名举报裘至修,郭兰君是后来才知道的。市纪委的人找上门来核实情况,她很不安。她知道裘至修的人品。至于葛家印,那是古南街上大家都敬重的长辈。她知道丈夫与裘至修有过节,但用这种手段来报复,她无论如何不能接受。丁如柏做事,老是给自己挖坑,她是一个不断的填坑者,年年岁岁,差点把自己都填进去了。这些日子里,她心口痛,老胃病又犯了,一边喝中药,一边做功课,把什么都摸清楚了。最后潘菊陪她去见了重病中的郑天竹,老郑的一句话,让她心里的一块石头落了地:葛家印给他送茶壶的事,裘至修根本就不知道。

丁如柏实名举报裘至修,是下了决心的。他扳倒裘至修,只是想拔掉眼中的一根刺。生意场上,趋利避害,送点假茶壶,见怪不怪,别人也这么做。但是,他运气不很好,有些客户老是喜欢把壶送给裘至修鉴定。裘师父一点也不肯买他的账,让他出尽洋相,已经不是一次两次了。梁子,就是这么结下的。

第十九章

洁癖

市纪委两位同志来"聊壶茶坊"取证。他们拍摄了老爷子日记本上竹段壶的原始记录,问了我一些情况,还查看了我和丁如柏的微信聊天记录,然后让我在他们的笔录上签字。

我说:裘师父什么时候能够出来?

为首的一位胖胖的吴主任,冷冷地说:无可奉告。

还有一位年轻女同志,姓王,口气温和些,说:这件事,请不要外传。

我两手一摊,说:我能说什么呢?

三天过去了,裘师父还没有出来。

少求带回的消息是,无论郭兰君如何规劝,丁如柏坚持不肯撤诉。甚至,他以离婚吓唬郭兰君。有天夜里,两个人闹得很凶。后半夜,一辆120救护车停在了丁家门口。郭兰君是躺在担架上,被抬上救护车的。开始丁如柏没露面,在救护车驶离前的一刻,他突然放声大哭,奔了出来。他在医院守了半夜,天亮后才离开。

我心头一阵宽慰,乐观的估计是,裘师父出来,也就这一两天了。

可是,少求说,郑天竹的供词很重要。市纪委的人去找过他,老人已经进了重危病房,这几天已经不行了。

这可怎么办?

我和少求去了趟裘家。铁将军把门。打电话,说是女儿把裘师母接去小住了。裘师母情绪不太好,血压有点高。她在电话里问少求:这么多天了,老头子到底犯了什么事啊?

少求说:不着急,也就这几天,裘叔叔就要回来了。

最新的消息是,郭兰君抱着病躯,去了重危病房,看望郑天竹老人。他们谈了一些什么不得而知,但郑天竹以生命最后的力气,口授了一份证词。一位值班护士,将他断断续续的语音,记录在医院的夜班值日表的反面,被郭兰君拍下来,发给了少求。

市纪委:

  我是郑天竹,原陶瓷公司党委书记。一九六八年夏天,葛家印为了给犯了错误的裘至修说情,曾经给我送过一把杨凤年的竹段壶。此事与裘至修本人没有任何关系。作为一个即将离世的老共产党员,我必须以自己的党性和良心为此做证。同时,我为自己长期没有将此壶交公感到愧疚。在我人生的最后时刻,我郑重向组织道歉,并且希望将此壶退还给葛家印的后人。

郑天竹(手印)

这份证词让我内心震撼。

我问少求：丁如柏会跟郭兰君离婚吗？

少求说：他敢！兰君能不能原谅他，还另说呢。

那潘菊呢，她不是损失了一笔钱吗？

少求说：兰君会处理好的。对她来说，凡是用钱可以解决的事，都是小事。

她是个精神有洁癖的人啊。我感慨道。

她相信因果报应。少求说。这件事，她是帮了裘叔叔，也帮了我们，但更是帮了她自己啊。

通过这件事，她完成了对自己和老公的救赎，对吗？

在她看来，伤害别人，最终就是伤害自己。少求说。

可她也活得太累了。就像一个永远没有替补的守门员。我说。

裘师父从市纪委出来的那一天，就是郑天竹离世的那一天。

有的树在开花，有的树在落叶。世界很平静。

说是裘师父胸闷憋气。市纪委的车，直接把他送进了医院。医生诊断，是肺心病。

我和少求第一时间赶到医院，看到裘师母和儿子女儿都在。

裘师父躺在医院的病床上，显得很单薄，脸色也不好。

主要是睡不好，神经衰弱。他说。

师父，您受苦了。我看着他瘦削的脸，黑黑的眼圈，心里一阵难受。

没有没有。他摇头。我没遭什么罪。市纪委的人对我很客气，生活上还是很照顾的。他们总是要弄清情况嘛。我呢,就好比在里面休养。

那种故作轻松的样子,让人难过。

少求叫了他一声"裘叔叔",他点点头,突然一把抓住她的手,眼睛里闪着泪光。

灵珠,我都知道了。他说。我的家印好哥哥啊,几十年不肯跟我吐一个字。

少求含着泪说:裘叔叔,没事了就好。您一定要放宽心啊。

有人在门口探了一下头。是冒小成。

进来吧,冒哥。我说。

可是,人一闪,不见了。

他是躲避一个来人,自己走开了。

是郭兰君。她捧着一大束粉色的康乃馨,穿一件喜气的中装瘦身棉袄,头发盘在头顶,满脸笑容地走进来,一进门就喊:裘叔叔,我来看你了。

裘师父看了她一眼,表情里掠过一丝疑虑。

郭兰君把花放在床头柜上,很自然地跟我们每一个人打招呼,还拥抱了一下裘师母,说:我知道的,小时候阿姨还抱过我呢!

少求附在裘师父耳边说了几句话,裘师父恍然大悟地点点头,说:兰君,谢谢你啊!

郭兰君坐到他跟前,说:裘叔叔,害得您受苦了。我和如柏给您道歉,对不起您老人家!

说着,站起来,对着裘师父深深一鞠躬。

过了一日,郭兰君把竹段壶送来了。

昨晚我睡了一个好觉,从晚上九点半,一直睡到天亮。哎呀我的妈,多少年没有睡得这么香了。

她气色红润,双目漆黑,一头光泽晶亮的长发披在肩上,真不像一个近五十岁的女人。

少求说:好靓啊兰君姐,也不怕我嫉妒你。

郭兰君咯咯咯地笑起来,露出两排细米一样的白牙。

兰君漂亮吧。少求突然转过脸问我。

我一愣,随即说:漂亮,你们都漂亮。

滑头!少求捶了我一句。我要是有兰姐姐一半漂亮,也就心满意足了。

郭兰君笑道:灵珠就不要打趣我了,都是老太婆一个了,你看看我的头顶,都长白发了。

在很大程度上,女人都一样,喜欢别人夸自己不老,年轻。

然后,言归正传。说到这把竹段壶,我和少求的意见是一致的,壶,既然老爷子送出去了,就不是我们的了。

郭兰君说:我们还是尊重郑天竹的临终遗言吧。

可是,你们已经花了钱买回去了。壶,你们就收着吧。我说。

不行。这把壶放在家里,我心里不踏实。郭兰君语气决绝。

那丁总的想法呢?我问。

不瞒你们说，我们分居了。她平静地说。但暂时还不会离婚。他去了非洲考察，打算在尼日利亚投资一个大项目。要半年才回来。

不能吧。少求说。丁总这么大的企业，怎么能离开半年呢？

他不就是找个理由，离我远点吗？企业的事，他都有安排。人虽然不在，随时可以遥控。再说了，他走了，我还能看着不管啊。

从后台走到前台，你这是要出山吗？少求问。

什么出山啊，难听死了。郭兰君笑着说。灵珠你知道我的，原来怎么样，今后还是怎么样。

她突然定神地看着我们，眼圈一红，说：我真羡慕你们，日子过得踏实。

少求自嘲道：我们这样的柴米夫妻，没什么出息呀。

郭兰君说：什么叫出息，活得开心自在，就是最大的出息。

这话我听起来虽然顺耳，但感觉多少有一点矫情。就像有钱人提到钱，总是把金钱说成粪土一样。

记得少求曾经说过，郭兰君每年大年夜，都要去显圣寺烧头香，这头香的代价，我们当然不得而知。她还常常给慈善机构捐款，都是匿名。

有钱真好。我莫名其妙地来了一句。

她看着我说：钦老师说反话了。钱多生灾，够用就好。

我呵呵地笑了。有些话不必说穿，心知肚明就好。

关于竹段壶，我和少求的折中意见是，把它捐给紫砂博物馆，这样大家落得个干净。如果各方同意，那就由丁如柏出面，他是著名的企业家、收藏家，习惯了在媒体面前口吐莲花，捐把壶，不过是小菜一碟。

但郭兰君不同意。她的理由很简单,必须尊重郑天竹老人。况且,那份证词,已经被市纪委收档了。

最终,郭兰君以她从容不迫的强势,把竹段壶留下了。

她走的时候,表情轻松,拉着少求的手,说:灵珠,我还有几句悄悄话要跟你说。

我知趣地回避了。

正月末梢的日头,已有些暖意。我在吊脚楼上温了一壶茶,河对岸,菜畦上的油菜,碧绿清爽,跟阳光很搭。我用耳朵在找一种声音,河对岸那个少女阿秀,有一阵子没有吹箫了。等了一会,却还是没有等到,而一队白鹅昂昂地过来,河面上掠过一阵喧嚣。

我翻翻手机,看看景致,发了一会呆,肚子有点饿了。

吃饭的时候我问少求:郭兰君跟你说什么了?

她狡黠地一笑,说:你是包打听啊?就不告诉你。

我无所谓地哼了一声,说:你以为我真在乎啊!

这天夜里,少求把竹段壶供在老爷子遗像前的长台上,然后,上了一炷香,我和少求在遗像前跪下了。

爹,当年您送出去的竹段壶,又回来了。少求幽幽地说。

恍惚间,老爷子不置可否的淡然表情里,似乎有一丝慨叹。

忽然想到,葛家三代人攒下的每一把老壶,都维系着他们的生命和情感。而我们的衣食无忧,却一半来自它们。所谓坐吃壶空,也是早晚的事。几乎每一把壶的故事,都可以让我们的灵魂不安。那些故事,终将蛰伏在葛家的老宅里,慢慢地随着我们的生命一起消失。

少求夜里老是做噩梦,翻来覆去的,怎么也睡不着了,浑身虚汗。

这毛病,之前我也有过,很难受的。人睡不好,比胃口欠佳更伤身体。

问她怎么了,她也不答。半天,说了一句没头没脑的话:我不想等到清明了,还是早点给她做个"超度"吧。

"超度"这个词,有点敏感。我明白了。有一件事,一直在她心头搁着。

我将那把双蝶壶取出来,打听到了江灵凤大师女儿江一朵的地址,选了一个日子,也学着当地人不带礼物不上门的风俗,提着两盒茶叶和水果,去百家口拜访江一朵。

百家口,原是紫砂工艺厂职工的聚居地。古希伯早年也在这里居住。在老一辈的紫砂艺人口中,只要说到往昔,百家口是绕不过去的。后来,这一带的老房子都拆了,取而代之的是密密麻麻的紫砂工作室。前店后宅,住家和生意一锅烩。工作室的主人,大都是老艺人们的后代。紫砂工艺活到如今,就仗着师传徒承、薪火相传。父子关系、母女关系,常常也是师徒关系。百家口的背后,就是出紫砂泥的黄龙山,风水好,出过古希伯和江灵凤这样的泰斗。从情感上,后人们也离不开这块他们自小生长的土地。现在,百家口变成了紫砂风景区兼大卖场了。

曲里拐弯地一路过去,迎面的各式招牌龙飞凤舞,不是"臻壶斋""艺壶阁",就是"醉壶堂""莲壶艺馆",也有叫"仙壶艺境"和"汉唐壶庐"的,门脸都不大,但都敞亮光鲜。电茶炉开着,水沸着,茶香自然就摇曳开来。晃动的门帘里,方言语软,又嘎嘣脆。制壶的艺人,就在窗户下低头赶工。烧好的茶壶,就在泥凳旁的玻璃壶柜里你挨我挤,等着客户青睐。客人来了,艺人支应着站起,随手将没完工的壶坯,放进身边用来保湿的套缸里,坐到茶台上给来客泡茶。谈不谈生意都无所谓。三杯茶下肚,壶也赏了,龙门阵也摆了,相中的壶,生意也谈成了。刷卡也好,微信转账也成;壶呢,客人随手带走也好,直接给打包快递也方便,一切都会妥妥帖帖。

江一朵的工作室门口,挂着一块"一朵紫缘"的招牌。仔细一看,还是沪上书画大家朱屺瞻老人的手笔。进了门,迎面挂着江灵凤大师的特大照片,银发红衣,一个熟悉的招牌式的笑容,这张照片虽然屡屡出现在紫砂收藏杂志上,但在她女儿这里见到,还是觉得蛮亲切的。

墙上挂着些名人题词,以及江灵凤大师与一些影视明星、书画大家、退休将军的合影,江一朵自己的照片却很少。一般紫砂艺人的工作室,会有几个专门展示自己作品的壶柜,而江一朵这里却没见到。

我问:您的作品专柜呢,可以观赏一下吗?

她笑笑,说:我做得慢,一年也做不了几把壶。客户朋友又多,基本上没有存壶。

哦,我明白了。

江一朵五十多岁,不显老,也不怎么年轻,举止素朴,干干净净的一个中年女人。来之前,我做了一点功课。江一朵是江灵凤唯一的女儿。早年江灵凤婚姻很不幸,与丈夫很早就离婚了,江一朵自小随母姓。她们既是母女,也是师徒。江一朵继承母亲的花器艺术,功底扎实,作品形神兼备,有口皆碑。但她性格内向,为人低调。网上有个段子,说有一个跟江灵凤沾点远亲的壶手,自称是江灵凤嫡传第一弟子。还有一个女子,称自己是江派花器第一传人。江一朵知道了,也就一笑了之,说由他们去作吧,无所谓。她自己不会炒作、包装自己,满天飞的这个奖那个奖,都跟她没什么关系。而她的职称,至今还只是个高级工艺师。但是,较真的客户不看这个,哪怕江一朵没有职称,她也是江灵凤的嫡传弟子,她做的少,据说壶价比某些大师还贵。

因了老爷子葛家印的关系,她对我很客气。一阵寒暄过后,我说明了来意,取出双蝶壶,放到她的面前。

她把壶拿在手上,周身看了看,又仔细看了底款,语音笃定地说:是我妈做的,这壶,少说也有二十多年了。

我问:江大师在做这把壶之前,是否做过同样的双蝶壶?

她犹豫了一下,说:母亲的壶,品种多,我也不是全部都清楚。

听上去,似乎有什么顾忌。

为什么单单给叶云芝做这把壶呢?我问。

她不吱声。

你放心,我不会告诉别人的,包括少求。

江一朵缓缓地叹口气:说来话长,叶阿姨跟我妈,交情很深,这把壶,包含着我妈的一片心意呢。

那一年江灵凤得了急性黄疸型肝炎,发高烧,连续多日不退。开始以为是感冒,江灵凤就在厂医务室配点退烧药对付。当时厂里交给她一项特别任务,一位领导要出访,指定她完成几件赠送外宾的花器茶壶。江灵凤带病坚持工作，人瘦了一圈，病情没见好转，脸色蜡黄，连眼珠子看上去都是黄的。后来送到医院，诊断她是急性黄疸型肝炎，要住院治疗。可是，当时任务很急，她一边挂水，一边还坚持赶工。每天吃一大把药，但不怎么见效。有一天，叶云芝来看她。当时她是村里的赤脚医生，用草药治病很有一点门道。她从深山里找来茵陈蒿，放入红枣，在紫砂锅里煎煮。江灵凤服了几碗汤药，满脸的黄疸就退下去了。她还把自己的师父陈药师请到江灵凤家里诊脉，也是几味草药，每天煎汤喝。没过多久，江灵凤的身体就康复了。

江家和叶家的情谊，渊源很长。江灵凤的父亲江百顺，早年是一位寂寂无名的乡村壶手，他跟叶云芝的爷爷佟贵生是茶友。江百顺家住在蜀山北边的潜洛村，一个乡村壶手要出名，并非易事。看火先生佟贵生在窑厂说话一言九鼎，经他举荐，江百顺才慢慢在古南街的陶器店和茶馆站稳脚跟。他的百果壶还被上海一位大老板看中，以十块银圆的价格收购。在兵荒马乱的年代，一把壶能卖到这个价格，非常不易。

这份情谊，一直延续到两家的后代。物资匮乏的年代，江灵凤常常省下自己的布票糖票，接济山里的叶云芝。而叶云芝每次来看望江阿姨，总会带上一些山里的土产，山芋、板栗、笋干等。新茶上市的时候，她会挑出自己种的梅占茶，送来给江阿姨尝鲜。

她俩蛮投缘，像母女，更像大姐和小妹，坐到一起，总有扯不完的心事。江灵凤年轻时，感情上受过挫折，对男人有一种成见。其时鲍香仪已然去世，葛家印却迟迟不娶叶云芝。江灵凤是个直性子，她给叶云芝做了一把双蝶壶，作为祝福婚姻的礼物。如果葛和叶能走到一起，她非常愿意成为他们的证婚人。葛家印是个壶痴,多番向江灵凤求壶,但江灵凤每次都是婉拒。她嫌葛家印不够男人。她给叶云芝立了一个规矩,女人要有骨气,此壶不到结婚那日,绝对不可以让葛家印知道,更不能交到他的手里。

叶云芝答应了。

有一次,江灵凤还特意去找了葛家印,问他,为什么不娶叶云芝?葛家印叹口气,似有难言之隐。然后,就是长久的沉默。江灵凤有点急,说,娶个自己喜欢的女人,有那么难吗?葛家印说,您是只知其一,不知其二啊。

江灵凤是长辈,把葛家印训了一通,最后撂下一句话,男人没一个是好东西!

江灵凤这辈子,一共做过两次双蝶壶。第一次,是给自己。当年她看上一个中学教师,他写一手好字,人也长得潇洒,对她特别殷勤。江灵凤做了一把双蝶壶送给他,表达自己的心愿。可是,后来她知道,这个教师在外地已有妻室,却瞒着她,跟她交往。事情被揭穿,他还说自己会慢慢跟老婆离婚,让她给点时间。一气之下她把双蝶壶要回来,当着那教师的面,把壶摔得粉碎。

她后来的婚姻,也乏善可陈。镇长做的大媒,男人是陶瓷公司的工会干事,花心,招蜂引蝶来气她。她有洁癖,中年时才生下江一朵,她一直认为女儿是侥幸来到这世上的,并不是她和男人爱情的结晶。

双蝶双飞,心心相印,那是她留在壶上的念想,而不是她生活的写照。她做了一辈子花器茶壶,荷花、莲叶、牡丹,追求的是大自然的纯美。但生活中,任何东西都带着瑕疵。她没有遇到那种完美的男人。她只能把自己的爱移到壶上。有好心的人劝她,壶是壶,男人是男人,壶可以完美,男人哪有完美的呢?

但她不行。看男人的时候,不知不觉,就是看一把壶,应该完美,必须完美。

第二次做双蝶壶,她仿佛是在跟自己赌气。她眼里的叶云芝和葛家印,是有真爱的。她希望他们能够比翼双飞,白头到老。但是,她并没有等来她所期待的喜果。她发誓,这辈子,再也不做双蝶壶了。

直到临终的时候,她心里还搁着这件事。叶云芝来陪伴她,她对叶云芝说过一番话:

葛家印不是个真男人。他一生遇到了两个好女人,都没能接得住。鲍香仪是大家闺秀,哪点对不住他?可怜的女人,常常到我这里来哭。为了家庭,也为了自己的面子,她把什么都忍受了。葛家印给过她真爱吗?拿玩壶做挡箭牌,骗别人,也骗自己。你呢,小玉,命苦,心眼好。葛家印虽然对你不离不弃,但他没有为你遮风挡雨,没有一肩挑起男人的责任。他爱壶,胜过爱人,看起来他为了承诺香仪,为了顾及鲍家人的脸面,为了不让女儿受委屈,为了自己在人前的体面,生生地不给你一个家。这样的男人,我看不起。

当时,叶云芝在江灵凤面前双泪长流,说:家印有他的难处。他待我,是真心的。人不能要的太多,我不怪他。都是命!

江一朵的叙述很平缓,不带什么感情色彩,但我听得揪心。而江灵凤对老爷子葛家印的评价,让我有一种醍醐灌顶的感觉。

如果我不是葛家印的女婿,而只是一个旁人,我可能会对他在男女感情上的做法持质疑态度。他爱壶,胜过了爱妻子,也胜过了爱叶云芝这样难得的女人。他对不起鲍香仪,也愧对叶云芝。他是一个把感情平分秋色的男人,他养出了许多名壶的包浆,但他自己这把壶,始终没有养出让人羡慕的包浆来。

也许,在他,有太多的难言之隐。但是,他知道自己这样做,让爱他的女人是什么样的感受吗?

如今他们都在天国相聚了。老爷子会怎么跟她们解释?

不由自主地,我拿出叶云芝放在双蝶壶里的那封信,放到江一朵面前。

她读罢,无声地流泪。

她是个好人,活得坦坦荡荡。

她擦着泪,一字一句地说。

裘师父回来后,有了一些微妙的变化。

先是把书稿要回去了,说这些日子在里边,把这部书稿的前前后后在脑子里过了一遍,感觉很不成熟,有些章节要推倒重来。然后告诉我,即日起,不再去紫砂博物馆上班了。任谁来请也不去。

裘师母私下告诉少求,他怎么也不肯给人看壶了,哪怕是领导打了招呼。他晚上老睡不着,在灯下,对着一堆稿纸发呆。

有一天,裘师父把我叫去,说了两件事。

一是想和老伴去山里散散心。他也不想惊动别人了,就去南山坞,老爷子的那个空房子,静下心来,把书稿再修改一遍。

他希望这件事,我和少求能够成全他。

二是从今以后,不再帮任何人鉴定茶壶了。但凡实在推不掉的人情,他会介绍到我这里,让我帮着看看。

第一件事没有任何问题。不过,我担心的是,南山坞那个地方,虽然空气好,也清静,但生活上缺少照应。师父师母住在那里,未免清苦,要问个医生配个药什么的,也不太方便。

第二件事,折煞我也!我这点三脚猫功夫,怎能一本正经给别人看壶呢?很久以来,我一直对老茶壶没有感觉。现如今,欢喜心和敬畏之心是有了,但是道行尚浅,这是实话。

裘师父说:没事,多看看就懂了。你有文化,有悟性,比别人上手快。看老茶壶,无非几点,首先要懂得历史,其次知道朝代的审美特点,再次看泥料和烧成方法,每个朝代都有区别,最后看成型手法,这个比较难一些,也只要多看、多比较。有什么不明白的,就来问我。

听上去,裘师父是要把我推到前台,而他自己则退到背后。这跟他以前的风格,是不一样的。

他还特意嘱咐,但凡有人来让看古希伯的壶,能不接就不接。市面上流传的古希伯壶,大都是赝品。手里有真壶的人,一般不肯露面;不到万不得已,更不会出手相让的。如果遇到非看不可的古希伯壶,你吃不准,就找冒小成。

果不其然,没过几天,一位不速之客来了。是上海顺风堂的那位覃老板。

按我的猜测,他应该是为匏瓜壶而来。毕竟,他拿到的,只是一件古希伯的高仿。

不过,他一开始并没提匏瓜壶的事,而是跟我打听冒小成。

请教一下,冒小成跟"敬古斋主"之间,是什么关系?他漫不经心地抿了一口茶。

我一愣。他问得很刁钻,且没有余地。

江湖上有各种说法,我也是左耳朵进,右耳朵出。我说。

听说钦老板跟冒小成是师兄弟?他有点步步紧逼,表情却依然平淡。

我打着哈哈说:钦某身无薄技,哪能跟人家壶林高手称兄道弟啊。

显然对方是做了功课,有备而来的。我想到了一个人,叶朝贵。奇怪的是,他没有一起露面。

打开天窗说亮话吧。他说。上次的那把匏瓜壶,充其量,是一件高仿。这个,你是知道的吧。

他的口气还是平缓的,并没有兴师问罪的意思。

这件事从头到尾,我没有说一句假话。包括你们要求我写的证书。我可以对每一个字负责。我说。

钦老板是实在人,我喜欢。他说。我们上海人,大凡自己认了的东西,即便是看走了眼,打碎的牙齿可以往肚里咽,但绝对不会迁怒于朋友,更不会反悔。这个,你是知道的吧。

海派风格嘛!我恭维了一句。

原本以为,他会发飙,说几句难听话。

看看茶桌上没有烟缸,他问:我可以抽支烟吗?

我指了指贴在墙上的字条,"本店谢绝抽烟",说:实在瘾上来了,抽一支是可以的。我顺手拿过一个茶碟给他做烟缸。

他克制地说:既然有规矩,那就不抽吧。

人也文雅了很多,跟在上海豫园见面时,那种居高临下摆阔气的感觉不太一样了。

我岔开话题说:其实,玩茶壶,玩的就是一种感觉。你若喜欢,无论真假,它都是好的;你要不喜欢,它是真的又怎么样呢?

话一出口,我有点后悔。对方会不会以为,我是在为一把仿冒壶开脱呢?

他却竟然点了点头,说:是的。曾经有很多年,我一直活在罪孽里。感觉一定要把被我丢失的那把匏瓜壶找回来,才对得起我爹。说白了,脑子里,只有一把壶。

是啊,一个赎罪的人,心是很苦的。我心里升起一点同情。

他的表情掠过一丝惨然,说:总以为,有了钱,一切问题都可以解决。事实上,根本不可能。就连我那在天国的父亲,也不肯跟我讲和。即便是把真的匏瓜壶找回来!

老是做噩梦,是吧。我给他换了一杯热茶,说。

是的。后来,是冒小成的高仿匏瓜壶,把我给摆平了。他摸出一支雪茄烟,请求道:我还是抽一支吧!

抽吧。

他点燃烟,深深吸了一口。一缕蓝色的烟雾冉冉升起。

这个说法,倒是让我始料未及。一个丢失了真壶的人,反而被一把仿壶给摆平了?

我觉得冒小成卧薪尝胆的故事,价值已经超出匏瓜壶本身了。我很看重这把壶,它既还原了古希伯匏瓜壶的气息,又演绎了一个让我震撼的故事。它让我重新认识了自己,知道每一个人活在这世上,都很不易。

他说着,有点激动,又把雪茄烟摁灭了。

你是从哪里知道冒小成的故事的?或许它在江湖上有多个版本,不知道你听到的是哪一个?

心里生起一种感觉,他感兴趣的已然不是古希伯,而是冒小成了。我心里掠过一丝不安。他到底想干什么?

我想给他泼点冷水,告诉他:冒小成并不是用来神化的。

他说:现如今,手机段子满天飞,但能让我感动并且改变想法的故事,太少了。

一个好故事,胜过十把好壶。他不由自主地跷起二郎腿,说。

他告诉我,接连托了几个人,想见见冒小成。但是,都被拒绝了。

他喜欢玩失踪?他到底是个什么样的人呢?他问。

也许没有你想象的那么神秘吧。我说。这么想见他,你想怎么样呢?

我要好好包装他!上海收藏圈知道他的人还不多。他的故事太精彩,甚至可以拍成电影。我在上海最牛的影视公司里有股份,电视台也有兄弟,他们对这个故事很感兴趣。他的壶嘛,在我看来已经超过古希伯的了。说不定,他就是下一个古希伯!只要他愿意配合,我可以保证他一两年内,红遍大江南北。

我终于明白了。

冒小成在他眼里,并不是一个活生生的人,而是一个巨大的商机。我笑笑说:大路朝天,各走一边。我跟冒小成平时并不来往。外界说我们是师兄弟,那是误传。

我还跟他打趣,说:覃老板多往我这里跑几趟,江湖上马上传我们是亲家了。

他打着哈哈,说:求之不得啊。

送走客人,我给冒小成打电话,告诉他,上海顺风堂盯上他了。我问:你的故事在江湖上满天飞,到底怎么回事?

他说:师兄,我不知道啊!我平时在工作室干活,又不出门。

最近有人找过你吗?

他说没有。

我又问:叶朝贵找过你吗?

他说:听说过叶朝贵的名字。几次三番,托了人想见他。但是,他没有答应。

我松了一口气。可是,故事是怎么流出去的呢?

也不知道,流出去的,是哪种版本的故事。

桂一诺有一阵子没联系了。这天突然接到他的电话,他一改八卦的口气,问我:知道高小臻父亲的消息吗?

我一惊:他出什么事了?

也不是什么大事。据说是摔了一跤,但伤得不轻。至少是不能亲理朝政了。

我听出桂一诺的口气里,有幸灾乐祸的意思。

感觉你有点仇富呢,何必啊!我揶揄了一句。再说了,当初是你负了高小臻,人家也没计较你。你不该老背后说她坏话。

她可没你想象的那么忠厚。他说。我以为,高小臻会第一时间告诉你的。

你就别八卦了!

她把地道都挖到你炮楼底下了,你还装傻?

他们在这里买房子,是投资旺铺,跟我有什么关系?

高老爷子就是高。这下子他可以在古南街安心养老了。他呵呵笑着。

人生无常,世事难料。高振鹤当时那种雄心勃勃的样子,以为自己能活一百二十岁呢。我内心一阵感慨。

我转身就给高小臻打了个电话。自从高家父女在古南街买房子后,我确实表现出较多的冷淡,有些,是做给少求看的;还有一些,却发自内心。现在想想,有点小家子气。

一连打了两次,高小臻都没接。

傍晚少求回来,我把桂一诺电话里说的事情,复述了一遍。她的第一反应居然是,往后要跟高老爷子朝夕相见了。

第十九章 洁癖

然后,她想了想,说:这样一来,高小臻肯定要辞职下海,接管她父亲的大摊子。要不然,高老爷子的病好不了。

感觉少求有点杞人忧天。

吃晚饭的时候,高小臻的电话回过来了。她说自己在医院。

说了一会高老爷子的病情。他是在南京郊区的一个农家乐饭店跟客户应酬时,在简陋的洗手间里摔倒的。髋骨骨折,要做骨头置换手术。但是呢,他有高血压,心脏也不太好。医生担心,高老爷子在手术台上会出事。

高小臻的电话有点长。讲到一半的时候,少求端着饭碗,到隔壁书房里去吃了。

我有一点不快。最明智的女人,也有小肚鸡肠的时候。我赶紧到书房里,跟她赔笑脸:娘子,对不起了,老夫这厢赔罪!

她白我一眼,说:我心里一烦,就胃疼。

她问我:相公何罪之有?

我掩面,做不堪状:莫须有之罪,古今通行。

她忍不住笑了,说:那你打算去南京慰问一下前方将士吗?

赏你打断我的腿。说着,我把一条瘦骨伶仃的长腿伸了出去。

别贫嘴了!少求说。毕竟高家跟我们有缘,又是朋友,也是邻居,高老爷子要动这么大的手术,无论如何我们不能熟视无睹。这样吧,我俩抽个空,一起去趟南京,看望一下高老爷子如何?

这个主意不错。我把少求揽过来,在她额头上亲了一下。

遂了你的心愿了吧,别跟我假亲热。她推了我一把,还挺用力的。

自从裘师父住到了南山坞,来店里找我的人,一拨一拨的,还真不少。

顺手摘录一则日记:

上午十点不到就接待了两个人。一个是华联商厦的刘总,还有一个,是茶叶公司的会计黄某。

都是裘师父的朋友,来让我看茶壶的。

刘总的壶品相不错。本山绿泥,小石铫提梁壶。直嘴,桥型钮,拙中藏巧,有文人意趣。壶身一面刻"提壶相呼,松风竹炉,曼生铭";另一面铭"仿坡公作石铫"。字体遒劲有力,金石味浓,但细细看过,与曼生风格有差异。壶底款为"宜男室"。壶型甚小,小巧而玲珑,极像古代文人掌上清玩之物。

我把茶壶拍了照,发给裘师父,并把自己对此壶的看法,也用文字发给了他,问:"宜男室",是何人斋号?

裘师父在微信上说:此壶底款极少见。你的判断基本是对的。"宜男室"应该是曼生幕僚定制之器。当时陈曼生身边文人朋友多,并不只用一个"阿曼陀室"的款号。

得到师父鼓励,我蛮开心的。

刘总得了这个说法,也很高兴。问我:此壶值多少钱?

我不好回答。给客人斟了一杯热茶,转身去了趟卫生间,悄声打电话问裘师父价钱的事。他说:以后凡是让你看壶的,只谈鉴赏,不谈价格。

尽管如此,刘总走的时候还是高高兴兴的。他顺手给了我两张千元面值的华联商厦购物卡,说是一点小意思。我不肯收,他非要给,说:这是你应得的劳动报酬。

黄会计让我看的壶,是一把点彩宫灯壶。

根据我之前恶补的知识,我知道在紫砂壶上施釉,始于清代康熙年间。此壶底款"清德堂",一时难以考证。我突然想起,在裘师父的书稿里,曾经看到一个资料,相传康熙南巡时,曾赐"清德堂"匾额与江苏巡抚宋荦。宋某富收藏,喜鉴赏。江湖上流落的不少茶壶,都是他玩过的。跟黄某喝茶的时候,我给裘师父发了一条微信:此壶型似宫灯,满壶点彩,图形为山水村落,溪流驿亭,一派明媚的江南风光。可否理解为宋巡抚知道满族人喜欢绮丽繁华,故意让人制造此种茶壶,以求皇上欢心。底款"清德堂",既隐自己真名,也有炫耀皇上赐号的攀附之心。

裘师父用了一个肯定的表情包,发了几个字:基本是这样。

他还给我发来一段语音:

皇帝爱用紫砂壶,但又嫌太素。于是用西洋进口的珐琅彩,在紫砂壶上画画做装饰。大凡壶上有珐琅彩的,都是官廷专用,民间是禁止使用的。宋某这把壶,因是皇帝赐的堂号,很有可能是皇上恩准,宫廷里的画师给他加工的。

我假意到隔壁书房里取样东西,听了这一段。回到店堂,如此这般,把话又搬了一遍,听得黄会计直点头,说:钦老板好学问啊!

我不敢贪功,说:都是跟师父学的。

他跷着大拇指,说:名师出高徒啊。

知道是恭维,但听着受用。

他还送了我两斤据说是顶级的宜兴红茶,还说,要放进冰箱里哦。

下午还来了几位访客。虽然不是一本正经来让我鉴定茶壶的,但是,围着壶柜,问这问那的,也累得我口干舌燥。我本一懒散人,不喜欢忙。但是,鉴定茶壶让我有成就感。我发觉自己不那么讨厌忙了。

隔了一天,还来了一个胖子,足足两百多斤。大头,脖子肥嘟嘟,腰身有多粗就别提了。此人一进门,便自报家门,是裘师父几十年的朋友,名叫梅大生,城里最大的澡堂子"天上人间",就是他开的。

我心想,裘师父的朋友圈好杂啊。

梅总块头大,我特意找了一把特大号的明式圈身椅给他坐。这把椅子,老爷子在世时曾经说过,是他爹用时大彬的茶壶,从苏州换来的。拿回家以后,来看的人络绎不绝。但他一直心疼那把时大彬茶壶,认为自己做了一件败家的事。

他看了看椅子,用手摸摸,说:明宫里的好东西啊,大红酸枝。你看这包浆多漂亮!

好像他挺懂似的。我憋住了没敢笑。老爷子说过这把椅子是明代的一个叫张帆的太监家里的东西。

他一屁股坐下,左右瞅瞅,感觉不错,问:多少银子?

我笑笑,说:老爷子家传的东西,不好讲价钱的。

姑爷好福气啊。他一脸嫉妒的样子,让我心里不是滋味。

言归正传,看壶。梅大生刚过完六十大寿,说是在喜庆的筵席上,亲家公给他送了一份礼,一把据说是清代的老茶壶。他不太放心,这就来了。

茶壶的品相不错,是一把子冶石瓢壶。子冶,晚清名士瞿子冶,是陈曼生之后的一位文人陶刻家。他官比陈曼生做得大,晚年住在上海,跟一帮文人藏家在一起玩。其书法金石功夫了得,喜欢在壶上施展手泽。曼生石瓢壶到了他手里,温儒变得峭拔,多了些英锐之气。玩壶的人都认可他,经他改良的壶,世称"子冶石瓢"。

但这一把子冶石瓢的作者,却是申锡。

对申锡这个名字,我并不陌生。老爷子留下的紫砂典籍里,有一本《阳羡砂壶图考》,其中就讲到此公。他是晚清制壶八大家之一。古籍说他"笃志壶艺"。这是相当高的评价了。

然后,我仔细看了壶把上的一颗小印,篆文:子贻。这应该是申锡的字。古代文人有名亦有字。我把老爷子的那本书翻出来,找到申锡那一页,上边有一段被老爷子用笔画出的文字:

  清代阳羡壶艺能蔚为名家者,当推子贻为后劲,后此则有广陵绝响之叹矣。

这位被称为"广陵绝响"的人物,应该就是申锡。

我感觉,这把壶不用请教裘师父,我也能做出鉴定。

但是,小心驶得万年船。我还是当着梅大生的面,给裘师父打了一个电话。

他听我说了半天,说了一句话:以后这样的电话不要打了,你要相信自己的判断。

这不等于在表扬我吗?!

不过,他突然问我:你知道申锡这个名字,有什么出处吗?

我一愣,说:不知道。

裘师父随口道:明代有个文人陆师道,游览宜兴玉女潭时,写下一首诗。其中有两句是"帝命主苏山,功成有申锡"。

师父厉害。我真服了。

如此说来,申锡不但壶艺了得,也还是个文人呢。可惜,晚清壶艺高手太多,他虽然是"八大家"之一,但还是被历史遮蔽了。现在知道他的人,几乎寥若晨星。

梅大生在一旁听得云山雾罩,头上汗都沁出来了,说:急煞人!壶到底是真的还是假的啊,值多少钱呢?

我说:让你亲家公等着后悔吧。

他一愣,随即明白了。一高兴,给了我一张"天上人间"的贵宾卡,面值三千元。

我吓一跳,不敢收。他说:怕什么,"天上人间"你去过吗?

我摇摇头。

好玩得很啊!他哈哈一笑。

晚上跟少求说了。她脸一板,说:这个要没收。随即把贵宾卡要了过去。

什么意思啊?

你是真不懂还是装傻?"天上人间"是什么地方?那是让男人学坏的地方!

第二十章

山中论道

高振鹤完全不是我们想象的那种身遭横祸的样子。

我和少求去南京鼓楼医院看他时,他半躺在病床上接电话。中气很足,额头上依然油亮。他好像在电话里训斥一个什么下属,口气不是很严厉,但一句是一句,对方估计有点接不住,而高振鹤没有半点放松的意思。最后,他说了一句话,算是放了对方一码:做事动动脑筋,不要眉毛胡子一把抓!

见我们来了,他满脸堆笑,非常开心的样子。

高小臻在一旁说:你们帮我劝劝他吧,他还当自己十八岁呢,今天居然想坐着轮椅去上班。

高小臻看上去比较憔悴。估计这一阵够她忙的。

人活着,就是要做事。否则,不就是行尸走肉吗?!高振鹤辩解道。

我和少求赔着笑。少求说:高叔叔的精气神,哪像个病人啊。

昨天我跟医生吵了一架。他们不敢给我动手术,说我有严重的基础病。高血压、心脏病,一大堆!我说了,我自己签字,手术只管做,万一有什么三长两短,跟医院无关。

高振鹤语音干脆,像是在一个重要会议上做最后的裁决。

我们劝他,还是要好好静养,待心脏和血压平稳了,这样的手术,如今都不当回事了。

这话我爱听。他说。髋骨置换手术,在鼓楼医院,就是个小手术嘛。我希望明天就手术,三天后拆线,一周后上班。

我说:高叔叔还是要好好养一养。其实,古南街倒是挺适合养病的,前两年我生病,就是在古南街养好的。

高小臻朝我看了一眼。

高振鹤双手一摊,大着嗓门说:我没病啊,养什么养?你们看,哪个长寿的人是养出来的?生命在于运动,说白了,就是要工作。工作才能让我长寿!

越说似乎越说不通了。我低声对高小臻说:要给老爷子吃点泻火药。感觉他有点肝阳上亢嘛。

少求在旁听见了,撑了我一句:你这三脚猫,就别乱支招了。什么叫肝阳上亢啊,也不怕人家笑你。

高小臻顺嘴来了一句:昨天医生还真给配了泻火的药,说帮助通便呢!

大家都笑了。

本来就是礼节性的看望。到这时,也该礼貌地结束了。

高小臻送我们出来,嘴里一直在说感谢的话。少求说:都是自己人,就别客气了。

少求上了趟洗手间,把时间留给我们说话了。

我心里生起一丝对高小臻的怜惜,看着她说:这段时间你辛苦了,可要保重身体啊。

她笑笑,说没事。

突然换了口气,问我:我们在古南街买房子,真的惹你不开心了吗?你是不是担心,我们会跟你抢生意?或者,我会给你带来麻烦,让葛少求不高兴?

我一时语塞。表情想必是尴尬的。

我知道你不是一个小肚鸡肠的人。她语气放缓,有安抚的意思。你放心,我有男朋友,只是我们暂时还不需要婚姻这个笼子。至于在古南街买房,那完全是我爹一时之兴,喜欢那个地方。我们在南京的生意还忙不过来,怎么会去那个小地方跟谁争地盘呢!

我脸上火辣辣的,感觉高小臻有点过分了。她把自己置于一个道德高地,而对我的贬低,带着偏狭的成分。

但是,我这人不跟别人争斗,更何况是高小臻。

我说:小臻,如果这些话说出来,会让你痛快些,那你就尽管说。我没事的。

这时少求走过来了。

高小臻听到了脚步声,答非所问地回了一句:医生那里我还要做工作,手术倒是真的不能拖。

我呵呵地笑了。

那天从南京回来已经很晚了。阿青已经回家,小小的房间里还亮着灯。少求蹑手蹑脚地进去，一会儿拿出来一张纸，上面写着几句话：

爸爸妈妈：

　　这次月考，我的数学、语文和英语，分别获得了班级第一、第三、第五名。其实我并没有怎么刻苦，只是注意力比以前集中了一些。谢谢你们没有像别的父母那样不断地给孩子施加压力。我会好好努力的。

爱你们的女儿　小小

少求把这张纸捧在胸前，一时无语。

我鼻子有点酸，感慨地说：给一条鱼一碗水还是一条河，我们的选择题答对了。

少求说：那次郭兰君要跟我说的悄悄话，你知道是什么吗？

我撇了一下嘴，道：不是不让我知道吗？！

少求说：兰君让我暂时不要告诉你。她说，什么早恋啊，我们就当他们是在玩"过家家"。要相信我们的孩子，我们的基因绝不会差的！她让我们不要把所谓的早恋当回事。

我不以为然地说：她倒说得轻巧！她家是儿子，我们家是女儿，真要惹出什么事，吃亏的总是女孩子啊。

少求戳了一下我的脑门，说：老封建！

难道不是吗？！我颇为不平地说。

少求说：那天她还附在我耳边说了一句话，你猜是什么？

我懒得猜。我觉得郭兰君太处心积虑，机关算尽太聪明。

少求笑道：她还对我说，灵珠啊，要是我俩有一天真的成了亲家，我开心得睡梦里都要笑醒呢！

她这人就这样，正话反着讲，反话正着讲。什么意思啊？鬼才愿意跟她做亲家呢！我没好气地说。

钦子厚你真是小肚鸡肠。一说到女儿，自己就把持不住！少求一句狠话，就把我甩了回来。

二月初二龙抬头，按当地风俗，是要祭灶神、吃龙食、剃龙头、调龙灯的。如今没有灶台了，都用液化气灶，人们就用手机发个灶神图片，在朋友圈里晒一通，就算是拜过灶神了。要说吃龙食，古南街上，一夜之间几乎所有的招牌食物，名字里都换上了龙字。"鸭饺面"变成了"龙须面"，"猪头肉"变成了"龙头肉"，就连饭店的招牌菜"佛跳墙"，也临时改成了"龙跳墙"。至于剃龙头，当地习俗，正月里是不能理发的，所有的财气富贵气，一直要保留到龙抬头那一日，叫"龙发"。各个理发店，自然是人满为患。

这天少求找出一副旧理发推子和剪刀，说：这还是我娘当年给我爹理发的工具，你想想，多少年了？

可是，一点也没生锈呢。我说。

每年我娘的忌日，我爹都拿出来擦油的。我小时候，爹还用它帮我剪发。后来上了高中，我嫌爹的手艺太差，剪的发型难看死了，坚决不让他剪发了，他好没趣呢，几天都不理我。

她嘴里叨叨,手里忙碌。我心里暖乎乎的。

突然想起江灵凤大师对老爷子葛家印的评价。出于某种考虑,我一直没对少求说。

这副理发的工具上,沾着人气。少求的心里,一定感慨良多。想想也是,人和世界的关系,大都是由器物来维系的。

她让我在吊脚楼的一把藤椅上坐下,面朝着河水,让阿青端来一盆热水。她先帮我洗头,然后,拿起剪刀,手有点笨,但很专心,正儿八经地给我理发。

能理出一个什么发型,无所谓,只要不是阴阳头就行。

我想,当年鲍香仪妈妈给她的夫君葛家印理发,一定也是这个样子吧。所不同的是,那个被理发的男人,心里是有煎熬的。

真没想到,今年的第一捧新茶,是老潘送来的。

他风风火火,似乎身上还带着山里的青草和树叶的气息。他坐在我面前,看着我把一小撮绿茸茸的新茶芽放进茶壶,说:多放点嘛,反正是自己山上种的。

语调里有豪气。

其实,每到早春,山里总会有人送这种茶下来的。以前老爷子老是梅占不离口,我们听多了,也不当回事。也是当地茶叶品种太多,什么阳羡雪芽、白塔毛尖,打擂台一样,蜂拥在茶桌上,也不知道哪个更好。

老潘不仅带来了新茶,还带来几大瓶泉水,说:新茶是认水的,这水是我在茶叶地附近的观音洞里舀的,有甜味,不信你尝尝。

尝了一口,冰凉的、隐隐的甜。

之前没有听叶阿姨说过观音洞呢!我说。

她是知道的。只是,在你们面前,她要说的东西太多了。

我用老潘带来的"观音泉水"(姑且称之)泡了一壶梅占,果然有一股幽幽的兰花香。不是很浓烈,但清鲜、耐闻。细细一品,口中顿时升起鲜爽、醇厚之感。

好茶!我情不自禁地脱口道。

老潘说,姨妈在世时,特别喜欢这个茶味,叫幽幽兰花香。她认为,至少在南山坞一带,唯独梅占有这种味道。

他还介绍了梅占茶的冲泡方法。第一开,可以用一百度的开水;第二开,最好是八十度;第三开,七十度最佳。

我好奇地问:你是什么时候懂茶的啊?

他不好意思地一笑:自小生在山里,多少懂一点。姨妈这块茶地,地势和土质特别好,种茶是最好不过了。她体弱多病,但一直不让我们经手,这是她的心尖尖肉啊。唉,都怪我,老让她不放心,到末了,什么都不相信我,最后连她自己都不相信自己了。

此话怎讲?

她一生磨难太多,你也知道的。身心多次受过打击,身体就是这样垮掉的。最后对自己也没信心了。

我接口道:但她活得干干净净。那么自重的人,绝对不肯占别人半点便宜。

想起了那把双蝶壶,我心里一紧,有隐疼感。

一时,我俩都陷入沉默。

接下来老潘的话题是:今年风调雨顺,茶叶长势不错。可是,这么多茶叶卖给谁,又有多少人知道梅占这个品牌呢?

制茶呢,我请了几个专业师傅,品质应该没有问题。可是,卖茶叶要靠关系,咱又不会吆喝。新茶上市,一天一个价,一百斤新茶耽搁一天,钱就逃走几千。老潘挠着头说。

说来说去,还是钱。我突然觉得,老潘来送新茶,目的并不单纯。

不瞒你说,我这心里,还搁着一件事。他指指心口。

莫非,要跟我借钱了?

他说:自从儿子麒儿走后,我这儿媳就像自己女儿一样,跟我们一起同甘共苦,还给我们生了个大胖孙子。我们这个家,要是没有她,哪能有今天的气象啊!可是,儿媳毕竟是儿媳,总有一天,她要有自己的生活。我跟老婆说好了,要攒一笔钱,等她有了合适的人,我们要像嫁女儿一样,好好给她张罗一下。

一番话,把我说得眼圈都红了。

我突然对老潘刮目相看了,也为自己刚才的揣测感到惭愧。

我问他:茶叶有没有包装?"梅占"这个名字,有没有去工商局注册登记?

老潘说,简易的包装是有的。但说到去工商局注册登记,他却是一脸的茫然。

我说:你儿媳会上网的吧,你让她把茶叶的图片和茶园的环境发到网上去,完全可以通过网络销售啊!

嗯嗯。他说。她可是茶艺专科毕业,懂茶的哦。可是,网上的信息太多,有些吹得天花乱坠,谁搞得清好坏啊!

我想到了一个人,桂一诺。

不过,我暂时没对老潘讲。但我答应,一定会帮他。

我打算让桂一诺过来,一起去南山坞看一下,包括那个什么观音洞。不就是五亩地茶叶嘛,桂一诺大嘴一张,他在南京有那么多朋友,就是给他拉两卡车茶叶,还不够他那些狐朋狗友们开销的呢。

高振鹤差点死在手术台上。

这是最新得到的消息。

桂一诺的情报,照例要挤掉一些夸张而八卦的水分。高小臻的说辞,感觉却有些避重就轻。把他们两人的说法综合一下,得出的结论是,高振鹤一贯的强势用错了地方。那几天他狂躁不安,并没有一味真正意义上的泻火药,能够熄灭他心头的一把无名火,他坚持要在血压和脉搏都不符合手术要求的情况下进行髋骨置换手术。医院方面好说歹说,终于等到了一个勉强可以手术的机会。结果,高振鹤在手术台上出现了险情。心脏一度骤停,血压也降到几乎看不见的底线。幸亏主刀医生经验丰富,非常沉着地采用了应急预案——据说是一种进口的强心针,在危急关头发挥了起死回生的作用。高振鹤奇迹般地活过来了。虽然被送进了重危病房,但他醒过来,还是喜欢大声讲话。一个半辈子坐惯了主席台,习惯了在麦克风前说话的人,不容易压低嗓门。但高老爷子在手术台上,也想通了一些东西,比如,他不再坚持几天后坐着轮椅去上班,而是提出,他想到古南街的老房子里清闲几天。

这其实是有难度的一件事。老钱家的钥匙,是交给高家了。但钱家老房子常年失修,品相和舒适度都会打些折扣。之前我去钱家串门,客厅里的日光灯,老是在眨巴眼睛;线路老化,微波炉一开就短路跳闸;空调也很老了,声音有点大;墙壁上呢,脱皮较多,到处是钱家小孙子画的皮卡丘和奥特曼之类,童趣倒是蛮多,但黑乎乎、乱糟糟的,不知道高老爷子能不能接受。

转念一想,我又觉得自己这是看三国掉泪,替古人担忧了。高老爷子爱来不来,跟我没啥关系。要说有关系,那是高小臻。她一来,气场就改变。我们是邻居,总不能熟视无睹吧,分寸的拿捏,可不仅仅是个技术活。

高小臻出乎意料地给少求打了一个电话,说了高老爷子的手术情况,说老爷子在南京清静不了,想来古南街养几天,就住在刚买下的房子里。他不担心条件简陋,说当年就是这样过来的。

少求接了这个电话,就像打了鸡血。她这人就这样,人家拜过她的码头了,她觉得不能让对方失望。

几乎是全民总动员。高家刚派了人来打扫卫生,她就让阿青过去帮忙,然后,藤椅、沙发、电热锅、烧水壶,乃至暖手宝、热水袋、电热毯、吹风机,一应俱全地往钱家发货。甚至,洗手间里的马桶盖棉罩,淋浴器下方的脚垫,她也考虑到了,全是去超市买来的新东西。要不是我在旁阻拦,她还想帮高老爷子安排床上用品,包括床垫、床单、枕套、靠垫之类。我说,人家有女儿,这些都会安排的,你不要入戏太深好吗?!

她不接我的话,指挥我把家中书房里的几幅字画拿来,挂到被小孩涂鸦的墙上,说:这样一挂,满屋生辉,氛围马上不一样了。

我说:你干脆让高老爷子住咱家得了!少求,你不觉得用力太过了吗?

她说:这事换了别人,也会这么做的。古南街上的古道热肠,就这么挨家挨户住着,谁没有个要搭把手的时候啊?

她突然反问我:你心里干吗这么不平衡啊?

我说:哪有什么不平衡,我只是不希望跟高老爷子走得太近。

她含意复杂地朝我哼了一声。

这天傍晚,高老爷子来了,前呼后拥着六七个人。汽车不能开进青石板街面,他是坐在轮椅上,被几个小伙子抬进家门的。

奇怪的是,高小臻没有随车来。

我们杂志社的主编退了。领导宣布让我代理主编。我不想干,但一时也推不了。今天下午要去省新闻出版局开会,不能请假。我父亲脾气急,他坚持要去古南街住几天,辛苦你和少求了。我明天会赶过来。

过后,我才收到她这条微信。

高振鹤经过这番折腾,气色是很差了。一张脸上,似乎弥漫着黑气,眼睛也凹下去,嘴巴显得往外突出,人瘦了一圈。

就是平素降不下来的嗓门,也变得气若游丝,气场明显衰弱。听他说话,要凑上去,才能听清楚。

住家的保姆是跟着来的。还有一个姓丁的助理,就是上次帮高老爷子打理房子买卖手续的那个人。他们会跟着高老爷子住下。

幸好保姆把晚饭提前准备好了。都是打包的半成品,下锅就成。他们忙着准备吃晚饭,我们便告辞出来。

高振鹤朝我招招手,我就留下了。

这个招手的动作,似曾相识。做惯领导的人,都是这样的。意思是,过来过来,有活让你干。呵呵。

言辞还是诚恳的。辛苦你们了,真不好意思啊!

我客气了几句。无非是"应该的""您放心""安心静养"之类。

感觉他似乎有话要讲。

他说:你知道,我为什么要到这里来住几天吗?

我说:这里也有您的家啊。

他说:南京城里火气太旺,我不能待了,我要到靠山临水的地方,才能安生。

他说这话的时候,旁边姓丁的助理,深深地点头。

他一把抓住我的手,感觉冰凉,说:给你们添麻烦了!

可我觉得,这句客气话背后,好像还有什么意思在。

我回去跟少求说了。半晌,她说:那个姓丁的助理,据说是个风水师,神神鬼鬼的。他上次来看房子,到处转,还给别人占卦,收钱还不低。高老爷子估计是中了他的邪了。

你怎么什么都知道?

她答非所问地说:人活着,都不容易。

阴晴不定的季节,裘师父在山里感冒了。

本来应无大碍。生姜黄糖红枣汤,连续喝,出几身汗就好了。但他有老年慢性支气管炎,一感冒就发作。日夜咳嗽,咳得裘师母也一刻不能安宁。他又不肯上医院,就连儿媳邢飞燕那里的疗养院,他也不肯去。拖了几日,扛不住了,他才勉强让儿子女儿带他去市里的医院,配了些药。在市档案馆,倒是待了大半天,查找不少资料,还借了一些家谱史料,满满一大包,背回南山坞。

这天我去南山坞看他,他还在抱病改稿。就在老爷子原先住的那个房间里,一摞稿纸堆得有半尺高,原先写得密密麻麻的稿纸上,涂涂改改,空白的地方写满了潦草难辨的文字。翻了几页,都是如此。修改的工作量是很大的。

在纪委待了这么多天,我静下心来想了许多问题,特别是书稿,每一页的内容我都记得。关于陈鸣远的评述,我下笔还是轻率了。以前紫砂江湖上关于他的传说,早已形成了一种被大家接受的概念。包括古希伯在世时也认为,陈鸣远只是一个乡村壶手,何以精通文墨,诗书画俱佳?不但光器做得好,还开创了花器的先河。很多人认为他身边有一个枪手团队,有壶手,也有文人。实际上,这个观点错了。前些天我去市档案馆,查到了最新发现的陈氏家谱,之前的论断,基本被推翻。你知道陈鸣远是什么人吗?他是太学生!身边的朋友,不少都是进士。陈氏家族,世代都有做官的文人。他自己,太学生没毕业,不想读了!他就是不想做官,自己把梯子扳倒,甘愿在乡村做一个壶手。他是把自己的心胸和境界做进壶里了。这样的人做的壶,不传世才怪!

还有陈子畦！裘师父说。在有关紫砂的历史资料上都把他说成是陈鸣远的父亲。陈氏家谱上，说得清清楚楚，他连陈鸣远的长辈都挨不上。

他说着说着，激动起来。裘师母过来说了他一句，给他一块湿毛巾擦脸，对我说：他一激动，血压就上来。为了这本书，把老命都搭进去了。

包括对邵大亨的评价，也有偏颇。历史上把他说成一个脾气不好、性情怪僻的壶手。其实不是。《邵谱》说他只是性情狷介，独来独往。但他跟周围朋友、邻居的关系还是很好的。他的文化根底很深，家族文脉深厚，并不像传说的那样贫苦不堪。邵大亨有个堂兄弟，号喜乐散人，撰文说他"以无师之智，精于茗壶，博习诗书，兼通占相，医方诸说，乐此不疲"，你看看，他不单是个壶手，还精通医术和占卦，诗书之通，更不在话下。邵大亨不跟文人合作，不是看不起文人，而是追求一种光素无华的风格，所谓"不着一字，尽得风流"，就是他的写照。

凡是不确之词，都要改过来！裘师父说此话时，言之凿凿。

我内心一阵波澜涌动。有裘师父，是当代紫砂之幸啊！

我告诉他，自从他介绍了一些人来让我看壶，一传十，十传百，现在每天一开店门，各式人等，川流不息，忙得不可开交。

而且，我说，来打听老壶的人也不少，有想买的，也有想把老壶卖给我的，烦！

裘师父呵呵一笑，说：你真正忙的时候，还没有到来呢！

可我是个懒散的人，一忙就头大。我老实地说。

子厚，人生在世，还是要做点事。裘师父看着我说。

嗯。我向裘师父承认,一把紫砂壶确实改变了我很多。

你知道,为什么有那么多人喜欢紫砂茶壶吗?其实,饮茶还是其次。他们就是在滔滔人世里,寻找一种精神上的依靠。所谓的癖好,也是一种情感依赖。一把茶壶,在没有成为商品或礼物之前,它就是一个饮水的器物。人喜欢壶,时间久了,就把壶当成了另一个自己。同时,也给壶带来了麻烦,让它变成了一个高贵的囚徒。反过来,壶对人也厉害,它给人带来的福报越大,附加的危险系数也越大。有的人,为了一把壶,不惜铤而走险、抛家舍命。紫砂江湖那么大,核心只有两个字:名利。

裘师父之前从来没有讲得这么透彻。

我提了一个搁在心里已久的问题:一把小小的壶,有时可以把人扳倒。人和壶,到底谁的力量大?

一把好壶的诞生,是艺人的灵光一现落到了壶上。泥土到这时,就不是泥土了,它就通了人性了。裘师父说。

反过来,人不断地给壶加码,过给它人性,壶就"变态"了,它慢慢就变成了伤人的利器。

我顿时有豁然开朗之感。

你做"聊壶茶坊",可以做到不单纯为了名利。当然,人要吃饭,开店要成本。但是,人有人道,壶有壶道。做点紫砂的科普,也是做功德,于人于己,都是善事。做自己喜欢的事,是会延年益寿的。他说。

裘师母在一旁撑了他一句:你一个人去活一百岁吧!

裘师父坦然一笑:这部书写完,我就不缺那个枕头了。

裘师母啐了他一口,说:我还没那个枕头呢!

两人相视,哈哈一笑。

说着说着,就说到了冒小成的事。

裘师父说:这么多年,小成就像一个地下工作者。知道"敬古斋主"的人很多,但是,知道冒小成的人很少,能把两者之间联系起来的人,就更少了。冒小成长期在地下,已经有了恐亮症。你让他公开身份,在媒体面前亮相,他顾虑很大。

我想起了那个覃老板,问:上海顺风堂的覃国禄,怎么会知道冒小成就是"敬古斋主"的?而且,他还知道我和冒小成是师兄弟,这一点,我至今还蒙在鼓里。

裘师父宽容地一笑,说:顺风堂的覃某,跟那个贩茶壶的叶朝贵关系好。叶朝贵这样的人,眼睛尖,鼻子灵,编编段子,添油加醋是高手。他未必真知道你和小成的关系,只是揣测而已。紫砂圈么大,总得有人捧场抬轿,大家都要弄口饭吃嘛。不过,以讹传讹的话,越传越离谱,没必要当真。至于冒小成称你是师兄,那是小成客气,我从没说过收他为徒,但他什么都来问我。就这样,"师父师父"地叫起来了。我常常在他面前说起你,他敬重文化人,自然把你当成了师兄弟。

哦,原来如此。

我突然想到一个问题:二十世纪,紫砂界出了一个泰斗古希伯。那么,二十一世纪还能再出一个古希伯这样的泰斗吗?

裘师父神色变得凝重起来。

这些年来,常常有外地的客人问我这样的问题,他们说,二十一世纪的古希伯是谁?我回答说,每个时代,紫砂领域都有自己的代表人物。所谓泰斗,除了壶艺独绝,还有文化人格和文化品质的高度。古希伯之所以能够在同行中胜出,是因为他开创了具有时代特征的文化茶具。他把自己的人格力量融进了紫砂茶壶。

那么,师父,你认为当下谁最有可能接近或超过古希伯呢?

他站起来,一字一句地说:当今的大师很多,单从壶艺的角度说,他们有的已经超过前辈了。但是,一个真正的大师,还要有较高的文化修养和文化品质,要有创新的能力。如此说来,出现像古希伯这样的泰斗,也是可遇而不可求的。像冒小成,他仿古希伯的壶,几可乱真,甚至,在某些手法上已经超过了古希伯。但是,他能摆脱古希伯,开创自己的艺术天地吗?仿古希伯,仿得再像,也是古希伯,而不是冒小成!我曾经跟你说过,他就差那么一口气。很多人就因为差这口气,止步不前,终生如此。

裘师父说着说着激动起来:我相信,这个时代一定会有超过古希伯的人出现。但是不是冒小成,我不知道。我也不能妄自揣测。冒小成的第一步,一定要走出去,我适当的机会,让他公开亮相,子厚,此事你要出力!

他目光炯炯地看着我,说:古希伯能成为古希伯,离不开当年那些文人朋友啊!

我被他的话打动了,说:师父,放心,我一定尽力!

他送我出来的时候,顺便提到了高振鹤:他如今成了你的邻居了。

他如果再提起那把孟臣壶,你就把另一把壶给他看看吧。让他知道,世上的事情,遗憾也是圆满。哪能样样遂心呢?

感觉裘师父经历了一些事,想法跟以前不太一样了。

我直言,担心他若知道这壶的另一半在我手里,又会起什么幺蛾子。

不一定。裘师父说。人都是这样,此一时彼一时也。再说了,这些老壶你能藏多少年?三十年后,你也八十了吧,再过三十年呢,你去了哪里?你能保证小小喜欢这些老茶壶吗?人,都是器物的暂时保管者,走的时候,连根稻草也带不走。葛老爷子当年常常跟我探讨这个问题,他一直担心,葛家几代人传下来的东西,突然有一天就没了。

一番话,说得我心里直打鼓。

少求说她要去显圣寺住上一夜。

我知道,这段时间,她在为给叶云芝做"超度"的事做准备。

少求之前跟我一样,对佛教有敬畏之心,但一直保持距离。我们都觉得,人心向善,便是敬佛。

我们夫妻间,基本没有隔夜的话。唯独这件事,她半个字不露,我也不好多问。但她常常夜半醒来,一个人拥被而泣。我觉得,有一道心理上的障碍,她始终跨不过去,而别人却帮不了她。如果"超度"这件事能帮她,那权当是一种心理治疗吧。

这天傍晚,少求素食素衣,面色肃穆。我坚持把她送到蜀山脚下,抱了抱她,看着她一步一步拾级而上。那个最熟悉的背影,在浅灰的背景下,渐渐变得模糊。

蜀山顶上的显圣寺,是有故事的。传说东汉末年,阳羡长孙权,是一个才十五岁的白马少年。一日,他带着官兵在太湖边剿匪。因寡不敌众,只身被湖匪追杀。他弃马奔逃至蜀山之巅,悬崖临河,无路可遁,便求救于三个正在割草的姐妹。情急之下,三个姐妹将他藏在柴草堆里,湖匪追至诘问,三姐妹谎称此人已经过河而逃。湖匪信以为真,追赶而去。三姐妹放走孙权后,预料湖匪上当,必然报复于她们。为免遭凌辱,三姐妹毅然相拥,跳崖而亡。后来孙权做了吴主,专来蜀山寻找三姐妹踪迹。闻知跳崖故事,不禁潸然泪下,追封三姐妹为"三夫人"。东吴赤乌三年,拨款建造三夫人庙。清乾隆六十年,易名为"显圣禅寺"。

历朝历代,显圣寺香火是旺的。此地吃紫砂饭的人多,功名利禄,俱是烦恼。富人穷人、名人凡人都要求佛。说来说去,那蜀山顶上,也就是个精神安放之地。

这一夜,我翻来覆去地睡不着。我想象不出,少求在一班做佛事的僧人信徒中间,是一种什么样子。这么多年,我们无论做什么,都是风雨同舟。她还没有独自去面对过一件事。

半夜里,河面上起了风,天气降温了。想起天气预告说的,凌晨有霜冻。少求叮嘱过,今天这一夜,她手机是关机的,我不能跟她联系。她走的时候没有带热水袋,这么寒气逼人的夜里,她那么怕冷,胃受了凉怎么办,那个地方有空调吗?

索性不睡了。

在灯下，我重新清点了老爷子留下的各种老壶。其中，葛家三代传壶者写下"传家之壶"或"不可出售"字条的，一共有一百三十八把。这些壶，每一把背后，都有故事。到了我和少求这一代，所谓的保管，无非就是三缄其口、原封不动罢了。那些曾经鲜活的传壶故事，在老爷子字迹潦草的日记本里，气场已然消减。在我看来，茶壶的"传"，一是要使用、欣赏，壶上才会有包浆的活气；二是要心手相传，茶壶这东西有灵性，它靠人养，也给人捧场，其间也成全了茶叶；三是壶有气场，更有血脉。制壶的人走了，气场还在壶上。不过，他其实只完成了壶的一半。壶的精气神，要靠持壶者来养。久而久之，养壶人的精神，也变成了包浆的一部分。单纯地将老茶壶藏东藏西，它们就变成了吃灰尘的器具。如果每天有众多的参观者，带着欣赏、敬仰的目光，从这些壶旁边走过，汲取知识、得到陶冶；如果这些壶的故事每天都能让众多的欣赏者流连忘返，这才是真正的"传"。

改变我的收藏观的，应该是叶云芝藏在双蝶壶里的那封信。她那种达观和坦荡，真让我们这些吃祖宗饭的人无地自容。曾经，我想把自己的余生，托付在葛家祖宗们留下的壶上，现在想来，这样的寄生虫不做也罢。

梳理岳父葛家印的精神脉络，最大的忧患是一个"传"字。他希望这些老壶给后辈带来庇荫，又担心后辈躺在壶上坐吃山空。葛家几代人都希望他们用生命积攒下来的壶，能以一种最安全的方式传下去。

其实，我心里已经有答案了。

不知不觉天已麻麻亮了。我给小小准备了早餐，这孩子睡得沉，闹钟是唤不醒她的。基本上,每天都是我去叫她起床。她一边吃早餐,一边在背英语单词,突然停下来问:我妈呢?

我没告诉她少求去了哪里,只是说:妈妈有事早走了。我也要早点出门。

她懒洋洋地点头,继续背她的单词。

清晨的古南街,正在各种食物散发的香气中慢慢苏醒,我一路打着喷嚏,不是感冒,而是馋。谁家烤得焦黄的烧饼啊,谁家发糕的甜香啊,不要害得我口水直流好吗?帮帮忙,我今天没时间,要去接我老婆回家,没时间留下来杀馋。我拿着一件少求的薄羽绒衫,粉色的。我怕她冷。一路上,很多似曾相识的人跟我打招呼,有的叫我钦老板,有的叫我老钦,也有叫子厚的,都挺亲热。这跟一年前,真的不一样了,街坊们都把我当自己人了。即便在这样的大清早,手里拿着一件粉色的羽绒衫,大家也不会奇怪,都知道我是个爱老婆的男人。

我一口气跑到蜀山顶上。在显圣寺的门口,我没有等到少求。给她打电话,依然关机。我只能去找寺里的住持惠深老和尚。他很和善地朝我作揖,说夫人已经在天亮时离开了。

我站在显圣寺门口巨大的罗汉松下,一阵茫然。下山的石级上我走得有点飘。我想到了一个地方,少求一定是去那里了。这个时候我想拥有一束白菊花,粉色的也行。但是,周边并无鲜花小店。我在路边折了几枝白色的芦柴花,都到早春了,它们还是秋天的颜色。举在手里,像举着一把白色的火焰。我七弯八拐地走向蜀山背后的归真园公墓——一个被四周的苍柏围起来的空间。我看到那个熟悉的背影了,我的少求。她长跪在地，雕塑般地一动不动，但她的长发在风中飘拂。我停住脚步，敛声屏息。或许此刻，她正跟她的父亲、母亲，还有叶云芝阿姨对话。这个时刻对于她，一定非常重要。一缕青烟在她面前袅袅升起，一阵风吹来，无数纸灰旋起，像放飞的蝴蝶，漫天都是。

第二十一章

出山也难

高小臻推着轮椅上的父亲,到"聊壶茶坊"来喝茶,是几天以后的事了。

我只能说,高老爷子命大。不到一周的时间,他仿佛换了一个人样,脸上的黑气消失了,眼睛变得有神,说话的中气也回来了。

我深信不疑,在古南街买房,是他这辈子做出的正确决定之一。他开心地说着,蛮有成就感的样子。

高小臻接口道:爸爸到了这里,睡眠特别好。俗话说,睡得好,吃得就香。隔着墙都能听到他打鼾的声音。

高振鹤说:在南京的家里,睡前吃两片安定,半夜也会醒几次。

我颇有同感道:那种安静,并不是没有声音。但人到了这里,心容易安稳下来,喧嚣的市声可以充耳不闻,到了晚上,特别容易入睡。还有就是,古南街上,好吃的食物太多,吊胃口,老是让人嘴馋。人只要还想着吃好东西,就不容易衰老。

高振鹤说:有道理!

古南街的清风朗月，是什么支撑的呢？高小臻问。

当然是一把壶啰。我说。

壶上风月，挥洒人间，倒是有诗意。高振鹤说。

这里的小鱼小虾，用咸菜烧，放点小葱萝卜丝，非常下饭。做成鱼冻，吃起来特别鲜。高小臻似有新体验地说。

风水好，也关键。高振鹤说。房屋背后是蜀山，蜀山是青龙山余脉的尽头，山形为金形峰，相当于乾方有山；房屋前面是蠡河，相当于巽方聚气。这样，山和水都活起来了。附近的东坡书院旁边有河，与外河相通，形成金钩主福。这样的布局，很是少见。咱们是今生有缘，也是修来的福气啊。

高小臻拦住他的话：爸爸，行了吧，你就别在子厚面前神神叨叨了。

高振鹤说：风水也是科学嘛！

我说：我不懂风水。但是呢，我在这里待久了，就不想去别的地方了。偶尔去外地，半天就想回来，反正朋友圈里，都知道我这人没什么出息。

高小臻笑笑说：爸爸，子厚同学最大的特点，就是喜欢反讽。正话反讲，反话正讲。防不胜防哦！

高振鹤难得地宽容一笑。

天晓得！我挠挠头。

我想起了裘师父的叮嘱，去阁楼上将那把刻有"深巷明朝卖杏花"的惠孟臣水平壶拿出来，从冰箱里取出老潘的梅占早春茶，用所剩不多的"观音泉水"泡了一壶茶。

你这里种了兰花吗？香得纯正啊。高振鹤嗅嗅鼻子，朝四周看看。

种兰花，我爸可是高手呢。高小臻的视线也在屋内搜寻。

我笑而不答，在茶壶里先注入沸水，倒干；放入茶叶，再注入少许开水，醒茶芽，洗茶碟；第三开的水，才是泡茶的。此时的茶汤明澈、清幽，我给高氏父女各斟了一杯，说：幽幽兰香，何如茶香。

当他们知道，这满室氤氲的幽兰之香竟来自一壶茶，禁不住赞叹不已。

然后，梅占这个名字，让他们有点好奇。高小臻说：有点像日本茶名。

我趁机夸了一把"观音泉水"，说：茶是认水的，这个泉水洞，就在茶叶地边上，它们之间是有默契的。若是用蠡河水泡这茶，只怕味道会打点折扣。

高小臻呵呵一笑，抿了一口茶汤，说：香！且有回甘呢！茶认水这个说法，以前倒是听人讲过。

而高振鹤的注意力，更多地集中到壶上。

我怎么有一种他乡遇故知的感觉呢。他指着壶说。

我如实告知：这把壶，跟您之前拿来请裘师父鉴定的壶，可能是一对。

哦，世界上竟然有这样的巧事？高振鹤来了兴致。就连一直在旁接电话的高小臻，也凑过来看个不停。

有意思，有意思。高振鹤不住地感慨。我可以上上手吗？

当然可以。

高振鹤双手抚壶,细细端详。眉宇之间,有豁然开朗之感。

高小臻举起手机,拍下了这个画面。

那是否可以说,这一对壶,都是惠孟臣的真品!

裘师父说了,应该有可能。我谨慎地说。

缘分啊!高小臻突然冒出一句。

早知道这样,我应该把那把壶拿来啊。高振鹤说。

我字斟句酌地说:裘师父说了,虽然这是一对不多见的双壶,但是,很有可能从出窑那天起,它们就分开了。裘师父还说,遗憾也是圆满。如果有一天高老伯把家里的那把壶拿来,让它们久别重逢,也算是一段佳话。

哈哈哈哈!高振鹤开心地笑了。

还没见他笑得这么舒畅过。

高小臻也受了感染,弯下腰,用手机给壶拍了几张照,还把手机给我,让我拍一张她双手捧壶的照片。

在我的印象里,高小臻捧着茶壶拍照,还是第一次。我突然有种感觉,高小臻说已经有男朋友了,只是一种负气的说辞,未必是真的。

高振鹤说:子厚啊,我这次算是摸了一下阎王爷的鼻子。对那些身外之物,突然就想法不一样了。即便我活一百岁,也只是个临时保管员。哈哈哈哈!

他像是自嘲,又像是自省。

他突然话锋一转,说:你若是喜欢,我可以把家里那把壶让给你,成人之美，彼此开心。我还能添福添寿呢！

这番话让我大感意外，慌忙推辞道：这使不得，还是顺其自然的好。

高小臻出了一个主意，说：不如这样吧，我们先把壶拿过来，把两把壶放在一起，在"聊壶茶坊"展示一下，让更多的壶迷开开眼界。以后方便的时候，也可以把两把孟臣壶放到南京的臻艺斋，让南京的朋友们饱饱眼福。

高振鹤连连点头，说主意不错。

我说：这事回头我跟家里人商量一下吧。

高小臻立马听出弦外之音了，看了我一眼，说：顺其自然也好。不过呢，既然壶是一对的，就应该让它们在一起展示。我们杂志的休闲版，可以做个专访，配上壶的照片，发出去影响肯定大的。

我拱拱手，说：好意领了。我这人最怕出名，你是知道的。

高振鹤估计也看出什么苗头了，用眼光示意了一下女儿，打哈哈说：也好也好，顺其自然，才是最高的境界嘛！

叶朝贵的新身份，居然是丁如柏旗下某公司的营运总监了。

是的，他来看我，说是来拜码头。他的新名片被我随随便便地放在茶叶罐上。不过，他并不在意。

我并不知道这些年他到底在做些什么。但他很忙，古南街的各个饭店酒楼，经常晃动着他的身影。有一段时间，老潘提到他，就像提到魔鬼一样。而上海的陈药师跟他，又有师徒之情。据说他什么都敢做，就像本地人形容能吃的人,只有两个限度:大不吃死人,小不吃苍蝇。什么场合都能见到他,头衔之类,数不过来。这样的人,我们惹不起,也是实情。

他是代表丁如柏来跟我们协商,要租借一批老壶,放进他们即将开张的"博望紫砂收藏馆"的。

做大文化产业,是市里领导交给丁总的任务。您这儿,就权当是给丁总捧个场。他说。

我顿时有一种直觉,丁如柏一直惦记着我们家老爷子留下的那些壶。所谓租借,不过是换一种套牢的方式而已。

茶壶是易碎品,哪有租借之说?恕我孤陋寡闻,对这一行不是太懂。不当之处,还望海涵。我客客气气地一口回绝。

我们可以让保险公司来估价,给每一把租借的茶壶设定保险金额。至于租借的费用,我们可以坐下来谈。丁总是做大事业的人,他肯定不会让您吃亏的。

我装作不知道丁如柏在非洲的事,说:之前但凡一点小事,丁总都是亲自上门来谈。看来,他没有把这当回事嘛。

他不是远在非洲嘛!每天跟我们开视频会议,忙得白天黑夜连轴转。

叶朝贵说着,掏出手机,划出几张丁如柏穿着非洲某民族服装,跟当地人亲密合影的照片,说:丁总是我市第一个在非洲投资创业的企业家,最近几天的报纸,正在刊登对他的专访呢!

可是我们并不想出名,最怕的就是宣传。我说。丁总是航空母舰,我们是小舢板,吨位上的差距太大,要说合作,也是贻笑大方。

您客气了!谁不知道"聊壶茶坊"是明清老壶的第一展示馆啊。

这是哪来的说法呢?一粒灰尘砸下来,都能把我们砸出个窟窿。可不要折煞我们哦!

就这样你一拳来,我一脚去的,拉扯了半天。叶朝贵渐渐失去了耐性,说:你开个价吧,丁总有心理准备。

我心里有些恼,嘴上却还是示弱:茶壶租借这件事,我平生还是第一次听说。能不能给我们一些时间,先四处打听学习一下。

钦老板,你可比以前坏多了!他突然笑着撑了我一句。

谢您抬举。坏不坏,你我说了不算。出了这个门,就知道了。我依然和颜悦色地朝他打了一个拱。

谁的命都不如你好啊。羡慕也没用!吃吃祖宗,玩玩老壶。三天打鱼,两天晒网。这样的日子,神仙还嫉妒呢。

感觉这话比含沙射影还升了一格。这个叶某,还是沉不住气。丁如柏怎么派这样的人上门来呢。

我还是忍住了。跟他计较,犯不着。更何况,是在我的店里。闹大了,难看不说,影响也不好。丁如柏知道我们不吃他,派个二百五来,难道仅仅是恶心我们一下?应该还有下一步的考量吧。奇怪的是,郭兰君事先没有透露一个字,夫君远行,她不是在帮着打点事务吗?

我哈哈一笑,站起来说:恕不远送!

他走到天井里,绕了一圈,突然又折回来了。他朝大门看看,压低了声音,走到我跟前,说:子厚兄,你我不是外人,老爷子在世的时候,是拿我当侄子看待的。吃主子饭,护主子嘴。场面上的话,我不能不说。但是,兄弟我也有几句透心话,你可不要见外。

我站着没动,说:你这一阵风一阵雨的,我打伞也来不及啊。

他说:丁总心里就是放不下你们的老壶。他的紫砂收藏馆,是市里批的民营文化项目,政府是补贴钱的,银行还给了低息贷款。迟迟开不了张,市里和银行要来评估。可是,大家的眼睛都盯着,没几件镇馆之宝,他怎么开张啊。你和少求赶紧商量一下,有个应对之策才好。

突然来了这么个一百八十度的急拐弯,我一时有点吃不准。

我问了一句:郭兰君知道这件事吗?

他一怔,说:这个我倒不知道。我刚来公司不久,从来没见过她。只听人说兰姐兰姐的,人很少露面,但据说很厉害。

那一夜在显圣寺的经历,少求始终没有提起。

她似乎在回避一些关键词,"超度"二字是再也不说了。就连叶云芝的名字,也绝少提到。有一点我必须说实话,那天早上从墓地回来,她的精神确实好了很多,胃口也好了,当时就拉着我,在郭小蕊的店里吃了一碗桂花百合粥,两片糖藕,郭小蕊见她胃口好,还给她加了一个青团。

但她还是会在半夜醒来,半躺在大靠垫上,眼神木呆呆的,跟白天的她判若两人。我已经习惯了在这样的时刻,起来给她倒一杯水,陪她说说话。我还在卧室里播放一些催眠的曲子,指望她能在舒缓而低沉的音乐声中入睡。但是,相反,少求在这样的时候,会表现出烦躁的情绪。甚至,有一天,她让我睡到书房里的午睡床上去,她想一个人安静一下。

我问她,心里还有什么没有放下?如果她扛不动,我可以帮助她一起扛。我告诉她,其实最近我心理上也有一些负担。如今外界都知道,"聊壶茶坊"有大量祖宗传下来的老壶。有种说法是,光一个壶嘴,就可以吃好几年。不知道背后有多少人在点点戳戳。丁如柏的步步紧逼,颇有不达目的誓不罢休之势。而我呢,对老爷子留下的那些壶研究越深,就越感觉心里不安。几乎所有的老壶上,都留有葛家祖先们前赴后继的精神血脉。即便他们不在壶里留下"非卖品"的字条,我们也不可以拿出去卖一分钱。而堆在阁楼上吃灰尘,何时是个尽头呢?

一直沉默不语的少求,在这个话题上突然来了兴致。她抬起头,看着我,说:难得你有这份心思。说,说下去呀!

一句话,如果一辈子就这么吃祖宗饭,我心里也不会得到安宁。

那你想怎么办呢?她冷冷地甩出一句话。

我仔细想过,如果做一道减法,我们家现在一把老壶都没有了,我们还能不能活得下去,还能不能过上有尊严不乏体面的生活。

这话你是问我,还是问你自己?她说。

你和我,有区别吗?我觉得,没有这些老壶,靠我们的两双手,在古南街这样的地方,一样可以过得踏踏实实。

你能做些什么呢?她问。

难道你没看到,"聊壶茶坊"已经有相当的人气了。我说。我可以继续跟裘师父学茶壶鉴定,我已经钻进去了,我还可以写紫砂研究的文章,在报纸上开专栏,我还可以开发设计一些紫砂的文创产品。只要能够养家,干什么我都愿意!

过去你是一个什么都不想干,多一事不如少一事的人。你不觉得很累吗?你是否感到委屈?

少求冷视着我,似乎要看透我的五脏六腑。

我不累啊。我天天很开心。我从来没有像今天这样热爱生活,爱我的家人。

少求突然扑过来抱住我,吻我。她的眼泪扑簌簌地落了下来。她依偎在我怀里,哭得那么畅快、欢腾。

裘师父下山来了,来找我商量,如何让冒小成出山。

我们的会面,居然是在冒小成的工作室。这个地方,之前我没有去过。很近,就在离古南街不远的一条小巷的巷口。

冒小成的老婆在巷口开了一家小超市,门面不大。附近的人,只知道有个进进出出的男人,平时沉默寡言,他是超市老板娘丁雪丽的老公。有时他帮着进货卸货,做些体力活。有时连续多天不见他的人影。附近的人习惯了他的做派。只有上了年纪的老邻居,知道他早年曾经在紫砂工艺厂学徒的底细。

但是,很少有人会把他和紫砂江湖上那个叫"敬古斋主"的壶手联系起来。

他的工作室,就在超市的地下室里。

我以为就是个乱糟糟的作坊,不料,一进去,惊呆了,所有的陈设井井有条,关键是干净、齐整。一幅巨大的古希伯的黑白照片,占了迎面的大半墙壁。台案上放着一只香炉,半支香还燃着,是那种古雅的沉香的味道,很醇。墙上还挂着一些书法,都没有装裱。细细一看,居然是冒小成的临摹作品,临的都是王羲之、孙过庭、黄庭坚等古代大家的法帖。一排博古架上,陈列着各种款式的茶壶。干干净净的泥凳上,排列着各种做壶的工具,即便是在不是很透亮的光线下,它们也像冷兵器一样,发出包浆特有的幽光。

我问:别人知道你这个工作室吗?

他摇头,说:除了师兄和师父,早先还有台湾的林老板,其他人没有进来过。

为什么这么低调呢?

不是低调,是抬不起头啊。

然后,是一声叹息。

除了做壶,就是练字,是吗?

是的。老头子早先也这样。

我很想知道,在这个地下室里做出来的壶,是如何进入市场的。

冒小成说:平时我帮老婆进货卸货,一半以上,都是紫砂的物料。比如一个雪碧箱子,其实里面装的是紫砂泥。茶壶出去,都是装在电器箱里,没人注意的。

那烧窑在哪呢?

超市上边还有个阳台,我搭了一个阳光屋,里面有一只小电窑,每次可以烧六把壶。

壶从你这里出去,别人总会知道的吧。

没有人直接从我手里拿壶。我只是送到固定的地点,会有人帮我打点。这几年,我也学会了在网上跟客户交流。他们只知道我叫"敬古斋主"。

一个眼皮底下的传奇啊。

我从泥凳上随手拿起一件工具。竹制的,方形,略显圆弧;手感很温润。

冒小成说:这是竹篦子,用来规整壶体身筒的。

我赞道:这件工具,本身就是一件艺术品呢!

当年老头子有句话,"好茶壶,是好工具做出来的"。

他说的"老头子",应该是古希伯吧。

古老爷子的徒弟们,背地里都叫他"老头子"。裘师父解释道。

老头子认为,不会做工具的人,就不会做壶。冒小成说。师兄手上这件竹篦子,就是老头子当年送给我的。你仔细看看,背面有他的一个印章。

果然,在背面的右下角,有一个微雕的"希"字。

这个,可是十年以上的老毛竹片,冬天砍下来的,叫腊竹。要放上两年,阴干,才可以用。

这么讲究啊!

冬天的腊竹,肌理细腻,不容易有蛀虫。用来做工具,最好不过了。

嗯嗯,长知识。

光是工具,老头子就用四个抽屉来装。有时候,一件工具只能做一种壶,如果换作另一种壶了,工具就要重做。

老头子给你留了多少件工具呢?

他摇摇头,说:我在他身边时间不长。我也不是他喜欢的徒弟。老头子其实人非常好。只怪我当时太年轻,不懂事。

紫砂界有个说法,师父肯把工具送给你,证明你已然学到他的手法了,也就是衣钵弟子了,是这样吗?

以前是有这样的说法。可如今,不一样了。有的师父自己都不会做壶。比如说,做一把壶,要一百多件工具,他自己都搞不清,怎么教徒弟啊。

不会吧!师父不会做壶?

师兄就当笑话听吧。

裘师父在一旁听着我们聊天,不吱声,喝了一会茶,开口了:小成不肯出山,说现在这样蛮好。子厚你说说呢。

怎样才算出山?这个我不太懂。我老老实实地说。

就是以冒小成的名字,出现在公开场合。茶壶上呢,不再用什么"敬古斋主"。裘师父说。

这有什么难吗?我一时不解。

冒小成的表情变得有点焦虑,两只手来回地搓着,无处安放。

裘师父说:这一步,必须要走出去。你是怕人家一顿乱棍把你打死?不可能!

冒小成低下头,不吱声。

我帮你想过。裘师父说。无非是早年你仿制古希伯的壶,得罪了一些人。可是,你的仿壶并没有在大陆卖过一把,是吧?

是的。冒小成抬起头,说。那几年,台湾的林老板来收壶,每个月只收一把。其余的壶,都是当面砸碎的。我跟他有合约,都是白纸黑字签字的。

可惜了!我脱口道。眼前晃过那些无辜的被砸碎的壶。

后来,我发现大陆也有我的仿壶了,心里很害怕。夜里做噩梦,老头子用拐杖敲我的头。可是林老板说,这都是台湾的壶又回流到大陆了。不管怎样,我下决心不干了,还把钱退给了林老板。

这段经历,于我并不陌生。裘师父曾经给我讲过。

那你还怕什么呢?

我要台湾的林老板为我做证,否则我有口难辩。我想清清白白活着,不愿意被人戳脊梁骨。

林老板?他已经死了好几年了。你去阎王殿找他吗?

裘师父开骂了。这在我,还是第一次见到。

冒小成蒙住了,半晌,叹道:我这辈子,也就这样了,还出什么山啊!

我终于明白,就是这段不光彩的历史,像一块巨石,压得冒小成抬不起头。

裘师父深长地叹出一口气。

小成啊,你知道,我为什么要催你出山吗?当下的紫砂界,看起来热热闹闹,繁荣兴旺。但是,隐患很大。有些人急功近利,放弃了传统的全手工制壶技艺,各种模型壶甚至注浆壶不断出现在市场上,这对紫砂的声誉，是一种极大的伤害。

紫砂壶最大的魅力，就是坚持从打身筒成型开始，根据泥性特点，用全手工技法来制壶。唯独这样，紫砂泥的特点、好处才能彰显，壶才能养出包浆。保住这个，就保住了紫砂的根本。

如今大师名人如同过江之鲫，可是，真正能完整运用传统手工技法来制壶的人，却寥寥无几。

他长期看好的冒小成，是不可替代的一个。

小成你必须站出来，堂堂正正地宣示，不但自己要坚持用全手工技艺制壶，还要带徒弟。把这个技艺传下去！

我……脱离社会太久了，不会跟人打交道。现在的风气有点坏。紫砂江湖的水太深，我吃不消。而且，有一点我还没有想好，"冒小成"跟"敬古斋主"之间，是什么关系。别人问我，我怎么回答？

裘师父伸出一个小指头，说：你就想着自己那点针尖大的事。你，当然是冒小成，然后，你也是"敬古斋主"。就算有人给你泼脏水，那又怎么样？天会塌下来吗？！

我感觉，裘师父对冒小成，就像对自己的孩子一样。但是，他是不是有点用力太猛呢？紫砂风气，时代使然。就算古希伯再世，又能怎么样？

裘师父继续发问：你为什么把古希伯的照片放这么大，还贴在墙上？还上香供奉！

冒小成说：老头子是我心目中永远的师父。我崇拜他。

你不配！裘师父站起来训斥他。

冒小成惊讶地抬起了头。

古希伯如果今天还活着,他怎么能容忍当今紫砂界的乱象?他肯定要呼吁大家重视继承全手工传统技艺,他会率先垂范,他会呼朋唤友,他会疾恶如仇,他会拼了老命把紫砂这条船拨到正道上去。你口口声声说古希伯是你心中真正的师父,你哪点像他?你不要以为,自己学到一点古希伯制壶的皮毛,就是他的弟子了。你根本就不懂他的风骨。你的胆量呢,你的勇气呢?我这么多年看好你,真是看走眼了,你居然就是这么一个胆小怕事、不肯担当的懦夫!

裘师父的声音越来越大,感觉地下室天花板上的灰尘都在往下掉。他好像要把冒小成推上历史的审判台似的。至于吗?

老潘在微信上说,山里的杜鹃花都开了,他请我们去他的茶叶地里采新茶。

少求穿了一身运动装,戴了一顶棒球帽,显得特别精神。我平时穿衣服随便,中装西裤混搭,脚上常常是一双老布鞋。少求从网上给我买了一身卫衣,烟灰色的。休闲鞋也是新的。但这一身行头,我反而不太习惯。

这天其实我和少求都是陪客。主要客人是谁,不说你也知道,金陵牛人桂一诺。

他最近好像当什么主任了。听口气,以前是油滑,现在是轻狂。请他来参观老潘的茶叶地,讲明了是"扶贫",要有销售任务。他说:直接打包发过来吧,那么一点茶叶,还不够桂爷塞牙缝呢,还让我亲自南巡？

被我骂了一通，还是来了。态度还蛮积极的。少求在旁边，他有些私房话不便跟我讲，挤眉弄眼的，看上去有点难受。后来，少求跟来接我们的老潘儿媳走在一起，把我们甩下老远，老桂这才松了一口气，说：我们兄弟神吹海聊的年代，好像隔得有点久了。

我也不无感慨道：自从离开金陵，在这古旧小镇上，日子过得真是太快。宅中方七日，世上已千年啊。

酸！桂一诺斜着眼，仿佛在重新打量我。他突然问我：高小臻是不是亡你之心不死啊？

我说：没有的事。她当年还有点可爱。现在呢，完全不在一个频道上。再说了，我现在的心境，对男女之事看得很淡了。

这可是衰老的表现啊！他一脸坏笑说。也不问问兄弟我的事。

看上去，他心情不错。

你那点破事。我说。那时拼命巴结张处长，不就是给你那地下女友使劲吗。

你怎么知道？他一脸惊诧。

男女之间，逃不出这个规律。你突然在某一处使劲，不管不顾，不是为了自己升官发财，就是为了女人铤而走险。我说。

兄弟厉害。他直摇头。

你那老婆可不是省油的灯。虽然只是税务局的小科长，你的气场没她大。除非她休你，否则，你这条破船，驶不出她的码头。我说。

兄弟精辟！我这大半年可是一言难尽。难得有了个红颜知己，比我小十六岁,未婚。当时我给她使劲,想帮她弄个部门副主任。张处长的弟弟,就是我们报社的老板。

后来,位置给她弄上去了,她却变脸了。然后你老婆也知道了,两头沦陷,夹板气伤人,差点把小命搭上。

你怎么都知道?他很沮丧地摇头。

能逃得出这个规律吗?职场上的非婚情感,绝大多数是靠不住的。这样的桥段,一点新意都没有。当然,你若能遇到真爱,那倒是另当别论。

在我一副未卜先知的腔调里,桂一诺竟有点惶然。

不过,你能突然咸鱼翻身、刮骨疗毒,还当上个主任,倒让我意外。

他苦笑道:这还不是兄弟你帮的忙吗?!

我一脸茫然。

他说:张处长换得了崔大师的真壶。这件事对他触动很大。从此他对我,也像是真哥们了。他知道了我的事,骂了我一通,然后把他弟弟叫去。如此这般说了一番话。他那个弟弟,是他一手带出来的,对他言听计从。没隔多久,我就当了部门主任,那个小女人,随便给她找了个碴,就让她下去了。她自知没趣,前不久辞职滚蛋了。

你不是一向视乌纱如粪土吗?我讥讽道。

他叹道:这几年想法不一样了。人到中年,在单位里被一些小青年呼来唤去,感觉相当不好。当个主任,至少能保持一些尊严吧!

我哈哈大笑:情场失意,官场得意。我是该祝贺你,还是该慰问你呢?

老潘就在那片茶叶地的岭上等我们。

他儿媳竹敏也来了,给我们每人发了一个竹篓,帮我们松松地束在腰间。这个竹篓往身上一束,顿时感觉,我们跟采茶就有了直接的关系。

说是五亩地茶园,看过去是广袤的一大片。别人家的茶叶地跟这里挨得很近,但仿佛没有这里的气场。这一片的地势非常开阔,南高北低,土地松软,特别温润,毫无遮拦地接纳阳光和雨露。人走进茶园,一股清气袭来,早上的露珠还在叶芽上滚动,鲜嫩而清纯。心胸顿时开阔了。

少求好像特别开心。竹敏带着她在茶叶地里穿来穿去,少求身姿轻盈,像一个小姑娘似的。我在竭力回忆,她什么时候有过这样的状态呢?

只有那么一刻,她开朗的脸色,突然变得凝重。

我知道,她是想起了一个故人。她生前年年在这里劳作。每一株茶树上,都留有她的汗水和手痕。

来之前,我略略做了一点功课。古书上记载了很多采茶的方法,比如必须用甲而不能用指,这个说法,是有道理的。伸手用甲,一掐一个准;用指就不对了,轻轻摁上去,茶芽也容易受伤。少求是留了一点指甲的,她仿佛有童子功,掐起来如同燕子啄食。我则无甲,十个手指秃秃的,拧了几朵芽尖,都是不规则的,感觉有点暴殄天物。竹敏走过来,笑着说:一芽一叶,就像雀舌,才叫头茶。你们尽管玩,怎么采都行,都是头鲜货,待会让我爸爸给你们现做成新茶带回去。

她做了一下示范,一双指尖像小鸡啄米,飞快地在芽尖上跳来跳去。不一会儿,竹篓里已铺了薄薄的一层嫩芽。

我问:一斤头茶,大概要多少个芽尖啊?

她不假思索地答道:五万个芽尖。

我吐了吐舌头。

桂一诺插上来说:据说古人为了讨好皇帝,专门选美貌的少女上山,用樱桃小口把芽尖咬下。然后也不用竹篓装茶芽,而是将芽尖放进胸脯里。这事可是真的?

竹敏一笑,说:听说过。可能就是古人的娱乐吧。不过,世代茶农的生活,都是很清苦的。起早贪黑,采茶人的手,没有一双不是皲裂的哦。

她大大方方地把自己的手伸出来,果然是粗糙的。指甲上还缠着橡皮膏。

桂一诺立马怜香惜玉:啊,心疼死了,这么美好的手!

竹敏迅速把手缩回去了。

我向桂一诺介绍:她可是茶艺专科毕业的。

桂一诺口风变了,说:从道理上讲,这是违反科学的。唇咬和热胸,都不利于茶芽的保鲜嘛。

这之后,他一直在跟竹敏搭讪,问这问那的。

竹敏倒是不凉不热地从容应答,说:宜兴古称阳羡,汉代起就产茶。到了唐代,茶事兴盛,被宫廷奉为贡茶。诗人卢仝有诗句:天子须尝阳羡茶,百草不敢先开花。陆羽写《茶经》,多次来这里考察。那时的茶叫紧压茶,制法有蒸、捣、拍、焙、穿、封等工序。到了宋代,因了宋徽宗喜欢茶,还写了一本《大观茶论》,民间茶事更加活跃。但宜兴的气候寒冷,新茶上市晚,头筹被岭南一带的茶占去了。苏东坡在宜兴,特别喜欢这里的茶,还提出"饮茶三绝"。到了明代呢,皇帝朱元璋说了一句话:废除龙团凤饼。民间冲泡的方法就改成即冲即饮的散茶了……宜兴人低调,四时八节,物产太丰富,不太愿意吆喝。再说了,紫砂壶名气太大,人们就把茶叶给忽略了。其实呢,没有这里的茶山,紫砂壶用什么泡茶呀?

桂一诺貌似投入地听讲,还腾出空来跟我扮鬼脸。

我用脸色暗示他,她可是正经人家的孩子,不可乱来啊!

他用脸色向我表示,这里的茶叶我包了!

随后,竹敏带我们去看观音洞的泉水。一路上,估计桂一诺临时百度了一下,大言不惭地夸夸其谈,说:宋人采茶讲究,采下的茶芽,直接放在山泉水里养着,说是保其精魄。所以呢,桂某人要去挑一担山泉水来,浸泡茶芽。

竹敏在一旁呵呵笑着,不置可否。她说:这里是喀斯特地貌,有泉水的潭洞很多。山之所以鲜活,就是因为有水。水是茶之母,壶为茶之父。古蜀镇上的茶壶,也都是靠这里的山水供养呢!这些,钦老师,都是老天爷精心安排的吧。

说得我们连连点头。

为什么叫观音洞呢?桂一诺兴致似乎特别高。

附近有个尼姑庵,早年香火也是旺的。庵里的尼姑会看病,她给山民配的草药,必须用这里的水煎服。老一辈的人说,那尼姑有观音相。后来她突然不知所终。这里的人,宁愿相信她遁洞修仙了,就称这洞为观音洞。

她侃侃而谈的样子,与这山景很搭。这女子我见过几面,感觉前前后后判若两人,像一棵树,枝叶都打开,绽放了。

她的际遇,之前老潘去省城看病时,我跟桂一诺说过。他也觉得变了。

观音洞果然是一个低矮的潭洞,在一座山坡的下方,周围是茂密的灌木,也不知道里面有多深。肉眼能见到的潭底,有镜面般的一汪清泉。竹敏说:传说,陆羽当年来这里考察茶情,曾经喝过观音洞的泉水。苏东坡也来过这里。我父亲说他小时候,还见过洞口有一块古碑,后来就没有了。

桂一诺举起相机,抓拍了她说话的神态,说:我拍到了一棵亭亭玉立的青竹。

竹敏不好意思地捂住了脸。这个时候,她还原了一个村姑的样子。

我们没带水桶,连个水杯也没带。竹敏从衣袋里拿出一个小号的保温杯,把水倒掉,沿着石级,走到潭洞旁,舀了一杯水上来,递给桂一诺,说:桂老师尝尝,甜不甜,我说了不算。

桂一诺接过喝了一口,说:嗯,有点甜。

似乎突然来了灵感,他盯着竹敏问:为什么不开发做矿泉水呢?

老潘的儿媳说:不让开发呀,如今搞生态保护,这里的一草一木都不能动。

他们似乎有点自来熟,慢慢聊得起劲。

我去找少求了。

她采了小半篓茶,一个人倚在茶园边的一棵树上,看着远方出神。

我走过去,顺手给她拍了一张照,半侧面,光影挺柔和。给她一看,她好生喜欢,说:我有这么好看吗?你用的美颜相机吧!

我说:没有啊。你当然比照片还好看啊。

她说:你这张嘴,什么时候变成桂一诺的了。

然后,她左右看看,在我脖子上亲了一口。

你可是好久没这么主动了。我做了一个只有我俩看懂的手势。

她说:你别得了便宜还卖乖啊。

我说:其实我的意思是,你很久没有这么开心了。

她说:不知怎的,今天到了这里,感觉特别放松。

我说:有一个人,在天上看着我们,她看到我们在这里,该多高兴啊。

她说:刚才我也感觉到了。我现在心里一点也不排斥她了。

我走过去抱抱她,说:你终于把自己放下了。

人最难的,就是摆平自己。少求说。我从小就没有了母亲,作为一个女人,我的成长是有缺失的。我一直认为,不幸并不是不幸者的财富,谁都只能活一生。当我真正读懂了叶云芝,我才知道,她太不容易了。经受了那么多的磨难,可她依然善意待人。别人欠她那么多,她却从来不亏欠别人……

我若是老爷子,我一定会娶她。我突然冒出一句。

你可以这样说我爹,但我不能。毕竟,他给了我一个最安稳的家庭环境。她说着,眼里有泪光。

突然,她看着我,问:你后悔吗?就这么做一个小镇上的平民。

我捶捶自己的胸脯,说:从来没有活得这样自在。

也不看看,是谁把你带进来的。她得意地破涕为笑。

子厚,回去以后,我们要做一件事。她说。

嗯。我知道的。

你也想明白了吗?

当然。

她走到我面前,说:子厚,做完这件事,我的心里,才能得到真正的解脱。你懂的。

我捡起一根树枝,在地上写了一个字:捐。

捐,才是最好的传。我说。

她故作惊讶地说:钦某人什么时候变成了我肚子里的蛔虫?

也太恶心了吧!

我怒不可遏的样子估计不太像。

第二十二章

尾声

这一年，又发生了很多事情。

捐壶。这是我和少求共同决定的一件事。但凡葛家三代藏壶人留下手谕，不能出售的传世名壶，共整理出一百三十八件，加上叶云芝托付的江灵凤双蝶壶，以及郑天竹归还的杨凤年竹段壶，一共一百四十件，我们郑重无偿捐出。

其中，明清以来的诸家名壶，捐献给了市紫砂博物馆。在裘师父的提议下，市紫砂博物馆专辟"葛家印紫砂收藏馆"，将藏品集中陈列。裘师父写了前言，我给每把壶撰写了介绍文字。自开馆之日起，每天观者如云。

在少求的提议下，我们将惠孟臣的水平壶、杨凤年的竹段壶，捐给了丁如柏新开张的"博望紫砂收藏馆"。

之前一周，丁如柏举行了一个小型的发布会，将之前收藏的十一把"名壶"当场砸碎——早些时候，这些壶均被裘至修鉴定为赝品。丁如柏用这样的方式，向裘至修道歉并致意。

在"博望紫砂收藏馆"开馆仪式上,丁如柏和裘至修握手言和。但裘至修并没有接受该馆"首席鉴定顾问"的聘书。

冒小成终于出山了。不过,他没有按照裘师父的安排,搞一个盛大而正规的发布会,而是在我们的"聊壶茶坊"悄悄地开办了一个"冒小成(敬古斋主)壶艺展",共展出他各个时期的壶艺作品六十八件。按他的想法,是"冷水泡茶慢慢浓",在古南街上先试试水。但消息不胫而走,不少人从外地赶来,以至于摩肩接踵,人头攒动。上海顺风堂老板覃国禄,带了一批沪上收藏家前来捧场。许多媒体发布了信息,"聊壶茶坊"的门槛差点被踏破,安静的古南街一时变成了热门话题。

冒小成老婆的小超市悄然歇业,改成了"冒小成壶艺工作室"。他终于从"地下"回到"地上"。有一些年轻艺人投到他门下。由他主持的"古法制壶公益培训班"在秋天的某日悄然开课,裘师父去上了第一课,反响强烈。

人们注意到,古氏门下的弟子们并未露面,也没有发表评论,在拭目以待的观望中,集体保持着沉默。

高振鹤先生在这年的秋天意外去世。他在去上海洽谈业务的途中,突发心脏病,终于不治,享年六十九岁。高小臻代理了一段时间杂志主编,并未转正。她提交了辞职报告,继承父亲的未竟事业。有消息说她的前夫从海外回来了,想与她重修旧好,被拒绝。高家在古南街的房子,租给了一个宁波商人,开了一家汤团糕饼店,味道不错,生意很是红火。

老潘的梅占茶登陆省城,口碑很好。儿媳竹敏在这年的冬天出嫁,是桂一诺做的媒。她先是去了省城,应聘在一家茶艺馆做茶艺师。男方是桂一诺手下的一个摄影记者。老潘像嫁女儿一样很隆重地张罗了一个婚礼,并且送了一份厚礼。在婚礼现场,桂一诺拍下了一张新娘与老潘夫妇拥抱的照片,非常感人,被我称为"桂氏最佳摄影杰作"。

丁如柏当选为市总商会会长。郭兰君和儿子去了英国。丁小柏被英国阿贝剑桥中学录取,郭兰君前往陪读。出发的那天,我们全家去机场送行,丁如柏因忙没有露面。钦小小同学当着我们的面,大大方方地给丁小柏送了一份礼物,用一张粉色的纸包着。郭兰君拥抱了小小,跟我们挥别的时候,一时泪眼婆娑。

陈药师因病去世。我和少求专程去上海为他送行。叶朝贵突然离开了丁如柏的公司,转任上海顺风堂驻宜兴办事处主任。

裘师父的书稿在年底出版,没有举行新书首发式,但这本书很快在紫砂收藏界引起轰动,一时洛阳纸贵。裘师父把二十万元版税捐给了市慈善总会。

崔蕴娴大师收表侄媳为徒的仪式,在冬至那天举行。但崔大师中途突感不适,提前退场。她并不知道,自己患了胃癌且已扩散。

芦小堂又出事了。他这次打架,倒是见义勇为,帮一位被欺负的少女讨还公道。但因"防卫过当",差点将人打死,被警方拘捕后,到年底还没有最后的消息。

快过年的时候,我把一份几易其稿的《葛家印先生古壶收藏年表》,赠给了市紫砂博物馆,并接受了一份"紫砂古壶鉴定专家"的聘书。

少求生日那天,我去典当行,用辞职后单位转给我的十二万元公积金,把她的翡翠老玉手镯赎了回来,作为礼物送给了她。

阿青再次辞工。她入股加盟了"郭记食坊",据说成了二老板。少求给她多发了半个月工资,亲自把她送到郭小蕊的店里。

小小住校。我们不怎么关心她的成绩。但杜老师说,上升势头不错。

我们家的家务明显少了。我学会了洗碗和炒菜。但搞卫生之类的活,还需要物色一个合适的钟点工。

我变得不那么讨厌忙了。鉴定老壶,乐此不疲。找我看壶的人,也有点多。在古南街,在紫砂收藏界,钦某好像也是个人物了。

"聊壶茶坊"还在。您有空,来吃茶。

二〇二一年九月一日——二〇二三年二月十七日初稿于宽斋,
二〇二三年二月二十八日修改于铭泽园。

主要人物表

钦子厚　　（原省城闲职文员，后成为"聊壶茶坊"掌门人）
葛少求　　（钦子厚的妻子，中学教师）
钦小小　　（钦子厚与葛少求的女儿）
阿　青　　（"聊壶茶坊"女佣）

葛家印　　（古蜀镇紫砂收藏家）
鲍香仪　　（葛家印的妻子，紫砂工艺厂宣传科科长）
葛龙章　　（葛家印的祖父，古蜀镇资深紫砂收藏家）
姚招娣　　（绰号姚大脚，葛龙章的妻子，制陶人）
姚根法　　（姚招娣的父亲，窑厂班头）
赵元祥　　（姚招娣的祖上，民间制壶高手）
葛仁留　　（葛家印的父亲，仁泰陶器店老板、古壶收藏传人）

裘至修　　（紫砂博物馆鉴定专家）
裘本初　　（裘至修的祖父，品胜窑账房先生）
邢飞燕　　（裘至修的儿媳，太湖疗养院副院长）

叶云芝　　（原名佟小玉，乡村赤脚医生）
佟贵生　　（叶云芝的祖父，蜀山窑厂"第一眼"看火先生）
佟得福　　（叶云芝的父亲，赌徒、酒鬼）

丁如柏　　（博望集团老总，葛少求老同学）
郭兰君　　（丁如柏的妻子）
丁小柏　　（丁如柏的儿子，小小的同学）

《电浆》人物关系表

奋龙季　刘氏（妻）
｜
奋仕用　邱氏（妻）
｜
奋宗卯　鲍君梅（妻）
｜
奋砂末　怵子厚（夫）
｜
忻りか

佟觉生　郭氏
↓
佟得室　毛氏
↓
佟妞玉（叶梅芝）

阿音师 —— 叶鹞卖
叶梅芝 —— 溪阳松
古布伯 —— 冒小成
畜玉修
丁如柏　郭立君
弓小槓
桂一诸
张文长
崔大师
溪阳松
叶鹞贲
阿诗师
冒小成
芦小壹

潘阿明　（叶云芝的外甥，茶叶生意人）
麒　儿　（潘阿明的儿子）
竹　敏　（潘阿明的儿媳）

芦小堂　（芦祥生鸭饺面馆后人）
芦银大　（芦小堂的曾祖父，古南街陶器商）
芦鸿济　（芦小堂的祖父，芦祥生鸭饺面馆老堂主）

叶朝贵　（紫砂壶掮客、茶叶商人）
陈药师　（叶朝贵的义父，中医药师、古壶收藏家）

高振鹤　（原官员、生意人）
高小臻　（高振鹤的女儿，省城妇女杂志社副主编）
桂一诺　（省城报社摄影记者，钦子厚、高小臻的大学同学）

古希伯　（当代资深紫砂壶艺大师）
冒小成　（古希伯的弟子，"敬古斋主"）
丁雪丽　（冒小成的妻子，超市老板娘）

崔蕴娴　（当代紫砂花器大师）
江一朵　（紫砂花器艺人）
江灵凤　（江一朵的母亲，当代资深紫砂花器大师）
江百顺　（江灵凤的父亲，乡村壶手）

覃国禄　（上海"顺风堂"老板）
覃顺生　（覃国禄的父亲，早年在古玩店做伙计）

蒿品印金岁今。
1949全解放,蒿

故事发生。2012或2011

1948：蒿8岁。
1949 蒿9岁
叶6岁
到2012年。蒿：72岁

1948年,蒿8岁。
   叶6岁。

2012年,听了写48岁。
     蒿少术46岁

鲍署十每哪一年死的,应该是1972年
去世时,少术6岁。

养清的年数,应相差+几岁。

鲍主鸣60几的。
1945年生,到2012年
应是67岁
共父署是十,2名炸
生。

蒿：1940年生   72岁
叶 1942年生   70岁
鲍 1942年生

1864年生。
1866年生。

大化女也应该有
12岁。